译文经典

在西方目光下

Under Western Eyes

Joseph Conrad

〔英〕约瑟夫·康拉德 著

赵挺 译

上海译文出版社

《在西方目光下》中文版导读

作者理查德·拉佩尔
（美国查普曼大学英文系教授）
赵挺　译

一

《在西方目光下》初版于1911年，是康拉德继《黑暗的心》（1899）、《诺斯托罗莫》（1904）、《密探》（1907）之后第四部也是最后一部政治小说杰作。故事发生在十九世纪末二十世纪初的沙皇俄国，情节聚焦于一个小人物如何沦为残酷专制铁钳的牺牲品。在全书首页，康拉德开宗明义地点出此人是“伊希多的西里尔之子——基洛·希多洛维奇·拉祖莫夫”。拉祖莫夫是个私生子，生母是大祭司之女，早已亡故，生父是赫赫有名的K亲王。尽管拉祖莫夫一表人才，举止得体，天资聪颖，但K亲王却无力为自己当初这段风流韵事结下的苦果买单。所以拉祖莫夫活在世上其实与孤儿无异，或者如他自己所言，是伟大的俄罗斯一位不幸的孩子。作为一部政治小说，《在西方目光下》也顺理成章衍变成了作为母体的俄罗斯吞噬自己孩子的一个黑暗故事。

在康拉德笔下，沙俄政府是通过一系列残忍疯狂的无赖形象展现出来的，这些人醉心于扼杀一切异议人士。被霍尔丁暗杀的P先生就是这类人的代表。P先生是“手握重权的国务大臣，当年曾担任臭名卓著的镇压委员会主席。各类报章对此人鼓噪甚多。据称他性格疯狂，鸡胸，身着金边制服，一张脸像烤焦的羊皮纸，戴着一副眼镜，目光呆滞，皮包骨的颈前挂着圣普罗科匹厄斯会的十字架。……他为国效力使用的方式就是囚禁、流放、绞杀。他做这些事时，不论男女老少，一视同仁，不遗余力，不知疲倦。他对专制原则迷信膜拜，一心一意要把公共机构中与自由沾边的任何东西斩尽杀绝。对正在成长起来的年轻一代进行无情镇压，不由使人觉得他志在毁灭自由本身的希望”。而后来抓获霍尔丁为P先生复仇的T将军，在小说中一再被渲染为“手段残忍”、“面目狰狞”。他将抓获、审讯、拷打霍尔丁视为一桩赏心悦事，“我们想要鸟儿活着。如果在处置他之前不能让他唱唱歌那就太糟了”。

最能体现出沙皇政府残暴的要数尼基塔，绰号“内卡塔”（拉丁文意为“杀手”）。他表面上为革命派效力，但其实和拉祖莫夫一样，是双重间谍。与拉祖莫夫不同的是，他对这份工作乐此不疲，随时愿意在政府和革命派两个阵营里大肆杀戮。在康拉德的小说中，鱼肉百姓的政府需要尼基塔这样的鹰犬——《诺斯托罗莫》里缓慢折磨政治犯的贝隆神父是另外一例——而与政府为敌的革命分子也同样需要这类人。正如小说中的叙述者所言，“暴力革命会被偏执的狂热分子和专制的伪君子把持”，《密探》中邪恶的无政府主义者卡尔·扬特就被赋予这样的权利，可以杀死任何阻碍或威胁革命的人。而尼基塔的杀戮行为更是得到沙皇政府和革命派的双重授权。在小说中，谜一般的格列高里·米库林参谋是沙俄政府的另一位官僚，也是拉祖莫夫和尼基塔这两位双重间谍的顶头上司。康拉德可能以《罪与罚》中负责审讯拉斯柯尼科夫的波尔费利警探为原型来塑造米库林。他的表现具有欺骗性，好像具有开明倾向。米库林身上有拉祖莫夫的影子，假如维克多·霍尔丁没有闯入拉祖莫夫的生活，拉祖莫夫若毕业后进入政府机构，很有可能会变成另一个米库林。米库林对拉祖莫夫貌似同情友善，说话有理有据，冷静客观，像个慈父。当举目无亲的拉祖莫夫六神无主时，他扮演着类似其父亲的角色。然而他的仁慈是一种伪装——他根本不关心拉祖莫夫的死活。米库林这个间谍头子是在用自己不凡的智力和洞见来培养和操控手下的密探们，让他们甘愿为专制政体效力。

小说从头至尾不遗余力地对沙皇俄国进行抨击。在小说开篇，康拉德就告诉我们，霍尔丁刺杀P先生是件再自然不过的事，因为“人性中最高贵的抱负、对自由的渴望、赤忱的爱国心、热爱正义、悲悯的情怀，甚至淳朴的思维表现出来的忠实顺从，这些情感统统为仇恨恐惧所蹂躏，而仇恨恐惧恰恰与令人不安的专制压迫形影不离”。霍尔丁是位满怀理想、朝气蓬勃的年轻人；他所经历的从理想主义者到政治刺客，再到带有宗教殉道色彩的政治烈士的转变，揭示出沙俄统治多么暴戾恣睢。在小说结尾，就在拉祖莫夫要将自己出卖霍尔丁一事向后者的妹妹娜塔莉亚袒露时，拉祖莫夫这样描述俄国，“这是个让灵魂深陷囹圄之地”。沙俄政府居高临下地监视控制着俄国民众，压制腐蚀每一种高尚的理想，令欺诈、仇恨，尤其是愤世嫉俗横行于世，“愤世嫉俗正是俄式专制和俄式反抗的标志词。虽然俄罗斯精神可以体现为以数字为荣，体现为追求神圣奇特的虚荣，体现为受苦受难时偷偷地弯腰屈膝，但俄罗斯精神的本质还是愤世嫉俗。这种愤世嫉俗的精神体现在政治家的宣言里，体现在革命家的理论中，体现在预言家的神秘谶言里。这种愤世嫉俗精神能令自由显得放荡，令基督的品德显得猥亵粗鄙”。拉祖莫夫在出卖霍尔丁之后，便被各方抛弃，无所依凭，处境尴尬，在革命派这边，他是个卖友求荣者，而在政府这边，他又是政治嫌疑犯。最后只是依靠其生父K亲王的影响力，才没被这两大阵营毁灭。在小说中，当T将军和米库林参谋商议如何处置拉祖莫夫时，有这样一句话：“大家可以想象到，这两人在讨论拉祖莫夫先生这个案子时，那种一手遮天的派头，对俄国境内芸芸众生的鄙夷不屑，像两个奥林匹斯山的神灵睥睨一只虫豸”。

《在西方目光下》虽然用夸张的笔法对俄国的专制独裁大加鞭挞，但它也同样对聚集在日内瓦的革命派没有好感。革命派的领袖彼得·伊凡诺维奇是个伪女权主义者。他一方面口口声声称妇女具有拯救世界的潜力，对妇女推崇有加，另一方面却虐待身边的女佣，性格温顺的特克拉。在小说中，叙述者老语言教师担心彼得·伊凡诺维奇会将娜塔莉亚引上邪路，最后沦为和特克拉一样的下场。和《密探》里那些贫民窟革命者一样，伊凡诺维奇从事革命不是出于公正无私的革命信念，而是为了一己之私利。由于是被一个女人解救才挣脱枷锁，伊凡诺维奇因此将自己的感激之情上升为一种政治信条。但他真正的野心只有一个，那就是传播自己的影响力，主宰支配他人。他和俄国政府内的高官本质上并无二致，这点可以通过某天晚上伊凡诺维奇和米库林在列车车厢里密会，两人共同分享关于双重间谍的情报这个细节清楚地看出来。犬儒主义是两派共同的标志词。

因此这部小说既反对沙皇政府的专制独裁，同时也不赞同专制独裁的对立面，也就是革命派。更有甚者，就连相对开明的西方制度体系在书中也遭到无情的嘲弄。在小说第三部分结尾处，拉祖莫夫只身一人来到罗讷河上的一个孤寂小岛写作日记，却意外发现让·雅克·卢梭这位西方现代民主主要奠基者的塑像。康拉德借用书中叙述者嘲讽的话语对他进行了谴责。这个小岛名叫让·雅克·卢梭岛，“有一种天然整饬之美”。“这个以让·雅克·卢梭命名的弹丸之地人迹罕至，显得幼稚、可憎和空洞，有种荒凉感，而且还让人感到矫揉造作，寒酸之至”。在小说中，叙述者对日内瓦不加掩饰的蔑视反映出对让·雅克·卢梭这位日内瓦最著名市民的鄙夷不屑。娜塔莉亚·霍尔丁虽说年少天真，有些不切实际，可是批判起西方来却目光锐利。她指出西方国家“和命运做交易”，暗指它们拿真正的自由与平等来换取政治稳定和经济繁荣。在这部小说中，“西方”被描写成傲慢自大，对东方（尤其是俄国）怀有冷漠的优越感。西方各国觉得它们已经功德圆满，政府、法律、经济制度全都无可挑剔，换句话说，它们的苦日子已经过去。但娜塔莉亚却认为“西方”物欲横流，资本主义催生繁荣，同时却令人的心灵空虚失落，娜塔莉亚希望将来的俄国政府以爱立国，能够滋养民众的心灵。从这点看，她是斯拉夫文化优越论的鼓吹者，相信俄国终将会找到一条有别于西方式民主和马克思主义的发展道路，因为后者过于强调阶级冲突。在小说中，叙述者和娜塔莉亚讨论这个话题时，对她相信一切人类冲突必将以协和有序告终颇不以为然：

“相互敌视的思想观念达成和解容易吗——难道要用鲜血和暴力将它们弥合起来以达到你所声称的协和有序吗？”

“这难以想象，”我带着恼怒又加了一句。

这个疑问合情合理，很难反驳。但娜塔莉亚的回应表达出对神秘莫测的生命和爱的伟大力量的坚定信念，同样不好反驳。

“事事都难以想象，”她说。“依照严格的逻辑思维，整个世界都难以想象。我们存在于世界里，世界存在于我们的感知中。世上有种必然性要高于我们的观念。流俗于大众既可悲又错误。我们俄罗斯人将会寻找到一种更好的形式实现民族自由，超越人为党派之争——党派之争是你争我夺，叫人鄙视。该由我们俄罗斯人来找到一条更好的道路。”

小说中的叙述者老语言教师对娜塔莉亚的观点主张并非完全无动于衷。和康拉德本人一样，老语言教师不相信世上会有一种政治制度可以救赎一个民族，西方民主的种种弊端他也洞若观火，这可以从他对卢梭的鄙夷以及娜塔莉亚批评西方物质主义时他的默认看出来。但他懂得，一切制度在创建时都蕴含着牺牲，他尊重这种牺牲。娜塔莉亚责怪西方唯利是图，拿命运做交易，他这样回答：“我们的交易也许并不崇高，只是在这交易中我们付出的代价过高，由此换来的条款也显得神圣。”这席话很可能代表着康拉德的心声，即西欧诸民族缔造者们的荣誉感、忠诚和牺牲会抵消他们所创造出的制度的种种不尽如人意之处。

二

《在西方目光下》表现出的各种政治教义和制度虽说纷繁复杂，但这部小说在艺术上的最伟大之处或许还是在于它成功刻画了拉祖莫夫的心理。他的心理在专制与革命的种种力量的角逐中被扭曲撕裂。在英国文学里，拉祖莫夫堪称詹姆斯·乔伊斯《尤利西斯》中利奥波德·布卢姆之前心理刻画最丰富复杂的一个角色。和其后的布卢姆一样，拉祖莫夫这个人物既展现出生动的心理意识，也展现出活跃而矛盾的潜意识，两者相互作用，令拉祖莫夫既意想不到又无所适从。

读者第一次窥得拉祖莫夫的内心想法是在他回家上楼时。当时他脑子里正在憧憬自己的前程，盼望着通过写作一篇得奖论文来获取功名，在学界赢得声誉。他回想起上届论文得奖者在庆祝时首先通知自己的家人。但他并不心存嫉妒，因为他想到了自己的生父K亲王，虽说他只获准见过他一面而已。他带着满足甚至有些愉快的心情展望今后的工作。在这种心理状态下，他走进房间，却发现维克多·霍尔丁——这位P先生的行刺者，全国上下正在缉拿的要犯——正在房间里等他。拉祖莫夫震惊之余，心理也陷入分裂之中。他一开始不知所措，紧接着变得狂怒。可他并没有将自己的愤怒表现出来，他自己也不知道为什么："拉祖莫夫纳闷自己刚才为何不早早打断谈话，下逐客令，是性格软弱还是其他原因？"

自此拉祖莫夫的人格被痛苦地撕裂，直到小说末尾他和霍尔丁母亲见面后受到触动最终袒露真相为止。他向霍尔丁及其他革命分子发泄怒火，其实是为了掩饰自己出卖霍尔丁后的不安，也是为了蒙蔽自己。他被各种幻觉折磨，霍尔丁的鬼影在他生活中挥之不去。由于深陷两大强势力量之中，一方是专制独裁的政府，另一方是反政府的革命派，同时内心摇摆不定，既想出于正义感行事，又本能地力求自保。在这双重压力下，拉祖莫夫不自觉地向自己的父亲寻求帮助和指引。发现霍尔丁在自己房间后，拉祖莫夫先是打算帮助他出逃。可是事先联系好的马车夫兹米安尼奇喝得烂醉如泥。失望愤怒之余，他用干草叉痛击这个醉酒的车夫，并在回去的路上正式皈依正统信仰，臣服于沙皇权威。他不是经过主动思考走上这条路的，而是被迫为之，一方面出于潜意识中的恐惧心理，另一方面下意识亟需一个父亲的角色来帮助自己，因此不得不和父亲的守旧思想和专制信仰站到一起。危难之中，他向父亲K亲王求助，但后者再次辜负了他，将他交给了阴险冷血的T将军。

康拉德在表现拉祖莫夫人格分裂时使用的是心理现实主

义表现手法，这其中的关键在于自由间接谈话的灵活运用，这种叙事技巧可以将读者直接带入小说人物的思想中去，同时在叙述时依旧保持第三人称。在拉祖莫思想突然转变，改信俄式专制时，康拉德熟练运用这种技巧，充分表现出拉祖莫夫意识和潜意识互动时的复杂状态：

专制的眷顾已经进入拉祖莫夫的思想。他现在相信那个专制者会如约而至。

什么是王位？不过是蒙着天鹅绒的几片木头。但王位也是权位。政府这种形式在形状上像工具，像器械。两万个夸夸其谈者倘若因高尚情操而膨胀，并互相倾轧、各不相让，那他们只不过是一堆可悲的麻烦，无法掌握权力，无法掌控意志，什么也无法给予。

他一路上就这样想着，也不看路，只顾着在内心激烈而熟练地与自我交流。过去通常只有经过一番自觉而艰苦的探求，他才能慢慢地想出措辞。但现在他受某种高级力量的启发，变得雄辩滔滔，就像某些宗教信徒一旦皈依后变得口若悬河一样。

他感到一种朴素的喜悦。

“我的思维清晰明辨，实在不懂那个家伙的奇谈怪论在云遮雾绕地指向什么？”他想。“这里难道不是我的国家？难道我没有四千万弟兄？”他问自己，沉寂的胸膛中升起毋庸置疑的得胜感。就连刚才对麻木的兹米安尼奇那一顿抽打现在看来也象征着一种亲密无间的团结，虽然悲怆而严苛，但也是出于手足之情而不得不为之。“不！如果我不得不受难，我至少要为自己的信仰受难，而不能为受我的理性——我那冷静崇高的理性——排斥的罪行受难。”

他停下来思考片刻。心中是彻底的沉静。但他也感到一丝疑惑不安，就像我们走入一个没有点灯的陌生场所时可能会感到的那样。这是在黑暗中产生的非理性感觉，是对看不见事物荒唐可笑的畏惧。

当然拉祖莫夫还远算不上是位老派的极端保守分子。世上没有完美无缺的事物。专制的行政体系……滥用权力……腐败……诸如此类。现在缺的是能干的人，开明的思想，具有奉献精神的心灵。但是应该保留绝对权力给未来伟大的专制者“——”为人类准备的工具。拉祖莫夫信任专制者。历史的逻辑使得专制者无法避免。这个国家的人民也需要专制者。他在心里热切地自问：“难道还有别的东西能让民众朝同一方向一起行动吗？没有。只有专制意志才可以。”

他已经说服自己牺牲个人希冀的自由主义——拒绝这一颇有吸引力的谬误以迎合俄罗斯的严酷现实。“这是种爱国主义，”他在脑海中这样评论，又加了一句，“在这条路上不能半途而废，”接着又自我评价，“我不是个懦夫。”

上述段落给人感觉拉祖莫夫臣服于俄国正统专制信仰是一种心灵顿悟。简单读来，我们也许会觉得拉祖莫夫做出的这个决定是他生活中发生的诸多事件——情感的、政治的、思想的——合力的结果，是水到渠成的，多多少少合乎情理。我们也许会觉得，拉祖莫夫就此成为一位爱国者，成为俄国专制政体的英勇捍卫者。但这部小说的叙述视角和上述篇章中的一些暗示都说明这种简单的解读有待商榷。

在上述段落里，我们可以看到它描写的不是拉祖莫夫如何突然开窍，而是他如何为自己跛脚的道德立场正名，这种努力部分是下意识的行为。为了保全自己的前程，他必须出卖霍尔丁。而他的生父处于霍尔丁的敌对阵营，令他对自己的这种卖友行为更加心安理得。但无论如何，他确确实实出卖了霍尔丁，这点令他心里“多疑而不安”。这种不安首先来自他明白自己正在加入一个反动阵营。但其实这种不安也表明他的背叛行为是出于恐惧，是为了维护一己之私。当他最后宣称自己“不是名懦夫”时，我们明白他是怕自己背上懦夫和出卖同辈热血青年的骂名。

拉祖莫夫有意识地告诉自己，他新采取的立场是合理的，公正的，甚至“英勇的”，但他的“不安”说明他知道自己既背叛了霍尔丁，也背叛了自己。这个段落揭示出拉祖莫夫来自内外重压下失控的人格。

三

《在西方目光下》是康拉德自传色彩最为浓厚的一部小

说，它涉及与康拉德心理最密切相关的一些问题。康氏其他政治小说，如《黑暗的心》、《青春》、《阴影线》大多以他生活中发生的具体事例为原型，而《在西方目光下》淋漓尽致地揭示出康拉德的抗争，与自己的过去抗争，与形成自己性格并一直困扰自己的各种黑暗事件以及各种关系抗争。正如康拉德专家，英国学者凯斯·卡拉宾所言，“在康拉德所有作品中，《在西方目光下》既不是篇幅最长的，也不是耗时最久的，但兴许是给他带来痛苦最深的。”康拉德在1907年12月着手写作《在西方目光下》这部小说时，和《吉姆老爷》类似，最初的设想只是写成一个短篇，小说的标题起初就叫《拉祖莫夫》。1907年12月3日，在他五十周岁生日时，他这样写道，“写作该书是为了从《机会》中走出来，因为在写作那本书时我并没有获得真正的进步。”12月4日，他不顾自己身患痛风，又寄给平克数页《机会》的书稿，让他打印出来，并声称，“我向你透露一个消息，我正着手写作另外一个短篇。你将能在圣诞节后看到——这本书应该能赚点钱。情节是关于一名革命者被自己的炸弹炸死。”

詹姆斯·平克是康拉德的文学经纪人。康拉德向他许诺到圣诞节可以写完这个短篇，可是《在西方目光下》真正完稿是在1910年1月，时间早已过去了两年多，篇幅也扩展成长篇小说，在这期间康拉德还创作出了《秘密分享者》和

《文学和人生札记》，以缓解自己在经济上的燃眉之急和心理上的焦灼之苦。但是这种缓解只能是暂时的；《在西方目光下》初稿甫一完成，康拉德就大病一场，一连两个月什么事都不能做。作家纳伊德在《康拉德传》中引用康拉德妻子杰西的话来说明这场病的严重性以及对康拉德健康的损耗程度：

“康拉德精神崩溃，还受痛风困扰。浑身上下哪儿都疼，喉咙，舌头，头……可怜的孩子，他完全活在小说里，没完没了地写，还坚称大夫和我要送他去疯人院……他已经分不清小说与现实了，甚至和小说里的人物对话。”据说，康拉德自此再也未能完全恢复过来，他的文学创造力也再没有恢复到原来的水准。这点大体不差，因为无论是否因精神崩溃所致，康拉德此后的小说在激情和深度上都无法比肩《在西方目光下》。

有关康拉德的传记汗牛充栋［这其中写得最好最全面的要数兹齐斯瓦夫·奈德尔的《康拉德传》（2007）］，他不幸的童年广为人知。康拉德生于1857年12月3日，本名约瑟夫·特奥多·康拉德·科尔泽尼奥夫斯基。他的父亲阿波罗·科尔泽尼奥夫斯基出身波兰上流社会，是位诗人，曾将莎士比亚和狄更斯的著作译成波兰语。阿波罗领导波兰爱国运动，反抗俄国占领，结果于1862年被捕，全家被流放至俄国北部的沃洛格达。妻子爱娃1865年患肺结核死于流放地，阿波罗本人四年后也染上同样疾病去世。十一岁的康拉德走在父亲送葬队伍的前列。康拉德善良的舅舅塔迪斯·波博罗斯基承担起抚养他的义务，在经济上资助他，给他亲人的温暖，直到自己 1894 年去世为止。但波博罗斯基舅舅讲究实际，在政治上相对保守，认为康拉德父亲从事的争取波兰民族独立的运动是堂吉诃德式的胡闹，反而招致自己和妹妹丧命。因此少年康拉德成长在两个世界里，一个要求他投入到不切实际、徒劳无功的反抗中，另一个则要他委曲求全，随遇而安。深陷这对矛盾中的康拉德最后选择前往马赛，成为一名水手，远离位于内陆的祖国波兰。这种选择似乎合情合理。但康拉德心中有个挥之不去的阴影，即他主动选择背井离乡是否意味着一种背叛，背叛父辈的信仰。因此《在西方目光下》的写作，包括书中涉及的将他双亲迫害致死的专制力量，背叛、疏离、流亡等主题，以及痛苦分裂的心理描写，对于作家康拉德来说无一不是折磨，令他近乎疯狂。

四

将《在西方目光下》这部小说翻译成一种“东方的”语言是再合适不过了。因为这部小说本身就是一种翻译。小说中的叙述者尝试把东方世界里发生的种种事件“翻译”给西方世界的读者听，并且在书中一再坦言这几乎是件不可能完成的事，因为西方人永远不可能真正理解东方。他将拉祖莫夫的日记从俄语译为英语，竭尽所能地翻译那些自己不可能搞懂的事情。

小说中的人物，从霍尔丁开始，接二连三地闯入拉祖莫夫的生活，并一而再再而三地误解他，或者也可以说是“误译”他，而拉祖莫夫也同样在误读、误译他人。这样一个世界很难用任何语言来翻译，正如小说开头老语言教师所言，“词语是现实的大敌”。

因此《在西方目光下》可以被看成是康拉德的“镜厅”（Hall of Mirrors），从中折射出翻译与误译——先是拉祖莫夫将自己的经历录成俄语写的日记，然后再由老语言教师这名叙述者将这部支离破碎、令人费解且很主观的手稿翻译成一个相对连贯的生平自述。最后我们读者是通过叙述者局限的，且时而愤怒、时而困惑、时而不乏偏见的视角才看到拉祖莫夫的种种抉择，他的喜怒哀乐和最终具有讽刺意味的救赎。读者第一遍阅读这部小说时也许像叙述者所言，会迷失在“语言的荒野”。但《在西方目光下》作为一部政治小说的伟大之处就在于它汇聚了专制、民主等诸多元素供分析讨论，并最终发现它们都不足以惩恶扬善。同时这部小说也十分精彩地剖析了一个本性优良而独特的个体在专制灭顶的重压下如何残酷地追求自我。小说同时也反映了作家康拉德在内外交困、身心俱疲的情况下如何将来自过去的悲伤痛苦作为写作素材进行裁剪创作。

最后需要指出的是，《在西方目光下》归根结底是一部关于爱的小说，讲述一个误入歧途的年轻人通过爱完成了自我救赎。

目 录

作者札记

必须承认，单就故事发生的环境而言，《在西方目光下》就已经算得上一部关于过去的历史小说。

将《在西方目光下》视作历史小说，这种看法对故事情节有彻底的影响；但我写作这部小说，主要不是为了表现俄国的政治局势，而是要刻画俄罗斯的民族心理。我斗胆希望人们对这部小说还没完全失去兴趣。我之所以有这种自我安慰的信念，是注意到许多讨论当前俄国局势的文章都提及本书里的一些说法和观点，由此可见我的眼光清晰，判断正确。在写这本小说时，我没有别的念头，只想对那些世人多少都了解的事情在道德层面上讲点自己的真心话，并通过虚构的手段揭示构成小说情节的一般道理。当然这些我无需赘言。

说到实际创作过程，我只能说在动笔之初，自己只对全书的第一部分有个清晰的概念，在脑海中也只有霍尔丁、拉祖莫夫和米库林参谋[①]三个清晰的人物形象。第一部分完成后，整个故事的悲剧性和情节进展才以完整的轮廓赫然出现在我面前。这时我才尽情发挥创作冲动，充分挖掘小说主题的种种戏剧性。

写作过程无需多加解释。它表现出来的与其说是理性思索，不如说是情感体验；不是来自某次特殊经历，而是来自认真思索后提炼出的一般常识。写作中最令我焦虑的是，如何做到并保持不折不扣的客观性。在写作中保持绝对客观公正是我需要承担的一项义务，它对我既有历史意义又有传承意义，一部分原因来自民族与家庭的独特经历，还有一部分来自我所秉持的基本信念，即真理本身可以将小说创作中的一切虚构合理化，无论这种虚构一点不讲求艺术质量也好，还是希望发生在男女角色所处时代的文化当中。我至今还没有投入过更大的精力去做到超脱。这种超脱是指不受种种情感、偏见甚至个人回忆的影响。《在西方目光下》在英国甫一出版就遭到公众冷遇，原因或许就在于我的这种不偏不倚。约莫六年之后，我终于获得了回报，那时我第一次听说这本小说在俄国受到广泛认可，并且一版再版。

小说人物各自的所作所为也并非源自任何特殊经历，而是来自关于俄国的普通知识，包括俄国的国情，以及面对残

① 沙俄军队中的文职官员。

暴专制、目无法纪的压迫时，俄国人作出的各种道德与情感回应。这种情况用一般语言简单概括起来，就是无情专制催生麻木绝望。我的关注视角主要放在老语言教师的“西方的目光”里，以此来观察每个小说人物个体的外貌、性格和命运是如何呈现的。语言教师这个人物饱受非议，但到现在这个时候，我也不想解释这个人物存在的合理性。我只能说他对我十分有用，因此我认为，在插入评论和推动故事情节发展方面，他对读者也很有用。我想给人以身临其境之感，因此在我看来对于在日内瓦发生的种种事端，必需要在那里安排一个目击者。而且我还要为霍尔丁小姐找个能理解她的朋友，不然她就显得太过孤苦伶仃、无所依傍，反而不真实了。别人也无从窥得她的理想情怀，宽广心胸和纯真情感。

在小说中，拉祖莫夫令人同情。他为什么不应该受到同情？他就是一个普通的年轻人，具有健全的工作能力，怀有理性的抱负。他的良心和普通人的一样。如果说他稍显与众不同，那只是他对自己的身份比较敏感。由于不知道自己的生身父母是谁，他比一般人更强烈地觉得自己是俄罗斯人——否则的话他便什么都不是。因此他也就顺理成章地把整个俄罗斯当成自己的继承物。而现实充满各种罪行和牺牲，如同一堆乱麻，既血腥又虚妄，这一切把拉祖莫夫裹挟起来，将他压垮。我认为，后来拉祖莫夫虽然走上歧路，但他并非恶人。书中没有人被写成恶人——无论是头脑简单的特克拉还是执迷不悟的索菲亚·安东诺芙娜。彼得·伊凡诺维奇和S夫人也是受害者。他们是邪恶丛林里的猿猴，他们的各种丑态也都照实刻画。至于尼基塔，绰号内卡塔[1]，则是恐怖荒野的恶之花。在刻画这个人物时，最困扰我的不是他如何残暴，而是他的性格苍白。多年来这样的人物已经通过报刊文章、各种秘史和惊悚小说，以所谓的“揭秘”形式呈现在公众眼前。

就我本人而言，现在回顾这部小说，最令我惊讶的是所有人物都不是特例，他们都是普通人，他们生活的地点、时间和种族都很正常。专制统治残暴愚蠢，摒弃一切法制，事实上将自身建立在彻头彻尾的道德混乱之上，导致一个纯乌托邦式的革命主义采用同样暴烈愚蠢的方式进行回击。该主义把毁灭作为首选行动，并有个奇怪的信念，即先要把某些既有的人类体制搞垮，才会有人心的本质转变。这些人不明白，他们这样做的结果仅仅是更改一下名号。压迫者和被压迫者全都是俄国人；世人将再一次领悟本性难移这句老话的正确性。

① Nikita与Nectar发音接近，后者在拉丁语中意为“杀手”。

第一部分

首先我想声明的是，下面这个人物——根据俄国习俗，他自称是伊希多的西里尔之子伊西多尔·基洛·希多洛维奇·拉祖莫夫——非我杜撰。我没有那么丰富的想象力和高超的表达力，能下笔为读者凭空塑造出这样一个人物。

就算我曾经确实具有那些能力，它们也早早湮没在一片词语的荒野中。众所周知，词语是现实的大敌。我做语言教师这行已经很多年了。这种职业最终会扼杀掉普通人身上多多少少天生具有的那么点想象力、观察力和洞察力。对于一个语言教师来说，当今的时代就是词语的世界，而人类仅仅是比鹦鹉高明不了多少的会说话的动物。

既然情况是这样，我也就无法通过洞察力来判断或猜测拉祖莫夫先生的实际情况，更无法通过想象来了解他。甚至我连杜撰一些关于他生平的干巴巴的事迹的本事也没有。但我想，就算我在这里不做这番说明，本书的读者也将发现故事里的某些纪实痕迹。一点没错。这本书是以真实材料为基础的；我在其中所起的作用就是利用我的俄文知识，也只要这点知识就够了。当然这部文稿在性质上既有点像日志和日记，但又并不严格以这种形式出现，比如里面大部分内容条目虽然都标注着日期，却并非逐天写就。有些条目的时间跨度长达数月，篇幅也有几十页。本书靠前的部分是用记叙的形式回忆了大约发生在一年前的一起事件。

我必须得说，我在日内瓦已经生活了很长一段时间。这座城市有整整一个区，因为有大量俄国人住在那里，而被称作“小俄罗斯”。那时我在“小俄罗斯”交游颇广。但说真心话，我并不了解俄国人的性格。他们的观点不合逻辑，他们妄下结论，他们的例外情况反复发生。这些对于一个学过很多语法的学生来说倒还不算困难，但麻烦的是还有其他事，某些性格特质——这牵涉到很多微妙的差别，实在超过了教授们的知识范围。真正令一个语言教师惊讶的是俄国人对词语异乎寻常的热爱。他们汇集词语，珍视词语，但并不将其藏诸于心；恰恰相反，他们总是乐意整小时、整晚地将词语倾倒出来，津津有味又滔滔不绝，有时表达起来还十分灵巧，就像训练有素的鹦鹉，让人不由怀疑，其实他们不知道自己在说些什么。他们说起话来热情洋溢，慷慨大方，早已不是普通的多嘴饶舌了，也不能归为口才出众……抱歉说了这么多题外话。

现在探究当初拉祖莫夫先生为什么留下这份文稿显得有点无聊。很难想象他当初写这些是希望日后有人读到。人性中的某种神秘冲动在这里起了作用。我们不提塞缪尔·皮普斯[1]，他用日记的方式推开了一扇永恒之门。世间各色人等，罪犯、圣徒、哲人、少女、政客甚至傻子，都喜欢写点袒露心迹的东西，出于虚荣，毫无疑问，但也有些更为复杂的原因。那就是文字本身具有神奇的抚慰作用，因此许多人用写作来和自我进行交流。因为我自己性格沉静，所以我总觉得人们都想追求某种方式的平静，或仅仅是平静的零星踪迹。当然现如今人们总是叫嚣着要追求宁静。而基洛·希多洛维奇·拉祖莫夫希望在写作中获得哪种宁静，我也无从知晓。

反正情况就是他已经写出来了。

拉祖莫夫先生是个个子高挑、身材匀称的年轻人，作为一个来自俄罗斯中部省份的人，他的皮肤显得异常黝黑。他的相貌无可挑剔，美中不足的是五官奇特地缺少棱角，犹如一张蜡质的面孔（塑造手法颇具力度，效果逼真）被拿近火堆，直到原本分明的轮廓都因材质软化而变得模糊不清。但即便如此，他长得也算很好看了。他的举止也很得体。在讨论中，他常常受权威和他人见解的左右而动摇自己的观点。与比他年轻的同胞在一起，他的态度像一个捉摸不透的听

① 塞缪尔·皮普斯（Samuel Pepys 1633—1703），英国日记作家，其在1660—1669年间写下的日记翔实记录了伦敦大瘟疫、第二次英荷战争和伦敦大火等重大事件，被认为提供了英国复辟时期社会现实和重大历史事件的第一手资料和研究素材。

众，时而若有所悟地表示听懂了，却又马上转移了话题。

拉祖莫夫的这种伎俩——也许由于识见不足或对自己信念不够坚定——为他博得了深刻的美名。在一群激昂兴奋的谈话者中，整日习惯于声嘶力竭地进行讨论，他们当中如果出现一位相对沉默寡言的人，大家就会觉得他有深藏不露的本事。在圣彼得堡大学的同仁眼里，基洛·希多洛维奇·拉祖莫夫这位哲学系三年级的学生，是个个性坚强，完全值得托付的人。在一个可能因言获刑，遭受杀身之祸，甚至有时比杀身之祸更糟的国家里，大家觉得他值得信赖，可以和他聊些禁忌话题。人们喜爱他还因为他和蔼可亲，愿意不声不响地帮助同志，哪怕会给自己带来不便。

拉祖莫夫先生据说是一位大祭司的儿子，还有一位贵人做他的保护人，此人也许就在他遥远的外省故乡。但他的外表却与如此谦卑的出身严重不符[1]。这种血统并不可信。而且确实有传言称拉祖莫夫是大祭司漂亮的女儿生的——这样一来，事情就蒙上了异样的色彩。但这种说法倒也能解释他为什么获得贵人保护。所有这些，无论是出于恶意或善意，都无人去一探究竟。没有人知道，也没有人关心这位传说中的贵人到底是谁。拉祖莫夫从一位不知名的律师那里领取生活费，数量不大但够花，这位律师在一定程度上也相当于他

① 在沙皇俄国，乡村神职人员社会地位较为低下。

的监护人。拉祖莫夫会时不时出现在某位教授非正式的招待会上。除此之外，没听说他在城里还有其他社会关系。他按时上必修课，被校方视作一位很有前途的学生。他在家里埋头用功，和一个力求上进的人并无二致，但也并非不问世事，一味死读。他一向来者不拒，自己的生活中也没有什么需要保密或保留的。

I

拉祖莫夫先生这份稿件的源起与一起很典型反映出现今俄国现实特点的事件有关：一位杰出政治家被暗杀更反映出一个受压迫社会中的道德沦丧，人性中最崇高的抱负、对自由的渴望、赤忱的爱国心、对正义的热爱、悲悯的情怀、甚至淳朴思维表现出来的忠实顺从统统被仇恨和恐惧所蹂躏，而仇恨和恐惧恰恰与令人不安的专制压迫形影不离。

上面提到的这件事就是成功刺杀P先生，此人几年前担任臭名昭著的镇压委员会主席，同时也是手握大权的国务大臣。各类报章对这个性格疯狂，鸡胸，身着金边制服的人物鼓噪甚多，一张脸像烤焦的羊皮纸，戴着一副眼镜，目光呆滞，皮包骨的颈前挂着圣普罗科匹厄斯会[①]的十字架。曾经有一度，人们不会忘记，他的肖像几乎每月都会出现在欧洲

① 康拉德虚构的教会组织。

某家图片报上。他为国效力的方式就是囚禁、流放、绞杀。他做这些事时，不论男女老少，一视同仁，不遗余力，不知疲倦。他对专制原则迷信膜拜，一心一意要把公共机构中与自由沾边的任何东西斩尽杀绝；对正在成长起来的年轻一代进行无情镇压，不由使人觉得他志在毁灭自由本身的希望。

据说这个人渣想象力有限，还不知道自己激起了多大的义愤。这点实在不可思议，但他确实没有采取什么措施来防范自身安全。在为一家著名的全国性报纸撰写发刊词时，他这样宣称，“自由的念头从未存在于造物主的敕令中。人民的意见无非就是造反和动乱；而上帝创造出的世界讲究稳定服从，造反和动乱都是罪过。上帝的神圣旨意表达的不是理性，而是权威。上帝就是宇宙的独裁者……”此人既然说出这样的话，大概也就顺理成章地相信，看在他无怨无悔地在世间保卫独裁的分上，上天注定会保护他。

毫无疑问警方的警觉一再挽救了他的性命；但当真正的劫数降临，那些权力机关也无法对他示警。他们并不知道威胁大臣生命的阴谋，无法通过他们常用的情报渠道来了解任何阴谋策划的蛛丝马迹，没发现任何征兆，也没觉察到可疑行动和危险分子。

P先生当时正乘坐双马敞篷雪橇朝火车站驶去，随行的仆人和车夫坐在驾驶座上。雪已经下了一夜，在清晨这个时候还无人打扫，马走在路上非常吃力。雪还在纷纷扬扬地下着。但是雪橇的行迹一定有人在注意和跟踪。正当雪橇左拐准备转弯时，大臣的随从发觉一个农民模样的人沿着人行道边缘缓缓走着，手插在羊皮袄口袋里，在飘落的雪花中，他的双肩耸到了耳根处。突然这个农民好像被什么控制住了，转过脸来，胳膊使劲一甩。一阵剧烈的震动陡然而起，在纷飞的雪花中发出沉闷的爆炸声；两匹马倒地毙命，被炸得血肉模糊，而车夫尖叫一声，从车座上摔落，身负重伤。仆人（逃过一劫）来不及看到穿羊皮袄的人长什么模样。后者掷完炸弹，随即脱身而去。但是，看到众人在漫天飞雪中从四面八方奔涌过来，冲向爆炸现场，他也许认为随同人群转身折回会更安全。

顷刻间，雪橇周围就聚拢起兴奋的人群。这位国务大臣兼镇压委员会主席从雪橇里爬出来，毫发未伤，站在深深的积雪里，身旁是痛苦呻吟的车夫。他用有气无力、失去音色的嗓音反复向人群哀求："我求求你们闪开：看在上帝分上，求求你们这些好人闪一闪。"

两栋房屋开外，有个高个子年轻人一直静静地站在一个马车道入口处，这时他跨步上街，一边疾走，一边猛力将另一颗炸弹扔了过来。在这位大臣兼主席俯身探视垂死的仆人之际，炸弹飞过人群头顶，实实在在地砸中他的肩膀，落在他两腿之间，而后一阵猛烈的爆炸，眨眼间就炸死了他，也结果了伤者的生命，几乎炸烂了那辆空雪橇。随着一阵惊恐的喊叫，人群散开，四处奔逃；只剩下那些站得离大臣太近而被当场炸死或身受重伤、生命垂危的，还有一两个人没跑出几步就扑倒在地。

第一次爆炸像是具有某种魔力般迅速聚拢起人群，而第二次爆炸同样迅速地在方圆数百英尺的街面上制造出一片荒芜。透过纷飞的雪花，人们远远可以看到现场两匹死马残骸旁矮小的尸堆。尸体叠在一起，没人敢靠近，直到一群在马路上巡逻的哥萨克骑兵[①]策马赶到，下马开始翻检尸体。在第二次爆炸中遇难的无辜受害者被放在马路边的人行道上，其中有一具尸体穿着农民的羊皮袄；但面部已无法分辨，在破旧衣服的口袋里什么也没发现，这是唯一一具无法确认身份的尸首。

那天拉祖莫夫先生和往常一样按时起床，上午在学校教学楼听课，又在图书馆看了一会儿书。下午两点他照例来到学生旅馆吃午餐，在餐桌上首次听到有关爆炸案的传言，可惜语焉不详。这类消息一般仅在私下口耳相传。在俄国，尤其作为学生，如果对某些传言兴趣过大，可不总是件安全的事。生活在一个心理不安、政治动荡的时代，拉祖莫夫和众人一样，本能地追求正常而踏实的日常生活。他清楚自己身处的时代给人造成的精神紧张；他甚至用某种模糊的方式对

① 沙俄军队中的精锐骑兵，以骁勇善战著称，常被用来镇压国内叛乱。

这种紧张进行回应。但平时他主要关心的还是工作、学业和他自己的前程。

无论是名义上还是事实上，拉祖莫夫都没有家庭（大祭司的女儿早已过世），因此他的种种观点和情感也就不受任何家庭影响。他活在世上就像一个人在深海里游泳一样孤独。拉祖莫夫这个名字仅是某个孤独个体的标签。任何地方都没有他在亲缘上归属的拉祖莫夫家庭。他是俄国人，要说他最亲密的父母那就是俄罗斯了。他想从生活中获得的一切东西都只能由这条纽带来裁夺是给予还是拿走。这一巨大的母体遭受着内部纷争的剧痛，而他在心理上是不愿卷入纷争的，就像一个心地善良的人不愿在家庭内部争吵中明确站在任何一方。

在回住处的路上，拉祖莫夫思忖着，对于即将到来的考试已经准备停当，接下来他能够全力以赴地写作参评论文。他孜孜以求的银质奖章由教育部颁发；参评者名单将会提交部长本人。在高层圈子里，有资格参评本身就颇值得称道；而获奖者更将会在获得学位后有资格为自己在行政机构谋得一份较好的差事。作为学生的拉祖莫夫现在正踌躇满志，全然忘了给他奖励和职位的体制本身的稳定性正面临着各种威胁。而一想到去年的奖章获得者，拉祖莫夫，这个无父无母的年轻人，又变得清醒起来。记得去年那位得奖者收到官方正式的评估鉴定时，他和其他几个人正在此人的住处。这位获奖者是个沉默寡言的谦逊的年轻人：“不好意思，”他一边说着，一边拿起他的帽子，脸上带着些许歉意的微笑。“我要出去订一些酒。但首先我要给家人发一封电报。瞧瞧！老人们要不把方圆二十里的街坊邻居都请来热闹一番才怪呢。”

拉祖莫夫想，在世上他不会遇上这种事。他的成功与其他人无涉。但他对自己的贵族保护人并不心存怨艾，此人不是人家通常以为的某位外省要人。事实上他正是K亲王，一位当年曾煊赫一时的人物，如今风光不再，沦为一个身患痛风的上议院议员，过着依然豪奢但更居家的生活。他有妻子和几个年幼的孩子，和他本人一样一副贵族派头，傲气十足。

拉祖莫夫平生只被允许和亲王有过一次私人接触。

当时是在律师的办公室里，有点不期而遇的味道。那天拉祖莫夫按约定的时间进来时，发现里面站着一个陌生人，高个子，一身贵族气质，留着柔软光滑的灰色络腮胡子。秃顶、狡狯的小个子律师大声说：“进来，快进来，拉祖莫夫先生。”热情的语气中流露着讥诮。他接着转过身对气宇不凡的陌生人谦恭地说：“我的一个受监护人，阁下。是圣彼得堡大学他所在专业最有前途的学生。”

拉祖莫夫颇为惊讶地发现一只白皙好看的手朝他伸了过来。他懵懵懂懂地握住（这只手柔软而不带力度），耳畔同时传来高傲的低语声。他听不清楚，只听到“不错”和“刻苦”。最令拉祖莫夫感到惊讶的是，这只白皙好看的手在收回之前突然明显地一握：轻轻的一握，像一个暗号，包含着剧烈的情感。拉祖莫夫的心都快跳到嗓子眼了。当他抬起目光，发现这位贵族大人正示意小律师让开，自己开了门径直而去。

律师翻找了一会儿写字台上的文件，冷不防问道，“你知道他是谁吗？”

拉祖莫夫的心此刻还在怦怦直跳，默默摇了摇头。

“他是 K 亲王。你一定奇怪，他到我这个法律界小人物的耗子洞里来做什么？这些有头有脸的大人物和我们这些普罗罪人一样，也有他们多愁善感的好奇心。若换成是我，基洛·希多洛维奇，”他斜睨拉祖莫夫，故意在父姓上加了重音，继续说，“我不会到外面去吹嘘今天的这次相识。那样太不检点，基洛·希多洛维奇。哦不要那样做，否则会危及你的前途。”

年轻人的耳朵火烧火燎；他的视线变得模糊，“这个男的！”拉祖莫夫喃喃自语。“他！”

从那以后拉祖莫夫养成一个习惯，只要遇见蓄着灰色络腮胡子的陌生人，脑子里就念叨着这个单音节字。也就是从那时候起，每当走到较为繁华的地段，他就会留意印有“K亲王”标志的豪驹名车。有一回他看见 K 亲王夫人从车里出来——她在购物——身后跟着两个女孩，一个比另一个高出近一个头，两人的金发都按英国样式松散地披在背后；她们的眼睛里笑意盈盈，她们的大衣、手筒和小皮帽都一模一样，脸和鼻子被风霜冻得微微泛红，反而更显精神。她们从拉祖莫夫面前的人行道穿过，拉祖莫夫没有停下脚步，羞涩地微笑着。“他”的女儿们。她们长得像“他”。年轻人对这两位姑娘怀有一种温暖的情谊，尽管她们永远也不会知道他的存在。她们不久就会嫁给将军或贵人，生下自己的儿女，而她们的子女只会把他视作一位年老的名教授，也许会冠以枢密院委员的名头，在俄国也算个光环——仅此而已。

但名教授也是个有脸面的人物。荣誉会把拉祖莫夫这个标签变为受人尊敬的姓氏。作为学生的拉祖莫夫渴望荣耀，这不奇怪。一个真实的人生，在他看来，就存在于他人出于尊重或血亲之爱赐予的看法里。拉祖莫夫返回住处的这天恰逢P先生遇袭，而他还在决心为银质奖章奋力一搏。

拉祖莫夫走进自己寄宿的房子，爬了四段又黑又脏的楼梯才上到自己的住处，他对成功充满信心。获奖者的名字将会刊登在元旦那天的各大报纸上。一想到“他”可能会读到自己的名字，拉祖莫夫不由得在台阶上短暂停顿片刻，为自己此刻的心情轻轻发笑。“这只不过是个幻影，”他心想，“但奖章却是个实实在在的开端。”

拉祖莫夫脑海中装着发奋用功的念头，屋内温度也舒适宜人，催人奋进。“我要好好学上四个钟头，”他想。然而他还没关上房门，就被眼前的一幕吓呆了。薄暮时分，在屋内高大的白瓷砖煤炉炉火的映照下，一个陌生的身影黑乎乎地立在那里，穿着一件带裙边的棕色紧身棉大衣，腰间束带，脚蹬长靴，头上戴着一顶小阿斯特拉罕帽。这身影矫健而威武地朝他逼近。拉祖莫夫顿时惊慌失措起来。这人又靠近两步，沉稳严肃地问房子大门是否关好，拉祖莫夫这才回过神来，又恢复了说话的能力。

“霍尔丁！…… 维克多·霍尔丁！……是您吗？……没错。外面的门关好了。可真没想到您在这里。”

维克多·霍尔丁也就读于圣彼得堡大学，在同辈人中岁数偏大。他不算是个勤奋苦读的学生。在课堂上几乎见不到他；校方对他的评语都是“不安分”、“不规矩”——非常糟糕的评价。但他在同学中享有极高的威望，能够影响他们的思想。拉祖莫夫和他从没有过亲密交往。他们有时会在其他学生住处举行的聚会上碰面，有次甚至还讨论了一番，话题是关于吸引青年人热血思想的几个首要原则。

拉祖莫夫本希望霍尔丁最好换个时间过来聊天。他感觉今天状态正佳，适合准备参评论文。但霍尔丁可不能轻易被打发，于是拉祖莫夫换用客套的口吻，招呼他坐下抽烟。

“基洛·希多洛维奇，”霍尔丁说，将帽子扔到一边，“我们也许不属于同一阵营。你的判断更具哲理。你平时话虽不多，但我至今还没见到有人敢质疑你的宽广胸襟。你性格坚强，这背后必定有勇气支撑。”

拉祖莫夫有些受宠若惊，羞涩地嗫嚅一番，感谢对方的美言。这时霍尔丁抓起了他的手。

“我刚才躲在下游河边贮木场时就是这么想的。”他继续说道，“我想‘这个青年有坚强的性格，他不随波逐流’。基洛·希多洛维奇，你的内敛一直吸引我。所以我努力记住你的地址。但瞧瞧——这里面也有一点运气成分。当时这幢楼的门房不在，跑到马路对面去和一个拉雪橇的聊天。我在楼梯口没遇到人，连个人影都没有。我上到你这层时发现女房东正从你房间出来。但她没看见我。她穿过楼道进了自己的房间，然后我才趁机溜进来。我在这里已经待了两个小时，每时每刻都盼着你回来。”

拉祖莫夫听得目瞪口呆；但他还没来得及张口，霍尔丁又一字一顿地补充道，“今天早晨是我把 P 先生除掉的。”

拉祖莫夫低低地发出一声惊恐的叫声。他这辈子粘上这样的罪行就算彻底毁了，想到这里，拉祖莫夫脑海中诡异地迸出一句不无调侃的话，“我的银质奖章没了。”

霍尔丁停了一会儿又继续说道——

“你一言不发，基洛·希多洛维奇！你的沉默我能理解。我当然不会指望你用你那英国式的拘谨作风来拥抱我。但你不必在意举止。你有充分的良知，肯定能听到此人在这块土地上激起的切齿哀嚎。那足以使人抛弃所有迂执的期望。他正在摧毁幼苗。他必须被制止。这个人非常危险——一个冥顽不化的人。他再干上三年，我们就会被套上五十年的枷锁——想想那会浪费多少生命，失去多少灵魂啊。”

他简洁自信的嗓音刹那间不再铿锵有力，只是有气无力地补充了一句，“是的，兄弟，我宰了他。这可真是累人的活。”

拉祖莫夫跌坐进椅子里。时时刻刻他都感觉会有一群警察冲进来。现在外面一定有成千上万的警力在搜寻这个正在他房间里来回走动的男子。霍尔丁用克制平稳的语调再次开口，还时不时挥动手臂，但动作迟缓，也不兴奋。

他告诉拉祖莫夫自己如何花了一年时间筹划；如何一连数周都没好好睡上一觉。他和“那人”昨天晚上从“可靠人士”处得知大臣的行踪。他和“那人”准备好“家伙”并决定“事成”后再睡。他们带着“家伙”冒雪在马路上溜达。这个夜晚像一辈子那样漫长，他们彼此一言不发。遇到巡逻的警察，他们就挽起手臂，装成一对发酒疯的农民。他们跌跌撞撞，嗓音沙哑地说着醉话。除了发出这些奇怪的声响，他们一声不吭，继续前行。他们的行动方案早已定好。拂晓时分，他们赶往行动地点，知道这里就是雪橇的必经之地。当大臣乘坐的雪橇出现时，他俩小声道别，分头行动。“那人”待在街道拐角处，霍尔丁站在马路上一个稍远的位置……

扔完“家伙”他撒腿就跑，但很快就被第二次爆炸后惊慌逃窜的人群撵上了。他们惊恐万状。他还被推搡了一两下。他放慢步伐，好让人流越过他，然后向左拐进一条狭窄的街道。这时只剩下他一个人。

他自己都不敢想象能这么快地逃之夭夭。大功告成。他觉得难以置信。他竭力打消想躺在人行道上睡一觉的强烈渴望。但虚弱感——一种困倦的虚弱感很快就过去了。他加快步伐，前往城里的一个贫民区，去找一个名叫兹米安尼奇的人。

这个兹米安尼奇拉祖莫夫知道，算是城里的一个过得去的农民，有几辆不多的雪橇和马匹供出租。霍尔丁讲到这里故意顿了顿，赞叹道——

“磊落的心灵！坚强的灵魂！圣彼得堡最好的车夫。他驾驭着三套车……啊！真是条汉子！”

此人声称自己随时愿意将一两个人安全地带出城，转移到南下火车线的第二个或第三个站点。但前天晚上时间太紧，霍尔丁来不及和他事先打招呼。兹米安尼奇好像通常爱去位于城郊的一家寒碜的小餐馆。霍尔丁到了那里却没有找到他。人们估摸他晚间才会再来。霍尔丁只好心神不定地悻悻而去。

广阔荒寒的大路上厉风劲吹。霍尔丁瞧见贮木场大门敞着，便进去避风。砍好的大堆木材上覆盖着积雪，四四方方地堆砌在一起，宛若一间间乡村小木屋。起初看门人看见蹲在木材间的霍尔丁时说话还算客气。他是个干瘪的老头，里外套着两件破旧的军大衣；他的小脸干枯，用一块红色脏手帕系在下颌和耳朵之间，显得滑稽可笑。这时他沉下脸来，接着突然没头没脑、语无伦次地咆哮起来。

“你这个二流子还赖在这里干吗？你们这些工厂干活的我们都能认出来。全都是些五大三粗的年轻人。你都没喝高。你赖在这儿想干什么？你可吓不倒我们，贼眉鼠眼的，还不快滚。”

霍尔丁在坐着的拉祖莫夫面前停下来。他的身材轻盈，白皙的额头上一头金发直立，面容显得高贵而英武。

“他说我长得贼眉鼠眼，”他说，“所以我就……在这里了。”

拉祖莫夫努力用镇静的口吻提问。“可是，对不起，维克多·维克托维奇。我俩并不太熟……我不明白为什么你……”

“信任，”霍尔丁说。

这个词封住了拉祖莫夫的嘴唇，像是有一只手盖在了他的嘴上。但他的脑海中却翻江倒海，涌动着各种念头。

“于是——你就来到这里，”拉祖莫夫从牙缝里挤出这几个字。

对方并未察觉他话里的忿恨口气。想都没往这上面想过。

“对。没有人知道我在这儿。如果我被捕，你是最没有嫌疑的。要知道，这是一大优势。嗯，既然在和像您这样优秀的人交谈，我不妨将真相和盘托出。我主要考虑到无人依傍你——你无牵无挂，万一出了什么事不会有人为此痛苦。太多俄罗斯家庭因为这样的事情就毁掉了。但我感觉来你这里一路上应该没人知道。而且如果我被抓——无论他们怎么对我，我都知道该如何守口如瓶，”霍尔丁严肃地补充了一番。

拉祖莫夫仍然呆若木鸡地静坐着，而霍尔丁又开始走动起来。

“你是以为——”拉祖莫夫义愤难平，连说话的声音都发颤了。

“是的，拉祖莫夫。是的，兄弟。总有一天你们要为建设出力。你会以为我是个恐怖分子，现在——一个毁灭者。但请想想，真正的毁灭者毁灭的是进步和真理的精神，而不像复仇者这样仅仅杀死人类尊严迫害者的肉体。我们这些人终究要让位于你们这样内敛的思考者。好吧，我们已经将生死置之度外，但如果能成功，我也想逃生。逃生不是为了挽救自己的生命，而是为了保存力量。我不愿碌碌无为地度过一生。哦不！拉祖莫夫，千万别犯傻。我这样的人不多了。还有，除此之外，这种事情，如果袭击者逃遁得无影无踪，会令压迫者更感恐惧。他们会在自己的办公室和皇宫里吓得瑟瑟发抖。我想让你做的就是帮我逃遁。那并不是什么了不起的事。只要替我到今天早晨我去的那个地方找这个叫兹米安尼奇的人。只要对他说，‘你的熟人要你准备一辆配上好马的雪橇，在半夜十二点半时到往卡拉贝尼亚上游的第七个灯柱处，停在路的左侧。如果到时没人出现，就驾着雪橇沿着周围的街区转个圈，大约十分钟后再回原处。’”

拉祖莫夫纳闷自己刚才为何不早早打断谈话下逐客令。是性格软弱还是有其他原因？

他将此归结为一种良好的直觉。霍尔丁肯定已经暴露了。不可能没人发现这个第二颗炸弹投掷者的面孔和外貌。霍尔丁是个引人注目的人。上千警力用不上一小时就能获得关于他长相的描绘。现在每时每刻危险都在滋长。现在把他轰出去，他肯定落个束手就擒。

警察将会很快弄清有关霍尔丁的一切。他们将着手调查这起阴谋。所有霍尔丁认识的人都将深陷险境。平时那些口无遮拦的话，鸡毛蒜皮的小事现在都会被视为种种罪行。拉祖莫夫想到自己讲过的某些话，听过的那些演讲，参加的那些无关痛痒的集会——一个大学生要是对这些躲得远远的，是不可能不引起同伴的疑心的。

拉祖莫夫看到自己被羁押在一处要塞[①]，遭受恐吓、盘

① 在沙皇俄国，很多监狱由中世纪废弃的要塞改装而成。

问甚至凌虐。他看到政府的一道指令将自己放逐，他的人生就这样破碎、毁灭，被剥夺了一切希望。他看到自己——最好的下场——在警方的监视下，在某个外省小城度过残生，没有朋友帮忙料理基本生活，哪怕随便做点什么为自己排忧解难——像其他人有的那样。别人有父母，亲戚，弟兄，关系，都会千方百计想办法——他却无依无靠。就算那些当官的在上午给他判刑，日落前就会把他给忘了。

他看到自己的青春就将在孤苦伶仃，食不果腹中逝去——体衰力微，思想颓废。他看到自己在街头匍匐挣扎，形销骨立，衣衫褴褛，最后在某个逼仄污秽的房间或公立医院肮脏的床铺上奄奄一息，无人照看。

他不寒而栗。接着一股苦涩的镇定朝他袭来，心情反而平静下来。现在当务之急是想方设法阻止此人上街，一直等到他能瞅准机会逃跑时再摆脱他。这是目前最好的办法。当然，拉祖莫夫明白，自己孤寂的生活从此以后将永远不得安宁。只要此人还活着，只要现在的体制继续存在，他今晚的所作所为就可能随时为自己招来祸患。此刻对于拉祖莫夫来说，它们显得既合情合理又坚不可摧。它们具有一种和谐的力量——与眼前这人代表的恐怖混乱形成鲜明对照。他恨这个人。他平静地对他说——

“好的，当然，我会去。你必须告诉我确切方位，其他的——交给我吧。”

"啊！你真是条汉子！镇静自若——冷静异常。一个标准的英国人。你的灵魂是如何修炼出来的？像你这样的人真不多。看看这里，兄弟！像我这样的人虽然无儿无女，但我们的灵魂不灭。人的灵魂永远不灭。它本身就能发挥重要作用——否则诸如自我牺牲、以身殉道、坚定信念和崇高信仰从何而来？这些都来自于灵魂。如果我注定难逃一死，——很快——也许非常快，我的灵魂会化作什么？我的灵魂将注定不灭。拉祖莫夫，千万别犯傻。这不是一起谋杀——这是一场战争。我的灵魂会借助某个俄罗斯人去继续战斗，直到把一切谬误从世间扫除。现代文明是谬误，但一场新的革命将在俄国爆发。啊！你还是一言不发。你是个怀疑主义者。我尊重你的怀疑精神，拉祖莫夫，不过请不要让这种怀疑触及灵魂。俄罗斯的灵魂存在于我们所有人的心中。它有着光明的前途。它担负着神圣的使命，我告诉你，不然的话我受什么驱使去干这种事——不计后果——像个屠夫——在一群无辜民众中——大开杀戒？我！我！……我平时连苍蝇也不会伤害的！"

"不要这么大声，"拉祖莫夫厉声警告。

霍尔丁突然坐下，头靠在自己交错的双臂上，热泪盈眶。他哭了很长一段时间。房间里暮色渐浓。拉祖莫夫听着抽泣声，一动不动地陷入阴郁的狐疑中。

对方抬起头，站了起来，努力控制自己的嗓音。

“是的。像我这样的人不会留下子嗣，”他压低嗓音又重复了这句，“但我有个妹妹。她和我的老母亲在一起——我今年说服她们去了国外——感谢上帝！我妹妹是个不错的姑娘。她有着古往今来这世上最诚挚的眼睛。我希望她能找个好人家。她会生很多孩子——没准还是男孩。看看我。我父亲以前在外省做官，略有薄产。他是个淳朴的教徒——用他自己的方式去做一个真正的俄罗斯人。他有着驯服的灵魂。但我不像他。别人说我像我的大舅，一个军官，1828 年被枪毙了。[①]你知道，那时是尼古拉一世在统治。我有没有告诉你这是一场战争，战争……噢，正义之神啊！这真是苦差事。”

拉祖莫夫坐在椅子上，他的头靠在自己手上，说话声音像是从地狱底层传来的。

“你信上帝吗，霍尔丁？”

“你们总是孜孜以求从某一处得来的话。这能怎样呢？有个英国人怎么说来着，‘万物皆有神性……’[②]见鬼——我现在想不起来了。反正他讲的是实情。如果哪天你们这些思想者得势，请别忘了俄罗斯灵魂中也有神性——那就是逆来

---

① 康拉德此处可能暗指 1825 年 12 月 26 日“十二月党人”起义。当时一部分俄国青年军官率领三千军人在圣彼得堡元老院广场拒绝向沙皇尼古拉一世效忠，发动起义，事败后大部分成员被处决或流放。

② 此处的英国人可能是指托马斯·卡莱尔（Thomas Carlyle）。

顺受。你们不安分的思想一定要尊重这种神性，不要让自己高傲的智慧毁掉这种神性在世间的使命。我现在和你说话，脖子上像套了个绞索。你如何看待我？一个叛乱分子？不。你们这些思考者才永远不安分守己。而我才是逆来顺受。一旦重任落在肩上，自己又明白不做不行——我是怎么做的？我欣喜若狂过吗？我引以为豪过吗？我考虑过后果和意义吗？没有！我逆来顺受。我只觉得‘上帝的旨意必被执行’。”

他把自己整个身子扑到拉祖莫夫床上，用手背遮住眼睛，一动不动，一声不吭。甚至连他的呼吸声都听不到。直到黑暗中拉祖莫夫阴郁地张口说话才打破房间里的死寂——

“霍尔丁。”

“嗯。”后者立即应了一声，但看不见他在床上，也听不到一丝动静。

“我该出发了吧？”

“好的，兄弟。”后者还在黑暗中躺着，听起来仿佛他在梦呓一般。“考验命运的时刻到了。”

他顿了顿，交代了一些清晰的方位，说话时像个怔怔出神的人，不带丝毫感情。拉祖莫夫没有应声便出发了。他离开房间时，声音从身后的床上传来——

“上帝与你同在，沉默的人。”

拉祖莫夫动作很轻地来到楼梯过道，锁好房门，把钥匙放进口袋里。

II

那天晚上的一言一行肯定像被一把钢锯深深刻在了拉祖莫夫的脑海中，所以时隔多月，他在记叙时依然能写得如此翔实精确。

其中关于在街上困扰他的种种思绪写得尤其详尽充分。由于思维挣脱了霍尔丁鬼祟的重压——那是一项重罪的骇人魅影和一种狂热的惊人威力，思绪愈加恣肆地向他奔涌而来。翻阅拉祖莫夫先生的日记，我觉得用“思如潮涌”这个词形容都还不够。

更恰切的描述应该是一场思绪的暴动——这才如实反映出他当时的心境。就像大多数人的思想都单纯有限一样，这些想法本身并不多，但它们没法在这儿被复述出来，因为它们惊人地重复出现，没完没了，乱七八糟。不过也难怪，这段路程走得太长了。

如果对西方读者来说拉祖莫夫的这些描写显得耸人听闻，不够体面甚至不成体统，请首先怪我叙述拙劣。其次我只能在这儿说这个故事并非发生在西欧。

虽说也许各国国民形成了本国政府，但政府反过来也同样影响着本国国民。很难想象一个英国年轻人如果处于拉祖莫夫的境况下会怎样，自然也就无法揣测他那时会作何感想。唯一可以有把握断言的就是他在这个命运攸关的时刻一定会与我们拉祖莫夫先生的想法不一样。对于一个有专制传统的政权会如何压制思想，守护权力，捍卫统治，他既无一贯的认识，也无亲身体会。他最大胆的想象也许不过是自己会被不问青红皂白地投入监狱。但除非他精神错乱（即使那样也不一定），否则绝不会想到鞭笞会成为自己被调查或受惩罚时的刑讯手段。

这不过是我为了说明俄国人和西方人想法的不同而草草所举的一个浅显的例子。我不知道这种危险，尤其在拉祖莫夫先生那里，意味着什么。无疑它已经不知不觉演化成危急时分常见的震惊和恐惧。拉祖莫夫看来已意识到专制政权如何可以不动声色地采取种种措施毁掉个体。只要将他从大学开除（这算是惩罚最轻的），并且无论在其他什么地方都无法继续求学，就足以毁掉一个想凭自己本事在世间谋生的年轻人。他是个俄国人：对他而言受到株连意味着径直跌入社会最底层，变得无可救药，一贫如洗，沦为城市的小偷扒手。

拉祖莫夫的独特身世，或者说他双亲的缺失，都对他的思想产生了影响。他自己对此也心知肚明。最近这个该死的霍尔丁还用一种独特的粗暴方式提醒他不要忘记这点。“难道就因为我无父无母，你们就可以拿走我其他的一切吗？”拉祖莫夫想。

他打起精神继续赶路。一路上雪橇在飘舞的白雪中响着铃铛，鬼魅般划过夜晚的黑色脸庞。“这是一起罪行，”拉祖莫夫想。“谋杀就是谋杀。虽然，当然了，它是为了建立某种自由体制……”

一股强烈的恶心感朝他涌来。“我一定要勇敢，”他暗暗告诫自己。一瞬间他仿佛被一只无形的手抽走了身上所有气力。紧接着凭着巨大的意志力他又重新恢复了些体力，因为他害怕昏倒在街头。他的口袋里装着他住处的钥匙，万一被警察扶回去就糟了。他们会在他家发现霍尔丁，那样他就真毁了。

奇怪的是，反而是这种恐惧感支撑着他挺到最后。周围行人稀少。在纷飞的雪花里，他们黑幢幢的身影蓦地出现在他身旁，须臾间又消失，连脚步声也没有。

这片是贫民区。拉祖莫夫注意到一个系着破旧方巾的老妪。在路灯下她就像一个收工的乞丐。她在漫天风雪中悠然踱步，好像反正无家可归所以走得不紧不慢。她用胳膊紧抱着一根圆形黑面包，那神色像是在看护一件偷来的无价之宝。拉祖莫夫把目光移开，暗自羡慕她宁静的心绪和波澜不惊的命运。

阅读拉祖莫夫先生的叙述，你会惊讶他怎么能沿着人行道在一眼望不到头的马路上一条接一条地走下去，而它们又渐渐被积雪阻塞。拉祖莫夫一想到锁在自己房间里的霍尔丁，心中就涌起强烈的愿望，想将他除去。这个念头驱使他朝前走。他现在的所作所为已经没有理性抉择的成分。因此，当他抵达那家简陋的小饭馆，得知兹米安尼奇这个马把式居然不在，只能傻傻地干瞪眼。

饭馆的侍者是个头发蓬乱的小伙子，穿着件粉色衬衣，脚上套着一双涂了焦油的靴子。他龇着牙傻笑，露出灰白色的牙龈，大声嚷嚷说兹米安尼奇当天下午一两点钟时喝得烂醉如泥，走时每边胳膊下面还夹着一瓶酒，估计是准备带回马群里享用——他这样猜想。

这家污秽小店的老板是个矮瘦的男子，穿着一件直垂到脚后跟的脏布长衫，站在一旁，手插到裤带里，点头称是。

饭馆里浓烈的酒气和食物腐臭油腻的热气令拉祖莫夫作呕。他握紧拳头猛捶桌子，怒喝道：

“你说谎。”

好几张模糊不洁的面孔闻声朝这边转过来。邻座一个正在喝茶的目光温和、衣衫褴褛的流浪汉见此情景把身子朝远处移了移。屋内响起好奇的私语声和不安的交谈声。还能听到一阵大笑和一片幸灾乐祸的提醒声：“那儿！在那儿！”伙计环视四周，对在座的食客说——

“这位先生不相信兹米安尼奇喝醉了。”

这时从饭馆远角传来一个沙哑的嗓音。说话的人脸庞黝黑，面目说不出的可怖粗野，像只戴口套的狗熊在生气地嘟囔着——

“那个该死的贼车夫！这位先生想要我们干什么？我们可都是本地的老实人。”

拉祖莫夫将嘴唇咬到出血才强忍住没有咒骂。小店老板边对拉祖莫夫小声说“请跟我来，少爷”边带他到木质柜台后面一个狭小的隐匿处，那里传来泼溅的水声。一个浑身湿漉漉的家伙，伏在木盆上借着微弱的烛光在洗杯子，看不清是男是女，像个瑟瑟发抖的稻草人。

这个身穿长衫的男子无可奈何地说道：“好吧，少爷。”他褐色的小脸透着股精明劲儿，留着稀疏的灰胡子。他将一盏锡皮灯笼拿到胸前费力地点上，嘴里唠唠叨叨地咕哝着。

他要带这位先生去看看兹米安尼奇，以证明没有人撒谎。让他亲眼看看兹米安尼奇的醉态。兹米安尼奇的女人昨夜好像跑了。“她就是个母夜叉！贱人！我呸！”他啐了一口。“这些女人总想甩掉这个鬼车夫——他也是六十岁的人了，肯定受不了老婆跑掉。但话说回来，自己的苦自己知，兹米安尼奇这辈子天生愚钝，他还会继续贪杯。他总说：‘在我们这里没有酒怎么活？’他真是个地道的俄国人——猪猡……请跟我来。”

拉祖莫夫穿过一个四方院，院子里积雪很厚，四周高墙环绕，墙上有无数扇窗户。到处可见四四方方的黑色窗户里透着昏黄的灯光。整幢房子就是个巨大的贫民窟，像蜂箱一样密密麻麻地住着害人精。这所承载苦难的房子高耸着，仿佛指向饥饿和绝望。

在院子的一角，地势遽然倾斜。拉祖莫夫借着灯笼的亮光从一个逼仄的入口进入一个狭长的洞穴般的地方。看起来像是个埋在地下的废弃的牲口棚。透过灯笼的微光可以看到棚子最里面有三匹系着铃铛、毛发蓬乱的小马。它们低垂的头挤在一块儿，模模糊糊地一动不动。这肯定就是大名鼎鼎的要为霍尔丁逃亡助阵的三套车了。拉祖莫夫胆怯地朝暗处瞧了瞧。引他来的人在一旁用脚扒拉着稻草。

"他就在这里。哈！这个傻瓜。真是个地道的俄罗斯人。他老说：'我这人没心没肺。把你的酒拿来，把你的丑脸拿开。'哈！哈！哈！他就是这样的家伙。"

老板把灯笼举到这个趴卧着的家伙身体上方。他显然还穿着户外的衣服，头蒙在尖形的布风帽里，套在怪模怪样的厚靴子里的一双脚从稻草堆的另一头伸出来。

"他时刻准备去驾车，"小饭馆的老板在一旁议论。"一个真正的俄罗斯车夫就是这样。只要兹米安尼奇心情好，圣徒还是恶魔，白天还是黑夜，对他来说都一样。他老说：'我不管你是谁，只关心你去哪儿。'他会驾着车把撒旦送到地狱里，然后咂吧着嘴逗着马儿再回来。许多坐过他车的人现在身上响着镣铐的铛啷声在内特琴斯克[①]挖矿呢。"

① 位于西伯利亚，十八、十九世纪期间遭流放的犯人在此从事苦力劳动。

拉祖莫夫哆嗦着。

“去把他叫醒，”他颤声道。

另一个人把灯笼放下，朝后退了一步，用脚猛踢这个躺着熟睡的家伙。他被踢得晃了晃，但身子并没动。踢到第三脚，他才嘟哝了一声，但反应还是和先前一样麻木迟钝。

掌柜收住脚，长叹了一口气。

“你已经亲眼看到了。我们能做的都为你做了。”

他拾起灯笼。灯笼的影子像漆黑的车轮辐条在地上晃动着光圈。一股狂怒，出于自我保护而萌生的无名怒火——紧紧攫住了拉祖莫夫。

“啊！这个孽畜！”他用怪异的语调吼叫着，声音震得灯笼直颤。“我来叫醒你！给我……给我……”

他的目光怒扫四周，从牲口棚里找到一根断叉把，向前冲去，猛击躺在地上的躯体，嘴里听不清在喊什么。过了一会儿，他的喊声消失了，在这间安静、昏暗、地窖似的牲口棚里只听见雨点般的击打声。拉祖莫夫怀着无尽的怒火痛殴兹米安尼奇，阵阵击打声砰砰作响。牲口棚里除了拉祖莫夫剧烈的动作外，其他的一切都纹丝不动，就连挨打的人和像车轮辐条的灯笼影子在四周的墙上也一动不动。这真是诡异的一幕。

突然传来一声脆响。叉子把打折了，半截飞了出去，落到不见光的暗处。与此同时，兹米安尼奇坐了起来。见此情景，拉祖莫夫和提灯笼的人都愣住了——只有拉祖莫夫的胸口起伏地喘着粗气，仿佛就要迸裂开来。

这天晚上，被霍尔丁盛赞的“光明的俄罗斯灵魂”在酒精的麻醉中也一定隐隐感受到疼痛。但兹米安尼奇显然什么也没看见。在灯光中，他翻了翻白眼——接着眼睛就没了神。一时间他坐在稻草中双目紧闭，样子怪怪的，像是在苦思冥想，接着就悄无声息地缓缓倒向一边。只听到稻草发出的簌簌声。拉祖莫夫瞪着眼睛喘息着。过了片刻，他听到一阵轻微的鼾声。

拉祖莫夫扔掉留在手里的半截叉子把，迈开大步头也不回地匆匆离去。

沿着马路魂不守舍地走了大约五十码，拉祖莫夫走到一个积雪堆里，直到雪没到膝盖他才停下来。

他这才有点回过神来，环顾四周发现自己走错方向了。他沿着原路折返回去，步伐也慢了下来。经过刚才那所房子时，他狠狠地朝这所昏暗的充满苦难和罪恶的庇护所挥舞了一下拳头。这所房子在白雪覆盖的洁白地面上支立起邪恶的身躯，像在做沉思状。他任由手臂垂到身侧——颓然的。

拉祖莫夫为兹米安尼奇不可自拔地陷入忧伤，借酒浇愁感到困惑。这就是人民！一个真正的俄罗斯人！拉祖莫夫痛打了这个畜生，这个霍尔丁所谓的“光明的灵魂”一顿，感到很快慰。这就是他俩：人民和狂热分子。

他夹在这两个家伙中间。一个是醉醺醺的毫无行动能力的农民，一个是沉浸在白日梦里分辨不清人心事理的空想者。这是种可怕的孩子气。但孩子需要管束。“啊！棍棒，棍棒，还有铁腕，”拉祖莫夫想，心里盼望着威权来摧毁和消灭。

他很快慰自己刚才抽打了那个畜生。这一顿武力的发泄让拉祖莫夫通体舒泰。经过一通暴力的宣泄，疯狂劲过去了，他焦虑不安的心情也冷静下来。现在除了持久的恐惧感，他还感到一种平静却无法排遣的仇恨。

他走得越来越慢。并且，一想到自己房间里的来客，他就很自然地想待在街上不回去。这就仿佛一个人身染沉疴，也许不是绝症，却被剥夺了一切生之乐趣——这样一种不易觉察的瘟疫能将人间变成地狱。

那人现在做什么呢？是不是还用手背蒙着眼睛，像死人一样躺在床上？拉祖莫夫病态生动地想象着霍尔丁躺在床上的情景——脑袋陷在白色枕头里，腿上套着长筒靴，脚向上翘着。他恶毒地想，“我一回家就把他宰了。”但他心里十分清楚，这样做于事无补。一具套在脖子上的尸首[①]和活人

① 康拉德此处引用浪漫派诗人柯勒律治的《古舟子咏》一诗中的典故，叙述者射死了信天翁，为船员带来灾难。他们摘下了他的十字架，把信天翁的尸体挂在他的脖子上。

对他同样致命。要做就得把他消灭得干干净净。而那又是不可能的。怎么办呢？难道人非得自尽才能躲避这种飞来横祸吗？

拉祖莫夫既绝望又忿恨，还是无法接受这件事。

想到不知要与霍尔丁在一起待多久，一有风吹草动就惶惶不可终日，这令他感到绝望。不过这个家伙如果得知兹米安尼奇“光明的灵魂”因醉酒而失色，说不定会去其他地方避祸。不过这看起来不太可能。

拉祖莫夫心想：“我正在被压垮——还无从逃避。”别人在世上都有一隅避身之所——哪怕是外省的某个小屋，起码能躲避麻烦。一个实实在在的藏身之处。而他连一个可以给予自己信心的精神庇护所都没有。天地之大，他能找谁去倾诉呢？

拉祖莫夫跺了跺脚——透过脚下地毯般松软的积雪感觉到坚硬的俄罗斯大地，死气沉沉，冷酷无情，没有生机，像是一位将脸蒙在裹尸布下的阴郁忧伤的母亲。这就是生他养他的国土！他自己的土地，没有亲情，没有关心！

他又抬眼向上看，不禁惊讶地站住了。雪已经停了，此刻，像是一个奇迹，他看到北国冬日澄澈的夜空点缀着熠熠生辉的星光，恰好映衬出积雪的晶莹皎洁。

拉祖莫夫几乎可以真切地感受到空间的无垠和数字的无限。

拉祖莫夫的这种敏感源于俄罗斯人对空间和数字与生俱来的承袭。壮丽浩瀚的天宇下，白雪覆盖着无尽的森林，冰封的江河和广袤的乡村。白雪抹去了地面的标识，地形的崎岖，用白色一统万物，像一张巨型白纸等待着书写一段离奇的历史。白雪覆盖着这片逆来顺受的土地，和这块土地上生活着的许许多多兹米安尼奇这样的百姓，还有少数霍尔丁这样的煽动者——从事着愚不可及的谋杀。

这块土地上的逆来顺受具有一种近乎神圣的惯性。拉祖莫夫对此心怀敬意。一个声音在他心里呐喊，“不要碰它。”随着时运交移，这种惯性能确保持久，确保安全——它不会转化成思想多变、行动激烈的革命——而会演变为和平安宁。它需要一个民族在意志上强力统一，而不是在思想上互相倾轧：它不需要众声鼓噪，只要一个人——大一统的强人！

拉祖莫夫处在思想转变的边缘。他现在着迷于大一统的方式方法，和大一统的威权逻辑。因为统一有序的思想永远也不会犯错。谬误只会深深扎根于生活的窘迫中，深深扎根于埋藏心底的恐惧和羽翼未丰的野心中，我们内心深处对自我的半信半疑中，对希望的热爱和对未卜岁月的担忧中。

在俄国这块充满幽灵般思想和游魂般抱负的土地上，许多勇敢的心灵最终都放弃了无穷无尽、徒劳无功的斗争，转而投向它那贯穿古今的巨大现实。他们为了安抚自己的爱国良知转而认同专制，就如同一个疲惫的不信教者，承蒙神的眷顾，回归祖先的信仰以求心安。拉祖莫夫如同在他之前的那些俄罗斯人，内心做着自我斗争，感受到这种专制对他的眷顾。

“霍尔丁意味着破坏，”拉祖莫夫边想边重新迈开步子。“他怀着愤怒，谈论着枷锁——还议论上帝的公正，这些到底指向什么？归根到底都指向破坏。与其把一个民族变成一盘散沙式的群氓，像风中的尘埃那样无助，还不如让成千上万的人遭受折磨。蒙昧黑暗要好于熊熊燃烧的火炬之光。种子会在黑夜里萌芽。黑色的土壤会长出完美无缺的植物。但如果来一场火山爆发，只会造成贫瘠，将沃土变为废墟。像我这样的爱国者——虽然身无长物却满腔爱国热忱——难道我该任由我的未来，也许还有我的价值，被这个嗜血的疯子给毁了吗？”

专制的眷顾已经进入拉祖莫夫的思想。他现在相信那个专制者会如约而至。

什么是王位？不过是蒙着天鹅绒的几片木头。但王位也是权位。政府这种形式在形状上像工具，像器械。两万个夸夸其谈者倘若因高尚情操而膨胀，并互相倾轧、各不相让，那他们只不过是一堆可悲的麻烦，无法掌握权力，无法掌控意志，什么也无法给予。

他一路上就这样想着，也不看路，只顾着在内心激烈而熟练地与自我交流。过去通常只有经过一番自觉而艰苦的探求，他才能慢慢地想出措辞。但现在他受到某种高级力量的启发，变得雄辩滔滔，就像某些宗教信徒一旦皈依后变得口若悬河一样。

他感到一种朴素的喜悦。

“我的思维清晰明辨，实在不懂那个家伙的奇谈怪论在云遮雾绕地指向什么？”他想。“这里难道不是我的国家？难道我没有四千万弟兄？”他问自己，沉寂的胸膛中升起毋庸置疑的得胜感。就连刚才对麻木的兹米安尼奇那一顿抽打现在看来也象征着一种亲密无间的团结，虽然悲怆而严苛，但也是出于手足之情而不得不为之。“不！如果我不得不受难，我至少要为自己的信仰受难，而不能为受我的理性——我那冷静崇高的理性——排斥的罪行受难。”

他停下来思考片刻。心中是彻底的沉静。但他也感到一丝疑惑不安，就像我们步入一个没有点灯的陌生场所时可能会感到的那样。这是在黑暗中产生的非理性感觉，是对看不见的事物荒唐可笑的畏惧。

当然拉祖莫夫还远算不上是位老派的极端保守分子。世上没有完美无缺的事物。专制的行政体系……滥用权力……腐败……诸如此类。现在缺的是能干的人，开明的思想，具有奉献精神的心灵。但是应该保留绝对权力给未来伟大的专制者——为人类准备的工具。拉祖莫夫信任专制者。历史的逻辑使得专制者无法避免。这个国家的人民也需要专制者。他在心里热切地自问：“难道还有别的东西能让民众朝同一方向一起行动吗？没有。只有专制意志才可以。”

他已经说服自己牺牲个人希冀的自由主义——拒绝这一颇有吸引力的谬误以迎合俄罗斯的严酷现实。“这是种爱国主义，”他在脑海中这样评论，又加了一句，“在这条路上不能半途而废，”接着又自我评价，“我不是个懦夫。”

拉祖莫夫的心胸再次归于一片死寂。他低垂着脑袋走着，也不给人让道。他慢慢地走着，思绪又回来了，在内心庄严而缓慢地诉说着。

“霍尔丁算什么？我又算什么？我们只是两粒砂子。但高山就是由微不足道的沙粒垒成的。死个把人或者死很多人都无足轻重。我们是在和一场传染性极强的瘟疫作斗争。我希望霍尔丁死吗？不！如果可以的话我会救他——但现在没人救得了他——他现在是枯萎的部分，必须要砍掉。如果我不得不因他而死，至少不能让我站在他这边死去，不能忤逆我自己的意志，不能将自己同他那对人对事一无所知的愚昧联在一起。我为什么要给后人留下错误的回忆呢？”

世上没人在乎他会留下什么回忆，这个想法在他脑海掠过。他立刻对自己呐喊道：“为了一个谬误而白白送死！……多么可悲的命运啊！”

他现在来到城里更为热闹的地段。路边两辆雪橇撞在一起，他也没吱声。一个雪橇车夫冲另一个哭喊着——

“哦，你这该死的混蛋！”

这沙哑的嘶喊声像在他的耳边发出，令拉祖莫夫心烦意乱。他不耐烦地摇摇头，直视前方继续前行。突然，他在马路正对面的雪地里看到霍尔丁仰面躺着，真切而醒目。他的双手朝内遮住眼睛，身穿棕色紧身大衣，脚蹬长靴，躺着的地方离马路有段距离，好像是故意挑选过的。周遭的雪也没有被践踏过。

这一幻觉太过逼真，以致拉祖莫夫的第一反应是想伸手去摸口袋，看看房间的钥匙还在不在。但他克制住这个冲动，嘴唇轻蔑地咧了咧。他明白这是幻觉，由于过分专注躺在自己床上的那个家伙，才导致在视觉上产生不可思议的错觉。拉祖莫夫冷静地对待这个现象。他板着脸，放松自己，目视远方，继续前行，除了胸口略有憋闷并无其他感受。当经过刚才幻觉中霍尔丁躺着的地方后，他转过头斜睨一眼，除了发现自己一串连续的脚印外什么也没看见。

拉祖莫夫走了一会儿又带着惊讶自言自语地嘀咕起来。

“就像活生生的一样！好像还在呼吸！而且正好挡着我的路！这下我算见识了。”

他走了几步，咬着牙吐出一句——

“我要把他供出去。”

他往前走了二十码，可能还不止，头脑一片空白。他把披的斗篷往身上紧了紧，把帽子朝前拉，遮住他的眼睛。

“背叛！一个不平凡的字眼。什么是背叛？人们总说某人背叛祖国，背叛朋友，背叛爱人。这其中首先要有一条道德纽带。归根结底人背叛的还是自己的良心。在这件事上我的良心如何？我和那个疯狂的白痴没有共同信仰，没有共同信念，凭什么任由自己被他拖下水？恰恰相反——出于真正的勇气应尽的责任就是不与他同流合污。”

拉祖莫夫从帽檐下打量四周。

“世俗的偏见如何责备我？是我激起他的信任的吗？不！是我通过一个词语，一个眼神，一个动作令他以为我不会辜负他的信任吗？没有！我是同意出来找兹米安尼奇。好吧，我也确实见到他了。我还在他背上打折了一根棍子——这个畜生。”

他的脑袋里像是有样东西在翻腾，搅得某个特别坚硬、特别清晰的层面显现出来。

“不过，”他转念又想，“对于刚才那件事最好还是先守口如瓶吧。”

他已经走过了通往自己住处的路口，来到一条宽阔时尚的大街。有些商店还在营业，所有的餐馆都没打烊。灯光照在人行道上，处处可见身穿昂贵皮衣的男人携着气质优雅的女士在悠闲地逛街。拉祖莫夫鄙夷地看着他们，就像一个质朴的教徒带着同样的目光看着轻薄肤浅的众人。这是他们的世界——军队军官、显贵要人、时尚达人、政府官员、游艇俱乐部会员。今天早晨的事件对他们所有人都会造成影响。如果他们知道这位身披斗篷的学生下一步的行动会说什么？

“他们当中没有人能像我这样深入地体察思索。他们有几人能做到凭良心做事？”

拉祖莫夫徜徉在灯火通明的街头。他的决心已下。况且这也称不上什么决心。他只不过发现了一直以来想做的事。但即便如此他还是感觉需要外人的支持赞许。

他怀着类似痛苦的心情想道——

“我需要理解。”这种司空见惯的渴望具有深沉而悲怆的意味，深深困扰着拉祖莫夫，他虽说拥有八千万亲朋好友，却无人可以袒露心迹。

拉祖莫夫想都没想过那个律师。他极其鄙视这个小代理人。站在街角的警察也不值得信任。拉祖莫夫也不想找本区的警察局长——他以前时不时在马路上见到这个相貌平常的家伙，身穿破旧的制服，下嘴唇叼着一根闷燃的香烟。“他十有八九会先把我关起来。而且不论怎样他都会兴奋不已，闹出可怕的动静，”拉祖莫夫想的很现实。

既然凭良心办事，就一定要保持外在的尊严。

拉祖莫夫强烈渴盼着一句建议，渴盼着道义上的支持。谁能明白真正的孤独是什么——不是普通的词汇，而是赤裸裸的恐惧。对于孤独者来说，它蒙着一层面纱。孤独者中最可悲的是那些遭弃的人，怀着某种回忆，某种错觉。偶尔机缘巧合，有些事情凑到一起，闪念之间揭去了孤独的面纱。仅仅是闪念之间而已。感到自己在道义上孤立无援，长此以往，没有谁不会发疯。

拉祖莫夫已经看到自己快发疯了。为了逃避，他用了整整一分钟时间臆想着自己如何冲回住处，在那黑色身形躺着的床边席地跪下；用最热切的话语原原本本地把触动自己内心最隐秘处的想法坦白地说出来；最后两人流着眼泪拥抱在一起，结成了举世无双的莫逆之交。这样才是崇高的！

拉祖莫夫的内心颤抖着，哭泣着。但他知道在外人不经意的目光里，他就是个披着斗篷的安静的学生，在外面悠闲地漫步。他还注意到一个漂亮女人从侧面朝他顾盼生辉的一瞥。这个女人的脑袋小巧玲珑，从胸脯到脚都毛茸茸的，像个惹人怜爱的可爱小野人。她的目光在拉祖莫夫这个相貌英俊、怔怔出神的年轻人身上停留片刻，半带嘲弄，半带怜惜。

突然拉祖莫夫站住不动了。一个蓄着灰色络腮胡子的行人在他的目光中转瞬即逝，一下子唤起了 K 亲王的完整形象——那个曾经按过他手的人，这个动作从没有其他人对他表示过——那似有若无、萦系不散的压力像是一个隐秘的信号，又像半是无心的爱抚。

拉祖莫夫对自己感到惊讶。先前怎么就没想到他呢！

“一个上议院议员，一位权贵，一个大人物，就是此人——他！”

一种异样的柔情朝拉祖莫夫扑来——令他的膝盖哆嗦了一下。他想用严苛去压抑这股柔情，但这种严苛既令他讨厌又不管用。他已经迫不及待了。他跳上一辆雪橇，朝着车夫喊——“去K亲王府。上来——你！飞驰过去！”车夫是个农民，络腮胡子长得连到眼白。他吓得愣住了，驯服地答道——

“明白，尊贵的大人。”

对拉祖莫夫来说幸运的是，K亲王不是胆小怕事之徒。这天P先生遇刺事件在权贵圈中引起极大的震惊和沮丧。

K亲王独自一人悲伤地坐在书房里，这时警觉的仆人来报，说一个神秘的年轻人要强行闯入府邸大厅，却不肯透露姓名和他的目的，还宣称如果不能单独会见阁下大人绝不离去。这一晚达官显贵们遇到这种情况十有八九会锁上房门，打电话报警，而K亲王却出于好奇，悄悄地走到书房门口。

大厅的前门大敞着，他一眼就认出拉祖莫夫，只见他面如死灰，眼睛冒火，四周围着一群不明所以的男仆。

亲王异常恼怒，甚至有点忿恨。但出于他的人性本能和某种难以言说的自尊，他没有下令让那些卑下的奴仆将这个年轻人轰到街上。他避开众人的目光回到书房，过了一会儿按响铃声。拉祖莫夫在大厅里听见一个高亢刺耳、透着不祥的声音从远处传来——

“带这位先生进来。”

拉祖莫夫毫无畏惧地走了进去。他觉得自己会安然无恙——这一见识远高于那种寻常浅见。虽然他发现亲王面色铁青，一脸不悦，但他知道自己神志清醒，这让他感觉吃了定心丸。亲王没有请他坐下。

半小时后，他们一起现身大厅。男仆们都站了起来，亲王患痛风的腿脚移动不便，由人伺候着穿上皮装。马车已在门口等候。拉祖莫夫一直静静地站着，凝眸出神，而身体的各个感官却极度警觉。庞大的双开门吱的一声被推开，他听到亲王的声音——

“借你的手，年轻人。”

这位前近卫团军官的思想浅薄不定，一生执行的都是些花哨的任务，只会一逞赳赳武夫之勇，追求俗名俗利。但他今晚也被拉祖莫夫身处如此险境时的表现和讲述时的平和气度深深打动。

他是这样说的：“不会的。我怎么会责怪你擅自来找我披露这件事。这样的事不应交由那些下层警察来处理。最重要的是……现在就安心吧。我会照应你度过这段不寻常的困难时期。”

这时亲王起身按了一下铃，拉祖莫夫微微欠身鞠躬，谦顺地说——

“我一直相信自己的直觉。一个在世上举目无亲的年轻人经受了一小时的考验，触及其最深层的政治理念，最后选择向一位显赫的俄国人求助——就是这样。”

亲王连忙声称——

“你做得很好。”

在车厢里——这是个较小的单马雪橇——拉祖莫夫略带颤抖的嗓音打破了沉寂。

“我的感激之情远超预期。”

他喘息着，在黑暗中突然感到胳膊被出乎意料地按了一下。

“你做得很好，”亲王又重复道。

一路上拉祖莫夫一个问题都没敢问，当马车停下时，亲王对拉祖莫夫低声说道——

“这里是 T 将军的府邸。”

白雪皑皑的车道中央燃起一堆熊熊的篝火。几个哥萨克骑兵，手臂上套着马辔，在围着篝火取暖。大门外站着两个哨兵。几个宪兵在大气的马车出入口走来走去。在一楼楼梯口，两个传令兵看到他们起立立正。拉祖莫夫紧紧跟在亲王后面。

大厅前厅的地板上凌乱地摆满温室盆栽植物，数量多得出奇。几位仆人见到他们迎了上来。一位身着便装的年轻人匆匆赶到，亲王对他低语了几句，他躬身听完后热情地大声应道："没问题——就现在，"说完就不见了。亲王向拉祖莫夫做个手势。

他们穿过一个会客套间——各个房间的灯基本上都没点，其中一个房间是舞厅。将军夫人已经将舞会推迟。这个地方到处弥漫着惊恐的气氛。但将军自己的房间——拉着厚重灰暗的窗帘，摆着两个硕大的写字台，几把高背扶手椅——却灯火通明。仆人在他们身后把门合上，他们就这样等着。

英式壁炉里燃烧着炭火，拉祖莫夫此前从未见过这样的炉火。房间里静寂得像坟墓；悄无声息，难以捉摸，就连壁炉架上的时钟也走得没有声响。一尊真人四分之一大小的四肢光洁的青铜雕像立在黑色底座上，占据着房间的一角，是一个在奔跑的年轻人。亲王低声说——

"斯蓬蒂尼[①]的《青春飞扬》，十分精致。"

"很了不起，"拉祖莫夫轻轻地附和着。

此后他们没再交谈。亲王气宇轩昂地保持着沉默，拉祖莫夫盯着雕像，一股类似饥饿的痛苦令他心烦不已。

这时他听见房间内室的门一下子打开了，地毯上传来沉闷急速的脚步声，他并没有转过头来。

亲王立刻大声叫喊起来，因为激动声音有些嘶哑——

① 康拉德虚构的一位雕刻家。

“我们找到他了——这个倒霉蛋[1]。一位年轻有为的青年来找我——不！这太不可思议了……”

拉祖莫夫对着青铜雕像屏住呼吸，仿佛雕像马上就要掉下来摔成碎片。这时身后一个他从未听过的嗓音彬彬有礼地坚持道——

“请坐[2]。”

亲王几乎尖叫起来，“知不知道，亲爱的将军！凶手！[3]凶手——我们找到他了……”

拉祖莫夫转过身来。将军光洁肥硕的面颊搭在军装的硬领上。他肯定一直在注视着拉祖莫夫，因为后者发现一双淡蓝的眼睛冷酷地紧盯着自己。

亲王在椅子上夸张地挥了挥手。

“这是位最尊贵的年轻人，连上帝都……拉祖莫夫先生。”

将军朝拉祖莫夫皱了皱眉头，算是对亲王介绍的回应，身子却纹丝不动。

将军坐在写字台前，双唇紧闭地聆听着。从他的脸上窥探不出任何情感。

拉祖莫夫望着将军一动不动的肥硕的侧影。但只看了一会儿，因为亲王很快就把事情说完了。将军转过身来对着这

---

①②③ 原文为法语。

位堪称天人的年轻人。将军面色红润，蓝色的眼睛里透着狐疑的神情，脸上闪过苍白机械的笑意，流露出轻松快活又满不在乎的残忍。他对这起不同寻常的事件没有表示惊讶——既不高兴也不兴奋——但也不是不信。反正没有任何情感。他只是谦恭客气地表示“拉祖莫夫先生上街这会儿功夫，鸟儿可能都跑了。”

拉祖莫夫走到房间中央说，“门已经锁上了，钥匙在我口袋里。”

他十分厌恶将军这个人，潜意识里甚至盼望没把这件事情抖露出来。将军若有所思地看着他，拉祖莫夫咧嘴笑了笑。

这一幕让 K 亲王耐不住了——他坐在高背扶手椅上，十分疲惫而不耐烦。

“一个叫霍尔丁的学生，”将军念叨着，一副若有所思的样子。

拉祖莫夫止住笑容。

“霍尔丁是他的姓氏，”他说，声音大得没有必要。“全名叫维克多·维克托维奇·霍尔丁——一名学生。”

将军稍微变换了一下他的坐姿。

“他穿什么衣服？能烦请你告诉我吗？”

拉祖莫夫有些生气，简单急促地描绘了一下霍尔丁的衣着。将军一直盯着他，听完后对亲王说——

“我们也不是没有线索，”他用法语说道。“一个当时在街上的好心的妇女向我们描绘的扔第二颗炸弹的人就穿着这样的衣服。她现在被留在内政部书记处[1]。我们把所有能找到的穿切尔克斯大衣[2]的人都带来给她指认。她不停地画十字，对着这些人摇头。气死人了……”他转向拉祖莫夫，换成俄语，嗔怪道——

“坐下，拉祖莫夫先生——请坐。干吗站着？”

拉祖莫夫无所谓地坐下来，望着将军。

“这个鼓眼珠的白痴什么都不懂，”他想。

亲王开始用颂扬的口吻说：

“拉祖莫夫先生是个能力出众的年轻人，我打心底认为他的未来不应该……”

“当然，”将军挥挥手，打断亲王的话。“你认为他身上有武器吗，拉祖莫夫先生？”

将军换上一种温和悦耳的口气。拉祖莫夫强压着怒火答道——

“没有。但我的剃刀在旁边——你懂的。”

将军低下头表示同意。

“的确如此。”

---

① 沙俄内政部书记处在职能上相当于警察总局。

② 一种紧身大衣，是俄国高加索地区切尔克斯共和国居民的常见服饰。

接着他彬彬有礼地向亲王解释——

“我们想要鸟儿活着。如果在处置他之前不能让他唱唱歌那就太糟了。”

房间像坟墓一样死寂，时钟走得悄无声息，笼罩在将军温文尔雅的语调中裹挟着的可怕措辞上。亲王，躲在高背扶手椅里，一声不吭。

将军出人意料地萌生出一个想法。

“维系帝位和民族安危的体制一旦受到威胁，对体制的忠贞就不再是件容易的事。我们知道，我的亲王，听着[1]——”他用一种带着恭维的刺耳音调继续道，“拉祖莫夫先生现在也逐渐开始懂得这个道理。”

他的目光转向拉祖莫夫，眼珠子好像要从眼眶跳出来。这一狰狞的表情已不再令拉祖莫夫感到惊恐。他用阴郁而决然的口吻说：

“霍尔丁将会守口如瓶。”

“那就让我们拭目以待吧，”将军咕哝着。

“我敢肯定，”拉祖莫夫坚持道。“像他这样的人绝不会开口的……你以为我是因为害怕才来这儿的吗？”他语气激烈地补充说。他准备要将对霍尔丁的看法坚持到底。

“当然不是，”将军抗议道，语气十分简洁。“我不妨

① 原文为法语。

向您明说，拉祖莫夫先生，如果霍尔丁犯事后投奔的不是您这样立场坚定、忠心耿耿的俄罗斯人，他会石沉大海般地消失……那样的话就会产生十分恶劣的影响，”他又补充了几句，冷酷的目光下带着欢快而残忍的笑容。“所以您明白了吧，这里没有人怀疑您是因为害怕才来的。”

亲王从椅背后转身看着拉祖莫夫，插了一句：

“没人怀疑你的行为所体现出来的良好品德。这点请放心，拜托。”

他不太自然地转向将军。

“这就是我亲自来这里的原因。你也许会奇怪为什么我会……”

将军急忙打断亲王。

“一点都不奇怪。很自然。您知道此事关系重大……”

“对，”亲王截住话头。“我斗胆向您提一个请求，请不要将我和拉祖莫夫先生介入此事公诸于众。他是个前程远大的年轻人——资质非凡。”

“我毫不怀疑，”将军喃喃地说。“他让人产生信任。”

“当今各种毒害人思想的观点横行于世——蔓延到你都想象不到的角落——这太可怕了，他可能为此遭受……他的学业……他的……”

将军——胳膊支在写字台上——双手捧着他的脑袋。

“对，对。我正在思考这个问题……你出来多久了，拉祖莫夫先生？”

拉祖莫夫回答的时间基本与他离开那所大房子的时间相吻合。他已经下定决心不把兹米安尼奇扯进来。因为只要一提到兹米安尼奇，就意味着这个“光明的灵魂”将面对牢狱之灾，也许还有残酷的鞭笞，最后戴着枷锁发配到西伯利亚。拉祖莫夫虽说打了兹米安尼奇一顿，但在内心对他还是怀有某种说不清的、带有悔意的温情。

最终将军还是语带轻蔑地说出了内心的隐秘心结——

“你说他就这样来找你——无缘无故的——坦露事情的原委。——平白无故[1]？”

拉祖莫夫嗅出了空气中的危险气息。专制主义无情的怀疑终于开口发话了。突然的恐惧让拉祖莫夫语塞了。此时房间里静默得像在深深的地牢里，时间也停止了，嫌犯有时就这样永远被遗忘。但这时亲王赶来救场了。

“老天让这个混蛋一时头脑发昏，跑来投奔拉祖莫夫先生，仅仅就凭着以前两人那些陈旧的、完全误会的谈心——那种玄思冥想式的闲谈——好几个月以前——我听说——要不是现在提起，拉祖莫夫先生早就将那些事忘得一干二净了。”

“拉祖莫夫先生，”经过片刻的沉默，将军若有所思地

① 原文为法语。

发问道，“你经常进行这样玄思冥想的对话吗？”

“不，阁下，”拉祖莫夫冷静地答道，突然间又有了底气。“我是一个信念坚定的人。如今各种粗浅观点甚嚣尘上，很多都不值得一驳。然而一个思维严肃的人如若带着鄙夷保持沉默，可能就会遭到那些愣头愣脑的乌托邦分子的误解。”

将军透过双手盯着拉祖莫夫。K亲王咕哝着——

“多么严肃的青年。*多么高尚的灵魂*[①]。”

“*亲爱的亲王陛下*[②]，”将军说，“拉祖莫夫先生跟我在一起很安全。我对他很感兴趣。他好像具有一种能激起人们信任的伟大而有益的品质。我好奇的是，如果那人的目的仅仅是在你那里临时躲几个钟头——我只是就事论事——他何必告诉你任何事呢。毕竟什么都不说是最简单的，除非他脑袋发昏，完全错会你的思想感情，想要获取你的帮助——对吗，拉祖莫夫先生？”

拉祖莫夫感到地板轻微晃动起来。这个身着紧身军服的丑陋家伙令人恐惧。他真的令人恐惧。

“我知道阁下您心里在想什么。但我只能回答我不知道。”

“我什么都没想，”将军低声说，语气略带诧异。

---

①② 原文为法语。

“我是他的猎物——束手就擒的猎物，”拉祖莫夫想。下午和霍尔丁在一起时感到的疲惫与厌恶，那种既想忘却，又无法排遣恐惧的情感，重新唤起他对霍尔丁的恨意。

“我无法帮助您，阁下。我也不知道他是怎么想的。我只知道自己一度想宰了他。我也曾想自己不如死掉算了。我什么话都没说过。我对发生的这些事情无能为力。我没有激起什么信任——我也不想解释什么——”

拉祖莫夫看似失控，但他的头脑却很清醒。这是精心算计的一场发作。

“确实很遗憾，”将军说，“你什么都没做却招来这么多麻烦。难道你对他接下来要做什么真的一无所知吗？”

拉祖莫夫冷静下来，从这话里看到一个缺口。

“他告诉我，他希望一辆雪橇会在夜里十二点半到卡拉贝尼亚上游倒着数的马路左侧第七个路灯处等他。无论如何他都打算到时能赶到那里。他连衣服都没找我换。”

“就这样！[①]”将军满意地转向亲王。“现在终于有办法让您的被保护人，拉祖莫夫先生，不卷入实际的抓捕过程。我们将在卡拉贝尼亚候着那位先生。”

亲王表达了感激之情。从声音可以听出来是动了真情。

---

① 原文为法语。

拉祖莫夫还是一动不动地坐在那里，眼睛盯着地毯，一声不吭。将军转过来对他说：

“午夜十二点半。在此之前我们还得依靠你，拉祖莫夫先生。你觉得他不会改变主意吧。”

“我怎么说得准？”拉祖莫夫说。“不过那些人并不总是改变主意。”

“你是指哪些人？”

“那些广义上的自由的狂热爱好者。就是实实在在的自由，阁下。自由就意味着凡事无法精确。多少罪行都是借自由之名犯下的。[①]”

将军低声说——

“我憎恶一切形式的叛乱。我就是憎恶。这是我的天性！”

他握紧拳头挥舞了一下，然后又将胳膊缩回来。“所以，他们将会被消灭。”

“他们已经做好牺牲性命的准备，”拉祖莫夫幸灾乐祸地说，眼睛直视将军，“如果霍尔丁今晚果真改变计划，你应该想他不是为了保命而改变出逃方式，而是又想到还有其他事情要做。当然这种可能性不大。”

将军自言自语般又重复了一遍，“他们将会被消灭。”

① 法国大革命时期政治家罗兰夫人（Madame Roland）的名言。

拉祖莫夫脸上露出捉摸不透的表情。

亲王大声道——

“这真是一项紧迫要务！”

将军的手臂缓缓垂下。

“不过值得安慰的是，这伙人后继无人。我一再说过，只需对他们进行一次无情的、持久的打击——我们就能斩草除根。”

拉祖莫夫心想，此人既然手掌生死裁夺大权，一定心口如一，否则也不可能担如此重任。

“我憎恶叛乱。这些谋反分子！这帮骄奢淫逸的读书人！我的生命建立在忠诚的基础上。这是一种情怀。为了捍卫忠诚，我时刻准备牺牲自己的生命——甚至荣誉——如果必要的话。不过请告诉我，对付这些叛乱分子——这些连上帝都不信的人——顽固不化的不信教者何谈什么荣誉！一群畜生！想起来都恐怖。”

拉祖莫夫脸朝将军，听着他的长篇大论，轻轻地点了两下头。K亲王风度十足地站在一旁，抬起眼睛，悄声说——

“哎呀！”

接着他又垂下目光，像是做出重大决定般大声宣布——

“将军，这位年轻人一定能充分领会你这番语重心长的话语。”

将军脸上的表情由阴沉愤恨转为彬彬有礼。

“我现在请求拉祖莫夫先生，”他说，“先返回住处。请注意，我没问拉祖莫夫先生是否向他的客人解释过出来干什么。毫无疑问拉祖莫夫先生一定做了大量工作。但我还是不问。拉祖莫夫先生能激起信任。这是个了不起的才能。我只想提醒一下，离开时间过久可能会引起嫌犯疑心，令他改变计划。”

说完他站起身，殷勤备至地陪同来客走到摆满花盆的前厅。

拉祖莫夫和亲王在一个街角分手。在车厢里他聆听着亲王的谈话，话里话外听得出自然真情和谨小慎微在相互斗争。显然亲王害怕拉祖莫夫萌生未来交往的期盼。但他的声音里还是透着一丝温情，在黑暗中通过带着戒心的普通祝愿语流露出来。亲王还说——

“我完全相信你，拉祖莫夫先生。”

“看上去大家都很信任我，”拉祖莫夫闷闷不乐地想。他对这个和他肩并肩坐在狭小空间里的男人带有一种宽容的鄙夷。也许他是怕他老婆大吵大闹。据说她性格自负而暴躁。

令拉祖莫夫觉得怪异的是，这种见不得人的行径却对维系生活的舒适安定起着重要作用。但他想让亲王放宽心，于是用一种恰如其分的郑重口吻表示，他清楚自己略有小才，相信自己的工作能力，清楚他的未来取决于自己的拼搏努力。他对亲王这次施以援手表示感激。像今天这样的惊险情况一生中不会出现两次——他补充说。

“你在应对这种局面时表现出的坚定意志和正确情感使我对你刮目相看，”亲王郑重其事地说。“你所需要做的就是坚持——坚持下去。”

拉祖莫夫从车里下到人行道上，这时他发现一只摘下手套的手通过摇下的车窗朝他伸来。这只手将拉祖莫夫的手握了一会。路灯照在亲王那张长长的脸和老派的络腮胡子上。

“我想你对现在这样的结果应该可以放宽心了……”

“阁下您已经屈尊帮衬，今后我只会凭良心来办事。”

“再会，[①]”这个留络腮胡子的人动情地说。

拉祖莫夫鞠躬致意。单马马车轻轻发出嗖的一声，在雪地上驶走了，只留下他一个人站在人行道上。

他心里想，现在没有忧心的事了，于是便朝住处走去。

他步履平静地走着。这种感觉就和平常与朋友在某处消磨一晚或在剧院廉价坐席上看一场戏后往回走没什么两样。走了一会儿，周围熟悉的氛围感染了他。一切都没改变。那熟悉的角落；拐过去后一个德国女人开的食杂店那熟悉的昏暗灯光。矮小的玻璃板后面盛放着几块陈面包，几串洋葱还有几根香肠。快要打烊了。他一眼就认出那个体弱多病的瘸

---

① 原文为法语。

子熟悉的身影，抱着一块硕大的门板蹒跚地走在雪地里。

一切都不会变。那熟悉的楼道口像个黑色的豁口，借着星星点点的微光可以看见楼梯连接处的拱形框架。

生命的赓续就来自于身体感官上的这些点滴印象。日常平凡生活的各种琐碎小事就是保护心灵的盔甲。这种想法让拉祖莫夫的心情更加平静。他的双脚沿着熟悉的楼梯拾阶而上，双手扶着那熟悉的冰冷潮腻的栏杆。即使某一天与以往不同，它也无法凌驾于这些物质接触之上，正是它们使得每天看上去都差不多。明天只不过又是一个昨天而已。

直到走上拉祖莫夫所住楼层的过道，异常才通过表象显现出来。

拉祖莫夫想，“就算我下决心走到这里开枪打碎自己的脑袋，刚才那段路程也会走得同样平静。一个人能做什么？注定发生的事躲也躲不掉。生活中总会有不平凡的事发生。一旦发生，也就结束了。决心一下，问题也就解决了。平日里的操心事，脑子里那些惯常想法会将此事吞没——随着隐秘的层面淡出视野，而且也该淡出视野，生活将会照常继续。生活就是例行公事。”

拉祖莫夫打开房间的锁，拔出钥匙，蹑手蹑脚地走进屋里，仔细插上身后的门闩。

他想，“他听见我了，”插好门，他静静站着，屏住呼吸。房间里没有一丝声响。他穿过空荡荡的外间，在黑暗中小心翼翼地走着。走入里屋，他摸黑在桌上找到火柴盒。周围一片肃静，只有他的手发出的窸窣声。那家伙能睡得这么沉吗?

他划亮一根火柴，看了看床铺。霍尔丁还和出门前一样躺着，只是双手换了姿势，枕在脑袋下面。他睁着眼睛，盯着大花板。

拉祖莫夫举起火柴。他看见一副棱角分明的面孔——坚毅的下颌，白皙的额头，一头金发拢在头顶压在枕头上。他在那里平躺着。拉祖莫夫突然萌生一个想法，“我已经从他胸口踏过去了。”

他就一直这样盯着，直到火柴自己熄灭了，接着他又划亮一根火柴，一言不发地点亮油灯，眼睛不再朝床看。他转过身来，将大衣挂在墙钉上。这时他听见霍尔丁深深地叹了口气，用萎靡的声调问道——

“嗯，事情办得怎么样?”

由于情绪过于激动，拉祖莫夫将手顶在墙上。这样感觉好受些。一股恶毒的冲动差点脱口而出，“我已经向警方告发你了，”他自己也被这想法吓了一跳。但他没有这么说，而是转过身来，压低嗓音说——

“办完了。”

他再一次听到霍尔丁的叹息声。他走到桌边，在灯前坐下，这才又朝床边望去。

这盏灯不大，罩着一个厚厚的陶瓷灯罩。在这空旷的房间远离灯光的一隅，霍尔丁的影子黑乎乎的，呈细长条形——僵硬的一动不动，像死了一样。这副躯壳和拉祖莫夫刚才在雪地上走过的幻影相比，显得更不真实。这朦胧凝滞的实景比刚才那转瞬即逝的幻景更加骇人。

这时霍尔丁又开口了。

“你一定走了很长一段路——很长一段……”他揶揄地小声说道。“这种天气……”

拉祖莫夫打起精神回答——

“太难走了……噩梦般的行程。”

他哆嗦得差点弄出动静。霍尔丁再次叹了口气——

“那你见到兹米安尼奇了——好兄弟？”

“我见到了。”

拉祖莫夫想到他和亲王在一起的时间，出于谨慎又补充道，“我等了他一会儿。”

“是个不凡的人物——呃？多么不可思议，他身上居然有种对自由不可或缺的需求。他还有些名言警句——简明扼要，只有他这样的人才能讲出这些淳朴睿智的话。一个人才……”

“我，你知道，没工夫……”拉祖莫夫从牙缝里嘀咕着。

霍尔丁继续盯着天花板。

“你知道吗，好兄弟，我最近总待在那所房子里。我过去带了些书去——都是些小册子。那里住的很多穷人都能阅读。你瞧，要举办自由的盛宴，必须从草莽之中邀请客人。事实上，我最近几乎把那儿当成了家。我有时就睡在牲口棚里。那儿有个牲口棚……”

“我就是在那里见到玆米安尼奇的，”拉祖莫夫轻轻地打断他。他感到一丝讽刺，又加了一句，“从某种程度上还算令人满意。我从那里出来时感到如释重负。”

“啊！他是条汉子，”霍尔丁对着天花板，继续缓缓地说。“你瞧，我就是这样认识他的。最近几周，由于要完成这件必须要做的事，我躲了起来，谁也不联系，连那个住所也不顾了。干吗要冒这个险，叫一位体面的寡妇被警察吓破胆？我也不见任何同志……”

拉祖莫夫抽出半张白纸拿到跟前，用铅笔在上面勾勒线条。

“我敢说，”他愤愤不平地想，“谁的安危他都考虑到了，惟独没有考虑我的。”

霍尔丁还在说着。

“今天上午——啊！就今天上午——情况变了。我怎么跟你说呢？在这次行动之前，我白天潜伏，夜间行动，脑子不停地转，但心情平静。虽然睡不着觉但心静如水。我干吗要折磨自己？但今天早上——在那以后！我变得坐立不安。

我没法再待在那所充满苦难的大房子里。这个世界上受苦受难的人无法令你平静。所以当那个愚蠢的贮木场看门人朝我吼时，我心想‘在这座城市里有这样一位年轻人，他高瞻远瞩，超越了世俗偏见。’”

“他是在笑话我吗？”拉祖莫夫一边想着，一边继续在纸上漫无目的地画着各种三角形和正方形。他突然想到：“我的举止一定让他感到奇怪。万一他被我的行为吓跑，那就彻底完了。那个穷凶极恶的将军……”

他扔掉铅笔，猛地转向床铺，只见那个模糊的身影躺在床上，从头到脚完全伸展开来——甚至比他刚才步履坚定地踏过的那个幻想还要模糊不清。莫非这也是个幻象？

沉默持续了很长时间。“他终于不在这儿了。”这个想法荒谬得令拉祖莫夫恐惧，他竭力想打消这个念头。“他已经走了。这个……只是……”

他再也扛不住了，跳将起来，大声叫道，“我都快急死了，”向前猛跨几步，站到床边。他的手轻轻搭在霍尔丁肩上，这是个真实的存在。这时他心里涌起一股疯狂的冲动，想扼住对方暴露在外的咽喉，令他窒息，以防他从自己手里溜走，徒留一个幻象。

霍尔丁的四肢一动不动，但他蒙在阴影中的双眸转动了一下，朝上凝视着拉祖莫夫，眼神中流露出热切的感激之情。

拉祖莫夫转过身，在房间里来回踱步。“这事本可以做成一件善行，”他自言自语，同时也被自己因想要置人于死地而萌生的内疚之情吓了一跳。况且他现在也没有回头路可走。他对此心知肚明。“他的结局会是什么？”他想。“绞索——最后的结局。而我……”

拉祖莫夫内心的激辩被霍尔丁的声音打断。

“为什么要替我着急？他们虽然能杀死我的肉体，却无法将我的灵魂从这个世界逐走。我来告诉你——我相信现世，永恒不过是漫长的现世。这也许就是我视死如归的原因。”

“嗯，”拉祖莫夫嘀咕着，紧咬着他的下嘴唇继续踱步，脑子里还在与自我进行那场奇怪的辩论。

诚然，对于身处这种境遇的人来说——这当然是善行。但问题不在于如何行善，而是如何站稳立场。霍尔丁就是个鬼鬼祟祟的家伙。

“我，维克多·维克托维奇，依然相信我们的这个世界，”他铿锵有力地说。“只要我还活着，我就……而你们注定要难以安宁。你们无法严肃地……是指……”

霍尔丁躺着一动不动，声音又开始了——

“难以安宁！诚然，那些对推动世界进步思想的压迫者，那些对渴求人性尊严和完美的灵魂进行毁灭的人，他们将不得安宁。而对于仅仅消灭我肉体的人，我早已原谅他们了。”

拉祖莫夫表面上停下脚步在倾听，但同时他也在审视自身的感受。他恨自己这么在乎霍尔丁的话。

“这家伙疯了，”他十分肯定地想，但这种看法并不能减轻他对霍尔丁的恶感。这是一种肆无忌惮的疯狂——一旦在一个国家的公共生活领域失控，每个公民显然都有义务……

拉祖莫夫的思路在这里短暂中断，接着对霍尔丁无声的怨恨又发作起来，他赶紧没话找话以转移这股愤怒。

“对。永恒，当然。我自己也讲不清楚……但我想永恒这东西有点单调无味。一旦变成永恒就没有什么好期待的了——对不对？时间的因素将会消失。”

他掏出表看了看。霍尔丁在床上转过身来，目不转睛地看着他。

拉祖莫夫被这个动作吓了一跳。这个鬼鬼祟祟的家伙像个幽灵一样。现在还没到午夜。他赶紧又说——

“还有各种不可思议的神秘。你能想象永恒中会有隐秘的角落吗？不可能有。但生活中却处处充满了隐秘。比如就有很多和出生有关的秘密。人们把这些秘密带进坟墓。这听起来有点滑稽……不过没关系。人们的行为有很多隐秘的动机。有时候连那些最公开的行为都有隐秘的一面。这种现象十分有趣又捉摸不透。比如说有人出门去散步。表面无关紧要，但也可能会事关重大。等他回来时——他在路上见到一个烂醉如泥的畜生，还特地留意地上的积雪——回来时发现自己和刚才出门时不一样了。那些最不可能的事情也能对人的思想产生隐秘的影响——如某人留的络腮胡子——另一个人的鼓眼珠子。”

拉祖莫夫的前额开始冒汗。他在屋里走了一两圈，低下头阴险地暗自发笑。

“你有没有想过鼓眼珠子和灰色络腮胡子的威力？抱歉，你也许会认为我疯了，此时此刻还有心情谈这些。但我不是在闲扯。我亲眼见过这样的事情。我曾经和一个人聊过，他的命运就受到这种外在事实的影响，而他自己还浑然不觉。当然这牵涉到良知。但这些客观事实会带来解决之道……你，维克多·维克托维奇，叫我不要着急。凭什么！我得为你负责，”拉祖莫夫几乎变得声嘶力竭。

他好不容易才忍住没有爆发出靡菲斯特[①]般的笑声。霍尔丁——面色非常苍白——用手支起身子。

“生活中有很多奇怪的事，”拉祖莫夫不自在地斜睨了霍尔丁一眼，继续说。“想想这些事情令人震惊的本质吧。一种神秘的冲动促使你来到我这里。我不是说你来得不对。

① 靡菲斯特是歌德《浮士德》中的魔鬼，诱人堕落，是个典型的虚无主义者的形象。

其实从某种角度来说，这是再好不过的选择。你也可能去找某个有亲情有家室的人。你自己就有牵绊。而我呢，你知道我从小在保育院长大，吃都吃不饱。这样的身世来谈论家庭亲情——你自己设想一下……说到牵绊，我在这世上唯一的牵绊就是社会关系。凡事在做之前，我都要先获得某种承认。我坐在这儿用功……你不觉得我也是在为追求进步而用功吗？对于什么是人生的正道，我其实是有自己的看法……抱歉，”拉祖莫夫歇口气，短促地干笑一声，又继续往下说，“但我没有舅舅，所以也无法从他那继承革命精神，还有长相。”

他又看了看表，发现离午夜十二点还有很长时间，不禁愈加厌烦。他从西装背心上解下表和表链，把它们放到桌上那盏明亮油灯的光圈里。霍尔丁用胳膊肘支着身子，斜躺着一动不动。拉祖莫夫被他这个样子搞得心神不宁。“他这么安静地在想什么呢？”拉祖莫夫思忖着。“不能由着他这么想下去。我必须不停地对他说话。”

他提高了调门。

“你是个儿子，兄长，侄子，表兄弟——我不知道——很多人的家人。而我就一个人。我现在站在你跟前，是一个有思想的人。你有没有想过，一个人若在生活中从未听过一句温暖的话语和赞扬，那么当他碰到那些你首先会用你的阶级、家庭观念和亲情好恶做标准来衡量的事物，他会怎么想？……你有没有想过这种人的内心感受？我没有家庭传统。我在思考时没有东西做参照。我的传统都是历史的。你们这些君子想把自己的未来与我们民族的过去割裂开来，而我除了倒向过去还能求助于什么呢？我想运用才智施展抱负，去追求更好的命运，我该听任自己这份唯一的指望受狂热分子的意志摆布吗？你有自己的籍贯省份，而整个这片国土就是我的出生地——否则我将一无所有。毫无疑问你终有一天会被视为烈士——某种英雄人物——某个政治圣人。可请原谅我，我要能成为一个自食其力的人就心满意足了。你们这些人在这片雪地上洒下几滴血能怎样呢？这片土地太广袤了！既广袤又不幸！我告诉你，”他喊了起来，声音低沉而颤抖，朝床铺又迈近了一步，“这片土地需要的不是我能踏过的众多鬼魅般的幻象——而是实实在在的人！”

霍尔丁向前伸出手臂，好像要把拉祖莫夫惊恐地推开。

“我现在全明白了，”他怀着敬畏和惊愕大声说。

“我明白了——终于明白了。”

拉祖莫夫趔趄地走回桌子旁，前额汗如雨下，顺着脊梁骨却打了个寒战。

“我刚才都说了些什么？”他问自己。“我到底还是让他从手里溜走了吗？”

他觉得嘴唇僵硬得像上过浆的硬麻布，本想故作镇静地笑笑，结果却成了一个做贼心虚的鬼脸。

“你接下来想做什么？”拉祖莫夫换上一副和缓的语气，但说头两个词时声音还在发颤，只是后来语调才平稳下来。“你接下来想做什么？想想看——一个勤奋刻苦逆来顺受惯了的人——倏忽间却变成这样……我说话不够婉转。但是……”

他感到一股愤怒，一股阴险的愤怒再次攫住了他。

“午夜十二点前我们做些什么？就这样面对面枯坐着，想着你——你——制造的那片废墟？”

霍尔丁一副难过压抑的神情。他低下头，双手垂在两膝之间。他的声音虽然低沉痛苦，倒还算是平静。

“我明白怎么回事了，拉祖莫夫——好兄弟。你有一颗慈悲心，而我的行动令你厌恶——唉……”

拉祖莫夫瞪大眼睛。由于恐惧他的牙齿咬得紧紧的，整张脸绷得发疼。他已经说不出话来了。

“甚至我本人也许都令你厌恶，”霍尔丁顿了顿，又哀戚地补充了一句。他先抬头看了看，又转而凝视着地板。“其实，除非一个……”

他停下来，显然还在想着措辞。拉祖莫夫还是沉默着。霍尔丁颓然地点了两下头。

“当然。当然，”他嗫嚅着……“啊！累人的活！”

他在床上一动不动地躺了一会儿，然后，动作轻盈地一跃而起，这让拉祖莫夫本来就沉重的心好像被重重击打了一下。

“就这样了，”他悲伤地叫道，声音不大却清清楚楚。“咱们就此别过！”

拉祖莫夫动身扑上前，但身体还没离开桌旁就停了下来，因为他看见霍尔丁抬起手让他别动。他重重地倚在桌边，耳畔隐隐听到镇上报时的钟声。霍尔丁这时已经到了门口，仿佛一支箭般笔直高挑，脸色苍白，一只手聚精会神地举起，整个姿势如同一尊雕像，好像一个胆识过人的年轻人在聆听内心的声音。拉祖莫夫机械地低头扫了一眼表。等他再抬起头朝门看时，霍尔丁已经不见了。外屋传来一阵窸窣声，还有轻拉门闩的咔嚓声。他已经走了——像个幻影一样悄无声息地消失了。

拉祖莫夫趔趄地向前跑去，嘴张开着，却说不出话来。外屋大门敞开着。拉祖莫夫踉踉跄跄地走到楼道里，身体深深地伏在栏杆上。向下凝视着黑暗幽深的楼梯缝隙，底部还闪着一丝微光。他的耳朵察觉到有人踮着脚迅速沿着螺旋状的楼梯往下走，那轻快而又迅捷的脚步声从他的住处一直传到最下面：一个转瞬即逝的阴影越过微光——微弱的火苗闪了闪。接着一切又陷入死寂。

拉祖莫夫在栏杆上靠了一会儿，潮湿阴冷的空气里夹杂着楼道的不洁气味。一切复归静寂。

他缓缓走回房间，从身后合上门。宁静安详的台灯灯光照着桌上的表。拉祖莫夫站在那里低头看着白色的表盘。距离午夜十二点还差三分钟。他胡乱地将表攥在手心里。

“太慢了，”他咕哝着，一股不同寻常的虚脱感朝他袭来。他双膝发抖，表和表链一下子顺着指缝滑落到地板上。他太震惊了，自己差点摔倒在地。最后他终于鼓起勇气，伸手去拿地上的表，立刻将它贴到耳边。过了一会儿，只听他低声吼道——

“表停了，”过了好大一会儿，他才又愠怒地咕哝道——

“了结了……下面该工作了。”

他坐下来，随手拿起一本书，从中间翻开开始阅读；但只认真读了两行就根本看不下去，也没心思再看了。他想——

“警探一定在马路对面监视这所房子。”

他臆想着警探潜伏在黑乎乎的楼道口，鼓着眼睛，斗篷一直蒙到鼻子，头戴一顶将军才佩戴的镶着羽毛的三角帽。这荒谬的一幕令他在椅子上猛地一怔。他使劲甩头，以为这样就能从脑海中把这一幕甩出去。那人也许会伪装成一个农民……乞丐……也许他穿着一件黑色大衣，扣着纽扣，手里握着灌铅手杖——一个目光诡诈的恶棍，浑身散发着生洋葱味和酒气。

精神上的幻想激起拉祖莫夫真实的恶心感。“我干吗还要操心这些？”他厌恶地想。“我还真把自己当成一名宪兵吗？何况事情已经结束了。”

他激动不安地站起身来。还没结束。还没有。要到十二点半才行。可表却停了。这让拉祖莫夫陷入绝望。无法知道时间！女房东和楼道对门的其他住户都已经睡了。他怎样才能……就算叫醒他们，天知道他们会怎么想，会如何瞎猜。他也不敢上街。“我自己现在也是嫌疑犯。这是无法回避的事实。”想到这他心里就感到苦涩。假如霍尔丁不知出于什么原因溜掉了，到时没有在卡拉贝尼亚出现，警方就会闯入他的住处。要是他恰巧不在，他就永远洗不清自己。永远不能。拉祖莫夫狂乱地四下张望，仿佛想用什么办法去抓住那逃遁的时间。在拉祖莫夫有限的记忆中，今晚之前他从未在自己的房间里听到过市镇上的钟声。他甚至都不敢肯定今晚到底听没听到过钟声。

他走到窗前，头微微垂下，仔细留意下面细微的声响。“我非要听到动静才肯罢休，”他想。他站着一动不动，耳朵贴近玻璃窗。他的耳朵和双腿感到阵阵的刺痛，痛得直发麻，令他痛苦不堪。他的身子保持不动，思维却接近癫狂。他听见自己突然冒出一句“我坦白，”就像精神要崩溃的人说的话。“我快不行了，”他觉得自己就要晕过去了。就在这时，从远处传来微弱而悠扬的钟声，这声音在他脑海中不啻是一声爆炸——他听得如此清楚……只响了一声！

假如霍尔丁没有在那里如期出现，警察这会儿肯定来这里搜查了。可现在什么动静也没有。这次真的结束了。

他痛苦地拖曳着双腿走到桌前，跌坐到椅子上。他将书扔到一旁，拿起一张方形的纸。这张纸和那一沓他工工整整写满文字的纸张没有分别，只是上面什么都没写。他粗暴地抓起一支笔，蘸了点墨水，懵懵懂懂地想继续写他的论文——但那支笔悬在纸的上方，迟迟无法落下。过了一会儿他在纸上涂鸦般地写下几个长长的字母。

他动笔时脸色沉静，双唇紧闭，一向工整的字体现在也走了形，变得歪歪斜斜，像孩童的笔迹。他竖着写了五行。

历史而非理论

爱国主义而非国际主义

演变而非革命

指引而非毁灭

统一而非断裂

他呆呆地望着这些词，随后眼睛斜着瞟向床铺，视线久久地停在那里，右手在桌子上寻摸着削鹅毛笔的折刀。

他终于站了起来，踱着方步，拿起折刀将这张纸片深深钉在床头的板条抹灰墙里。接着他后退一步，扫了一眼房间，挥舞一下手臂。

此后他再也没有看那床铺。他从墙上取下斗篷，把自己裹得严严实实，走到房间另一头硬实的马鬃沙发上躺下来。一股沉沉的睡意一下子合上了他的眼睛。那天晚上他战栗着从梦中醒来好几次。他梦见自己越过一个又一个雪堆，在俄罗斯大地上游走，和专制者一样众叛亲离；极目望去，冬日广袤的俄罗斯大地被尽收眼底，像是在浏览一幅地图。每次战栗过后，他沉重的眼帘就会盖住呆滞无神的眼睛，他又睡了过去。

III

要讲到拉祖莫夫先生下面的故事，我的思维，一个老语言教师的正统思维，对这桩差事越来越感到力不从心。

这项差事的本质不是采用记叙的形式撰写一篇奇特的个人材料概述，而是——我现在算明白了——再现这个世界上相当一大片区域内的道德风气；想要搞明白一个地方的道德风气可不容易，更不消说在一个故事有限的篇幅内将它揭示出来；除非找到一个关键词作为切入点；这个词必须能驾驭统摄这数十页材料上的所有词语；这个词即使不是“真理”本身，也应该有助于揭示道德风气的真相。而这点也应该成为所有故事的目标。

我第一百次批览拉祖莫夫先生的手稿，我把它放到一旁，我拿起笔来——笔已经准备好履行职责，将黑字写在白纸上——而我却犹豫起来。因为千方百计想挤到笔尖下的那个词不是别的，正是“愤世嫉俗”。

“愤世嫉俗”正是俄式专制和俄式反抗的标志词。虽然俄罗斯精神可以体现为以数字为荣，体现为追求神圣奇特的虚荣，体现为在遭受苦难时偷偷地弯腰屈膝，但俄罗斯精神的本质还是愤世嫉俗。这种愤世嫉俗的精神体现在她政治家的宣言里，体现在她革命家的理论中，体现在预言家的神秘谶言里。这种愤世嫉俗的精神能令自由显得放荡，也令基督教的品德显得猥亵粗鄙……抱歉又扯远了。这里先谈谈拉祖莫夫先生出于自己的保守理念选择的人生道路，他的保守被他这个年龄段天生向往自由主义的模糊的热忱冲淡了一些，可是和霍尔丁的接触一下子又使之固定成形。

拉祖莫夫猛地颤栗了一下，这兴许是他一晚上第十次苏醒。看着日光透过窗户射进来，他努力打消再躺下去的渴望。他什么都记不起来，但对自己披着斗篷躺在沙发上，浑身冰冷彻骨却安之如常。透过窗户照进来的阳光显得不同以往，了无生气。日光原本对年轻人而言预示着希望，今天倒像是一个病入膏肓者或九旬衰翁从昏睡中醒来。他看了看已经燃尽的油灯。这个由黄铜和陶瓷制成的冷冰冰的物件立在那里，像一把熄灭的火炬，象征他曾经发奋用功过，四周散放着记满笔记的纸片和几小摞书籍——仅仅是一小堆熏黑的纸张——没用的东西——对他来说既不重要，也不有趣。

他站起身来，脱下斗篷，挂在墙钉上，机械地完成这些动作。他的感觉异常迟钝，像一沟死水，毫无生气。仿佛一切都已失去生命力，就连他的思绪都变得浑浑噩噩。房子里悄无声息。

他挂好斗篷，转过身来，依旧一副没精打采的样子，心想时间一定还早；可当他看到桌上那块表，却发现时针和分针都停在十二点上。

“啊！对，”他嘟哝着，环视一眼房间，好像有点醒了。钉在墙上的这张纸引起他的注意。他远远地看了看，没有表示认可或疑惑；这时外屋传来女仆用茶炊准备他的早茶的动静。他走上前去，表情漠然地将纸从墙上拿了下来。

这么做的时候他朝下瞟了一眼他昨晚没睡过的床铺。霍尔丁的脑袋枕过的枕头还清晰地向内凹陷着。

即便看到霍尔丁留下的这个印迹，他也不生气了。他不想再把这件事扯进他的生活。整整一天他什么也没做，连头发都没梳。他根本没想过出门——如果说他这天没有形成一个完整的思路，那不是因为他失去了思考的能力。而是因为他没有思考的兴趣。

他哈欠连天，喝了很多茶水，像只没头苍蝇在屋内乱转，一旦坐下又好长时间一动不动。他还用指尖轻轻敲打窗户来消磨时间——轻轻地敲打。就在他没精打采地绕着桌子溜达时，他瞧见梳妆镜里自己的面容，并且一下子被吸引住了。朝他回望的是他见过最郁郁寡欢的眼神。他脑里的一潭死水在一天中第一次被搅动了起来。

他不是一个人在多愁善感。他只是想，没有幸福的生活是不可想象的。什么是幸福？他打着哈欠，趿着鞋在房间里来回走着。生活有盼头就是幸福——就是这个——再没别的。看到某些欲望得到满足，看到某种激情、爱情、雄心、仇恨得到满足——毋庸置疑当然也包括仇恨。爱和恨。生存不受威胁，生活没有恐惧，当然也是幸福。除此无他。免于恐惧——有盼头。“哦！人类悲惨的命运！”他在心里呐喊；又立刻补充了一句，“至少目前我应该感到快乐才对。”虽然这样安慰自己，但他并没由此而兴奋。相反，他又开始哈欠连天起来。他略感诧异地发现自己又被黑夜包围了。虽然时间像是停滞了，但房间很快暗了下来。这是怎么啦？一天就这样过去了，而他居然没有注意到？当然，表是停的……

他没有点灯，而是走到床前毫不犹豫地躺了上去。他仰面躺着，手枕在头下，眼朝上望着。过了一会儿他想，“我躺在这里就像那个人。我倒想知道，我在街头顶着风雪走的时候，他睡着没有。没有，他一定没有睡着。可我为什么就不能睡呢？”他感到寂静的夜沉沉地压在他的身躯上。

户外寒霜满天，万籁俱寂，城里的钟声清晰可闻，宣告着午夜的降临，打破了他刚刚平息的躁动心境。

他的思绪又被重新唤起。距那人离开他的房间已经过去整整二十四个小时。拉祖莫夫有种清晰的感觉，关在要塞里的霍尔丁此时一定在呼呼大睡。这种笃定不疑让他忿忿不平，因为他不愿再想起霍尔丁。可他又从生理和心理方面来找证据，证明自己看法的正确。据此人自己坦言，他已经好几周没有好好睡过觉了。而现在对他来说尘埃已经落定。毫无疑问他就等着英勇就义吧。一个人若是迫不得已去杀人，那么迫不得已的赴死也就不再那么突兀。霍尔丁说不定比T将军睡得还香，后者的差事——同样是累人的活——还没有了结，况且他头上还高悬着革命者的复仇之剑。

拉祖莫夫想到这个体格粗壮、肥厚面颊堆在军服领子上的家伙，专制体系的捍卫者，脸上没有泄露过任何惊讶、怀疑或高兴的神情，一双鼓眼显示出对一切反抗刻骨的仇恨——拉祖莫夫在床上不安地翻来覆去。

“他怀疑我了，”他想。“我猜他必须怀疑所有人。如果霍尔丁潜入他妻子的卧室向她吐露真相，他会连自己妻子也怀疑的。”

拉祖莫夫痛苦地坐起身来。难道他就这样作为政治嫌疑犯过一辈子吗？难道他作为一个人再也得不到完全的信任了吗——档案上附着秘密警察添加的批语？他还能指望有什么将来吗？

“我现在是嫌疑犯了，”他又思忖起来；但反思的习惯和对安稳有序生活的渴盼在他心中根深蒂固，随着夜晚的流逝，也渐渐给他以慰藉。他沉静、踏实、勤勉的生活终究会成为他忠实的证明。服务祖国还是有许多合法的途径。追求进步也不一定非要从事革命。可以施展才干的领域十分广阔，实现的方式也无限多样——只要你能出人头地。

他的思绪像一只在天空盘旋的鸟儿，在二十四小时后又飞回到银质奖章上，好像它一直就待在那里。

天已破晓，他一夜无眠，一刻都没睡着过。但他起床时却不是那么萎靡不振，事实上还很清醒镇定。

上午他去学校听了三节课。但在图书馆学习却纯粹是不出声地摆摆样子。他端坐在那里，面前摊开着好几卷书，想做点笔记和摘要。可他重新获得的平静像一件轻薄易破的衣衫，会由于随便一个词语而漂浮不定。出卖！怎么会！那个家伙完全是用他的所作所为将自己出卖的。骗他不费吹灰之力。

“严格地讲，我对他说的每个字都是真的。每个字，”拉祖莫夫自我辩解着。

一旦顺着这个思路想下去，他根本无法集中精力干正事。同样的想法在他脑海中闪过，而他在心中一遍又一遍地默念这些话。他一边在心里痛斥霍尔丁，一边合上所有书本，将论文用力塞进口袋里。

他正要离开图书馆，一个穿着破旧大衣、高高瘦瘦的学生跟了上来，心事重重地和他并排走着。他含混不清地和拉祖莫夫打个招呼。拉祖莫夫应了一声，却根本没朝他看。

“他想对我做什么？”他现在对这种突如其来的事情怀有一种奇特的恐惧心理，总想尽力摆脱，免得自己这辈子又被缠上。对方低垂着眼睛，小心翼翼地咕哝道，想必他的同志已经看到一则消息，P先生的处决者——这是他的原话——前天晚上已经被捕……

“我最近不舒服——一直闷在屋子里，”拉祖莫夫从牙缝里嘟囔道。

这个高个子学生耸起肩膀，双手深深地插进口袋里。他的下颌四四方方，油腻腻的，没长胡子，说起话来轻轻抖动。他的鼻子被寒气冻得红通通的，像是画板上的假鼻子，挂在灰黄的两颊之间。他的整个外表烙上了饥寒交迫的印迹。他刻意在拉祖莫夫边上走着，眼睛盯着地面。

“这是一则官方声明，”他继续用小心翼翼的语气咕哝着。“也许是假消息。但星期二凌晨十二点到一点之间有人被捕，这确定无疑。”

他的神情低落，语速却很快。他告诉拉祖莫夫消息是从一位在中央秘书处工作的政府内部雇员那里得到的。那人也属于某个革命圈子。“其实，我和他是一个圈子的人，”这个学生说。

他们穿过一个宽阔的四方院子。一股无尽的苦痛攫住了拉祖莫夫，令他精疲力竭，眼前的一切都显得模糊不清，好像转瞬即逝。可他又不敢径直走开。“他没准是警方的爪牙，”这个想法在他脑海中一闪而过。“谁敢说？”但仔细看看他这个冻得鼻青脸肿、面带饥色的同行者，他又觉得自己的怀疑十分荒谬。

“可是我——你知道——不属于任何圈子。我……”

他不敢再多说，也不敢加快步伐。那人脚上套着一双破鞋，抬腿落脚间步履谨慎，小声反驳说不一定人人都要属于某个群体。最有价值的往往是圈外人。有些最好的工作有时是在组织以外完成的。接着只见他嘴唇哆嗦，小声急速地说——

“在街上被捕的人是霍尔丁。”

看到拉祖莫夫惊恐地沉默不语，他倒觉得很自然，并向拉祖莫夫保证消息绝对可靠。那位政府职员当时在秘书处值夜班，听见大厅里传来乱哄哄的脚步声。他知道有时政治犯会在夜里从要塞里被带出来提审，就猛地打开办公室的门。虽然值班宪兵将他推回去并砰地关上门，但他还是看见一个犯人正被众多警察半拖半抬着从大厅经过。警察对他异常凶狠粗暴。这个职员明白无误地认出此人就是霍尔丁。不到半小时，T将军也赶到内政部书记处亲自审讯犯人。

“难道你不感到惊讶吗？”这位瘦削的学生总结道。

“不，”拉祖莫夫没好气地回答——但马上又后悔了。

“我们大家都以为霍尔丁在外省——和他家人在一起。你不这么想吗？”

这个学生把他空洞的大眼睛投向拉祖莫夫，后者口无遮拦地说道——

“他的家人在国外。”

说完他气得差点咬掉自己的舌头。这个学生用一种意味深长的语气说道——

“原来如此！就你一个人知道，……”然后停了下来。

“这伙人肯定发誓要干掉我，”拉祖莫夫想。“你对其他人说过这事吗？”他带着苦涩的好奇问道。

对方摇摇头。

“没有，只是和你说。我们圈子里的人认为，由于霍尔丁以前经常表示出对你的人格由衷的赏识……”

拉祖莫夫忍不住做了个愤怒绝望的手势。那人一定会错了意，因为他不再说话，移开了自己黑色无神的眼睛。

他们并排走着，谁也不说话。随后这名瘦削的学生又把目光转回来，开始小声嘀咕——

“眼下我们在要塞里没有内线，无法给他递去一包毒药，但我们现在已经想好某种报复行动——很快就会付诸实施……”

拉祖莫夫正疲惫不堪地走着，听到这里打断道——

“你认识霍尔丁吗？他知道你住哪儿吗？”

“我有幸两次聆听他的讲话，”这位同行者小声回答，语气却热烈激动，与他阴沉漠然的脸色和神态截然相反。

“他不知道我的住处……我住的地方很寒酸……和一个工匠家庭挤住在一起……我只占据房间的一隅。去那里找我不太合适，不过如果你需要我做什么，我已经做好准备……”

拉祖莫夫又恼又惧，浑身发抖，整个人快疯了，但还是压低嗓音说：

“今后你不要再接近我。不要和我说话。不要向我吐露一个字。我警告你。”

“好的，”那人顺从地说，对这突如其来的禁令并不显出惊讶。“你是出于保密不希望……完全……我明白。”

说完他头都没抬地闪开了；拉祖莫夫看着他瘦削、寒酸、为饥饿所困的身形斜穿过马路，脑袋耷拉着，走路姿势还是那么别扭的一板一眼。

他望着他的身影，好像目送一个幻象从梦魇中消失。然后他继续朝前走，努力不再去想这件事。刚一回到住处，他就发现房东太太好像在等他。她是个矮小粗壮的女人，体态臃肿，一张蜡黄的脸成天裹在一条黑色羊毛披巾里。她一看到拉祖莫夫走上最后一级台阶，就激动地张开手臂，接着将双手紧扣在面前。

“基洛·希多洛维奇——少爷——你做什么了？你这样斯文的年轻人！警察搜完你的房间刚走。”

拉祖莫夫低下头默默地仔细端详她。她肿胀、发黄的脸庞因激动抽搐着。她眯起眼睛哀求地盯着他。

“你这样通情达理的年轻人！人人都能看出你通情达理。可现在——居然闹成这个样子——一下子就发生了……和这些民粹分子搅和在一起有什么好？赶紧收手吧，少爷。他们是群倒霉蛋。”

拉祖莫夫轻轻晃了晃肩膀。

“是不是有仇人在背后诋毁中伤你，基洛·希多洛维奇？如今这年头世道不安，黑心小人、造谣污蔑的事多得是，搞得人人自危。”

“你听到有人诋毁我吗？”拉祖莫夫问道，目光没有从她颤抖的脸上移开。

但她什么也没听说。警察在翻箱倒柜的时候，她竭力想从带队的警察局长嘴里套出点东西。负责该辖区的这位警察局长和她已经认识十一年了，是个有人情味的人。但他在楼道一见到她就黑着脸，怒喝到——

“我的好大姐，什么都不要问。我什么都不知道。我只是奉命行事。”

辖区警察到后没多久，一个级别很高的大人物也来了。他身着皮大衣，戴着一顶油亮的帽子，在房间里坐下，亲自查看那些纸张。他独来独往，身上什么也没带。他们走后，她一直忙着将翻得乱糟糟的东西归整一下。

拉祖莫夫粗暴地转过身，径直走进房间。

他的书全被抖过，扔得满地都是。房东太太跟在他身后，吃力地弯下腰将书一本本捡到她的围裙里。他的那些论文和笔记一向分门别类摆放得井井有条（全都是有关学业的），现在七零八落地摞在一起，堆放在桌子中央。

眼前这片狼藉深深地刺激了他，令他有些失去理智。他坐下来呆望着，清楚地感受到自己的生存正在被神秘地消解，支撑他的道义力量接二连三地在他身下坍塌。他甚至微微感到天旋地转，身体动了动，像是要去扶一样东西好让自己稳住。

这个老女人低声抱怨着，站起身来将围裙里的书全部抖到沙发上，然后叹着气嘟哝着离开房间。

直到此时拉祖莫夫才发现，曾经钉在床头空荡荡的墙上整整一晚上的那张纸片现在安放在这摞书的最上面。

那天他把纸片从墙上摘下来，叠成四折，心不在焉地随手丢在桌子上。现在他却发现这张纸被压平后展开盖在乱七八糟的一堆纸张上面，他近三年来求学的记录。这张纸片不是扔在上面，而是放在上面——还特地展开铺平！他猜测此中大有深意——或许也是种难以言说的嘲讽。

他坐在那里盯着这张纸看，一直到眼睛发疼。他已经不想再把这些纸重新整理好，今晚不想，明天也不想——这段时间他待在家里，陷入某种奇怪的犹疑不定。这种犹疑不定源自对自己该不该继续活下去的疑问——既不该再活下去也不该就此结束。但究其本质，这种心态和一个人想要自杀的那种犹豫却大相径庭。拉祖莫夫没想到要对自己的身体施暴。这个无亲无故，贴着拉祖莫夫标签的有机体，无论是行走、呼吸、穿衣都不关别人什么事，可能跟房东太太还有点关系。如果未来讲求意志和决心，拉祖莫夫的存在还自有其价值——这种未来正受到目无法纪的专制主义（专制主义视法律如无物）和同样目无法纪的革命的双重威胁。一想到自己的人格品行就这样受到这些目无法纪势力的任意摆布，他就禁不住要问自己一个严肃的问题，通过脑力劳动获得一番作为是否值得，因为人生好像已经不再属于他了。

“发挥自己的聪明才智，有条不紊地提升自我素质、完善工作方案，做这些有用吗？”他自问。“我想利用理性的信念指引自己的行动，但对某些事——某些毁灭性的恐怖事件——我毫无安全感。我好端端地坐在这儿，事情就这样主动找上门来……”

拉祖莫夫惊恐地看着外屋的门，好像某个有形的恶魔就要拧开把手，悄然出现在他面前。

“一个普通的窃贼，”他想，“犯法都会比他更有保障，就连兹米安尼奇这样的畜牲都会获得慰藉。”拉祖莫夫羡慕小偷的功利思想和无可救药的寻欢作乐者的那种激情。不管怎么说，他们的所作所为后果一目了然，他们的生活是属于自己的。

但那天晚上他却酣然沉睡，好像用兹米安尼奇的方式安慰了自己。他一下子就睡着了，睡得很沉，醒来什么梦也不记得。但他的灵魂仿佛在睡梦中出了窍，采撷到了愤怒智慧的花朵。他起床时心情阴郁而坚定，仿佛对自己的本性有了新的了解。他用讥讽的目光看了看桌上那摞纸张，然后离开住处去上课，喃喃自语道，“我们等着瞧。”

他没心情和任何人说话，不想听别人问他昨天为何没来上课。但有一位好伙伴却不能用这种粗鲁的态度置之不理。他有一张光洁粉红的面庞，一头金发，在同学中被戏称为“疯子科西嘉”。他出生于一个家境优沃却没有多少文化的政府承包商家庭，是家里的独子，备受宠爱，一般只在家长定期声泪俱下的劝诫造成的悔过心理的驱使下才来上课。他成天慌里慌张，像只专为主人捡东西的小犬。他的大嗓门和夸张的动作让空荡荡的校园走廊充满了动物般没心没肺的笑声，远远就招来大伙宽容的微笑。他整天谈论的就是骑马、高级饭馆里的酒会，还有那些水性杨花的女人的诸般好处。他的做派不矫揉造作，不令人反感，不招人烦。那天中午时分，他逮住拉祖莫夫，把他拽到一边，用比平时小的嗓门说道：

“就一会儿，基洛·希多洛维奇。咱们在这安静的角落说几句话。”

他察觉到拉祖莫夫不是很情愿，于是故作亲热地将手放在他胳膊下。

“不要这样——求求你了。我不是要和你讲我那些鸡毛蒜皮的荒唐事。它们算什么？什么都不算。全是小孩子的把戏。有天晚上，我在玩耍的地方撵跑一个家伙。他是财政部耍笔杆子的，也是个专制的小畜生。当时他正欺负屋子里的人。我叱责了他。‘我们这些上帝的子民是世上一道欢乐的风景，人人都比你有分量，你却不把他们当人对待。’基洛·希多洛维奇，我就是看不惯任何专制暴政。我说的是真心话，我眼里容不下这些。那家伙对我的话不以为然。‘这个毛头小崽子是谁？’他上来就吼。我当时浑身是劲，他突然推开紧闭的窗户，狂奔到院子。我大喊大叫，像——像一个——米诺陶诺斯。[①]女人们纷纷涌上来抱住我，尖叫着，小提琴手钻到桌子下面……好不热闹！我爸爸不得不又替我破财消灾了。”他咯咯地笑了起来。

“我爸爸对我太有用了。是我的大宝贝。不过我确实做过不少丑事。”

说到这里，他的兴奋劲下去了。事情就是这样。他的生活是什么？无足轻重；与人无益；一出闹剧。说不定哪天就在醉醺醺的斗殴中被人用香槟瓶子砸开脑瓜一命呜呼。与此同时，另一些人却正在为理想牺牲性命。而他的脑子里是装不进任何思想的。他的脑袋只配用香槟瓶劈成两半。

---

① 希腊神话中的人身牛头怪物。

拉祖莫夫推说自己没时间，准备走开。这时对方换成一派推心置腹的诚挚口吻说：

“看在上帝分上，基洛，亲爱的，让我做出点牺牲吧。其实也不算什么真正的牺牲。我有个有钱的老爸做后盾。他兜里的钱多得掏不完。”

听拉祖莫夫说他这是喝多后的胡言乱语，他气愤地加以反驳，提出要借一笔钱助他流亡国外。他总能从他父亲那里弄到钱。他只需谎称自己打牌输了钱，诸如此类，同时再郑重其事地保证将接连三个月一次课都不再旷，这样就会讨得老头子欢心。而他自己，科西嘉，也就算为革命做出了牺牲，虽然他也不明白上课有什么益处。这人真是彻底无可救药了。

“难道你就不能让我发挥一些作用吗？”他苦苦哀求拉祖莫夫。拉祖莫夫一言不发，眼睛盯着地面，不知道科西嘉葫芦里卖的是什么药，可奇怪的是又不愿意跟他挑明。

“你怎么会认为我想出国？”他最后平静地问道。

科西嘉放低嗓音。

“昨天警察去你那儿了。我们有三四位同志都听说了。你不用管我们是怎么知道的，反正我们知道了，于是碰头商量了一番。”

“啊！你们知道得倒挺快，”拉祖莫夫无所谓地咕哝道。

“是啊。我们没想到像您这样的人居然……”

“你们认为我是什么样的人？”拉祖莫夫打断他。

“一个有思想的人——也是个敢作敢为的人。不过你太深沉了，基洛。你的思想深不可测，至少对我这样的人是如此。但我们一致认为为了我们的国家，必须要保全你这样的人。我们对此毫无疑义——我的意思是我们大家都曾亲耳听过霍尔丁谈论你。一个人若是脑子里没有大逆不道的思想，不可能被警察抄家……所以如果你觉得最好能马上一走了之……”

拉祖莫夫挣脱科西嘉的纠缠，朝走廊另一头走去，丢下他张着大嘴呆呆地站在后面。但他很快又转身回到一脸惊讶、正慢慢闭上嘴的科西嘉面前，直视着他，一字一顿地刻意说道——

“我——很——感——谢——你。”

说完他又迅速掉头离去。科西嘉这时已经回过神来，从后面撵上来。

“不！等等！听我说。我不是开玩笑。你就行行好让我帮你吧。听到没有，基洛？我认识一个戏服出租商人，是个犹太人，你想伪装成什么样我都能让他帮你。求求你让我这个没开窍的人发挥一点作用。或许还需要假胡子之类的东西。”

拉祖莫夫不让科西嘉靠近。

“这种事情不需要什么假胡子，科西嘉——你这个好心的疯子。你知道我的想法吗？我的想法会毒害你。”对方使劲地摇头抗议。

“干吗要和思想搅和到一起？有些思想会夺走你父亲的钱袋子。不懂的事情不要去搀和。回去继续骑马泡妞，那样于人于己都没害处。”

这个热血青年被这番揶揄之辞给镇住了。

“你是在把我赶回猪槽里，那样就简单了，是不是，基洛。我是个倒霉的畜生——也会像畜生那样死掉。但请注意——我这样的下场是你的蔑视造成的。”

拉祖莫夫大步流星地走开。这个头脑简单、整天嘻嘻哈哈的家伙居然也中了革命的魔咒。拉祖莫夫感到了这个时代的凶兆。他埋怨自己干吗要心绪不宁。毕竟就他本人而言，现在可以松口气了。在这场阴谋中，他受到的误会显然对己有利。可这难道不奇怪吗？

通过这件事他再次感到霍尔丁革命式的独断专横令他身不由己。他茕茕苦读的生活就这样横遭破坏——而这是他在世上唯一可称得上属于自己的东西。凭什么？他狂怒道。凭什么的名义？

最令他气急败坏的就是大学里那些所谓“有思想的人”都公然把他和霍尔丁联系起来——明显将他归为霍尔丁的密友。一种神秘莫测的联系！啊，啊！……他就这样在毫不知情的情况下成了名人。那该死的霍尔丁到底是怎么谈论他的！很可能霍尔丁并没怎么提到他，只不过平日里的无心之言被这群傻瓜记在心里，并加以演绎。一切地下革命行动不就是建立在愚蠢、自欺和谎言的基础之上吗？

“除此之外想不到别的了，”拉祖莫夫喃喃自语。“这样发展下去我就成了白痴。这帮无赖和蠢货正在谋杀我的智力。”

对于挽救未来他已不抱任何希望，因为那需要自由地发挥自己的聪明才智。

他心灰意懒地回到住处，在门口门房交给他一个公文样的信封，他木然地从门房肮脏的手里接过。

“一个宪兵送来的，”那人说。“他问你在不在。我说你不在家。于是他就走了。‘把这个亲手交给他，’他叮嘱我。好了，现在交到你手上了——呃？”

门房说完继续扫他的地，拉祖莫夫手里拿着信封上了楼。走进房间后他并没有急忙打开信封。不用说这样的公函肯定是警方高层的指示。他现在是嫌疑犯！一个嫌疑犯！

他沮丧惊愕地审视自己的荒诞处境，想起来就万念俱灰，已经到了欲哭无泪的境地；三年的苦读付诸东流，今后至少四十多年的人生也将受到波及——生活本来充满希望，现在却变得惶惶不可终日，这一切都是因为人性的愚蠢而引发的环环相扣的诸多事端，连成一气，纵有智慧也无法预计，纵有勇气也无法克服。灾星进了你的家门，这时房东太太却背过身去。你回到家，发现它变成一个有名有姓、有血有肉的男子——穿着棕色棉大衣，长筒靴——懒洋洋地靠着炉子。它问你，“外屋的门关上了吗？”——你还蒙在鼓里，不知道此时应该掐着他的脖子将他扔下楼。你不明所以啊。对这疯狂的劫数你还表示欢迎。“请坐，”你说。话一出口，一切就全完了。你再也无法抽身了，它将永远缠着你。无论是绞索还是子弹都换不回生命的自由和神智的清明……这一切都让人恨不得以头撞墙。

拉祖莫夫缓缓环顾四周的墙壁，好像真要找个点迎头撞去。接着他拆开信。信中指示大学生基洛·希多洛维奇·拉祖莫夫前往内政部书记处，不得延误。

拉祖莫夫仿佛看到鼓眼睛的T将军在等着他——此人就是专制独裁力量的化身，狰狞可怖。他体现了专制独裁的全部力量，因为他就是它的捍卫者。他本身就体现了捍卫政治社会制度时的怀疑、愤怒和无情。他本能地仇视反抗。拉祖莫夫想，他压根就不懂得该如何合理地贯彻专制主义的信条。

“他找我到底想干什么——我倒想看看？”他问自己。

这个问题在拉祖莫夫脑海中又激起熟悉的幻象，霍尔丁突然栩栩如生地出现在房间里，站在他跟前。尽管冬日短暂的白昼早已化作晦冥的薄暮，外面大地白茫茫一片，但拉祖莫夫还是能看清楚那件切尔克斯大衣腰间的细皮带。这个可恨的幻象太过逼真，以致他差点脱口问道，“外屋的门关了吗？”他怀着厌恶与鄙夷看着它。鬼魂都是不穿衣服的。况且霍尔丁也不可能现在就死了。拉祖莫夫气势汹汹地向前跨出一步；幻象消失了——拉祖莫夫转过身，极其不屑地走出房间。

但走下第一段楼梯后，他突然想到警方高层会不会是想让他和霍尔丁本人当面对质。这个念头像子弹一样击中了他，要不是双手抓住了栏杆，他很可能滚到下一层。他的双腿好半天都不听使唤……可为什么要这样？出于什么理由？为了什么目的？

这些问题都没有恰当的答案；但拉祖莫夫想到了T将军对K亲王的承诺。他的做法现在还不得而知。

他弯下腰，手扶栏杆，一步一挨地挪下楼梯。走到大门之下他才基本稳住心神，手脚也差不多恢复了气力。他迈步上街，步履不再明显蹒跚。他的神志也渐趋稳定。但他想到T将军完全可以将他无限期关在要塞。此人的脾气和他执行的无情使命完全对路。他握有的通天大权也让他听不进任何合理意见。

可当拉祖莫夫来到书记处，才发现此行和T将军无关。根据拉祖莫夫的日记判断，这个令人生畏的家伙显然隐身在幕后。拉祖莫夫先是在外间的办公室等了一会儿，这里空气闷热，桌子上传来沙沙的写字声。随后一位高级文职官员在私密的里间接见他。

身穿制服负责引路的职员在走廊里对他说——

“你将去见格列高里·马特维耶特·米库林。”

这个名叫米库林的人一点也不令人畏惧。拉祖莫夫走进房间时，米库林柔和而期待的目光正朝门这边转过来。一见拉祖莫夫进来，他用手里拿的笔架指向两扇窗户间的一个厚沙发示意拉祖莫夫坐下。他的目光一直盯着拉祖莫夫，直到他落座。这温和的眼神停在拉祖莫夫身上，没有好奇，没有窥探——当然没有怀疑——几乎不带任何意味。执着而冷静的目光里有种相知的味道。

拉祖莫夫本来已经做好和T将军斗智斗勇的准备，现在反而变得手足无措。为了应对T将军可能表现出的咄咄逼人的权势和霸气，拉祖莫夫鼓足士气准备迎战，可现在面对这个脸色蜡黄的人，这一切都派不上用场。他留着浓密蜡黄的胡子，未加修剪，金黄细密。他的额头很高，布满皱纹，灯光照在上面泛着古铜色的光芒。他的脸庞宽阔，面相温柔，长相淳朴粗粝，因而刻意中分的发式显得是种矫饰。

拉祖莫夫的日记里多少流露出一些怨气。我不妨插一句，这本日记里的那些逐日写就的条目似乎就是从当天晚上拉祖莫夫回到家后写起的。

拉祖莫夫先生当时确实被激怒了。他紧绷的神经突然一下子崩溃了。

“我可一定得防着他点，”两人坐着沉默对视时拉祖莫夫告诫自己。这种状态只持续了一小会儿。沉默本身多种多样，意味各有不同，而这种沉默大概由于这位留胡子的官员那温和沉思的举止风度沾染上了一丝悲伤的意味。拉祖莫夫后来得知此人是内政部书记处某部门的头头，在文职官员中相当于军队中的上校。

拉祖莫夫的猜忌加剧了。关键是，对方没有让他多谈。可是让他来总有原因吧。什么原因？既然已经默认自己是嫌疑犯——那么无疑应该被不断追问才是。究竟追问什么呢？也没什么可追问的了。或许霍尔丁一直在撒谎……每一个骇人的假设都困扰着拉祖莫夫。他无法再忍受这种沉默，内心咒骂自己为何这般软弱，不敢先发制人，虽然来之前他对自己保证无论如何不先开口。

“我片刻也没耽搁，”他用沙哑挑衅的语调开口了；然后他的言语能力好像离开他，跑到米库林参谋那去了，只听后者附和着插了一句——

“的确如此。的确如此。尽管其实……”

魔咒一旦打破，拉祖莫夫变得放肆起来，并突然觉得这是最安全的策略。他打断米库林的话，滔滔不绝地抱怨自己完全被误解了。虽然他在说话时意识到自己有些胆大妄为，但心里清楚“遭到误解”比“不被信任”在措辞上要更好一些，于是一再使用这个词。忽然他停下来，面对这位一动不动聚精会神听他侃侃而谈的官员产生了一种恐惧。“我都说了些什么啊？”他边想边茫然地打量着这位官员。不被信任——不是遭到误解——才是这些人的真实态度。遭到误解是另外一道咒语。无论哪一种都是霍尔丁这个家伙强加在他头上的。他的头剧烈地疼痛起来。他将手放到眉毛上——这是他痛苦时不由自主的姿势，他也无意加以克制。此时他仿佛亲眼见到自己头疼欲裂的样子——一个颀长苍白的身影在黑暗的坟墓中被一股可怕的力量生生地撕成两半，他看不清这个身影的脸庞。他好像在做梦，在梦中窥见中世纪宗教裁判所[①]黑暗印迹的细小片段。

其实读者诸君不要真的以为拉祖莫夫会当着米库林参谋的面打盹或梦到宗教裁判所的古老印迹。他当时确实精疲力竭，后来将这段梦魇般的经历在写作时通过一个奇异的梦记录下来——像一个身处痛苦境地却孤立无援的人的那种痛苦。他在日记里还写到，莫名地看不到自己的面庞令他毛骨悚然。噩梦的所有特征在这里都齐备了。但他坚信自己当时坐在沙发上并未失去知觉。他身子前倾，双手放在膝间，手指不停地转动着帽子。但米库林参谋一发声，所有这一切就消失了。米库林质朴实在的口吻令拉祖莫夫

① 十三至十九世纪天主教会侦查和审判异端的机构。

由衷地感激。

“是的。我一直满怀兴趣地在听。在一定程度上我能理解……不过，你确实误会了……”米库林参谋的一席话说得吞吞吐吐。话没说完他反而目光朝下去看自己的胡子。这一刻意做出的克制举动反而显得他说出的话更有分量。但他可以说得很流利，一旦换成规劝的语气就变得更为明显。他继续道，“刚才听你说话时，我心里在想，我已经证明了我不想把我们之间的关系搞得那么正式，一副公事公办的样子……哦，是的！我承认把你请来是奉命行事。但我想在你身上试试，看看这种方式能否用来约请一位……”

“嫌疑犯，”拉祖莫夫大叫道，直视着这位官员的双眼。这双硕大的眼睛眼皮耷拉着，在面对拉祖莫夫大胆放肆的目光时暗淡而坚定。“一个嫌疑犯。”将这个在他清醒时一直萦绕心头的词语公开反复地说出来让拉祖莫夫觉得异常过瘾。米库林参谋轻轻地摇了摇头。“你一定清楚警察搜查了我的房间？”

“我正要说到‘一个遭误解的人，’这时你打断了我，”米库林参谋平静地婉言反驳道。

拉祖莫夫笑了笑，但笑容中没有苦涩。重新恢复的智识上的优越感支撑他度过了刚才的危险时刻。他语带些微轻蔑地说道——

“我知道我只是一根芦苇[1]。但我请求你让我这根会思想的芦苇凌驾于各种置它于死地的不会思考的力量之上。就刚才那件事而言，我觉得最现实的思考结果就是批评。警方在事发整整两天后才搜查我的房间，对此请允许我表示惊奇。因为我有充分时间可以毁掉一切证据，连灰烬都不留。”

“你动怒了，”官员说，语气中有种说不出的单纯。“这是理性的吗？”

拉祖莫夫觉得自己气得脸都变了色。

“我是理性的。我甚至——请允许我这么说——可以称得上是个思想者，当然如今这个称呼俨然成了那些革命贩子，那些对法德思想顶礼膜拜者的专利[2]——鬼才知道那些外国术语是什么玩意。可我不是一个有知识的恶棍。我像一个俄罗斯人那样思考。我真挚地思考——所以我敢称呼自己是个思想者。据我所知，这个词现在还不是禁语。”

“当然不是。为什么会是禁语呢？”米库林参谋在椅子上转过身来，两腿交叉，胳膊肘抵在桌子上，一只手半合着，用指关节支撑着脑袋。拉祖莫夫注意到他那粗壮的食指

① 康拉德此处引用法国哲学家帕斯卡尔的名言，“人不过是一根芦苇，是自然界最脆弱的东西；但他是一根能思想的芦苇。”

② 十九世纪法德两国是欧洲革命斗争哲学思想的滥觞之地，代表人物分别是蒲鲁东和马克思。

上紧箍着一个厚实扁平的纯金戒指，上面镶嵌了一块血红的宝石——一枚图章戒指，看上去有半磅重。这个成熟稳重的男人布满皱纹的、苏格拉底式的高前额上精确地留着油亮的中分头，这枚戒指对他来说是再合适不过的饰物。

“他戴的是不是假发？”拉祖莫夫发觉自己没来由地好奇起来，带着一种置身事外的情绪。他的自信心已经大大动摇。他打定主意不再闲扯。收敛！收敛！他现在要做的就是一定要对兹米安尼奇这件事守口如瓶。在回答时绝对不能提及兹米安尼奇。

米库林参谋目光黯淡地看着他。拉祖莫夫的自信心已经荡然无存。看来兹米安尼奇是无论如何也包不住了。无论哪个问题都会牵涉到他，因为除此之外再也没别的了。他想抖擞精神振作起来，可惜力不从心。但奇怪的是，米库林参谋也是一副漠然超脱的样子。

“为什么要禁这个词？”他又重复了一遍。“我向你保证，我也自认是个思想者。但首要因素是正确地思考。我承认对于沉湎于自我的年轻人来说这有时并不容易——年轻人经常心血来潮，姑且这么说——容易受各种外来的趋势摆布。当然，宗教信仰是一大……”

米库林参谋低头看自己的胡子，而拉祖莫夫的紧张心情因为刚才意想不到的东拉西扯放松了一些。他闷闷不乐，有些不满地小声说——

“那个人，霍尔丁，信仰上帝。”

“啊！你知道啊，”米库林参谋低声说了一句，语气很柔和，好像小心谨慎，传递出的信息却很直白，仿佛拉祖莫夫这句话也让他消除了戒心。拉祖莫夫不动声色，一副郁郁寡欢的样子，但内心却在狠狠责骂自己是个不要命的傻瓜，刚才说的那句话会让人误会他和霍尔丁关系亲密。他眼睛盯着地板。“除非到了非说不可的地步，否则我一定要管住自己的嘴巴，”他这样告诫自己。“向他和盘托出会不会更好呢？”这个念头不由自主地冒了出来，拉祖莫夫只好狠狠咬住自己的下嘴唇。但米库林参谋对拉祖莫夫的坦白压根没抱任何希望。他继续说道——

“你告诉我的已经比法官从他那儿获得的都要多了。他接受一个三人委员会的审判。他什么也没招供。我手头有一份审讯记录，每个问题后面都标记着‘拒绝回答——拒绝回答。’每一页都是如此。你瞧，我受命对这个案子里里外外做一番调查，但他这样令我无从着手。真是个死硬分子。你说他信奉……”

米库林参谋又垂下目光看他的胡子，微微做了个鬼脸；但他没停顿太久，又揶揄地说原来渎神者也信奉上帝。他认定拉祖莫夫和霍尔丁就这个问题肯定没少交谈。

“不，”拉祖莫夫头也不抬地大声说。“总是他说我听。不能算交谈。”

“倾听可是大有学问啊，”米库林插了一句。

“能让人开口同样大有学问，”拉祖莫夫嘟哝着。

“嗯，不——那倒不难，”米库林若无其事地说，“当然，除非某些特殊情况。比如，这个霍尔丁。无论怎样都无法令他开口。他总共被提审四次。四次秘密问讯——最后一次还提到了你……”

“提到我了？”拉祖莫夫重复道，猛地抬起头。“我不明白。”米库林参谋将身子转到正对写字台，抓起几张灰色大页纸，一张张丢到桌子上，只留最后一张在手上。他边说边将这张纸举到眼前。

“这样做——你瞧——被认为还是有必要的。这样一个严重的案子，任何可以对嫌犯动用的手段都不该忽略。我确信，你也明白这一点……”

拉祖莫夫睁大眼睛看着米库林参谋的侧影。米库林此刻并没看他。

“于是我们决定（T 将军征求过我的意见）审讯时某些问题还是要问。但是鉴于 K 亲王的强烈意愿，我们在档案中隐去了你的名字，连主审法官们都不知道你。K 亲王对我们的做法的恰当性和必要性都表示理解，但他还是很关心你的安全。消息会泄漏——我们对此不否认。没人能保证内部官员谨言慎行。况且还有法庭的书记员——房间里还有一两位宪兵。但如我刚才所说，出于对 K 亲王的尊重，就连法官们也不知道你是谁。问题草拟好由T将军交给他们（由我亲笔手书），并指示他们把这个问题放到最后。这就是那个问题。”

米库林参谋头向后仰，调整好视距照本宣科地读起来：“‘问题——你星期一在某人房间里躲了几个钟头，并由于他的情报而被捕——他和你之前熟识吗，事前知不知道你准备从事政治暗杀？……’犯人拒绝回答。”

“问题重复。犯人依旧顽固地拒绝作答。”

“接着监狱牧师被招来敦促犯人忏悔，劝说他毫无保留、原原本本地坦白赎罪，免除因背叛我基督仁爱之邦、圣明国君陛下和神圣法令而犯下的滔天大罪。这时犯人首次开口说话，声音清晰洪亮地拒绝了牧师的规劝。”

“十一时法庭终审宣判死刑。”

“遵循最高当局进一步的指令，死刑于当日下午四时执行。”

米库林参谋放下大页纸，低头看了眼自己的胡子，转向拉祖莫夫，语气轻松地解释道——

“我们认为延后行刑没有必要。行刑指令中午时分通过电报发过去的。我亲手写的电文。他下午四点被绞死了。”

得知霍尔丁的确切死讯，拉祖莫夫产生一种过分努力或激动过后的困倦感。他安静地坐在沙发上，嘴里咕哝出一句——

“他相信来世。”

米库林参谋轻轻地耸了耸肩，拉祖莫夫艰难地站起来。没必要再待在这里了。霍尔丁四点钟时已被绞死了。这点看来确定无疑。他好像穿着长筒靴，戴着阿斯特拉罕皮帽，腰间束着细皮带走进来世了。他这一生电光火石般转瞬即逝，留在世上的不是灵魂，而是他的幻影——拉祖莫夫这样想着，刻薄地暗自发笑。他穿过房间，全然忘了自己身处何地，以及周围还有一个米库林的存在。这位官员本可以不离开座位就能摁响各种响彻整栋大楼的铃声。但他一直等到拉祖莫夫走到门口才又开口。

“过来，基洛·希多洛维奇——你要干什么？”

拉祖莫夫转过头来，默默地看着米库林，丝毫不感到诧异。米库林参谋双臂摊在身前的桌子上，身体微微前倾，暗淡的眼神努力张望着。

“我真的会就这样脱身吗？”拉祖莫夫内心思忖着，脸上还是一副无动于衷的表情。但他心里清楚，无动于衷的表情下是清醒的恐慌。

“如果他刚才不开口，我显然就出去了，”他想。“如果那样，他会怎么办？无论怎样，我必须了结这桩事。我得让他亮出底牌。”

他藏在这副面具后思考片刻，松开门把手，转身回到房间中央。

“让我来替你说出心里话吧，”他突然发作，但并没抬高声调。“你在想自己正在和那个心怀不满者的秘密同党打交道。不，我不知道他心怀不满。他没对我说。在我眼里，他就是个可怜虫，因为维护一个错误的思想比杀人罪孽更重。我想你不否认吧。我恨他！这些空想者们在世上作的恶经久不散。他们的乌托邦理念在庸众脑海中激起对现实的仇视和对人类发展世俗推论的蔑视。”

拉祖莫夫耸耸肩，瞪大眼睛。“又是一番义正辞严的大论！”他想。但米库林参谋的沉默不语和岿然不动令他心里没底。这个留着胡子的官员坐在位子上像一尊神像，泰然自若，高深莫测，目光黯淡，难以捉摸。拉祖莫夫不由自主地变换了语调。

“你若问我有必要这么恨霍尔丁这类人吗，我会回答你——这种仇恨不是意气用事。我恨他不是因为他犯下谋杀罪。厌恶不等于仇恨。我恨他原因很简单，因为我具有理性。也正为此他才激怒我。他的死……”

拉祖莫夫感到喉咙发出的嗓音变得有些嘶哑。米库林参谋原本眼神中的黯淡现在似乎扩展到了整个脸庞，令拉祖莫夫视线模糊。他努力不去理会这些现象。

“真的，”他继续说，每个字都咬得很清楚，“他的死对我又能怎样？他现在要是躺在这里，我都能从他胸口踩过去……此人就是个幻象……”

拉祖莫夫的声音力不从心地慢慢弱了下来。米库林坐在桌后不让自己发出一点动作。沉默片刻后拉祖莫夫继续往下说。

“他到处谈论我。这些读书人互相串门，醉心于交流国外思想，如同青年近卫军官们用洋酒相互招待一样。就是寻欢作乐……依我说，”——拉祖莫夫由于突然想到兹米安尼奇又被激怒，用力压低声音，——“依我说，我们俄罗斯人就是个沉醉的民族。我们必须拿某样东西麻痹自己：不是悲伤发狂就是消沉易感；不是像木头一样呆呆地躺在那里就是动手放火烧房。我想请问，一个头脑清醒的人该如何做？把自己与同类完全隔开是不可能的。能在沙漠里独居的都是圣人。可要是碰到一个喝醉的人跑出酒馆，搂住你的脖子，猛亲你的双颊，只是因为你外表的某处令他着迷，那么——请告诉我该怎么办？你也许会在他背上打折一根棍子，可却无法将他撵走……”

米库林参谋抬起手，从容地抹了一把脸。

“这个……那当然，”他低声道。

这一无声而厚重的动作让拉祖莫夫停了下来。这个动作有点突如其来。它是什么意思？它有种令人惊骇的超然。拉祖莫夫想到自己的意图是令对方亮出他的底牌。

“这些话我都和K亲王说了，”他假装若无其事，又开始说起来，可看到米库林参谋缓缓点头称是，他沉不住气了。“你也知道？你听说了……那为什么叫我到这里来，告知我霍尔丁的死讯？既然人都死了，你让我来是想和他的缄默对质吗？他的缄默对我来说又算什么！真是不可理喻。你是想以此来动摇我的道义立场。”

“不。不是那个意思，”米库林参谋嘟哝着，声音小得勉强能听见，“你的贡献我们都知道……”

“是吗？”拉祖莫夫嘲讽地打断他。

“……还有你的处境。”米库林参谋并未抬高声调。“但请想一想！你从天而降般突然出现在K亲王的书房，带来如此令人震惊的消息……你毕竟还在读书，拉祖莫夫先生，可我们在工作——不要忘记这点……所以感到好奇也是自然而然的……”

米库林参谋低头去看他的胡子。拉祖莫夫的嘴唇直哆嗦。

“这种事情最能见人心，”那朴实的低语声继续道。“我承认，出于好奇我很想见到你。T将军也觉得我应该和你见面……不要以为我不懂你的思想感情。我像你这么年轻时，我学过……”

“对——你是想见我，”拉祖莫夫忿然道。“你当然有权见我——我是指政治权力。反正就是那么回事。但你就是花上一年时间这样看着我、听我说，也一点都没用。我现在发觉我身上有种东西，一般人好像看不出来。真倒霉。不过我想K亲王能理解我。他大概可以。”

米库林微微动了动，说：

“K亲王对我们见面的事十分清楚，而且我也不介意告诉你，他赞成我想要结识你。”

拉祖莫夫用怒咤惊讶的口吻掩盖内心无比的失望。

“那他也好奇喽！……嗯——毕竟，K亲王对我也所知甚少。我真倒霉，可是——这不完全是我的错。”

米库林参谋急忙举手表示不以为然，头微微向自己的肩膀侧去。

“嗯，拉祖莫夫先生——有必要这么抱怨吗？我敢保证每个人都能……”

他迅速低头看了一眼自己的胡子，再抬起头时迷蒙的目光中一度显出感兴趣的神情。拉祖莫夫对此报以冷漠反感的一笑。

“当然，这无所谓——只不过这样一件简单的事居然会引发这么多好奇……该怎么满足这些好奇心？没法满足。我的意思是我没有东西能满足这些好奇心。我偏偏是个天生具有爱国本能的俄罗斯人——是否是遗传来的我不好说。”

拉祖莫夫说话时头脑清楚，语速平缓，措辞严谨。

“对，爱国本能的形式有赖于独立思考能力——不偏不倚的思考。在这方面我不受羁绊，任何社会民主革命都影响不了我。而且很可能我的想法和你认为的不一样。此刻你大概认为我在费尽心机地撒谎以掩饰我的悔过心理。”

拉祖莫夫停了下来。他的心里百感交集。米库林参谋并未退缩。

“为什么这么认为？”他轻描淡写地说道。“我亲自参与了搜查你房间这件事。我翻看了你写的所有东西。其中有一份坦陈政治信仰的材料令我印象深刻。写得很了不起。我可否试问你是出于何种目的……”

“自然是为了欺骗警方，”拉祖莫夫恶狠狠地讽刺道……“干吗要这么虚伪？你完全可以将我直接从这里发配到西伯利亚。那样才合情合理。我这个人可以听命于合情合理的事。但我抗议这种用滑稽剧的形式迫害人。一出由谬误、幻象和怀疑构成的滑稽剧。绝对令人不齿……”

米库林参谋全神贯注地听着。“你说到幻象？”他咕哝道。

“我可以踏过数十个幻象。”拉祖莫夫不耐烦地挥挥手，径直往下说。“但说真话，我请求能和那个人彻底了断。要是能那样，我可以不顾一切地……”

拉祖莫夫从桌子这边向这位坐着的当官的轻轻欠了欠身。

“……隐遁——反正就是一隐了之，”他决然地说。

他朝门口走去，心想，“这下他该亮出底牌了吧。他肯定在我没出这栋楼之前就会摁铃把我抓起来，否则他就得让我走。不管哪一种……”

这时一个不紧不慢的声音说——

“基洛·希多洛维奇。”拉祖莫夫在门口转过头来。

“隐遁，”他重复了一遍。

“去哪里？”米库林参谋柔声问道。

第二部分

I

叙述一个虚构的故事，为了讲得明白晓畅、惟妙惟肖，无疑需要遵循一些规律。一个具有想象力的人，无论在叙事技巧上多么生涩，也会凭着本能斟酌措辞，安排情节进展。一点天赋就可免走许多弯路。可惜这个故事并非杜撰之作；我也没有叙事的天赋；我之所以还敢讲述这个故事，并非在于它的艺术性，而恰恰在于它的非艺术性。明白自己能力有限，又深知自己满怀真诚，所以我在下面的叙述中（即便可以）不会进行任何添油加醋。对于这点我律己甚严，甚至连一个衔接词都不会添加。

拉祖莫夫先生的文稿上回停在米库林参谋那个无解的问题“去哪里？”，我们不妨先停下来，借着这个问题由我来先谈谈在此之前六个月我结交的几位女士。我所说的这“几位女士”当然不是别人，正是那个不幸的霍尔丁的母亲和妹妹。

至于霍尔丁是如何说服他母亲变卖家产出国定居的，我也说不清楚。我只知道只要是她儿子的意愿，霍尔丁夫人哪怕一把火烧了房子搬到月球去住都不会感到惊讶或害怕；而那个霍尔丁小姐——娜塔莉亚，昵称娜塔佳——也会同意的。

她们俩对霍尔丁这个年轻人引以为荣的无私付出，我很快就知道得一清二楚。根据霍尔丁的安排，她们直奔瑞士——苏黎世——在那里逗留了近一年。她们并不喜欢苏黎世这座城市，便搬到日内瓦。我在洛桑有一位朋友，是洛桑大学的一名历史讲师。他娶了一位俄国太太，是霍尔丁夫人的远亲。他写信建议我拜访这对母女。这个建议是出于好意，缘起是霍尔丁小姐想找一位称职的老师补补课，好通读英国名家作品。

霍尔丁夫人非常和蔼地接待了我。她的法语很蹩脚，对此她心里也清楚，难为情地笑着，这反而消除了初次见面的客套拘礼。她个子很高，穿着一件黑色丝绸衣服。她的额头很宽，容貌标致，双唇优雅地合在一起。这一切表明了她往昔的妩媚。她腰杆挺直地坐在安乐椅上，用轻柔温婉的声音对我说，她的娜塔佳如何求知若渴。她那一双纤细的双手搭在大腿上，脸上的表情纹丝不动，有一种修女的气质。“在俄国，”她说，“一切知识都被谬误玷污。不光是化学之类的学科，而是整个教育，”她向我解释。政府为了一己之利败坏了教育风气。她的子女对此都有体会。她的娜塔佳在女子高等学校拿到过文凭，她的儿子是圣彼得堡大学的高材生。他天资聪颖，志行高洁无私，在同仁中有先知的美誉。她盼望儿子明年年初能赶来和她们团聚，然后一同前往意大利。她相信凭她儿子的过人才华和崇高品德，在任何其他国家都会拥有光明的未来——但俄国除外……

年轻女士坐在窗边，听到这话转过头说——

“得了，妈妈。我们国家的情况也是每年都在变。”

她的声音深沉得有些刺耳，但刺耳中又蕴含着体贴。她的肤色黝黑，嘴唇艳红，身材丰满，给人充满活力的感觉。老妇人叹了口气。

“你们还太年轻——你们两个。你们很容易就会有盼头。而我，也不是没有盼头。其实，有这样的儿子，我还有什么好抱怨的呢。”

我和霍尔丁小姐打了个招呼，询问她想读哪些作家。她将掩在黑色睫毛下的一双灰色的眼睛投向我，而我虽然一大把年纪了，也知道一个男人若是能在女性阴柔的妩媚之外品出一些别的东西，那他一定会被霍尔丁小姐展现在外的个性彻底吸引。她的眼神坦荡而直接，像一个还没被人情世故带坏的年轻人。她的目光中透着一股巾帼豪气，但并不咄咄逼人。如果说是天真又多思的沉着自信可能更准确。她已经学会思考（在俄国年轻人都很早就学会思考），但她还不知道什么是幻灭，因为很显然她还从未陷入过狂热中不可自拔。

只要看她一眼就能知道，她的热情会因某种思想甚至某个人而激发出来。至少我觉得我的看法较为公允；但显然我成不了能令她激情澎湃的人，——我的思想也成不了那样的思想！……

我们一起读书，成为挚友，过得很快乐。不怕您见笑，坦白地说，我都有点离不开这位年轻姑娘了。四个月的学习时光接近尾声时，我对她说，她现在可以独立用英语阅读，到了该和我这位老师说再见的时候了。我的学生看上去又惊讶又难过。

而霍尔丁夫人神态自若、目光慈祥地坐在扶手椅上，用不太有把握的法语说，“以后常来看我们。[①]”就这么定了。我经常回去看望她们——不像以前那样一周四次，但也够频繁的了。到了秋天，我们还和其他几个俄国人一道进行了几次远足。我和这对母女的友谊为我在当地的俄国侨民圈子里赢得一席之地，否则我是进不去的。

有天我在报上读到 P 先生遇刺的消息——那天是星期天——我在街头遇到她们俩，就陪她们走了一段。我记得霍尔丁夫人穿着厚重的灰色披风，里面还是那件黑色丝绸上衣。我们四目相对时，她美丽的眼睛里透着沉静。

“我们刚去教堂做过礼拜，”她说。“娜塔佳陪我来。

---

① 原文为法语。

她的那些女伙伴，当地的学生，当然不…… 在我们俄国，教会等同于压迫，让人们觉得今生今世可以为所欲为，完全不用考虑什么来世。可我不能不替我儿子祈祷。”

她神情肃穆，微微变色地用法语补充一句，“这或许是习惯。[①]”

霍尔丁小姐手上拿着本祈祷书。她并没有朝母亲看。

“您和维克多都是虔诚的信徒，”她说。

我把刚才在咖啡馆里看到的这则来自她们祖国的消息讲给她们听。整整一分钟我们谁也没有说话，就这样步履轻快地走着。后来霍尔丁夫人喃喃说道——

“这件事会引起更多麻烦，更多镇压。他们甚至会关闭那所大学。在俄罗斯，人们大概只有在坟墓里才能找到和平与安宁。”

“是啊，世道不易，”女儿的声音传来。她直视着眼前白雪皑皑的少女峰山脉，它像一堵白墙横在马路尽头。“但协和有序的日子应该不远了。”

“这就是我的孩子们的想法，”霍尔丁夫人对我说。

我没有掩饰自己的想法，觉得此时此刻谈论协和有序很突兀。令我惊讶的是，霍尔丁小姐像是对这个问题深思熟虑过，说西方人不了解俄国的国情。说这些话时她很镇定，一

---

① 原文为法语。

派少年老成的样子。

“您认为这是一场阶级冲突，或者说利益之争，和你们西欧那些社会纷争差不多。可其实完全不是那么回事。不可同日而语。”

“也许我确实不了解情况，”我坦承。

凡事都喜欢用某种神秘莫测的表达方式让人摸不着头脑，这是非常典型的俄国做派。我对霍尔丁小姐了解到一定程度就发现，她对于西方世界司空见惯的那些政治自由的各种实际操作形式都加以鄙夷。我想大概只有身为俄国人才能懂得这种俄国式的单纯，这种单纯具有可怕的消解作用，在它那故作玄虚的措辞下包裹着幼稚而又绝望的悲观怀疑。我有时想，俄国人和我们西方人之所以有如此深刻的不同，从心理上来说奥妙就在于他们憎恶生活，憎恶无可救药的尘世生活，而西方人却珍视生活。两者也许对生活价值都带有同样程度的滥情夸大。当然这还是题外话……

我将这对母女送上有轨电车，她俩邀请我下午去家里坐坐。至少霍尔丁夫人上车时是这么说的，而她女儿站在开动起来的车子后门口，向我这个愚钝的西方人报以宽容的一笑。晴朗冬日的午前日光在她的灰色眼睛里黯淡下来。

拉祖莫夫先生的这部文稿，像是一本打开的命运之书，一下子激起了我对那天的回忆，现在回想起来，当时没有丝毫凶兆。那天维克多·霍尔丁还和活人在一起，但这些活人和生活的唯一瓜葛就是等待死亡。他在狱中一定已经谈及了自己在人世间最后的珍念，谈及在那固执的一言不发的数小时里，自己将要幻化成永恒。那天下午这对母女在家里大宴宾朋，客人都是她们的俄国同胞——这次宴请的规模比以往都更隆重；这所位于哲学家大道的大房子的一楼客厅里挤满了人。

我是最后一个离开的；当我起身时，霍尔丁小姐也站了起来。我握住她的手，又不由自主地聊到今天上午在街上谈论的那个话题。

"是得承认，我们西方人并不了解你们的性格……"我开口道。

她好像有一种神秘的先知先觉，对我的话早有准备，柔声制止我道——

"他们的种种冲动——他们的……"她努力寻找合适的措辞，最后用法语说……"灵魂的躁动。[①]"

她的声音小到像在窃窃私语。

"没错，"我说。"但我们正在目睹一场冲突。你说这不是阶级冲突，也不是利益之争。我姑且承认。不过相互敌视的思想观念达成和解容易吗——难道要用鲜血和暴力将它们弥合起来以达到你所声称的协和有序吗？"

① 原文为法语。

她用清澈的灰眼睛审视着我，并没有回答我这个合情合理的问题——显然我的问题是无法回答的。

“这难以想象，”我带着近似恼怒的情绪加了一句。

“事事都难以想象，”她说。“依照严格的逻辑思维，整个世界都难以想象。然而世界存在于我们的感知中，我们又存在于世界里。世上有种必然性要高于我们的观念。流俗于大众既可悲又错误。我们俄罗斯人将会寻找到一种更好的形式实现民族自由，超越人为党派之争——你争我夺，叫人鄙视。该由我们俄罗斯人来找到一条更好的道路。”

霍尔丁夫人刚才一直看着窗外。这时她转过来对着我，美丽的脸庞几乎没有生气，乌黑的大眼睛流露出温厚的目光。

“这就是我的孩子们的想法，”她说。

“我想，”我对霍尔丁小姐说，“如果我要说没听懂你的话，你也许会吃惊——我什么都不会说；我已经明白了所有的话……在这样一个礼崩乐坏的年代你能指望什么呢？生活是一个形式。它具有可塑的外形和确定的知性的形态。对于爱和坚忍，最理想的设想也需要活生生的人来体现，这样才好理解。”

我向霍尔丁夫人告辞。她那美丽的嘴唇纹丝不动，只是眼含笑意。娜塔莉亚·霍尔丁一直亲切地把我送到门口。

“妈妈以为我是维克多哥哥的应声虫。其实不是。我们之间他懂我更多一些。等他来了，你认识他后就会发现他是多么杰出。”她停了一会儿。“他不是通常意义上坚强的人，你知道，”她加了一句。“但他的品格完美无瑕。”

“我觉得和你哥哥维克多交朋友应该不是难事。”

“别指望能深入了解他，”她回答道，略带敌意。“他打心底里绝不——一点也不——西化。”

听了这没有必要的告诫，我在门厅向坐在窗边安乐椅上的霍尔丁夫人鞠躬告辞。我没有感受到的专制独裁的阴影已经笼罩了哲学家大道，笼罩了日内瓦这座自由、独立的民主之城，还有城里这片被称为“小俄罗斯”的区域。只要两个俄国人碰到一起，专制的阴影就会如影随形地出现，沾染他们的思想，他们的观点，他们之间最紧密无间的情感，他们的私人生活，他们的公开言论——就连他们的沉默也逃脱不掉。

接下来的一周里，令我惊讶的是这对母女变得寡言少语。我经常能在日内瓦大学附近的公共花园里遇见她俩在散步。她们还和以前一样友善地和我打招呼，但我能明显注意到她们的缄默。这时有关刺杀P先生的凶手被抓、审判并处决的消息已经广为人知。大部分内容都是官方向新闻界透露的。但世人并不知道凶手姓甚名谁。官方刻意在公众面前隐去他的姓名，我真不知道这是何故。

有天我看到霍尔丁小姐独自一人走在巴斯蒂恩大溪谷里光秃秃的树枝下。

“妈妈最近身体不太好，”她向我解释。

霍尔丁夫人一辈子几乎没生过一天病，所以现在的不适颇令人忧心。但具体也讲不清楚。

“我想她是因为很久没收到哥哥的信而烦心。”

“没消息等于好消息，”我故作轻松地说，和她并排走起来。

“在俄国可不是这样，”她声音低到我勉强能听见。我这才认真起来，看着她。

“你也着急吗？”

她犹豫了一会儿承认了。

“距离上次听到他的消息已经过去很久了……”

没等我说那些老生常谈的安慰话，她就向我透露：

“哦！更糟的是，我给彼得堡一位认识的人家写信。他们已经一个多月没见过他了，还以为他和我们在一起。他们甚至都有点不高兴，怪他离开彼得堡也不和他们道别。那位女士的丈夫后来立刻前往哥哥的住处。维克多早已离开那里，谁也不知道他的下落。”

我至今还记得她说话时气喘吁吁的可怜模样。她哥哥也好久没去上课了。人们只见他有时去学校大门口取邮件。有人告诉这位女士的丈夫，霍尔丁同学最近有两封信都没来取。但警察却来打听霍尔丁在校期间的通信情况，并将这几封信都没收了。

“就是我最近写的两封信，”她说。

我们相向而视。光秃秃的树枝下飘着雪花。天空黑黢黢的。

"你认为会发生什么事？"我问。

她的肩膀轻轻动了动。

"谁都说不准——尤其在俄国。"

这时我看到专制的阴影笼罩了俄国人的生活，无论他们是屈从还是反抗。我看到这阴影笼罩了她那半掩于毛皮衣领中美丽而单纯的脸庞，也黯淡了她那双清澈的眼睛。在这个阴冷昏暗的下午，这双眼睛向我投来灰色的光芒。

"我们走吧，"她说。"今天站在这里真冷。"

她战栗了一下，跺了跺脚。我们快步走到巷子尽头，然后再折回花园的大门口。

"你告诉令堂了吗？"我壮着胆子问。

"没有。还没有。我出来就是想散散心，好驱散这封信带来的忧虑。"

我听到纸张的沙沙声，是从她的手筒里发出来的。她将那封信放在那儿。

"你怕什么呢？"我问。

对我们西欧人来说，一切和政治上的策划与阴谋有关的想法都显得幼稚可笑，是剧院或小说里的拙劣杜撰。我不想把话问得过于具体。

"对于我们来说——尤其是我母亲，最揪心的就是没个准信。确实有人消失得杳无音讯。真是这样。你想想这是什么滋味——数周、数月甚至数年音信全无，多么残忍！我们的这位朋友得知警察掌握了这些信后就不再打听了。我想他是害怕自己被卷进去。他有妻子和几个孩子——他又何必那么做，毕竟……况且他没有过硬的关系，也没有钱。他能做什么？……对，我就害怕这样无声无息——担心我母亲。她会受不了的。至于我哥哥，我也担心……”她的声音几乎听不清了，“任何事。”

这时我们走到剧院对面的花园大门。她提高声调：

“但即使在俄国，失踪的人也会出现的。你知道我抱的最后希望是什么？或许某天我们就会发现他突然走进我们的房间。”

我举起帽子和她道别。她朝我稍稍点了点头，然后走出花园。她的姿态优美而坚强，手插在手筒里，还攥着那封彼得堡的来信。

回到家，我翻开从伦敦寄来的报纸，扫了一眼来自俄国的新闻——不是电讯稿而是通讯——我一眼就看到了霍尔丁的名字。P先生刺杀案，此时已不再是新闻，但值得这位敬业的记者骄傲的是，对于这起可以载入当代历史的事件，他又搜罗到一些官方没有披露的消息。他搞到霍尔丁的名字，还得知了午夜街头抓捕这件事。但毕竟从新闻角度来说，这件事的轰动效应业已过去。所以这则消息他在文章中只给了不到二十行的篇幅。但这足以令我度过一个不眠之夜。我在想，如果让霍尔丁小姐就这样猝不及防地在第二天的法国和瑞士报刊上看到这则转载的消息，那将不啻于是一种背叛。这个晚上对我来说着实很难熬，清醒的时候心情紧张忧虑，睡着时做梦像是在看戏，而且自己陷入感动不可自拔。整晚我都在痛苦地思忖，这对母女的生活中竟然出了这样一件复杂曲折的大事，这是多么令人意想不到啊。她们如此优雅单纯，这件事应该永远向她们隐瞒下去。第二天一早我不知不觉来到她们公寓门口，感觉自己接下来的行为无异于一场浩劫……

一位中年女仆带我走进客厅。客厅的椅子上放着一把掸帚，中央的桌子旁靠着一把扫帚，灰尘在阳光下舞动；我为自己没有预先写信告知就登门造访表示歉意，并称赞了晴朗的天气。霍尔丁小姐身着素朴的黑衣，步履轻盈地从她母亲房间出来，嘴边挂着一丝僵硬而难以捉摸的笑容。

我从口袋里掏出报纸。我没想到一份《旗帜早报》竟然会造成美杜莎[①]头颅那样的效果。霍尔丁小姐的脸瞬间石化——还有眼睛和手脚。最可怕的是虽然被石化了，但她还活着。你能感到她的心脏在怦怦地跳动。我希望她能原谅我的笨嘴拙舌，兜了一大圈才把事情说清楚。不过也没有耽误多长时间；她不可能再继续这样浑身上下一动不动；多一两

① 希腊神话中的女妖，因与海神波塞冬私通，雅典娜一怒之下将美杜莎的头发变成毒蛇，任何直视美杜莎双眼的人都会变成石像。

秒都不行。我听见她吸了口气。这个噩耗仿佛麻痹了她道义上的抵抗力，影响到她肌肉的紧张程度，令她的面部轮廓变形。她整个人变得很可怕，一下子变得老态龙钟——整个人都垮了。但这只持续了一会儿。接着她语气决然地说——

“我得马上告诉妈妈。”

“以她现在的状态，告诉她不会出事吧？”我表示异议。

“还有什么会比她过去这一个月的状况更糟？我们通过别的方式知晓一些。不能将罪行归咎于他。别以为我是在您面前为他辩护。”

她向卧室门口走去，接着又折回来，低声告诉我等她出来再走。在那漫长的二十分钟里，我没听到一丝动静。最后霍尔丁小姐出来了，迈着急速轻快的步伐穿过房间。她走到扶手椅前瘫坐下去，显得心力交瘁。

她告诉我，霍尔丁夫人一滴泪也没流。她坐在床上，不说也不动，样子十分吓人。最后她轻轻躺下，示意女儿走开。

“她马上会叫我，”霍尔丁小姐补了一句。“我在她床头留了个铃。”

坦白说，我无法真正感同身受这对母女的痛苦。这个故事的目标西方读者会明白我的意思。或许可以说成是缺乏类似的体验。死亡是个无情的掠夺者。它给人们带来无法修补的损失，这种痛苦我们大家谁都不陌生。没有人在世间完全孑然一身，可以免除这种经历。但我给这对母女带来的悲痛却多了一层残忍的意味。它使人联想到炸弹和绞架——这是一种疯狂的、俄国式的令人谈之色变的东西，而对于我这样站在不确定的同情立场上的西方人来说却有点难以言明。

我很感激霍尔丁小姐，她深沉的情感至少在外表没有表现出来，令我发窘。我佩服她这种超常的自控力，虽然对此我也有些担忧。这是巨大情感张力下的一种平静。如果它一下子折断了怎么办？就连霍尔丁夫人卧室的那扇门，由于这位老母亲独自一人在里面，也平添了一分恐怖的意味。

娜塔莉亚·霍尔丁悲伤地喃喃说道——

“我猜您肯定想知道我现在的心情。”

的确如此。正是这种好奇心才将我这个木讷的西方人的同情心搅得不得安宁。我找不到恰当的语言，只有一些寻常话语，这些苍白无力的语言在我们经历人生各种考验时只会徒增无能为力感。我嗫嚅了几句，大意是说对年轻人而言，生活中有各种希望和补偿。当然也会有社会责任——对后者我确信不必再提醒她。

她手里拿着一条手绢，紧张地用力扯拽着。

“我没法不去想母亲，”她说。“我们过去是三个人。现在只剩我们俩——两个女人。她岁数也不是太大。她还能活很久。可对未来我们还有什么盼头呢？有什么希望和慰藉？”

“你们必须看开点，”我语气肯定地劝道，心想对这样优秀的人就得用这种语调和她说。她神色镇定地看了我一会儿，接着一直强忍的泪水不可抑制地流了出来。她猛地起身站到窗边，背朝着我。

我悄悄离去了，根本没打算走近她安慰一番。第二天女仆在门口告诉我霍尔丁夫人好一点了。这位中年女仆说那天来了很多人——全都是俄国人，但霍尔丁小姐谁也不见。两周之后，我在每日例行拜访时被请进卧室，发现霍尔丁夫人如往常一样坐在靠窗的位置。

乍一看好像一切都没有变化。我看见房间那头那个熟悉的侧影，体型略显更加瘦削，整个人显露出体质虚弱者的苍白无力。但她那双黑眼睛发生的变化是任何疾病也无法引起的，再没有略带讥讽的笑容。她向我伸出手时抬起眼睛。我发现三个星期前的那期《旗帜早报》放在扶手椅边的小桌子上。在那篇俄国报道旁边有一道折痕。霍尔丁夫人的声音异常虚弱，没有音色。她上来就向我发问：

“报纸上有没有新消息？”

我松开她细长枯槁的手，摇摇头，然后坐下来。

“还是英国的报纸好。什么都瞒不了它们。一定要让全世界知道。只有我们俄国的报纸总是那么隐晦。总是那么……不过英国的母亲们不必费心去探求这样的消息……”

她将手放在报纸上，然后又拿开。

我说——

“在我们历史上的有些悲剧年代也发生过这样的事。”

“那是很久以前了。很久很久以前了。”

“是的。”

“许多民族都在和命运做交易，”霍尔丁小姐这时走近我们说道。“我们没必要羡慕他们。”

“干吗这么不屑一顾？”我轻声问道。“我们的交易也许并不崇高，只是在这交易中我们付出的代价过高，由此换来的条款也显得神圣。”

霍尔丁夫人将头转开，朝窗外看了一会儿。她那深陷的眼睛里流露出陌生、忧郁、绝望的眼神，将她彻底变成另一个人。

“那个英国人，那位记者，”她突然对我说，“你觉得他会认识我儿子吗？”

对这个奇怪的问题，我只能说这当然有可能。她看出我的惊讶之情。

“如果有人知道他是怎样的人，也许就会给他写信，”她喃喃地说。

“妈妈在想，”霍尔丁小姐站在我们中间，一只手搭在椅背上解释道，“我那可怜的哥哥压根就不想自救。”

我抬头看着霍尔丁小姐，既同情又惊愕。但霍尔丁小姐却镇定地看着她母亲。霍尔丁夫人说——

“我们不知道他任何朋友的地址。其实我们对他在彼得堡的那些同志一无所知。他有很多年轻朋友，只是他从不多谈他们的情况。我们只能猜测他们都是他的信徒，视他为偶像。但他非常低调，你会想既然有这么多忠实的……”

她又转过头去看下面的哲学家人道，这是一条干燥多灰的通衢，此刻路上只有两条狗和一个戴围嘴的用单腿蹦来蹦去的小女孩，远处还有一个人在骑自行车，除此以外别无他物。

“即使是耶稣的门徒中也出了犹大，”她低声说道，仿佛在自言自语，但明显想让我听见。

那些俄国访客三三两两地聚在一起，小声交谈着，时不时朝我们的方向投来短暂的一瞥。这与他们聚会时通常的大嗓门形成鲜明对照。霍尔丁小姐随我走进前厅。

“人们都要来，”她说。“我们又不能让他们吃闭门羹。”

当我穿上大衣准备告辞时，她开始向我谈起她母亲。可怜的霍尔丁夫人急切地想知道更多消息。她盼望知道更多有关她那不幸儿子的事情。她狠不下心让儿子就这样无声无息地被遗忘。她就这样一连数日一动不动地对着空旷的哲学家大道，以此来追念他。她不明白他为什么不逃跑——在众多的同类事件中很多革命者、策划者都成功逃脱。这些秘密革命团体居然不可饶恕地没能保全她儿子，这真是难以想象。但其实真正令她难以释怀、令她难以想象的是死神竟如此残忍大胆地弃她不顾，去袭击她那年轻的心肝。

霍尔丁小姐机械出神地将帽子递给我。我从她那里获悉，可怜的霍尔丁夫人沉湎于一个模糊而简单的想法，认为她儿子之所以死去是因为他自己不想得救。这不可能是出于对自己祖国前途的绝望。绝对不可能。会不会是做母亲和妹妹的不懂得如何博得他的信赖，抑或是在完成非做不可的事情之后，他的心灵被无法承受的怀疑压垮，他的思想被突如其来的不信任困扰？

我对这种凭空设想感到深深的震惊。

“我们三人的生命就像这样！”霍尔丁小姐将双手的手指缠绕在一起做给我看，然后缓缓分开，直直地盯着我，“这就是我那可怜的母亲会在今后的岁月里凌虐自己，也折磨我的原因。”这个古怪的女孩补充道。此刻她那难以言表的魅力融合了激情和坚忍向我展现出来。我在脑海中想象她今后的生活很可能就是陪伴在形同槁木、死守着那个念头的霍尔丁夫人身边。由于我不知道霍尔丁小姐的情感世界是什么样子，我的这种关切也只能化作沉默。对于我们天性复杂的西方人来说，民族差异是个该死的障碍。但霍尔丁小姐可能过于单纯，并没体察到我的尴尬处境。她没等我说些什么，而是好像从我的表情中读到了我的想法，又鼓足勇气说道——

“一开始我那可怜的妈妈就像我们的农民所说的，整个人都懵了；接着她就开始想，并且会顺着那个不幸的思路一直想下去。你想想这有多残酷……”

我用无以复加的诚恳语气对她的话表示赞同，这件事情真是可悲至极。她焦虑地叹了口气。

“但这家英国报纸刊登的这些奇怪的细节，”她大声说道，“究竟是什么意思呢？我怎么知道它们都是真的？我那可怜的哥哥干吗要深更半夜一个人万念俱灰地在街头游荡，导致被抓，这难道不可怕吗？……”

我们在黑暗的前厅里站着，离得很近，我能看见她紧咬下唇欲哭无泪的样子。过了一小会儿，她说——

“我跟妈妈说，他可能被某个背信弃义的朋友或胆小鬼出卖了。这样她还好接受一点。”

我这才明白那个可怜的女人刚才为何小声提到犹大。

“这样是好接受一点，”我承认，内心不禁佩服这个女孩子看问题既直截了当又体察入微。她是依据本国的政治环境面对生活中的事件。她敢于面对残酷的现实，而不是一味沉浸在自己病态的臆想里。她又简短地补充了一番话，令我对她不由得更加钦佩——

“人们说时间能消融一切痛苦。但我不认为它可以消除悔恨。所以与其让妈妈将维克多的死归因于他自身的弱点或她自己的缺点，不如让她以为他是被人害死的。”

“但你，你自己，难道不认为……”我开口道。

她紧闭双唇，摇了摇头。她声称对任何人都不抱敌意——或许凡事皆有定数。在晦暗的前厅，她低沉的说话声显得神秘。说完这些话，我们热切而用力地握了握手，就此别过。她的手健壮好看，握起来显得既坦诚又讨人喜欢，既坚强有力又颇具风度。我不知道她为什么对我这么友好。也许她把我视作知音，但我其实并不怎么了解她。她说的话，哪怕再精确，对我来说都显得扑朔迷离，意味深长，让我捉摸不透。我只能姑且认为她欣赏我的专注与沉默。我在她面前表现出的专注是真挚的，所以她不会将我的沉默视为冷漠。她对此很满意。但值得一提的是，就算她对我袒露心声，也显然不是想征求我的意见，况且她确实从未问过我。

II

这期间我与这对母女的日常交往因故中断了大约两个星期。我临时有事不得不离开日内瓦，一回来就马不停蹄地赶往哲学家大道。

客厅的门敞开着，我听见一位来客在那滔滔不绝地说话，低沉的嗓音透着虚情假意，令人生厌。

窗边霍尔丁夫人常坐的那把扶手椅空着。霍尔丁小姐坐在沙发上，抬起她那双迷人的灰眼睛朝我的方向投来问候的一瞥，目光中含着笑意表示欢迎。但她没有起身。她身着丧服，面朝那位说话的男子，白皙有力的双手朝上放在大腿上。这个男子穿着黑色细平布上衣，背对着我，魁梧的身材与那浑厚的嗓音很相称。他突然扭过头来，但只持续了一小会儿。

他戴着副眼镜，镜片上有雾气，一顶丝质高帽放在椅边的地板上。他轻轻地挥动柔软的大手继续着他的长篇大论，语速比刚才加快了一些。

“即使在西伯利亚的森林和沼泽里流浪时我也从未改变自己心中的信念。当时这个信念支撑着我——现在也依旧支撑着我。欧洲列强注定要灭亡——他们垮台的原因会很简单。他们将在与无产阶级的斗争中大伤元气。但俄国的情况不一样。在俄国不存在阶级之间的战斗，一方手握财富，另一方人多势众。在如大海般伟大、永不变质的人民面前，只有一个龌龊不堪的官僚阶层。不，我们不存在各种阶级。但我们拥有俄罗斯妇女。可敬的俄罗斯妇女！我收到的来信中，写得好的大都出自妇女同胞之手。这些信语气激昂，英勇无畏，散发出甘愿奉献的崇高热忱！ 要想实现希望，最主要依靠妇女。我看到她们对知识如饥似渴，真是令人钦佩。看看她们是如何吸收知识，化为己有的，真是奇妙。可知识究竟是什么？……我知道你们都没有专门学过什么——比如说医学，没有吧？那就好。你们到这里来，如果我有幸被问及该花时间学点什么，我会强烈反对你们学习一门这样的知识。知识本身就是糟粕。”

他长着一副俄国人的面孔，蓄着络腮胡子，脸庞没有棱角，长相上没有任何特点，只有一脸横肉和浓密的毛发。他的眼睛被墨镜遮住了，看不出任何表情。我一眼就认出了他。此人是俄国著名的流亡者。整个日内瓦无人不识这个身材威猛、一袭黑衣的人。他的生平自述被翻译成至少七种文字，令他的身世一时间传遍欧洲。年轻时他过着游手好闲、放荡不羁的生活，后来结识了一位上流社会女子。两人正准备谈婚论嫁时，女子遽然离世。受此打击后，他摒弃浮华世界，带着悔悟心理转而投身阴谋策划推翻政府的事业。此后，他本国的独裁政权警惕起来，觉得他应该过过正常生活，于是他被关到要塞，给打得差点一命呜呼，与普通囚犯一起发配去挖矿。如今他的书大获成功却要归功于当年身上的枷锁。

我现在不记得一纸“行政”指令给他躯干套上的镣铐到底有多重多长。但这重达数磅的粗大链条无疑以一种骇人的方式证明了专制政体的神圣不可侵犯。这种方式虽然骇人却也徒劳，因为这个大块头男人戴着政府的这个小刑具逃到了森林里。这副镣铐发出的叮当撞击声在书中描写他逃亡的那几章里久久回荡——这个精彩的话题令欧亚两洲都为之惊奇。他先是成功避开看守躲到河岸的一个洞穴里。当时天色将晚，经过反复的努力，他终于使一条腿挣脱了束缚。后来夜色完全降临。就在他要成功解脱另一条腿时，可怕的不幸发生了。他的锉刀掉了。

这一幕写得既细致入微又富有寓意；这把锉刀的历史可悲可叹。有天晚上，一个面色苍白、性格沉静的姑娘出乎意料地给了他这把刀。这个可怜人是来矿上和他的一位难友团聚的。这名难友是个宽脸膛、大眼睛、相貌清秀的小伙子，是个机械工，也是个社会民主分子。姑娘越过半个俄罗斯和整个西伯利亚才来到他跟前，而且好像还想助他逃亡。但她来得太晚了，她的爱人一周前刚刚去世。

正如他在书中所说，通过俄国思想史上这一湮没无闻的片段，锉刀落到他手里，激励他下定决心重拾自由。锉刀从他的指间滑落时好像直接掉到地里。在黑暗中他根本无法再用手摸到。他有条不紊地摸遍了疏松的土壤、淤泥和水域；与此同时，黑夜也在一分一秒地流逝。他就是依靠这珍贵的黑夜掩护才逃到森林中，这是他唯一的逃生机会。他一度已经绝望，打算放弃；但想到那位英勇的姑娘沉静忧伤的面容，他就为自己的脆弱感到深深的羞愧。她既然将这把象征自由的礼物馈赠给他，他就必须证明自己配得上这位巾帼英雄的善行。这好比一项神圣的托付，一旦辜负就是对神圣的自我牺牲和女性之爱的背叛。

他在书中连篇累牍地进行自我剖析，结果便是女性的心灵崇高这一坚定信念像一个白色的身影从黑暗混沌的大海中浮出水面——他用长达数卷的篇幅宣称自己如何信奉这新的信仰。他对新信仰的致敬之作，也是皈依后的首次重大行动，就是在敖德萨地区无边无际的森林里奇迹般地活了下来。他将锁链活动的一端缠绕在腰间，用从囚衣上撕下来的一条细长的布条紧紧绑住，再用剩余的布条将锁链均匀地绑在左腿上，这样既消除链条的叮当声，又能防止松散的链条挂住林中矮小的灌木。他变得异常凶狠。不用说他练就了一身本领，能够在野外生存，躲避追捕。他学会在不露行迹的情况下潜入村庄，仅仅发出轻微的金属撞击声。他用斧头闯入人家的厢房，还偷过伐木工的营地。在荒无人烟的旷野，他靠野浆果和蜂蜜为食。他渐渐变得衣不蔽体。有人透过灌木丛影影绰绰地看到他赤裸的褐色身躯，毛发蓬乱的头顶还飞舞着一群苍蝇和蚊子。结果在这片地域有关他的恐怖传闻不胫而走。他身上的原始野性与日俱增，看到自己身上如此多的野性他还挺高兴，因为这是他唯一可信赖的东西。在逃亡中，他好像被两个不同的自我附体，彼此不可分割。一个是开化的文明人，是渴求心灵之爱和政治自由这样先进的人道主义理念的热情鼓吹者；另一个是鬼鬼祟祟的蛮荒野人，日复一日地为了自由费尽心机，冷酷无情，犹如一头困兽。

这头野兽循着本能一路向东来到太平洋岸边，而他身上那个文明人道的自我怀着敬畏恐惧、惴惴不安而又依赖的心理注视着这一路上的颠簸坎坷。在长达数周的时间里，他总也下不了决心去博得人类的同情。对于那个小心翼翼的原始野性的自我来说，这种戒心显得自然而然，但另一个自我，那个开化的、有思想的自我，那个逃亡的“政治犯”，却产生了荒谬病态的悲观厌世，一种暂时性的精神错乱，由身心恐惧和镣铐不适引起的。他猜想，正是这些铁链才使得他人对自己唯恐避之不及。铁链是个令人讨厌而又具有暗示的累赘。看到他拖着一端挣断的脚链，人们会觉得恶心，而不会生出任何怜悯之心。他在脑海中活灵活现、煞有介事地想象这副脚镣，他觉得人们一看到这副脚镣就会忍不住把活动的那端系在墙钉上，然后就近去找警察。无论是缩在洞穴里还是躲在灌木丛中，他都曾努力解读那些在林中空地干活的自由拓荒者或从眼前一两英尺开外经过的路人的面孔。他觉得只要戴着这副脚镣，世上就没人会相信他。

然而有一天他偶然遇到一个孤零零的女人。当时是在树林外的一片开阔的杂草丛生的山坡上。她坐在一条窄窄的溪流边，头上系着一块红手帕，地上靠近手边的地方放着一个小篮子。离她不远的地方有一溜木屋，一个白杨掩映下四周都是堤坝的池塘，上方是个水磨坊。当时正值黄昏，池塘明亮如镜。他悄悄靠近这个女人，铁腰链上插着他的小斧头，手里握着一根短棒，乱糟糟的头发和胡须里夹杂着树叶和小树枝，绑在腰间用来固定铁链的一束束布条迎风摇曳。这个女人听到脚链发出的轻微叮当声转过头来。她被眼前这个野人一样的魅影吓懵了，既不敢动也不敢叫。好在她还有点胆子，不至于被吓晕……她以为自己将在此地死于非命，就用双手蒙在眼前，不敢看那即将落下的斧头。可是什么也没发生。最后她鼓起勇气又看了一眼，发现那个蓬头垢面的野人坐在离她六英尺开外的河岸边。他那瘦削的青筋暴起的胳膊环抱着裸露的双腿，长长的胡子盖住了膝盖，下巴搭在膝盖上；他的双臂弯曲抱紧，肩膀光秃秃的，狂野的脸上一双充血的眼睛，浑身剧烈地抖动。原来这个野人正费力想说出话来。整整六周他都没听见自己的声音。他好像丧失了说话的能力。他成了一只说不出话的绝望困兽，直到这个女人看到这头野兽吓人外表下那难以言表的惨状，出于深切的悲悯和女性的恻隐之心，猛地哭出声来，才把他拉回到人类的行列中来。在书里，他激昂有力地阐释了这个观点。他写到，这个女人最后为他流下一掬圣洁救赎的眼泪，而他自己也像一个皈依的罪人般流下欣喜的热泪。她让他藏在灌木丛中耐心地等待（因为这片拓荒地时有警察来巡逻），她自己先回家，等天黑再回来。

天缘凑巧这个女人刚和村里的铁匠成婚。她说服丈夫带着他的工具，一把锤子，一个凿子，一小块铁砧跟她一道出来……书中这么写道："在这个宁静的夜晚，在河流边，星光下，一个身体健硕、沉默不语的年轻人跪在我的脚边，替我砸掉脚镣，而那个女人抱着双手站在一旁，像个自由女神。”显然这对夫妇是一个象征。与此同时他们还为他重归人类提供了得体的衣服，并激励这个新人，告诉他这里离太平洋海岸只有几里地。其实，站在下一个山脊上就能看到……

此后的逃亡历程写得既不神秘也无寓意。他沿着惯常的路线，借助苏伊士运河终于找到了通往西方世界的道路。到达南欧沿岸后，他安顿下来便着手写作自传——在当年的文坛上大获成功。此后他又写了几本书，都旨在弘扬人性。在这些著作中，他无一例外地鼓吹“女性崇拜”。而他自己亲身践行，将这一崇拜专门献给一位S夫人，赞美她那卓越非凡的品德。这位夫人已不再年轻，但见解高明，一度曾是位风姿绰约的外交官夫人。如今这位外交官已经谢世，湮没无闻，而她却自我标榜是现代思想和现代情感的引领者，并像伏尔泰和斯塔尔夫人①一样，庇护日内瓦这座共和之城。她坐着活顶四轮马车招摇过市，向众目睽睽的游客和无动于衷的当地人展示她依旧年轻、僧侣般笔直的低腰身，在短短的黑色网眼面纱后面不安分地转动晶莹的大眼睛，面纱刚好盖到她鲜红的双唇，像个面罩。通常那位“大无畏的逃亡者”

① 斯塔尔夫人（1766—1817），全名安妮·路易斯·热尔曼娜·斯塔尔·侯赛因男爵夫人，法国评论家和小说家，主张自由主义和女权思想，在欧洲声名显赫。

（这个称呼是她在一篇对他自传英文版的评论中提到的）在车里陪伴她，留着自命不凡的胡子，戴着墨镜，在车里和这位夫人面对面而非肩并肩地坐着。他背朝马匹，两人就这样在宽大的车厢里相视而坐，没有他人在场。他们的这种公开亮相也许有意向公众进行展示，也可能是无意识的举动。俄罗斯式的单纯经常出于某种高尚的目的而天真地游走在愤世嫉俗的边缘。但对于老练世故的欧洲人来说，这些做派完全徒劳无功，他们既不会尝试也不屑理解。这种隆重的派头甚至影响到车夫脸上的神情和那几匹花哨的马儿走路的动作，给这种古里古怪的显摆平添一份神秘的意味。但在像我这样无可救药、轻浮浅薄的西方人看来，这样做难登大雅之堂。

然而，由我这样一个默默无闻的语言教师去批评这位举世闻名的“大无畏的逃亡者”显得不太合适。我曾道听途说，得知此人颇不安分，爱管闲事。他上宾馆旅社、私家宅邸去寻找同胞，告诉他们——我是听来的——自己在某次公共活动的开幕仪式上提到过他们。在我的印象里，几个月前他曾拜访过霍尔丁母女，但对她们不抱希望——当然心有不甘，因为他无疑是个坚定不移的人。作为俄国人和革命者，他在今天这个悲恸的场合再次出现，用真挚安慰的语调说一番正确得体的话，是意料之中的。但我不喜欢他坐在这儿。我相信这并非由于我和这对母女关系紧密而心生嫉妒。我和她们的友谊虽然心照不宣，但我并不认为自己的地位有何特殊。由于年龄和国籍的不同，我仿佛变成另一种存在，令她们觉得（甚至我自己也这么认为）像个沉默寡言、无能为力的幽灵，像个焦虑不安的无形物体，只会在她们身旁盘旋逗留，却无法为她们提供保护，或哪怕一句窃窃私语般的指点。由于霍尔丁小姐凭着自己灵验的本能，不愿把我介绍给那位身材魁梧的名流，我本打算悄然告退，等晚些时候再过来。但我看到她眼神里流露出一丝怪异的神情，我把它解读为希望我留下来，也许是为了缩短那场不招待见的拜访。

那人拿起帽子，却又放到自己的膝盖上。

“我们会再见面的，娜塔莉亚·维克托芙娜。今天我来府上只是向尊敬的令堂大人和您本人聊表敬意。我的这番心意不容置疑。我是主动来的，但艾莲娜——S夫人本人也托我向您表示一个女同胞的关切。一切人类的情感，无论是痛苦还是快乐，她都可以通过自己的解读加以理解、升华和净化。我跟你提到的那位刚从圣彼得堡来的年轻人已经被她的魅力吸引。”

听到这里，霍尔丁小姐猛地站了起来。我暗自窃喜。他显然没有料到霍尔丁小姐会这么果断地下逐客令，先是把头往后一仰，然后装作若无其事地用手扶了扶墨镜，最后稳了稳神，匆忙起身，动作娴熟地从膝盖上拿起帽子。

“你这是怎么啦，娜塔莉亚·维克托芙娜，你干吗要这么自命清高，长期远离——让那些尖酸刻薄之徒说去——思想自由的中心，不去参与创造崇高未来的活动？令堂大人这样我还有点理解。她那么大岁数，这些新思想——新面孔也许不……但是你！是出于不信任——还是没兴趣？你不能这样保留自己。我们俄罗斯人无权这样彼此保持戒心。在我们所处的环境里，这样做无异于犯反人类罪。独自神伤是件奢侈的事，我们消受不起。现如今不能通过祈祷和斋戒来抗击恶魔。斋戒除了让人挨饿还有什么用？你千万不要让自己饿着肚子，娜塔莉亚·维克托芙娜。我们要有力量。我是指精神力量。一旦发挥出精神力量，试问还有什么可以阻挡我们？在这个时代，罪孽不同于以往，拯救灵魂的方式也不同了。要想获得拯救，不是在修道院，而是在人世间，在……”

他那深沉的嗓音像是从地板下升起，沉浸在这声音里，连嘴唇都能感觉得到。霍尔丁小姐奋力打断他的话，犹如溺水之人挣扎着露出水面。她用不耐烦的口气打断他——

“可是，彼得·伊凡诺维奇，我并不想去修道院隐居。谁指望去那里获得救赎？”

“我只是打个比方，”他瓮声瓮气地说。

“那好，我也算是打个比方。可悲伤就是悲伤，痛苦就是痛苦，和过去没什么两样。它们考验人，我们得全力应对。我明白我们家现在遭受的这突如其来的打击和人类的命运相比仅仅是个小插曲。你放心，这点我心里清楚。可刚才我想到母亲。你怎么能让我丢下她一个人……”

“你的理解过于肤浅，”他用轻描淡写的口气反驳道。

霍尔丁小姐没等这浑厚的嗓音消散便又说道。

“四处窜访，周旋于陌生人中，想起这些我就厌恶。我不知道除此之外你还指什么？”

他在她面前巍然屹立，态度谦顺，头发剃得短到齐根，像个囚犯。这个大块头、红脸膛的家伙像个没长角的怪兽，让我想到一只蓬头垢面的野兽拨开灌木丛往外看的场景，褐色赤裸的双腿在浸透雨水的大片树叶后暗自潜行，头顶还跟着一团苍蝇和蚊子。这幅景象是无意间受他作品中生动有力描写的影响。没人怀疑他曾赤身裸体、身缠锁链在西伯利亚丛林里游荡。他现在这身黑色细平布外套令他显得素朴而又庄重——有点像传教士。

“你知道我希望你成为什么吗，娜塔莉亚·维克托芙娜？”他庄严地说道。“我希望你成为一名狂热分子。”

“一名狂热分子？”

“对。光有信仰还不够。”

他的声音压得更低，举起一条粗壮的手臂，在空中停了片刻；另一只依旧搭在大腿上，那顶娇贵的丝帽放在大腿根处。

“我要对你说件事，恳请你仔细斟酌。听着，我们需要一支撼天动地的力量——除此无他。”

“除此无他”这几个字说得低沉阴森，让人不寒而栗，像管风琴音管里气流的低沉呜咽声。

“那请问在S夫人的沙龙里能找到这股力量吗？抱歉，彼得·伊凡诺维奇，请允许我表示怀疑。那位夫人难道不是个见过大世面的贵妇，一个贵族吗？”

“偏见！”他大嚷道。“你令我吃惊。居然会这么看她！她是个有血有肉的女人。生活中总有一些东西会压垮我们的心灵。但我没想到你会用这种方式责备我。不！我绝没想到。人们会以为你是不是听到了什么见不得人的丑闻。”

“我没听过任何风言风语，我向你保证。在我们生活的范围内，怎么可能听到那些东西？但满世界都在谈论她。这样一位女杰和一个像我这样默默无闻的乡村丫头怎么可能会有共通之处？”

“她永远表现出难以匹敌的高尚情操，”他打断她。“她的魅力——不，我不想再说她的魅力。但每个亲近她的人肯定都会为之倾倒……各种抵牾烟消云散，困惑迷茫一扫而空……除非我错了——但只要涉及到灵魂的问题我从未错过——你的心灵现在也困惑迷茫，娜塔莉亚·维克托芙娜。”

霍尔丁小姐清澈的眼睛直视他那张柔软宽大的脸庞；我忽然得出一个印象，借着这副墨镜的掩护，他可以肆无忌惮地表现出厚颜无耻。

“就在最近的某天夜晚，我和来自彼得堡的那位有趣的客人从勃莱尔城堡返回城里时，我就能察觉到那股强大的给人抚慰的影响力——也可以说成是令人心安的影响力……我们一直沿着湖岸走了好几公里，他就一直这样沉默不语，像是受人指点获得了平和之道。我能察觉到他灵魂里有种东西在潜移默化地发酵。因为他一直在耐心地听我说话。而我自己那天晚上受到艾莲娜，你知道，就是S夫人，坚定优雅的智慧的启发。那是个月圆之夜，我能清楚地看到他的表情。这骗不了我……”

霍尔丁小姐垂下头，神情似乎有点犹豫。

“好吧！我会考虑你说的话，彼得·伊凡诺维奇。什么时候我可以放心地留母亲独自待上一两个钟头，我就会去你那儿看看。”

这席话虽然说得冷冰冰的，但我还是诧异于她的妥协。彼得·伊凡诺维奇一把抓住霍尔丁小姐的右手，那股兴奋劲让我觉得他会把它放到唇边或胸口。但其实他只是用他那兽爪一样的大手的指尖捏住了它，轻轻地上下摇了摇，连珠炮似的最后说了几句。

“这就对了。这就对了。你现在还不完全信任我，娜塔莉亚·维克托芙娜。但总有一天你会的。一切都要按部就班地来。维克多·霍尔丁的妹妹绝不会无足轻重……绝不可能。女人不可能再是台阶上坐着的看客。鲜花，眼泪，掌声——这些都属于过去；还是中世纪的观念。竞技场，只有竞技场才是妇女真正的舞台！”

他又挥舞了一下握着霍尔丁小姐的手才松开，好像这只手是他赠与她的礼物，他的身子没有动，只是颇有风度地低下头向她的闺秀风范致意。

“竞技场！……你一定要下到竞技场来，娜塔莉亚。”

接着他后退一步，弓着庞大的身躯快步走开。身后的门自动合上了。不一会儿前厅就传来他和引他出门的女仆寒暄时的雄浑回音。至于他有没有动员那位女仆下到竞技场里，我就不得而知了。整个过程像是在上一堂课，而外屋大门轻轻合上的声音让课程戛然而止。

III

我们彼此互相端详了一会儿。

“你知道他是谁吗？”

霍尔丁小姐走上前来用英语问我。

我接过她伸来的手。

“他可是无人不知，无人不晓。一个具有革命思想的女权主义者，一位大作家，还有——我该怎么说呢——S夫人神秘革命沙龙的座上宾。”

霍尔丁小姐将手放在前额上。

“您知道吗，您进来时他已经和我呆了一个多钟头。我很高兴妈妈终于躺下睡觉了。她已经好几晚上都没睡了，有时在中午才睡上几个小时。真是心力交瘁——但即便如此，我还是很感激……要不是有这些事情打岔……”

她看着我，目光中有种令我不自在的超凡的洞察力，摇了摇头。

“不。妈妈不会疯的。”

“亲爱的小姐，”我大声抗议道，心里其实更加吃惊，因为我觉得霍尔丁夫人的神志远算不上清楚明白。

“你都不知道妈妈头脑有多么清楚，”娜塔莉亚·霍尔丁继续说道，她神态镇定，明亮的眼睛透着单纯，在我看来有一股英雄气概。

“我相信……”我嗫嚅道。

“我刚才把妈妈房间里的光线调暗了一些才出来的。这么长时间以来我一直想静静地思考一番。”

她停顿片刻，随后，没有任何苦恼的表情，又补充了一句，“太不容易了”，她看着我，目光中带着一种奇怪的专注，好像在留意我的反应是异议还是惊讶。

我既没有表示异议，也没有表示惊讶，而是迫不及待地说——

“恐怕那位先生来这一趟也没让事情变得容易一些。”

霍尔丁小姐站在我面前，眼神有些怪异。

“我不想装作全然领悟。人有时确实需要人生引路人，哪怕他并非全无主见。我是个涉世未深的女孩，但却不是那种奴颜婢膝的人。那种事情在我们俄国太多了。我为什么不该听他的话？若有人在思想上指点自己倒也不是坏事。但我跟您实话实说，我刚才对彼得·伊凡诺维奇并没完全开诚布公，我也不知道自己当时是怎么想的……”

她突然从我身边走到房间的远端；只见她打开写字台抽屉又合上，从里面取出一张纸走了回来。这是张薄薄的有些泛黑的纸，上面密密麻麻写满了字。显然这是一封信。

“我想把这上面的话读给您听，”她说。“这是我那可怜的哥哥写的一封信。他从未彷徨过。他怎么可能彷徨？在我们万众一心的民众面前，压迫者只是一小撮可怜虫。”

“你哥哥相信民众的意志一旦化为力量将会无所不能？”

“这是他的信仰，”霍尔丁小姐郑重其事地宣称。

我盯着她那镇定自若的脸庞和炯炯有神的双眼。

“当然必须要唤醒、激励和集中民众的意志，”她继续说道。“这是那些真正的鼓动家的分内之事，必要时为之付出生命也要在所不惜。变本加厉的奴役、专制主义的谎言必须被连根拔除，彻底铲清。改良根本行不通。没什么可改的。法律法规，规章制度本来就不存在，有的只是独断专横的指令。有的只是一小撮心狠手辣——或蒙昧无知——的官僚在与整个民族为敌。”

这封信在她手里簌簌作响。我低头看着这粗劣泛黑的纸张，上面写的内容是凭我这样的西欧人的经验无法理解的，犹如天书。

“照这么说，”我坦言道，“问题倒显得简单了。可我担心事情没那么容易解决。你要是回俄国，我知道我将再也见不到你。但我还要再重复一遍：回去吧！不要以为我是想保全你。绝不是！我明白你回去后人生安危并没保障。可我宁愿牵挂你在国内的安危，也不愿看到你在这里遭罪。”

“我来告诉你怎么回事，”霍尔丁小姐沉思片刻后说道。“我知道你厌恶革命；你觉得革命不老实。你属于一个可以和命运讨价还价的民族，所以不必动辄使用暴力。但我们不行。我们没法和命运做交易，我们没有讨价还价的余地——自由如此昂贵，竟要付出这么多实实在在的美好事物去换取。那些你对之抱有好感的人，你不希望他们卷入革命中去，你觉得革命是——怎么说呢——难登大雅之堂。”

我颔首称是。

“你说的很对，”我说。“我非常赏识你。”

“别以为我不知道，”她连忙说道。“您是我的良师益友。”

“其实我没做什么，只是一直在关注。”

她的面颊微微有些绯红。

“关注也是有益的，这样我就感觉不那么孤单了。这种感觉很难讲清楚。”

“真的吗？其实这样我也不那么孤单了。这倒不难解释。可惜这一切马上都要结束了。我想给你最后的忠告是：在一场真正的革命中——不仅是一场单纯的统治者的改朝换代或制度的革故鼎新——在真正的革命中，那些最优秀的人物是不会成为革命主导者的。一开始暴力革命会被偏执的狂热分子和专制的伪君子把持，然后就轮到那些自以为是、失意潦倒的读书人成为所谓的首领和领袖。你会注意到，我提都没提流氓无赖。那些严谨公正、高尚仁爱、无私睿智的正人君子也许会开一时意气之先——但终将渐行渐远。他们无法成为革命的领袖，只会沦为牺牲品，满腹怨气，幡然醒悟——通常悔恨不已。希望被扭曲出卖，理想被丑化嘲讽——这就是所谓的革命成功。每次类似的革命成功都有这样令人心碎的事发生。我希望你不要沦为又一个牺牲品。”

“就算我接受你的建议，我也不会只想着自己，”霍尔丁小姐反驳道。“我追求自由就像饥饿的人攫取面包。自由之后才会有真正的进步。所以要找到合适的人。在我们当中就有这样的人。他们默默无闻但却一直在准备……”

她展开一直握在手中的信，低头读道——

“是的！就有这样的人！”她又重复了一遍，接着大声说，“纯洁高尚、踽踽独行的人。”

她折起信，看我很好奇便解释说——

“这些话是我哥哥评价一位他在圣彼得堡认识的年轻人

的。我猜他是哥哥的密友。肯定是。在和我的通信中哥哥唯一提及的人就是他。没有旁人。你信不信？——此人现在居然就在这里。他刚到日内瓦没多久。”

“你见过他吗？”我问。“当然，你肯定见过他。”

“不！不！我以前不知道他在这里。是彼得·伊凡诺维奇告诉我的。你刚才不是亲耳听见他提到一位来自彼得堡的新人……他就是那个‘纯洁高尚、踽踽独行的人’。我哥哥的挚友！”

“是在政治上受到牵连了吧，”我说。

“我不知道。不过，应该是这样。谁说的准！也许是和哥哥的友谊才……不过，不大可能。真的，除了彼得·伊凡诺维奇所讲的，我对他一无所知。他带来一封索西穆神父[①]的介绍信——你知道吗，这位神父是个民主派；你听过索西穆神父吗？”

“噢，是的。这位大名鼎鼎的神父一年前曾在日内瓦住过两月，”我说。“他从这里离开后好像就杳无音讯。”

“看起来他现在又在俄国活动了，好像还在某个中心地区，”霍尔丁小姐激动地说。“不过请不要对任何人说——

① 康拉德虚构的这位神父原型是俄国东正教神职人员盖庞神父（Georgiy Apollonovich Gapon），1905 年 1 月 22 日清早，他带领一个约三万人的工人组织到圣彼得堡冬宫外广场和平示威，目的向沙皇递交请愿书，以表达劳工阶层和底层人民的困苦，遭到沙皇卫兵开枪镇压，他在混乱中丧生。该事件即为历史上著名的“血腥星期天”。

这事不可外传，否则一旦上了报纸会危及他的安全。”

“你现在很急切想见到你哥哥那位朋友吗？”我问。

霍尔丁小姐将信放到口袋里。她看了看我身后她母亲卧室的房门。

“不能在这里见，”她低声说。“至少第一次不能安排在这里。”

沉默片刻后，我起身告辞，霍尔丁小姐随我走到前厅，小心翼翼地从身后关上房门。

“我想你猜到了我明天会去哪儿吧？”

“看来你是打定主意要去拜访S夫人了。”

“没错，我要去勃莱尔城堡。非去不可。”

“你想去那里打听什么？”我低声问道。

我想知道她是不是抱着什么不切实际的念头。结果却不是。

“我只是想去会会那位朋友。他是我哥哥信中唯一提及的人。他应该有东西给我，哪怕是寥寥几句话。我哥哥在最后的日子也许说过些什么，思考过什么。你难道希望我对我那可怜哥哥的‘遗物’——这位朋友——不闻不问吗？”

“当然不是，”我说。“我十分理解你心急如焚的心情。”

“——纯洁高尚、踽踽独行的一群人，”她嗫嚅着。“有这种人！有这种人！关于我那至亲至爱的死去的哥哥的事情，就让我来问问他们中的这一位吧。”

“可你怎么知道会在那里遇见他？你觉得他现在在勃莱尔城堡做客吗？”

“我也说不准，”她坦言道。“听说他带来一封索西穆神父亲手写的介绍信，神父大概也是S夫人的朋友。总之这个S夫人不简单。”

“现在有关索西穆神父的传言很多，”我说。

她耸了耸肩。

“造谣中伤是我国政府的一大法宝。这点众所周知。事实也的确如此！索西穆神父曾受到外省某位督军的庇护。我记得两年前哥哥曾和我谈过这事。但他从事的是善事。现在他遭到封杀。还有比这更好的证据吗？无论神父过去怎样，现在又如何，都不影响他是我哥哥的朋友。就算我在城堡没见到哥哥的那位朋友，我也要管别人要他的地址。妈妈肯定也要见他，只不过稍晚一些。现在也不知道他会告诉我们什么。如果他的话能让妈妈心里好受些，那就谢天谢地了。你知道她在想什么吗？得给她找个说法——或者甚至编造个说法。这不是罪过。”

“当然不是，”我说，“这不算罪过。但有可能是错误。”

“我只想让她恢复一点以往的精神。她要是总像现在这样，我没心思去想任何事。”

“那你是打算编一些谎话让你母亲好过一些？”我问。

“干吗要编假话？那位朋友一定知道我哥哥最后那段日子的情况。他会告诉我们……有些事我听完后会心里不安。我肯定哥哥原本打算来国外与我们会合——他已做好计划——鉴于他的爱国壮举；不是为他自己，是为母亲和我考虑。我对此笃信不疑。我一直盼望团聚的时刻！哦！我曾那么满怀希望、迫不及待地盼望着。谁承想竟突然出现这样鲁莽的结果——好像他一点也不关心……”

她沉默了一会儿，接着执拗地说——

“我想知道……”

后来当我缓步离开哲学家大道时，脑海中一直在反复琢磨霍尔丁小姐究竟想知道什么？凭着对她过去的了解，我在心里大概可以窥知一二。霍尔丁小姐在一所女子学校修完学业，校方对她评价颇为不佳。人们怀疑她对正统教学中已有定论的问题抱有自己独立的见解。此后这对母女回到家乡，她们对某些公共事务直言不讳地表达看法，为自己博得自由主义的美名。辖区警官的三马双轮轻便马车开始在她们居住的村子频频出现。“我必须把这些农民看紧点”——他上她们家时这样解释道。“两位女士独自住在村里需要多照应一点。”他经常上她们家，一双眼睛在四壁逡巡，恨不得看穿墙壁。他也会看看照片，心不在焉地翻翻客厅里的图书，通常在用完茶点后离去。但有天晚上，村里年迈的牧师忧心忡忡地来家里向她们坦言，他——牧师本人——被责令动用各种手段（就如同平时对教徒运用神力一般）查清她们房间里进行的一切活动，尤其要留意她们接待的来客，弄清楚来的人姓甚名谁，是村里人还是外人，诸如此类。这个可怜淳朴的老人觉得既耻辱又恐惧，陷入深深的痛苦。“我来是为了告诫你们，看在上帝分上，行为一定要小心。我感到很丢人，却没法挣脱这张网。我只能将我看到的告诉他们。我要不这样做，教区的辅祭就会找到我，给我小鞋穿。而我那女婿，我的帕拉莎的丈夫，他现在是政府国土部门的文书，到时也会被扫地出门——搞不好还会被发配到外地。”这位老人悲叹如今世道艰难，“这年头人们都离心离德，”说着还抹了抹眼睛。他不想自己这辈子临老了还被剃光头送到某个修道院里，晚上被关进忏悔室，“承受教会戒律的惩罚；他们可不管你是不是老人，”他哀声说道。他几乎歇斯底里起来。这对母女满怀同情，竭力安慰他，然后请他回自己的小屋。然而，可想见的，她们的访客渐趋稀少。邻居们——有些是她们的老朋友——开始疏远；有些人是胆小怕事，还有些人则明显带着蔑视。霍尔丁小姐跟我解释，蔑视她们的人大都是只有夏天才来村里度假消夏的有头有脸的人——王公贵族或反动分子。这种生活对这个年轻的姑娘而言十分孤寂。她事母至孝，两人无话不谈；但霍尔丁夫人亲眼目睹过自己这代人的遭遇，苦难，欺骗还有变节。她对子女表达爱的方式就是不表露任何焦虑。她保持着英勇无畏、克制内敛的风范。在娜塔莉亚·霍尔丁看来，她哥哥在圣彼得堡的所作所为一点也不神秘（他的所思所想都无问题），只是在行事上有些扑朔迷离，这是她所能仅见的导致自由受限的因素。她和哥哥冗长的交谈涉及自由的重大意义，自由会带来的诸多说不清的希望，洋溢着对行动所抱的崇高希望和对成功的坚定信念。可是，须臾间，这些行动和希望在那位英国记者搜罗披露的细节中灰飞烟灭。这个具体的事实，她哥哥死亡的事实确定无疑！还不确定的是更深层次的原因。她有种感觉，觉得自己没来由地遭到抛弃。但她并不怀疑他。她现在想的就是如何不惜一切代价忠于哥哥逝去的魂灵。

IV

我再次见到娜塔莉亚·霍尔丁已是几天之后。我穿过剧院前的空地时，一眼就看到霍尔丁小姐窈窕的身影正穿梭于巴斯蒂恩那条乏善可陈的公共步行大道上的廊柱间。她当时正离我远去，但我知道当她返回时我们会在干道上相遇——除非她径直回家。如果那样，我想最好别去贸然拜访。我还是一如既往地希望她远离那些革命分子，但我知道自己对此无能为力。我不过是个西方人，霍尔丁小姐不会也不可能听从我的意见。至于我想倾听她声音的渴望，我觉得自己还是不要沉溺于此为好。真的，当初就不该去哲学家大道。可走到干道中央时，我看见霍尔丁小姐朝我走来。我心里好奇，加上人又实诚，所以就没有刻意躲开。

空气中带着料峭的春寒。天空蓝得刺眼，初生的新叶像轻柔的薄雾附在单调乏味的成排树木上；晴朗的阳光在霍尔丁小姐坦诚的灰色眼睛里投下点点金色。她和我友好地打个招呼。

我询问了她母亲的身体状况。

她的双肩微微动了动，伤心地叹了口气。

“可是，您瞧，我出来是想散散步……用你们英国人的话说是锻炼锻炼。”

我赞许地笑了笑，而她又出人意料地加了一句——

“今天真是辉煌壮丽！”

她的声音略显嘶哑，但音质兼有男声的阳刚和鸟鸣的婉转，听起来很好听，语调中自然而然透出坚定的自信。我喜欢她的声音。她好像有感于自己的青春年华——因为这片长方形区域周遭围着栏杆，里面栽种着草木，市镇上整齐划一的斜坡屋顶勾勒出它那清晰可辨的轮廓，看起来并没多少春光灿烂的感觉，只是显得妥帖但不优雅，舒适却不投契。她在路上走着，四周的空气微有寒意；而天空，这片没有地平线的大地之上的天空，被四月的阵阵小雨冲刷得清澈干净，展现出一种冷漠残酷的蓝，非但不显得高远，反而被黝黑丑陋的少女峰形成的屏障一下子挤压得逼仄不堪。山上处处是些荒凉的小径和成片的积雪。灿烂的春光一定珍藏在她心里——我很欣慰她的生命能焕发出这样的情怀，哪怕只是一时。

“听你这样说我很高兴。”她朝我投来迅速的一瞥。短暂，却不偷偷摸摸。如果说有一样东西和她绝缘，那就是偷偷摸摸。就连她走路的姿势也体现出诚挚。反而是我自己看她时不那么大方——如果我可以这样说的话。我虽然知道她刚才去了哪里，但我并不知道她在那座贵族的阴谋巢穴里的所见所闻。我之所以用“贵族的”这个词是因为没有更合适的字眼来形容。勃莱尔城堡位置偏僻，掩映在一片树林灌木中。这座城堡在我们时代享有的盛名就如同拿破仑时代斯塔尔夫人——那个流亡海外的危险女人——所居住的宅邸。只不过拿破仑式的专制统治是法国大革命名正言顺的延续，它将知识女性视为需要加以监管的敌人，这与鞑靼征服引发的披上神秘外衣的专制独裁不可同日而语。而S夫人与天资聪颖的《科林》一书的作者也相去甚远。她大肆鼓吹自己曾如何遭受迫害。我不知道在某些圈子里她是否被视作危险人物。至于说到监视，我觉得勃莱尔这座城堡只适合远距离监视。它与外界隔绝，正是策划重大阴谋的理想场所——无论这些策划是郑重其事抑或徒劳无功。不管怎样，我对这些都漠不关心。我只关心城堡里那些非凡的居民和里面独特的氛围对霍尔丁小姐这样的小姑娘有何影响，毕竟她是那么真挚，那么诚恳，涉世不深所以易受伤害。她志行高洁却毫无心机，对人类的各种卑下天性浑然不觉，这会使她意气用事，毫无防范之心。还有刚从俄国来的那位重要人物，她哥哥的朋友……我想知道她有没有见到他。

我们一起走了一会儿，走得很慢，谁也没说话。

“你知道吗，”我突然发难，“如果你不想跟我谈任何事，你应该明说，然后一切就此打住。我不会猜心思。我只会直截了当地向你询问具体情况。”

她对我的威胁口吻抱以淡淡的一笑。

“您像孩子一样好奇。”

“不。我只是个焦急的老头，”我真心实意地答道。

她的目光在我身上停留片刻，像是要看看我到底有多焦急或者到底有多老。我深知自己喜怒并不形于色，至于岁数也还没到老态龙钟的地步。我也不像传奇歌谣里那些真正的隐士一样留着长胡子；我的步履还未蹒跚，神态举止也不像那些动作迟缓、德高望重的圣贤。这些引人注目的特征我都没有。我虽然年纪不小，但行动敏捷，与常人无异。霍尔丁小姐这样久久地看着我，我反而有些难过。她稍微加快了脚步。

“你问我事情的具体情况。让我想想。我应该都记得。像我这样一个没见过世面的乡村姑娘，一切都那么新奇。”

沉默片刻，她开始讲述起来。勃莱尔城堡的内部和外表几乎一样不起眼，这倒并不稀奇。城堡是由一位汉堡银行家修建的。我猜想他建这座城堡是为了退休后以娱晚景。城堡建在湖边，沿湖的美景整饬富赡，一定很对这位商人讲求实际的口味。可惜建成后没多久他就撒手人寰。他的遗孀也搬走了（只是去了意大利）。这所宅子住着虽然轻松舒适，但造价不菲，不好出售，一空就是好几年。有一条沙砾车道通往城堡，绕过一大片杂草丛生的草坪，来客有充分的时间从容欣赏它那涂着灰泥的破败正脸。霍尔丁小姐说她对这座城堡印象不佳，靠得越近越感到压抑。

她注意到门前台阶上有绿色的苔痕。城堡大门大敞着，四下无人。她来到一间高挑宽敞、空旷非常的大厅。厅内有许多扇门，这些门都是合着的。她正对面是由表面裸露的巨石砌成的楼梯，总体感觉这里头不像有人居住。她静静地站着，对这里的萧索氛围颇感手足无措。但过了一会儿她听见一阵不知从何处传来的连续的说话声。

“肯定一直有人在注视你，”我猜测道。“有人在看着你。”

“我想这不可能，”她反驳道。“我在城堡庭院里连一只鸟都没见到。我也不记得树上传来鸟鸣。要不是听见人声，这地方显得一片荒芜。”

她没听出这是何种语言——俄语，法语还是德语。似乎也没有人应声。这声音仿佛是已搬走的住户留下的，在对着光秃秃的墙壁自言自语。声音滔滔不绝，间或停顿一下，听起来有些孤单凄凉。对霍尔丁小姐来说，说话的时间特别漫长。霍尔丁小姐心中油然升起强烈的反感，令她没有去推开大厅里的任意一扇门。没有人出来，声音却永不停歇，这种氛围令人绝望。她向我坦言，当时一度想和来时一样神不知鬼不觉地转身离去。

“真的吗？你真那样想过？”我满怀懊恼地叫道。“只可惜你没那样做。”

她摇了摇头。

“这是一段多么奇特的经历。荒凉的庭院，空旷的大厅，口若悬河却不带感情的嗓音，还有就是——空无一人，空无一物，什么也没有。”

这段记忆虽然诡谲倒也无碍。但霍尔丁小姐不是那种会被萧索神秘吓跑的女孩。“不，我不会跑，”她说。“我就待在原地不动——还真发现一个人。一个如此奇怪的人。”

当时她正抬头盯着那宽敞的楼梯，心想声音是不是从楼上某处传下来的，这时她听到一阵衣服的窸窣声。她低头发现一位妇人正从大厅的另一头穿过来，显然她是从某扇门里走出来的。她的脸并未朝向这边，所以一开始没有看到霍尔丁小姐。

转过头来发现陌生的来客，她惊讶地愣住了。看她身段苗条，霍尔丁小姐还以为她是个年轻的姑娘；可她虽然长着一张圆润的娃娃脸，却面色灰黄，布满皱纹，眼睛下面还有黑眼圈。她留着平头，一头又厚又脏的褐色短发偏分在一侧，透着一股男孩子气，一缕刘海横在枯槁起皱的前额上。她呆呆地眨了眨眼睛，突然蹲在地板上。

“你说的蹲是指什么？”我吃惊地问道。“这个细节真奇怪。”

霍尔丁小姐解释了原委。她刚看见这个妇人时，她手上拿着一个小碗。她蹲下来把碗放在地板上喂一只大猫。这只猫从她衬裙后面跑出来，把头埋进碗里津津有味地吃着。然后她起身走到霍尔丁小姐跟前，略带紧张而冒失地问道——

“你想干什么？你是什么人？”

霍尔丁小姐通报了自己的姓名，同时也提了彼得·伊凡诺维奇的名字。这位看上去还像小女孩但年龄已经不小的女人点了点头，皱着脸显出一副同情样。她身穿一件很旧的丝绸罩衫，有些地方已经磨破。那件黑色哔叽衬裙又短又旧。她朝霍尔丁小姐走近几步，眨着眼睛，睫毛和眉毛像用旧了似的。霍尔丁小姐仿佛在跟一个闷闷不乐、神经过敏的人说话那样，柔声向她解释此次造访S夫人，自己并非完全是个不速之客。

“啊！原来是彼得·伊凡诺维奇邀请你过来的。我上哪知道？你能想象到，这种事他们是不会和一个女官[①]

① 原文为法语。

说的。”

说到这里，这个衣着寒碜的妇人笑了笑。她的牙齿洁白平整，令人羡慕，看起来和周身其他部分极不协调，好像一个衣衫褴褛的叫花子脖子上的一串珍珠项链。“彼得·伊凡诺维奇堪称本世纪最伟大的天才，但同时他也是当今世上最马虎的人。你若是和他预约过，他爽约你可不要吃惊。”

霍尔丁小姐说她此行事先并没和彼得·伊凡诺维奇打过招呼。她突然对这个古里古怪的人来了兴趣。

“他干吗要费力地去找你？哦！这些天才真是不可理喻。你真搞不懂他们！没错！还有他们写的那些书——当然我是指那些满世界受追捧的书，那些鼓舞人心的书。你是不知道写这些书的内幕。你不妨试试手里拿着笔在桌边坐上半天，而他却在屋内一走走上好几个小时。我那时坐得腿脚僵硬发麻，都担心自己要从椅子上失去平衡摔下来。”

她把双手交叉放在身前，眼睛盯着霍尔丁小姐的脸庞，目光里看不出任何波澜。霍尔丁小姐在心里揣测这个自称“女官”的女人应该是彼得·伊凡诺维奇的秘书，而且还对此引以为荣，于是就恭维了她一番。

“简直没有比写书更苦的活儿了，”这个女人说。“现在一个来自英美的记者正在采访S夫人，不然我就带你上去了，”她换了一副腔调一边继续说着一边扫视楼梯。“我的职责类似司仪。”

S夫人好像受不了身边那些瑞士仆人；况且仆人在勃莱尔城堡也都呆不长。总有各种各样的麻烦。霍尔丁小姐早已发现大厅就像个由大理石和灰泥砌成的大谷仓，布满灰尘，角落里结满蜘蛛网。地上的黑白小块地砖上泛着淡淡的泥渍。

“我还负责照看这只猫，”“女官”继续说道，双手还是交叠在身前，神情平静；慵懒的目光停在那只猫上。“我对此倒无所谓。动物也有它们的权利；但要是较起真来，我又不明白它们为什么不可以像人类那样受苦受罪。对不对？当然它们也受不了太多的罪。绝不可能。只不过它们的可怜之处在于无法起来进行革命。我过去是共和派。我想你也是共和派吧？”

霍尔丁小姐向我坦言，自己不知道该说什么。但她轻轻地点点头，反问道——

“你现在不是共和派了吗？”

“在为彼得·伊凡诺维奇做了两年口述记录后，我很难再成什么派了。首先你得正襟危坐，纹丝不动。稍微动动就会打扰彼得·伊凡诺维奇的文思。你甚至都不敢放开呼吸。至于咳嗽——哦，上帝，那是绝对不可以的。彼得·伊凡诺维奇之所以把桌子移到墙边，就是因为我起初在他口述时总忍不住要朝窗外看。他不许我那么做。他说我是在发呆。他还不许我在记录时回头看他。只要我一回头，彼得·伊凡诺维奇就马上跺脚大吼，‘低头看纸！’好像我的表情，我的长相会令他不爽。嗯，我承认自己长得不好看，表情也绝不令人鼓舞。他说我那股呆气令他恼怒。这些都是他的原话。”

霍尔丁小姐十分震惊，不过她也向我承认，这并非完全出乎她的意料。

“是不是彼得·伊凡诺维奇对待所有女人都这样粗暴无礼？”她叫道。

这个“女官”谨慎地点点头，接着向霍尔丁小姐表示她本人对此毫不介意。这项工作最难堪的部分在于彼得·伊凡诺维奇的整个写作奥秘被她一览无余；她说这位传播革命福音的大作家寻章摘句时给人的感觉就好像他根本不知道自己要说什么。

“其实为了崇高的目标，我甘愿做盲目驯服的工具，即使牺牲生命也在所不惜。但眼睁睁地看着自己的幻想破灭——这最让人受不了。我真不是夸大其词，”她坚持道。“这份差事不仅冻僵了我的腿脚，还把我内心的信仰也冻得僵硬——尤其在冬天工作，彼得·伊凡诺维奇自己在屋里走来走去，却不让人生火取暖，甚至在我们搬到法国南部时也是这样。那儿的冬天冷得出奇，尤其是通常一坐六个钟头，动都不动。里维埃拉那些别墅的墙壁薄得很，可彼得·伊凡诺维奇对这些浑然不觉。我为了不惹他生气，连寒战都强忍着。真的，我总是咬紧牙齿，紧闭嘴巴。每当彼得·伊凡诺维奇中途停下来，有时还停顿很长时间——通常是二十分钟，或不下二十分钟，这段时间他一直在我背后走着，喃喃自语——我感觉自己快要死了，不骗你。如果我牙齿直打颤，彼得·伊凡诺维奇也许会察觉到我的痛苦，可是那样又有什么用？‘她’在这些事情上一点也不通情达理。”

“女官”扫了一眼楼梯。那只大猫喝完牛奶正用长着胡须的脸颊轻柔地蹭她的衬裙。她俯身将猫从地上抓起来。

“要知道，与慷慨相比，吝啬是更好的品德，”她把猫搂在怀里，又继续说。“对我们来说，只有吝啬鬼才会将钱省下来做有意义的事——而不是那些所谓的慷慨人士。不过拜托，不要以为我是个锡巴里斯[①]人。我父亲是财政部一名无权无势的小职员。我这样一说你就能猜出来我们家远算不上富贵人家，当然也不至于饥寒交迫。你知道，当我开始独立思考，便选择离开父母。学会独立思考可不是件容易的事。人有时需要机缘凑巧，才会幡然醒悟，获得真理。我得到拯救要归功于一个卖苹果的老妇，她在我家门口摆摊。她慈眉善目，满脸皱纹，声音特别和善。有一天我们闲聊时谈到一个小孩。我们黄昏时看到这个衣衫褴褛的小女孩在街上乞讨。这样聊着聊着，世上无辜的人们受苦受难的惨状逐渐

① 古希腊的一个城邦，以富饶奢靡著称，锡巴里斯人非常富有，总把玫瑰花瓣撒在床上睡觉。

浮现在我眼前，而他们苦难的根源就是因为政府的存在。我一旦明白上层社会的罪恶，便和自己父母住不下去了。在我们家里，年复一年都听不到一句有善心的话，说的都是官场上的尔虞我诈、仕途升迁、薪水俸禄和讨好上司。一想到终有一天我会找一个我父亲那样的人结婚，我就不寒而栗。我的意思不是指有人要娶我。这还是没影的事。我是指当有一半俄国人都死于饥饿，这样依靠政府的薪俸过活难道不是一种罪过吗？还财政部呢！丑陋至极！无辜百姓忍饥挨饿，对他们来说财政部有什么用？于是我亲吻了年迈父母的双颊，离开他们搬到地下室和无产者住到一起。我尽我所能去帮助那些穷困潦倒的人。你懂我的意思吧？我是指那些走投无路、毫无盼头的人。你知道这多可怕——毫无盼头！有时候我想，恐怕只有在俄国才会有这样的人民承受这样深重的苦难。于是我深入到他们当中——你知道吗——基本上是束手无策。真的——只要有财政部这样的怪兽横亘在前头。要不是一个人，我在和这些寄生虫斗争时可能已经疯掉的。这人是那位卖苹果的大娘利用一个十分偶然的机会帮我牵线的。这位大娘人穷志不穷，是我的良师益友。有一天晚上她像往常一样不事声张地来接我。她在前面走，我在后面跟着。我已经将自己完全交付于她。要是没有她，我的灵魂会颓废堕落。她带我去见的是个年轻的工人，一个石印工。他曾因禁酒小册子而惹上麻烦——你还记得那起事件吧。许多人因此遭逮捕下狱。又是和财政部有关！假如穷人不再喝得烂醉如泥该有多好！所以说国家的财税这类花样都是魔鬼发明出来的。单纯相信有超自然恶的根源毫无意义，因为人类本身有能力犯下任何一种恶行。财税就是其中一种！”

她在说“财税”一词时，嘴里发出带着仇恨和蔑视的嘶嘶声，同时却温柔地用手轻抚憩息在怀里的猫。她还轻抬双臂，斜着头用脸颊去蹭猫的绒毛。对于这样的爱抚，可惜这只猫并不领情，表现出动物所特有的无动于衷的样子。她看着霍尔丁小姐，再次为不能带她上楼去见S夫人表示歉意，因为S夫人会客时是不允许别人打扰的。不过很快那位记者先生就会下楼。所以现在最好就在大厅里等；只是大厅里的这些房间（她环视四周这么多扇门）都是空着的，连家具都没有。

“都没有椅子给你坐，”她继续说。“但如果你不愿听我唠叨，愿意自己想点事，我就坐在这最下面的台阶上一言不发，不打扰你。”

霍尔丁小姐赶忙表示恰恰相反，自己很想听那个石印工学徒的故事。他一定是个革命者。

“一名殉道者，一个淳朴的人，”“女官”轻叹一口气，目光迷离地通过敞开的正门往外看。接着她将自己那双朦胧的褐色眼睛投向霍尔丁小姐。

“我和他在一起住了四个月。简直是一场梦魇。”

见霍尔丁小姐好奇地看着她，她开始娓娓道来，谈起这个小伙子。他脸庞憔悴，身体瘦弱，一贫如洗。卖苹果的大娘带她走进的那所房间是一个大房子的顶层小阁楼，地方不大，像个悲惨的动物巢穴。四周的墙壁上灰泥脱落，覆满地板。门一开，黑色的蜘蛛网盘根错节，迎风摇曳，令人发瘆。这个年轻人几天前刚重获自由——给人从监狱里扔到大街上。霍尔丁小姐和哥哥虽说在他们乡间住宅的花园里无数次谈论过劳动人民遭受的苦难厄运，但这回却是头一次亲眼见证受苦者的遭遇。

他和其他几十号人因印刷禁酒传单被捕。不幸的是，警方虽然抓了这么多嫌疑人，都还想从中挖出一些人，看能不能从他们身上套出与革命分子宣传活动有关的情报。

“审讯中他们对他大打出手，”“女官”继续说，“把他打成内伤。其实从警察找上他的那刻起，他就注定难逃一劫。他自己完全无能为力。我见到他时，他躺在一张木板床上，上面没有任何被褥，头枕在一堆肮脏的碎布片上，就连这个还是由碰巧住在这间大房子地下室的一个拾破烂的老头好心借给他用的。他躺在那里发烧，身上什么都没盖，屋内连个让他喝水解渴的水罐都没有——只有那张床和光秃秃的地板。”

“在这么大一座城市，难道就没有一位开明人士和革命分子对这位兄弟施以援手吗？”霍尔丁小姐义愤填膺地说道。

“是啊。可你还不知道最令他痛苦的是什么。我来说给你听。情况好像是这样的，警方对他下手狠毒，百般凌虐，最后他意志动摇，供出了一些东西。真是可怜的人，要知道毕竟是血肉之躯啊。他没有告诉我到底供出了什么。反正他那受尽折磨的躯壳下是一颗破碎的心灵。无论我说什么都没法让它再次完好如初。等他们将他放出来，他便潜到这个洞穴，独自禁欲忏悔。他远离所有熟人。我本想找人帮他，可上哪儿找去？我能上哪儿去找人帮他一把呢？我们周遭的人不是忍饥挨饿就是喝得烂醉如泥。他们都是财政部的牺牲品。不要问我们后来靠什么过活，我都说不出口。倒霉透了。我没有任何东西可以变卖。我敢说，我的衣服破得白天都没法穿出门去。那会有伤风化。我只能等到天黑才敢壮着胆子上街去乞讨一片面包之类的，靠这个苟延残喘。经常还会什么都讨不到，这时我就只能爬回去，躺在他床边的地板上。对，没错，我就是在光板上也能睡着。这不算什么，我跟你说这个就是让你别以为我是个享乐分子。与在冰冷的书房里一坐几个钟头为彼得·伊凡诺维奇做笔录相比，这还不算最要命的。不过你也知道这滋味不好受，所以我就不再多说什么了。”

“我肯定绝不会为彼得·伊凡诺维奇做记录，”霍尔丁小姐说。

“肯定绝不！”对方不可思议地叫道。“肯定绝不！你是指还没下定决心？”

当霍尔丁小姐向她保证，她和彼得·伊凡诺维奇之间绝不会有这种事情发生，这个搂着猫的女人紧咬嘴唇片刻。

“哦，到时不等你来得及做决定，你就会发现自己已经规规矩矩地坐到桌子跟前了。可不要犯傻啊，听彼得·伊凡诺维奇口述虽不算什么赏心悦事，但也自有一番乐趣。他是个天才。你的容貌不会令他生气；说不定还会激发他的灵感，让他口述得更顺畅。我一看到你就觉得你不是那种会阻碍他文思的女人。”

霍尔丁小姐明白对她的这些主观臆断就是反驳也没用。

“可是那个人——那个工人是在你的照看下辞世的吗？”短暂的沉默后她问道。

“女官”此时正留意楼上传来的动静，只听见两个人的说话声一来一往，谈得挺热烈。她一时没顾得上回答霍尔丁小姐的问题。当热烈的讨论化作渺不可闻的低语时，她才转向霍尔丁小姐说：

“是的，他死了。但严格讲起来，他并不是像你想的那样死在我怀里。其实，他咽气时我睡着了。所以即使到现在我也不敢说亲眼目睹过死亡。他去世前几天，我们正穷途末路时，几个年轻人找到了我们。你大概猜出来了，他们是革命分子。当初他出狱时就应该信任这些政治上的朋友。他过去颇有人缘，受人尊重，虽然被捕后有泄密行为，但没有人想要责怪他。大家都知道警察是怎么审讯犯人的。在肉体的痛苦面前，再坚强的人都会有软弱的时刻。不是吗，有时仅仅饥饿就会使人打起歪主意。后来来了一名医生，物质条件有了改善，我们的生活也好过一点。但他还是难以释怀——真是个可怜人。我敢向你保证，霍尔丁小姐，他非常可爱。他去世时，我连哭的力气都没有了。我自己也像死了一般。好在有几个好心人还在照料我。人们给我找了件衣服遮体，我跟你说过，我当时十分不堪——过了一段时间革命党人安排我以家庭教师的身份随一家犹太人一起出国。当然我可以教孩子，我在学校上到六年级。但我的真正任务是将几页重要文件带出境。他们交给我一个小袋子，我贴身揣着。车站警察是不会怀疑一位忙着照看三个孩子的犹太人家的女家庭教师的。我想这家希伯来人也不知道我身上带着文件，因为我是几经辗转才介绍给他们的，中间人并不是革命党人。当然我早就接到指示，要求必须接受这份薪水极低的差事。等我们到了德国，我就离开这家人，把文件交给斯图加特的一位革命者；此后我又做过许多工作，但这些你肯定不想听。我从不觉得自己多么有用，我活着就是盼望能亲眼见到这些政府的各个行政部门被摧毁，不管是财政部还是其他什么官僚机构。而我现在最大的乐趣就是倾听你哥哥的英雄事迹。”

她那一双圆溜溜的眼睛又朝屋外的阳光看了看，那只猫在她怀里像是在威严地祷告，又像斯芬克司那样默思。

“真的！我欣喜若狂，”她又说。“对我来说，霍尔丁这个名字带着英雄般的光环。那些官老爷们一定在各自的部门里吓得瑟瑟发抖——这些人的心都是黑的。虽然我现在站在这里和你交谈，但我一想到此时此刻世间正在发生的那些残暴行径、欺凌压榨、处世不公，我就头晕目眩。除非你不相信自己的眼睛，反正我已经真切地目睹过太多这样难以置信的事情。看到这些事，我就禁不住恨自己，恨自己的双手无法掌握权力，恨自己的心声无法被人听见，恨自己的大脑还不至于昏聩。啊！我全看在眼里了。你呢？”

霍尔丁小姐被她的话感动了。她轻轻地摇了摇头。

“没有，我还没亲眼见过这些事，”她低声道。“我们一直居住在乡下。这是我哥哥的主意。”

“这真是一次奇特的见面——我是指你和我，”对方继续说。“你相信缘分吗，霍尔丁小姐？我哪里想到居然能亲眼见到你，他的妹妹？你知道吗，你哥哥的消息传来，这儿的革命党人又惊又喜。人们对你哥哥一无所知。彼得·伊凡诺维奇自己也没料到统治者会遭到这么狠狠的一击。我猜想你哥哥是突发灵感才这么做的。我觉得这种事只有靠灵感才能实现。既有灵感又有机遇真是求之不得。他到底像不像你？你难道不喜悦吗，霍尔丁小姐？”

“你千万不要对我抱太多期望，”霍尔丁小姐鼻子一酸，差点痛哭起来，但她忍住了，接着又镇定地补充一句，“我不是个英勇无畏的人。”

“你觉得你自己也许做不了这种事？”

“我也说不清。我想等我再年长一些，阅历多一些……”

对方赞许地点点头。猫的叫声在空旷的大厅里十分洪亮，一副志得意满的样子。霍尔丁小姐打破了沉静。

“你听到人们具体都是怎么谈论我哥哥的？你说他们都很惊诧。没错，我想他们肯定会惊诧。不是吗？整个事件最难的一关——逃离现场——我哥哥都闯过了，怎么可能最后没保住性命呢？经常搞密谋的人对此应该十分清楚才是。我理所当然地想知道，我哥哥最后为什么没能逃脱。”

“女官”走到敞开的大厅门口。她转过头迅速瞥了一眼还待在大厅里的霍尔丁小姐。

“没能逃脱，”她心不在焉地重复一遍。“难道他不是牺牲了自己的性命吗？难道他不是受灵感驱使吗？难道这不是一件舍弃小我的义举吗？难道你不知道这些吗？”

“我只知道，”霍尔丁小姐说，“这不是一件不留退路的绝望之举。我哥哥最后惨遭逮捕这件事，你就没听别人讨论过吗？”

“女官”站在门厅沉思片刻。

“我有没有听到呢？这里的人们把这件事的每个环节都

仔细讨论过。现在不是满世界都在谈论你哥哥吗？就我而言，只要一提到他的壮举，我就会陷入羡慕的陶醉中。一个人既然都相信永生，对生命还有什么好顾虑的呢？”

她转过身背朝着霍尔丁小姐。从二楼楼道的栏杆后面能看到楼上一扇失去光泽的淡黄色大门，门后传来低沉的嗡嗡嗓音，像是在读笔记之类的。这声音时有停顿，最后彻底停了下来。

“我想我该走了，”霍尔丁小姐说。“我可以改日再来。”

她等着这个“女官”让开地方让她出去，可这个女人凝视着户外的阳光和树荫怔怔出神，仿佛整个人都融入到周遭的荒凉寂静中。她正好挡在霍尔丁小姐和外面的车道之间。突然她说到——

“不必了。瞧，彼得·伊凡诺维奇正过来呢。还不止一个人。他现在很少单独一个人。”

听说彼得·伊凡诺维奇正在过来，霍尔丁小姐却并没有表现出预想的那么高兴。她现在有点兴味索然，既不想见这位英勇的囚徒，也不想见S夫人。她之所以临阵打起退堂鼓，是觉得这两人对这个喂猫的女人不好。

“你能让我借过一下吗？”霍尔丁小姐用手轻拍“女官”的肩膀，最后又说。

可她只是把猫往怀里搂一搂，身子却没有动。

“我知道他和谁在一起，”她头也没回地说道。

也不知道为什么，霍尔丁小姐心里涌起一股从未有过的强烈冲动，想赶紧离开这地方。

“S夫人还要忙一会儿呢。至于彼得·伊凡诺维奇，我只想向他问一个问题。我出去时在路上遇到他就可以问。我真得走了。我待在这里已经好大一会儿了，我得赶紧回去看妈妈。请让我过一下可以吗？”

“女官”这时终于转过头来。

“我从没认为你真的想见S夫人，”她出人意料又一针见血地说。“片刻都不想见。”她的语调里透着神秘，又有点推心置腹的味道。她走出大门，霍尔丁小姐跟在后面，来到门前平台上，然后沿着长满苔藓的石阶走下去。从城堡正面朝车道望去，一个人都看不见。

“他们被那边的树挡住了，”霍尔丁小姐的这位新交说，“但你过会儿能直接碰到他们。我不认识这位让彼得·伊凡诺维奇如此感兴趣的年轻人。他肯定是我们的人，否则也不会在有外人时就带他过来。你知道我所说的外人指谁。但我敢说这个年轻人的气质一点也不神秘。我现在也不敢肯定一眼就能认出他。我每次在会客厅待的时间都不长，这很正常，虽说这所房子没有里维埃拉那幢别墅大，可我还是要忙这忙那的。我在很多事情上都能派上用场。”

在她们左边，从爬满常青藤的马厩那头走来彼得·伊凡诺维奇和他的同伴。他们走得很慢，交谈得颇为热烈。他们还停了一会儿，只见彼得·伊凡诺维奇在那指手画脚，而那位年轻男子在一旁侧耳倾听，两只胳膊垂在身旁，头微微低着。他穿着一件深棕色西服，戴着一顶黑帽子。“女官”圆溜溜的黑眼睛盯着这两个人，只见他们信步朝这边走来。

“这个年轻人非常讲究礼数，”她说。“你马上就能看到他鞠躬的样子；他这样做可不是偶尔为之。我一个人在大厅，他见了我也会这样鞠躬的。”

她朝前走了几步，霍尔丁小姐跟在她旁边。事情的发展果然如她所说，这个年轻男子摘下帽子鞠躬致意，并后退一点。而彼得·伊凡诺维奇却快步向前，热情地伸出他又黑又粗的双臂，紧握住霍尔丁小姐的双手，用力摇着，并透过墨镜打量她。

“这就对了，这就对了！”他用赞许的口吻连说两遍。“你刚才一直由……”他朝正在抚弄那只猫的“女官”轻轻皱了皱眉头。“我想艾莲娜——就是S夫人——抽不开身。我知道她今天有客人。看来那位记者真来了，呃？她还在和他谈吗？”

“女官”并未回答，反而扭过头去。

“真是不巧——太不巧了。我很抱歉你……”他突然压低声音。“可是这是怎么啦——你不是要走吧，娜塔莉亚·

维克托芙娜？你等得不耐烦了，是不是？”

“根本不是，”霍尔丁小姐急忙辩解。“我只是待在这里有一会儿了，我着急回妈妈身边。”

“看来等的时间有点长，呃？恐怕是我们这位能干的友人”（彼得·伊凡诺维奇说到这里猛地将头扭向右边，又朝上抬），——“我们这位能干的友人不懂策略，不知道该如何缩短等待时间。她不在行；在这方面光有良好的愿望是不行的。”

“女官”一下子垂下手来，她怀里的那只猫猝不及防地掉到地上。这只猫着地后还是一动不动，一条后腿向后伸着。霍尔丁小姐很为自己的这个女同胞抱不平。

“请相信我，彼得·伊凡诺维奇，我在大厅等待的这段时间挺有意思的，挺有收获，令人难忘。我一点也不在意等这么久。况且我此行也不是来找S夫人的。”

这里请允许我先打断一下霍尔丁小姐。以上内容都是由她讲述的，我没有过多的添油加醋。她讲得声情并茂，异常兴奋，把那个卖苹果老妇人的信徒、与官僚机构势不两立的死敌和穷人心甘情愿的公仆的口气模仿得惟妙惟肖。霍尔丁小姐生性纯真细腻，她的这位新交，或者叫女伴，或者叫秘书什么的，她那多舛的命运令霍尔丁小姐深深震惊。至于我，也乐于见到霍尔丁小姐与S夫人的接近途中又多一道阻碍。我一向讨厌这位浓妆艳抹、华丽俗气、面无表情、目光呆滞的夫人，彼得·伊凡诺维奇身边的伊吉丽亚[①]。我不知道她对陌生人是什么态度，但我听说她为人处世贪得无厌，厚颜无耻。据我所知，她与已故丈夫，那位外交官的家人为了钱撕破脸皮，大吵一架，最后败下阵来。有些道貌岸然的大人物遭到她指名道姓的斥责（她在气头上曾声称这些人与她有过不正当关系），她还曾差点被人以维护国家利益为由偷偷劫走，关到疯人院之类的地方。对于这种说法，我觉得再正常不过。然而某些身居高位的人对此举表示反对，……至于原因嘛，这里就没必要深究了。

读者也许会奇怪，一名语言教师怎会对此了如指掌。小说家可以为自己笔下的人物代言，只要他说得煞有介事，没人会怀疑那是他自己头脑中虚构出来的东西。一个表现力强的词语，一个富于诗意的形象，充满情感的口吻，无不充分表露出他本人的看法。创作真是伟大！可惜我不懂创作，无法凭空杜撰出一个S夫人。所以在这里我有必要交代一下我为何这么了解她。

我所知道的一切皆来自于先前提到过的一位朋友，那位洛桑大学教授的俄国妻子。从她那里我得知有关S夫人身世的权威描述。在此不妨说说，有扰读者诸君清神。这位教授

① 罗马神话中的仙女，曾为罗马第二代国王提供预言忠告。现指女顾问或女庇护人。

的妻子作为可靠的知情人告诉我，S夫人当年逃离俄国的原因不是别的，恰恰是被警方怀疑与亚历山大二世谋杀案有牵连。警方之所以怀疑她可能是因为她在公开场合某次口无遮拦的言论，也可能是她在沙龙里的谈话被人无意中听到后告密。偷听的人可能是沙龙的常客，也许还是她的朋友，我想此人肯定急于充当告密者，不管怎样，被偷听这件事表明她对亚历山大二世遇刺事先知情。我想她并不傻，不会坐等警察上门来调查这项指控。有些读者也许还记得她写过一本小书，在巴黎出版，文笔颇为神秘，写得戾气十足、夸夸其谈而又支离破碎。在书中她基本承认事先确实预料到此次暗杀，露骨地暗示自己有超自然的法力，并用恶毒的语言含沙射影地表示这起谋杀不是恐怖分子干的，而是祸起一场宫廷阴谋。我向我的那位朋友，也就是教授的妻子表示，S夫人这一生真是光怪陆离，充满了非正式的外交、阴谋、官司、宠幸、耻辱和驱逐。这样一个丑闻缠身、高深莫测、招摇撞骗的人更适合十八世纪而非当代。她对我的话报以赞同的一笑，但过了一会儿又若有所思地说道："招摇撞骗？——哦，某种程度上可以这么说。可是时代变了。如今某些势力在十八世纪是没有的。我不奇怪，她可能会比一个英国人愿意想象的要危险得多。而且，在'我们国家'[1]的一些人眼

① 原文为法语。

里，她确实很危险。”

这里所说的“我们国家”可以泛指全体俄国人，也可以特指俄国的政治警察。我从霍尔丁小姐叙述的勃莱尔城堡之行岔开，目的是想引出我的朋友，教授夫人的那一番话。这番话会使我接下来将要说到拉祖莫夫先生来到日内瓦这件事显得较为可信——因为这是一个讲给西方人听的俄国故事，而且如我先前所说，这个故事里面包含的愤世嫉俗、冷酷残忍、道德沦丧甚至道德苦痛在我们这一端的欧洲已经销声匿迹了。正是这个原因，我才将霍尔丁小姐，这个勃莱尔城堡平台下的两男两女的小圈子的成员，暂且搁置一边。

上述这些事在我临时中断霍尔丁小姐的叙述时已经了然于胸。我心满意足地说：“那你最后到底还是没见到S夫人喽？”

霍尔丁小姐摇摇头。这让我感到很欣慰。她没见到S夫人！好极了！好极了！我萌生了一种信念并对此表示欢迎：我坚信她现在永远也不会结识S夫人了。我也说不清自己为什么会萌生这个信念。我只知道霍尔丁小姐当时正和她哥哥的那位挚友相视而立。其实在我心里，我更倾向由他，而非S夫人，来做霍尔丁小姐的伙伴和引路人。毕竟她哥哥落了个这么悲惨的下场，她现在凡事都要靠自己，而她又涉世不深。她哥哥霍尔丁的生命虽然终结，但他的一生真诚磊落，他的思想或许失之高远，但他所受的道义上的苦痛是深沉的，最后的一搏是名副其实的牺牲。我们这些久获自由的人不应冷冰冰地谴责他们渴望自由而不得所表现出的残忍凶狠。

我一点也不为自己对霍尔丁小姐表现出的温情关切感到难为情。你得承认，这是一种无私的情怀，本身就是一种犒劳。受它感染，那位已故的维克多·霍尔丁在我眼里也不再是邪恶的阴谋分子，而是纯洁的热血男儿。我其实并不想甄别他的善恶。但他没能逃脱罗网这一给他母亲和妹妹带来巨大痛苦的事实，无疑让我对他平添几分好感。与此同时，我又担心霍尔丁小姐会受到勃莱尔城堡里的革命女权主义蛊惑，因此更倾向于信任霍尔丁的这位朋友了。你也许会说，霍尔丁的这位朋友现在对我来说还只是个名字。的确如此！一个名字！但这个名字是霍尔丁兄妹二人通信时唯一提到的名字。如今这位年轻人现身了，他和霍尔丁的妹妹相视而立。而且值得庆幸的是，还没有S夫人在场干扰。这次见面会有什么结果？接下来她将要告诉我什么？我问自己。

我的思绪自然而然又转向那位年轻人。霍尔丁梦呓般地谈论用革命来赢取未来时，唯一提到的就是他的名字。我的思绪集中到一点，自问这个年轻人为何至今还不去看望霍尔丁母女。要知道，霍尔丁小姐从彼得·伊凡诺维奇那里第一次得知这个年轻人的消息时，他已经到日内瓦好几天了，当时我还在场。我有点懊恼的是，他们这次见面有彼得·伊凡诺维奇在场。我希望他们见面的地点最好在他墨镜的视线之外。但我觉得，既然这两位年轻人都在场，他会介绍他们认识的。

于是我打破沉默，就这点问道——

“我想彼得·伊凡诺维奇……”

一听到我提及彼得·伊凡诺维奇的名字，霍尔丁小姐就怒气冲冲。因为他用羞辱的口吻训斥那位“女官”。

“训斥她？”我很奇怪。“怎么啦？到底因为什么？”

“真是闻所未闻；真不要脸，”霍尔丁小姐怒目圆睁地继续说道。“在生人面前居然会这样，闹了这么一出[①]，因为什么？你绝对猜不出来。为了几个鸡蛋……哦！”

我惊呆了。“你是说为了几个鸡蛋？”

“是因为S夫人。这位贵妇人在饮食上比较特殊。她好像前一天刚向彼得·伊凡诺维奇抱怨鸡蛋做得不好吃。结果当时彼得·伊凡诺维奇突然想起这事，于是便朝她发火。太令人震惊了。我当时站在那里愣住了。”

“你的意思是，那位伟大的女权主义者居然会允许自己詈骂一位妇女？”我问。

“哦，还不光是骂。你都想象不到那一幕极其丑陋的表演。瞧，他先是举起帽子，用柔和而调侃的口气说：‘啊！

① 原文为法语。

您对我们不好——难道您就不能屈尊记住……’就是用这种话语，这种腔调。那个可怜人被他搞得难堪极了。眼里噙满泪水，都不知道该往哪里看。我想她情愿受一顿骂，或挨一顿打也不愿意被这样羞辱。”

我嘴上没说但心里想，要是没有外人在场，她挨打受骂估计也是家常便饭。霍尔丁小姐和我并排走着，头昂着一声不吭，显然既生气又鄙夷。

“这些伟人都有些让人惊讶的怪癖，”我空洞地说。“在这方面他们一点也不伟大。但情况不会永远持续下去。那么这位伟大的女权主义者导演的这幕闹剧最后怎么收场的呢？”

霍尔丁小姐并没有转过头来看我，只是说后来那位和S夫人一直闭门交谈的记者出来了。

他快步走上前来，谁也没有注意到他。他稍稍抬一下帽子算是对我们致意，接着就用法语说：“男爵夫人对我说，如果在路上碰见一位女士，务必请她马上回去。”

传完这话，他便沿着车道匆匆离去。“女官”赶紧朝城堡飞奔而去。彼得·伊凡诺维奇也急忙跟在后面，脸上的表情有些不自在。不一会儿，霍尔丁小姐就发现只剩她和那位年轻人单独在一起。不用说，他就是那位从俄国来的客人。她想知道哥哥的这位朋友有没有猜到她的身份。

我想说的是，他其实已经猜到了。在我看来，彼得·伊凡诺维奇显然出于某种原因不愿意向拉祖莫夫点破霍尔丁母女在日内瓦。但拉祖莫夫已经猜到了。她就是那位最诚挚的姑娘！霍尔丁说的每个字都印在拉祖莫夫的记忆中。它们像挥之不去的幽灵，在拉祖莫夫脑海中无法抹去。在他说的那些话中，给拉祖莫夫印象最深的就是关于他妹妹。从那时起他就记住了这位姑娘。但刚才他并没有马上想起眼前这位姑娘就是霍尔丁的妹妹。在和彼得·伊凡诺维奇一起走过来时，他确实注意了她；两人的目光甚至还接触了一下。他感受到她身上那优雅的魅力，那种坚强，那种风度，那种平静和坦然。这些特点换成谁又能熟视无睹呢？接着他将目光从她身上移开。他心想，这些可不是为他准备的。无论是女人的柔美还是男人的友谊，他都无福消受。他用一种处心积虑的严苛强迫自己接受这个想法，竭力想让这件事就这样过去。直到霍尔丁小姐伸出手来他才识出她的身份。这个细节记录在他那份袒露心声的文稿中。他写道，这次相识在情感上带着仇恨和惊恐，几乎令他在肉体上感到窒息，霍尔丁小姐的出现仿佛象征着一场完美的复仇。

拉祖莫夫朝四周张望。城堡前的这片平台在地势上很高，即使有人在城堡门厅处也看不到他们，就是从楼上窗户往下看也什么都看不到。平台四周是缓缓的斜坡，种着茂密的树木和灌木。拉祖莫夫目光冷峻而又平静地看了看那个湖泊。在这节骨眼上，居然有这样一个完美的私密时刻供这两位年轻人分享。我想知道他俩到底怎样利用这个天时地利。

“那你们有没有时间好好聊聊？”我问。

她刚才向我谈论去勃莱尔城堡碰到那些异事时的兴奋劲一下子全没了。她走到我身旁，眼睛望着前方；我注意到她微微有些脸红。她没有回答我。

过了一小会儿，我想起来除非其余的两人发现S夫人累得晕倒了，或者由于长时间采访变得极度亢奋，需要彼得·伊凡诺维奇和那位“女官”的照顾，否则霍尔丁小姐和拉祖莫夫不可能有很长时间单独相处。我都能在脑海中想象出彼得·伊凡诺维奇的那副样子，急匆匆地从城堡里冲出来，帽子也不戴，摇摇晃晃地穿过平台，礼服大衣的黑色下摆在灰白粗壮的大腿后摆动。坦白说，我觉得这两位年轻人是那位“勇敢逃亡者”的猎物。我认为，他一定不会放过他俩的。可是我没有把这个想法告诉霍尔丁小姐，因为她还是一言不发，无法交流，于是我稍稍激了她一下。

“那么——你总能和我说说对他的大致印象吧。”

她转过头来看着我，又把头扭过去。

“印象？”她出神地慢慢重复了一遍；接着又加快语速说——

“他像一个受自己思想折磨，而不是受厄运蹂躏的人。”

“你是说受他自己的思想折磨？”

“这在俄国很正常，”她接过我的话茬。“尤其是对一个俄国青年；他们当中很多人无力行动却心有不安。”

“你觉得他是那种人吗？”

“不知道，我说不好。我怎么可能一下子了解他呢？你问我的印象——这就是我的印象。我——我——并不了解世道和世间的人；我一直是孤身一人——我年纪太轻，看法也不准。”

“要相信自己的直觉，”我建议她。“大多数女人都相信直觉，也没比男人犯更多错误。而且在这件事上，你还有你哥哥的来信作参考。”

她深吸了一口气，像是轻叹一口气。“纯洁高尚、踽踽独行的人，”她引用信上的这句评价，像是在自言自语。但我清楚听出了这呢喃中的渴求。

“是句褒奖，”我小声说。

“极高的褒奖。”

“这么高的褒奖，有点像福分，更适合在人生的暮年来到。但不管怎样，能配得上这样溢美之词的人，一定不是凡人或庸人……”

“啊！”霍尔丁小姐激动地打断我。“你要是能认识做出这个判断的人该多好啊！”

她戛然而止。我沉思片刻，觉得这些我都能感觉是褒扬的语言一定拨动了姑娘心中的那杆秤，增加了她对那名青年男子的好感。他俩没有一句闲谈。对我这样具有西方思维和情感的人来说，他们显得捉摸不透，可我又不能妄下断语。站在霍尔丁小姐身旁，我就像个身处异域的旅人。而且显然霍尔丁小姐好像也不太情愿和我细谈她这次勃莱尔城堡之行的细节。但我对此不以为忤，觉得这并非出自对我的不信任，只是有些难处——一种我无法苛责的难处。于是我丝毫没有怨言地说——

“嗯，既然条件这么有利，我敢肯定你一定对你哥哥这位杰出的朋友有了一个印象，在脑海中会浮现他的形象，在这种情形下任何人都会这么想，那么——请告诉我——你没失望吧？”

“你是指什么？他的外表长相吗？”

“我不完全是指他长得英俊还是相反。”

我们走到小巷的尽头，折过头来又走了几步，彼此没有对视。

“他长相不凡，”霍尔丁小姐终于开口了。

“确实不凡，我应该能猜到——从你刚才描述你的第一印象的只言片语里我就能猜到。当然，你只能用这个词。印象！而我想问的是一个‘不平凡’的人究竟不平凡在何处。”

我想她没听进去我的话。她说的话没什么破绽。这时我再次感到有种置身事外的感觉——不是由于我的年龄，年龄再大也能听出一些弦外之音——而是完完全全成为一名局外人，像是站在另一个平面上远远地瞧着她。于是我缄口不言，看她从我身边走开。

“不，”她冷不防突然叫道，“我没法对这样一位感情炽烈的人失望。”

“哈，感情炽烈，”我嘟哝着，不满地想：才认识没多会儿，居然会有这种感觉！

“你说什么？”霍尔丁小姐不明所以地问。

“噢，没什么。你刚才说什么来着。感情炽烈。我倒不感到奇怪。”

“你都不知道我在他跟前表现得有多突兀！”她懊恼地说。

我想我当时显得有些诧异，因为霍尔丁小姐看我时脸越发红了。她说自己都不好意思承认，心情到现在还没完全平复呢；在当时的情境下，她的言谈举止都很失态。她没能表现出和那两个男人——一位生者，一位死者——相般配的坚毅。而这种坚毅本应成为作为霍尔丁妹妹的她，和霍尔丁唯一已知朋友初次见面时的基调。当时他热切地盯着她，而她却——据她自己坦言——因为他没能认出自己而黯然神伤。她只说了：“你是拉祖莫夫先生吧。”拉祖莫夫的额头微微一皱。但经过短暂而带着戒心的停顿，他微微躬身默认了，静等霍尔丁小姐的下文。

霍尔丁小姐一想到眼前这名男子就是深受她哥哥器重之

人，而他也赏识她哥哥，陪他交谈，理解他，聆听他的心声，也许还给他鼓励——一想到这些她的嘴唇就激动地哆嗦起来，眼里噙满泪水。她伸出手，情不自禁地朝他迈出一步，竭力压抑住内心的情感说："难道你还没猜出我是谁吗？"他却没有接过霍尔丁小姐伸出的手，反而往后退了一步，霍尔丁小姐觉得他有些不悦。但她并不怪他，反而怨自己太失礼，像个容易激动的法国小姑娘。一个冷峻、内敛的男人是不会喜欢这种情感表露的。

他一定过于冷峻，与女人在一起比较羞怯，对于娜塔莉亚·霍尔丁这样的女孩子的主动亲近不知该如何用更具人情味的方式来回应——我在心里这样想。这些纯洁高尚、踽踽独行的人（我突然想起这些字眼）年轻时会害羞，老了会变得暴戾——往往如此。

"那后来呢，"我鼓励霍尔丁小姐继续说下去。

她对自己还是很不满意。

"我表现得愈发糟糕，"她的话里透着平时不常见的沮丧。"我蠢事都做全了，就差没嚎啕大哭。庆幸的是我没那么做。但好大一会儿我都不知道该说什么好。"

她站在他面前，哽咽无语，最后好不容易才发出声来，是她哥哥的名字——"维克多——维克多·霍尔丁！"她说出这个名字时用尽了全身的力气，随后便再也说不下去了。

"当然，"她对我说，"我这样子令他心烦意乱。他一下子呆住了。我跟你说过，我觉得他是个感情深沉的人——这点毋庸置疑。你真应该看看他当时的表情。他趔趄一下，靠在平台的围墙上。他和我哥哥一定情同手足。我对他们的这种友谊感激涕零，刚才因失态而产生的羞愧之情也减轻了些。这时我又恢复了说话的能力，但只说了几个字。‘我是他妹妹，’我说。‘你也许听说过我。’”

“那他听说过你吗？”我打断她。

“我不知道。不过怎么可能没听说过呢？不过……不过这有什么关系？我站在他跟前情绪激动的样子肯定不像个冒名顶替者。他向我伸出双手，甚至可以说是迫不及待、满怀热情地将双手朝我甩过来。我紧紧地握住，它们用力摁着，仿佛又重新找回一点点随我哥哥离世而不可复得的东西——一些期望、激励和支持，这些我过去常常从我亡兄那儿……”

我完全明白她的意思。我们慢慢地溜达。我本想看看她，却又忍住了。我小声像是对自己说——

“毫无疑问，如你所言，这是伟大的友谊。那位年轻人最后可以说是用双手接纳了你的名字。当然以后你们就会彼此理解。真的，会很快了解对方。”

过了一会儿我才听见她开口。

“拉祖莫夫先生好像寡言少语。一个内敛的人——即使在情绪激动时依然如此。”

“由于无法忘记——甚至可以说无法原谅——那位革命

党人头号恩主彼得·伊凡诺维奇说话时那低沉、豪放的派头，所以我说内向少语不失为性格上的优点。让人觉得真诚可信——反正我是这么觉得的。”

“况且我们又没有太多时间交谈，”她加了一句。

“是啊，你们肯定没有。”由于我对那位女权主义者和他的伊吉丽亚的疑惧之心根深蒂固，所以尽管带着笑容，但还是急切地问道——

“那你还是逃出来了吧？”

这回她明白了我的意思，对我紧张不安的神情报以一笑，说：

“是啊。用你的话说，我逃出来了。我快步走开了。没必要跑。我又不是那位在大厅里神神叨叨地接待我的可怜女人。我既没被吓住，也没被镇住。”

“那位先生——拉祖莫夫先生……？”

“当然，他一直站在那里。我想我和他分手后他应该进了城堡。你记得吧，他来这儿是因为有人向彼得·伊凡诺维奇强烈推荐——说不定有重要口信托他带给彼得·伊凡诺维奇。”

“是啊，我想起来了！是那位牧师……”

“索西穆神父——就是他。也可能是别人。”

“那么，你和他分手了。恕我冒昧问一句，在此之后你又见过他吗？”

霍尔丁小姐对这个直接的问题没有马上回答，过了一会儿才说——

“我盼着今天能在这里和他见面，”她平静地说。

“真的啊！那你们是在这座花园里见面的吗？如果那样的话，我想我最好回避一下，留你一个人在这里。”

“不必这样，干吗要留我一个人？我们并未说好在这里见面。自从第一次见面后，我就再没见过拉祖莫夫先生。一次也没见过。但我一直盼望他……”

她停顿了一会儿。我纳闷那位年轻的革命者在和霍尔丁小姐交往时为何这么不主动。

“上次临别前，我告诉拉祖莫夫先生，我每天这个时候都来这儿散一个小时的步。我当时没法和他解释为什么不能马上请他来家里见妈妈。他如果要来，一定得让妈妈先做好心理准备。况且，你知道吗，我又不清楚拉祖莫夫先生会给我们带来什么消息。所以事前得告诉他，对我那可怜的妈妈该说什么，不该说什么。当时这些想法在我脑海中飞快地闪过，所以情急之下我只对他说，出于某种原因，我不能请他去家里，但我通常在这里散步……这里是公共场所，这个时间人一般不多。我觉得这样比较好。这里离我们住的公寓也近，我不想离妈妈太远。家里的仆人也知道我在这里，有突发情况也好找到我。”

“是啊。从这个角度考虑，这个地点确实很便利，”我表示赞同。

由于霍尔丁小姐觉得现在还不到带这位年轻人去见她母亲的时候，所以我觉得巴斯蒂恩不失为两人会面的好地方。此时此地我看着周遭乏善可陈的风景，心想他们两人会相互了解，彼此抒发心中的义愤，交换激进的看法。他们的情感如此沉痛，如果你不是一名俄罗斯人，是很难想象到的。我仿佛看到这对青年从拥有八千万民众、上上下下都充满压迫的国土上逃离出来，正漫步在树荫下，交头细谈。此处真是徜徉谈心的好去处。当霍尔丁小姐和我转身离开那扇宽大的铁门时，我甚至还想到她和拉祖莫夫先生如果走累了可以到这来坐坐，因为这里有足够的可供他们休闲消遣的设施。在农家餐馆和室外乐队之间摆放着许多桌椅，树下还有不少松木桌子。我看到一对瑞士夫妇坐在其中。他们的命运令人羡慕，生在共和的国度，命运由自己掌控，从摇篮到坟墓都有一套民主机制做保障。那个男的长得平淡无奇，不修边幅，正端着闪亮的杯子喝啤酒；女的土里土气，平静温和，靠在简陋的椅子上朝四周闲看。

这世上的很多事情都难以理喻，不光在思想方面，还有情感上的。我惊讶地发现，自己现在有点讨厌那位素昧平生的年轻人。距离他和霍尔丁小姐见面已有一个星期了，他却音讯全无。他到底是麻木不仁，胆怯羞涩还是木讷迟钝？我说不清楚。

沿着大街走了一会儿，我又问霍尔丁小姐："你觉得拉祖莫夫先生明白你的意思吗？"

"明白我的意思？"她有点莫名其妙。"反正他当时很激动。我敢肯定！我虽然当时心情乱糟糟的，但还是能看出这点。而且我说得很清楚。他听到了；他好像还仔细揣摩了我的话……"

她下意识地加快了脚步，说话的语速也变快了。

我等了一会儿，又若有所思地发表意见——

"他就任由这些天白白过去，什么也不做。"

"我们怎么知道他来此地到底干什么？他不是来闲逛的游客。他的时间也许自己都无法支配——或许他的思想也是如此。"

她突然又放慢脚步，压低声音说——

"甚至还有他的生命"——说完她停下来，站住不动。"据我所知，他有可能在我们见面那天就离开了日内瓦。"

"这事他居然没告诉你！"我难以置信地叫了起来。

"我也没给他时间啊。我当时走得很唐突。从头至尾我都表现得很冲动。现在想起来真后悔。不过就算我给他机会，他也会觉得我这个人不可靠。你不能对一个动辄哭哭啼啼、喜怒无常的小姑娘吐露真言。不过就算他暂时离开日内瓦，我相信我们也会再见面的。"

"啊！你很有把握……我敢说。可是根据何在？"

“因为我告诉过他，我现在亟需一位同胞，一位同志，在某些事情上和我讲讲知心话。”

“我明白了。我不问他是怎么回答的，但我承认这是个好理由，让你确信不久会再见到拉祖莫夫先生。可是他为什么直到今天还没露面？”

“对，”她平静地说，“直到今天还没出现；”我们静静地站了一会儿，如同两个无话可说的人在分手前各自想着心事。霍尔丁小姐瞟了一眼腕上的手表，急忙准备要走。她似乎待得有些太久了。

“我不想离开母亲，”她摇着头小声说。“不是说她现在病得有多厉害。只是她现在这个样子，不在她身边，我会比以往更不安。”

霍尔丁夫人最近一两个礼拜绝口不提自己的儿子。她一如既往地坐在窗边的扶手椅上，静静地看着楼下没有生气的哲学家大道。当她开口时，说的都是些冷冰冰的琐事，措辞也死气沉沉的。

“只要明白她可怜的心思，你就会发现，她这样说话比不说更令人痛苦。当然沉默也不好。我真是快受不了她这个样子了，可又不敢遽然打破。”

霍尔丁小姐叹口气，将松开的手套又扣紧些。我知道她这段日子过得有多艰难。这种压力，无论究其成因，还是究其本质，肯定都会让她这样一个东方式的女孩身心俱疲；但俄国人的天性中存在一种独特的抵抗力，可以抵御生活中种种不公正的折磨。霍尔丁小姐的身材婀娜挺拔，黑色丧服外穿着一件敞开的短外套，令她的身段更显苗条，同时也令她白皙、没有血色的脸庞更加苍白。她这样子更加激起我的好奇和崇敬。

“我不能再呆在这里了。你最近该去看看我母亲。你知道吗，她称你为朋友[①]。这可是尊称，她是由衷地这么说的。再见[②]；我必须得走了。”

她目光茫然地朝宽广的大路上看了一眼——朝我伸出的一只手，本想握手作别，这时却猛地向上一抬，落到我肩膀上。她那红红的双唇微微启开，虽然没有明显的笑意，却表现出一种惊喜。她的目光朝铁门投去，一边喘息一边急切地说——

“看那儿！我就知道。他来了！”

我知道她说的一定是拉祖莫夫先生。只见一名年轻人沿着巷子不慌不忙地朝这边走来。他的衣着偏深棕色，手里握着一根手杖。我最初看见他时，他垂着头，像在深思。接着他猛地抬起头来，立刻停下脚步。我敢肯定，他停下了脚步，之所以这么说是因为这个动作细微得令人难以觉察，要是不注意就会觉得他只是稍显犹豫，但马上就克服了。接着

①② 原文为法语。

他朝这边继续走来，目光镇定地注视着我们。霍尔丁小姐对我做了个手势，示意我留在这里，接着自己向前迈了一两步，迎上前去。

我将头扭开，不去看他们见面的情景，直到霍尔丁小姐说出他的名字，准备介绍时我才转过头来。霍尔丁小姐用热情而低沉的声音向拉祖莫夫先生介绍我，称我不仅是名优秀的教师，而且“在我们悲恸难过之时”给予极大的支持。

当然霍尔丁小姐没忘了说我是英国人。她说话时语速很快，我从未听过她这么快地说话，相比之下她的目光虽然缄默，却更具意味。

“我对他十分信赖，”她又补充一句，眼睛一直不离拉祖莫夫先生左右。而这位年轻人也一直凝视着霍尔丁小姐，但却没有和霍尔丁小姐期盼的眼神对视。过了一会儿，他朝我们身前身后看了看，脸上刚微微挤出一丝笑容，又轻轻皱了皱眉，接着这两个表情都不见了。但他这些细微的面部变化却被我看在眼里，旁人要是不像我这样热衷于对他进行揣摩是不会发现这些变化的。我不知道霍尔丁小姐察觉到了什么，反正我捕捉到了这些变化。刚刚露出的笑容被打消了，眉头刚一锁紧又舒展开来，这样一来就显得喜怒不形于色；但我想他在心里一定惊呼——

“信赖他！信赖这个老头——这个外国人！”

我之所以这么想，是因为他在我看来也是地地道道的外国人。总体来说，我对他印象不错。他透着股精明劲，可以说比“小俄罗斯”里的学生和其他居民更要引人注目。他的相貌比普通俄国人更显坚定果断，下颌齐整，灰黄色的面颊刮得光光的。他的鼻梁很高，却又不仅仅向外突出。他戴的帽子正好压在眼睛上，一头黑发卷曲着搭在后颈上。那身不太合体的棕色衣服裹住粗壮的躯干，只要稍一欠身就充分显现出宽阔的肩膀。总之我对他没感到失望。在我看来，他奋发有为，身体健硕，性格羞怯。

还没等霍尔丁小姐说完，我就感到他的手坚实有力地握住了我的手，出乎我意料的温热、干燥。在这短暂刻板的握手过程中，他一言不发，甚至连声都没吭。

我本想告辞，让他俩单独在一起，但霍尔丁小姐意味深长地碰了碰我的前臂，传递出明显的暗示。谁愿意笑话就让他笑去吧，反正我当时巴不得待在霍尔丁小姐身边。我可以毫不害臊地说，这事对我来说一点也不好笑。我陪着霍尔丁小姐，可不像年轻人那样端着架子，故作矜持，而是头脑清醒、脚踏实地地替她着想。这时她对拉祖莫夫先生说：

“啊，就是这里。我就是想让你来这儿。我每天都在这里散步……不用说抱歉——我能理解。你今天能来，我已经很感激了。可我马上就得走，非走不可。我必须赶回家去。对，即使你站在我面前，我也得走。我出来太久了……你明白我的意思吗？”

这最后一句是对我说的。我注意到拉祖莫夫先生的舌尖舔过嘴唇，像一个发烧口渴的人那样。他接过霍尔丁小姐那只戴黑手套的手。这只手将他的手包住握紧，明显不想让他抽回去。

“再次感谢你——这么理解我，”她继续热切地说着。而他却有些粗鲁地打断她。我不喜欢他对霍尔丁小姐这样毫无心机的人这样说话，嗓音像是从帽檐下发出来的。他的声音微弱、嘶哑，像一个口干舌燥的人。

“感谢我什么？理解你？……我怎么理解你了？你最好还是当我什么都不知道。我知道你想和我在这个花园里见面。我前一阵子来不了，有事脱不开身。就是今天，你瞧……也来迟了。”

霍尔丁小姐还握着他的手。

“不管怎样，我还是要谢谢你没把我当成脆弱冲动的小姑娘。我肯定需要有人扶助。我自己什么都不懂。但我值得信赖。真的！”

“你什么都不懂，”拉祖莫夫若有所思地重复了一遍。他抬起头来，直视着她的脸，而她依旧握着他的手。他们就这样站了好一会儿，霍尔丁小姐才松开他的手。

“嗯，你今天是来晚了。不过还好，我今天多待了一会儿，总算和你碰上了。我刚才正和这位朋友聊天呢。我们正谈论你呢。是的，基洛·希多洛维奇，我第一次听说你在日内瓦时，这位朋友恰好在场。他可以告诉你，得知这个消息对我这颗迷惘的心是多么大的慰藉。他知道我多想找到你。我之所以接受彼得·伊凡诺维奇的邀请，不为别的，就是为了……”

“彼得·伊凡诺维奇跟你提到我了？”他打断霍尔丁小姐，声音颤抖而又嘶哑，表明他的喉咙干得厉害。

“没怎么说。他只提到你的名字，还说你已经到这里了。我干吗要问他那么多呢？关于你，他难道还能告诉我哥哥信上没有讲的事吗？整整三行啊！对我太重要了！总有一天我会给你看那封信的，基洛·希多洛维奇。但我现在必须得走了。我们之间第一次交谈不应该五分钟就匆匆了事，既然这样那就索性先别开始……”

我一直站在稍远处，正好可以看见他们两人的侧影。那一瞬间我觉得拉祖莫夫先生的脸比他实际年龄更显苍老。

“假如妈妈”——霍尔丁小姐突然转过身来对我说，“醒来时发现我不在身边（比平时超出这么长时间），我回来时她就会盘问我。你知道吗，她最近更舍不得我了。她会问我被什么事情耽搁——而我呢，你知道，在她面前遮遮掩掩实在是件活受罪的事。”

我对此当然心知肚明。拉祖莫夫先生试图陪她走一段，却被她阻止了，原因也和刚才一样。

“不！不！我还是一个人走吧，但请尽快再来这里和我见面。”接着她又用低沉郑重的口气对我说——

“妈妈兴许现在就在窗前坐着，望着下面的马路。一定不能让她知道拉祖莫夫先生在这里，除非提前做好安排。”过了一会儿，她又用大一点的声音对我说，“拉祖莫夫先生现在还不太知道我的难处，但你是知道的。”

V

她朝我和拉祖莫夫先生迅速点点头，朝后者还投去诚挚友好的一瞥，便匆匆离去。我们在身后看着她那轻盈挺拔的身影迅速逝去。她走路的姿态不像有些女人那样不阴不阳、悄无声息地游走，而是坦然坚定、充满活力地大步向前。不一会儿她就走远了——最后一下子消失在视线之外。直到这时我才发现拉祖莫夫先生把帽子拉到眉宇间，正上上下下地打量着我。对这位俄国青年来说，我可以说是一颗意外的绊脚石。我从他的表情和举止可以窥探出好奇和蔑视，外加戒备——仿佛我没朝他看时，他一直在屏息提防。但当我们四目交汇时，他倒也没有回避。这是我第一次注意到他明亮的眼睛是褐色的，睫毛又粗又黑。这双眼睛是他面部最显年轻的五官，眼神一点也不忧郁。他拄着手杖，屹立在风中，身子微微摇晃。我脑海中忽然闪出一个念头，霍尔丁小姐将我俩留在一起，是有用意的——因为恰巧我在她身边，她就将此事托付给我。想到这里，我在举止上尽可能地表现出友好。我搜肠刮肚地想找出点谈资，突然想起霍尔丁小姐最后那番话，觉得这是个不错的引子。

我不知道自己有没有赔着笑脸，反正口气严肃地说：“是啊，你是不懂她的难处的。”

他开口前那刮得光光的嘴唇轻轻哆嗦，好像有点幸灾乐祸——

“可你刚才难道没听见吗？那位小姐还谢谢我的理解呢。”

我紧紧地盯着他。这句反驳中隐含着难以言传的讥讽吗？不。不是讥讽。倒像是忿恨。对，是忿恨。可是忿恨什么呢？他看上去最近睡眠不好。我能感到他憔悴呆滞的眼神落在我身上，像一个躺在黑暗中的人目不转睛的眼神，虽然备受各种痛苦思想的折磨，却无能为力，只好气得干瞪眼。当然，现在我坐在这里写下这段文字时，对这一切早已知晓，知道他痛苦的由来。但当时我真的一无所知。他好像要给我制造一种不安，而我努力用聊天的口吻故作轻松亲切地说：

“那位可敬迷人的姑娘（您瞧，我现在岁数大了，说起话来也无所顾忌）说的是她自己的感受。对此你肯定也清楚吧？”

他的身子猛地动了动，趔趄了一下。

“肯定清楚！我没料到！我有的是事情要做。这位姑娘迷人可敬。那好——就算她的确如此！我想我自己长着眼睛。”

要不是他嗓子发干，声音细若游丝，这一阵发作会弄得我下不了台。而他说话时那嘶嘶沙哑的动静，只会让人觉得难受，而不是受到冒犯。

我没有说话，心里思忖着他表面的不快背后隐藏着什么玄机。其实我当时大可一走了之，不去理他。但霍尔丁小姐赋予我的使命，她临走前看我的那一眼所暗含的意味，沉甸甸地压在我心上，令我欲罢不能。沉思片刻后，我说——

“我们一起走走怎么样？”

他剧烈地耸耸肩，差点又趔趄一下。我是边走边用余光打量他才发现这一幕的。他挨着我走。走着走着他慢了下来，完全落到我的视线之外，除非我转过头来特意看他。我不想表现出明显的好奇，那样会让他对我的敌意加深。也会令这个从自己国家的魔爪下逃离出来的年轻人反感，他是迫不得已才不得不行事诡秘，将自己真实良善的面孔隐藏起来。那个对他的同胞来说挥之不去的阴影，如今跨过欧洲中部，也沉沉地压在他心头，使他在我脑海中的形象变得晦暗。“毫无疑问，”我想，“他是个阴郁甚至可以说是绝望的革命者。但他毕竟还年轻，也许本性无私善良，具有同情心，还……”

这时我听到他声音刺耳地清了清干燥的喉咙，于是赶紧聚精会神地准备听他接下来要说什么。

“这才是关键，”他开口说道。“这才是关键！我也不知道怎么会在这里遇见你，肚子里装着我不知道的想法。一个值得信赖的人！一个外国人！居然在谈论一位可敬的俄罗斯姑娘。我想知道，这位可敬的姑娘是个傻子吗？你到底想干什么？你的目的是什么？”

他的声音小得几乎听不见，嗓子里像是塞了一块干布，或是一块火绒。他的话虽说气人，但可惜我很容易就压下了自己的火气。

“如果你再年长一些，拉祖莫夫先生，你就会发现没有哪个女人是彻头彻尾的傻子。我不像那个声名赫赫的作家彼得·伊凡诺维奇那样是个女权主义者。说实话，我觉得他很可疑……”

他语气惊讶地小声打断我。

“你觉得他可疑！你觉得彼得·伊凡诺维奇可疑！你觉得！……”

“没错，某种程度上我是觉得他可疑，”我尽量说得轻描淡写，“正如我刚才所说，拉祖莫夫先生，等你再年长一些，你就会看出来像霍尔丁小姐这样的女性天性崇高，值得信赖，对各种下作的事一无所知，她的这种纯真和有些妇女轻易上当的幼稚是不同的。就算这些容易轻信的妇女，看似愚蠢，人生一定不会幸福，但她们也绝不是完完全全的傻子。我认为，没有哪个女人会被彻底蒙在鼓里。就算一时上当受骗，一旦真相大白，她们跳进地狱眼睛都会是睁着的。”

“说实在的，”他在我身边喊道，“管他这些女人是傻子还是疯子，和我有什么关系？我真不关心你是怎么想她们的。我——我对女人没有兴趣，随她们去吧。我又不是小说里的年轻人。你怎么会觉得我想了解女人？……这是搞什么名堂？”

“你是指这次谈话的目的吗，那我承认我是有点强人所难了。”

“强人所难！目的！”他重复道，依然和我保持着半步左右的距离。“你显然想谈论女人。这确实是个好话题。但我不感兴趣。我从来没有……其实我想起另外一些话题。”

“我不是喜欢谈论女人，我只关心一个女人——一位年轻的姑娘——你亡友的妹妹——霍尔丁小姐。请你一定要想想她。我一开始的本意是说现在有个情况你不了解。”

我听出在数步之外，他的步履变得不稳起来。

“如果我现在就告诉你这个情况，下次当你和霍尔丁小姐见面时就会有所准备。我想她留我们在一起，大概也有这个意思，希望我向你介绍这个情况。所以我相信我有权说出来。我说的情况来自维克多·霍尔丁被害之初所造成的痛苦和悲伤。他被捕的前前后后有些蹊跷，无疑你知道全部真相……”

我感觉上臂被一把抓住，接着身子被拽往一边，正对着拉祖莫夫先生。

“你就像从地下冒出来一样在和我交谈。见鬼，你到底是谁？这绝不会是无缘无故的！为什么！到底想干什么？你知道什么蹊跷不蹊跷？你干吗要趟这浑水，去掺和俄国的事情？”

他的另一只手重重地拄在手杖上；我敢肯定，要是松开我的手臂，他几乎站立不稳。

“我们去那边找张空桌子坐坐吧，”我提议，同时对他突然表现出的这种莫名其妙的冲动并不加以理会。坦率地说，这一通发作对我没什么用。我只是对他感到抱歉。

“什么桌子？你在说什么？哦——空桌子？那边的桌子。当然可以。去那边的空桌子坐坐吧。”

我领着他离开小路，来到农家餐馆前的那片松木桌椅正中坐下。那对瑞士夫妇已经走了，这里只剩我们两人。拉祖莫夫先生瘫坐到椅子里，手杖扔到一边，用胳膊肘支起身子，双手捧着脑袋，持续地不加掩饰地盯着我。我招呼侍者过来，点了啤酒。拉祖莫夫先生对我的这种无声的审视，我恐怕不能抱怨，因为说实话，我也为自己这样猝不及防地出现在他面前感到内疚，就像他所说的——“像从地下冒出来的”。

在等待上酒时，我告诉他，我父母当年曾在圣彼得堡定居，我出生在那里。小时候就学会了俄语。九岁时我离开了圣彼得堡，此后再也没回去过。对于这座城市我已经印象模糊了，但俄语我后来还是派上了用场。他听我说话时纹丝不动，眼都不眨，直到啤酒送上来，他才只得换个坐姿。只见他接过啤酒一饮而尽。喝完啤酒后，他变得精神了些，靠在椅子上，手臂交叉放在胸前，眼睛继续直勾勾地盯着我。我忽然觉得他的这张肤色黝黑、刮得干干净净的脸庞其实表情很丰富，而现在表现出的波澜不惊是作为革命者后天形成的。作为从事革命地下工作的密谋者，要想不被出卖，就必须永远保持警惕。

“可你是英国人——一名英国文学教师，”他喃喃地说，嗓子不那么干了。“我听说过你。我听说你在这里已经生活了很多年。”

“的确如此。有二十多年了。最近我一直在辅导霍尔丁小姐的英文学习。”

“你一直在带她读英国诗歌吧，”他现在已经平静下来，和刚才在我身边步履沉重、脚步踉跄的那个人相比，简直判若两人。

“是的，我们读点英国诗歌，”我说。“但我刚才所说的麻烦，是由一家英国报纸引起的。”

他继续盯着我。我想他还不知道，霍尔丁在午夜被捕的这条新闻是由一名英国记者挖掘出来，并向世人披露的。我向他解释了之后，他鄙夷不屑地嘟哝道："或许整个就是谎言。"

"我想是不是谎言，你最有发言权，"我略有不快地反驳他。"坦率地说，我觉得这篇报道大体不差。"

"你如何判断真假？"他还是用刚才那副不动声色的样子提问。

"我不知道你们在俄国是如何甄别消息真假的，"我对他的态度有点生气。他没等我说完就说：

"俄国和其他地方一样——比如说报纸吧，哪里的报纸都是白纸黑字。"

"就算都是白纸黑字，还是微有不同吧。出版物的性质，新闻的普遍真实性，报导的主旨，等等这些。我其实并不盲目相信那些特派记者写的报导——但这名记者干吗要在这起无关紧要的事件上编造出一个细节齐全的谎言呢？"

"这不就结了，"他抱怨道。"在你看来，我们这里发生的都是些无关紧要的事——顶多有些耸人听闻，只配用来娱乐读者——高高在上、鼻孔朝天的欧洲人。想起来就令人厌恶。不过让他们等着瞧吧。"

他中断了对西方世界的这种威胁论调。我没有理会他目光中的怨怼，而是向他指出，不管那位记者的消息灵通与否，报纸上这寥寥数行且有待证实的消息满足了这对母女的朋友对此事的关心——也就仅此而已。他肯定应算入朋友之列——因此他要是能为故去的同志兼亲密的革命同仁说上两句该有多好。我本以为听到这里他会言辞激烈地说上一番，没料到他全身一阵剧烈地战栗，吓了我一大跳。他竭力控制自己，将松开的手臂紧紧地交叉放在胸前，身体朝后一靠，脸上露出轻蔑而恶毒的笑容。

“是啊，一位同志兼亲密的……不错，”他说。

“这些只是我的大胆假设。肯定不会错的。当彼得·伊凡诺维奇告知霍尔丁小姐你来这里时，我正好在场。我亲眼看见她听到你名字时那种宽慰感激的神态。此后她又将她哥哥的来信出示给我看，并把其中提到你的话读给我听。你要不是他的挚友，还会是什么？”

“那当然。这点众所周知。我是他朋友。一点没错……请继续。你刚才说得有一定道理。”

我想：“他故意摆出一副冷峻无情的革命者模样，信奉某种毁灭性的思想，对人类的正常情感冷漠淡然。他年纪还轻，表现出的对信仰的虔诚，在我这样一个陌生人，一个外国人，一个老人看来显得装腔作势。不过年轻总是要有所体现的……”我尽量简明扼要地向他讲述了可怜的霍尔丁小姐听到她哥哥英年早逝时的心境。

我感觉他听得极其仔细。他边听目光边朝下移，先是平视我，接着移过我的脸庞，最后落到地面自己的脚上。

“你能走进他妹妹的内心世界。像你说的，我和她在一起只是读点诗歌而已，所以我也不会自不量力地谈论她，让你见笑。而你已经亲眼见过她了。她属于世上少有的那种无需多费口舌、一望便知的人。至少我是这么认为的。这对母女只有霍尔丁这一个儿子，一个兄长。他是她们与外面世界联系的唯一纽带，也是对未来的唯一念想。如今他一走，娜塔莉亚·霍尔丁痛不欲生。你都不知道她是多么渴望向你——她哥哥信中唯一提及的人——求助。对她来说，你的名字本身就是一种遗产。”

“他在信中是怎么写我的？”他声音低沉恼怒地说道。

“只有寥寥几句话。我在这里不便向你复述，拉祖莫夫先生。但请你相信我，这些话举足轻重，可以使他母亲和妹妹对你的话和判断深信不疑。你不可能对待她们形同路人。”

我停了下来，坐在椅子上聆听少数从这片松木桌椅区正中穿过宽阔人行道的行人的脚步声。我刚才说话时，他的脑袋垂在交叉在胸前的双臂上，现在突然猛地抬起来。

“非得让我去跟那个老太婆撒谎吗！”

这听起来不像是气话，而是别有一番用意，有点沉痛，不那么简单。我能体会他的感叹，但我更关心这句感叹到底因何而发。

“哎呀！难道就不能实话实说吗？我希望你能讲点让她

们心里好受的事。噢，我又想起那位可怜的母亲了。你们俄国真是个无情的国度。”

他的身子在椅子上动了动。

“嗯，”我又重复一遍，“我希望你能跟她们讲述真相。”

这次在他说话之前他的嘴唇奇怪地抽动了一下。

“如果那些事不值一提呢？”

“不值一提——从哪方面讲？我听不懂。”

“从哪方面讲都不值一提。”

我有些不留情面地说道：

“我觉得和霍尔丁午夜被捕有关的情况都应该……”

“不过是一位记者写的，供文明开化的欧洲人消遣而已，”他带着揶揄的口气打断我。

“没错，……但难道写的不是事实吗？我不知道你在这件事上是什么态度。他对你来说，不是英雄还会是……”

他把脸贴过来，鼻孔大张着靠近我的鼻子，我一下子猝不及防，躲闪不及。

“你在盘问我！我想你一定觉得这事很有意思，是吧？看这儿！我是个自食其力的人。我以前是学生，学得很刻苦。这儿装着智慧。”（他用指尖敲着自己的前额。）“你不觉得一个俄国人也可以拥有理性的抱负吗？是的——我有过很好的前程，这是毫无疑问的。可如今你看我沦落到异国他乡，什么都没有，什么都失去了，什么都牺牲掉了。你在这里见到我——还诘问我！你亲眼见到我了，对不对？——就坐在你跟前。”

他身子朝后狠狠一仰。我外表依然保持镇定。

“对，我是亲眼见到你了；我想你是因为霍尔丁事件才来这里的吧？”

他的神色大变。

“你称之为霍尔丁事件——对吗？”他冷淡地说。

“我无权问你任何事，”我说。“我不会这么冒昧的。但就这件事而言，既然霍尔丁是你心目中的英雄，他的母亲和妹妹也就不可能对你视若无睹。那位姑娘秉性淳朴坦诚，怀有最崇高的——嗯——幻想。你对她要么守口如瓶，要么和盘托出。我接近你还有一个目的，那就是我们得想办法帮那位母亲从忧伤中走出来，也许还要利用你在她们心中的威望编造一些事情，为这位正经历丧子之痛的母亲减轻痛苦，分散注意力。”

听了我的话他的神情愈显倦怠冷漠。我心里不禁又打起鼓来。

“嗯，好的。可以做点事，”他心不在焉地嘟哝着。

他用手捂住嘴，打个哈欠，将手移开后可以见到嘴角边微弱的笑意。

“请原谅。我们聊得够久了，我最近两晚又没怎么睡。”

我没想到他居然会带着轻慢向我道歉，听起来倒像是实话实说。自从那天在勃莱尔城堡的院落里见到维克多·霍尔丁的妹妹，他晚上就再也没睡过好觉。后来我在他的文稿里读到他记录当时睡不着觉的茫然无措和说不上来的惊恐。我在这里的叙述，主要就是依据他文稿上的记录。不过当时在我看来，他确实显得很憔悴，浑身上下透着慵懒，像是刚刚经历过一场危机。

“我还有很多紧急的东西要写，”他加了一句。

我马上从椅子上站起来。他也跟着起来了，动作并不匆忙，身子显得有些发沉。

“对不起耽搁你这么久，”我说。

“干吗要对不起？反正不到天黑也睡不着。再说你也不算耽搁我。我要想走随时可以走。”

我跟他相处倒没觉得自己受到冒犯。

“我很欣慰，你对我们的谈话这么有兴趣，”我平静地说。“当然这不是我的功劳——要归功于你对你亡友母亲的尊重……其实最起码的尊重就足够了……至于霍尔丁小姐，她一度倾向于认为她哥哥是被人以某种方式出卖给警察的。”

令我十分吃惊的是，拉祖莫夫先生听了这话突然又坐了下来。我紧盯着他，而他也毫不迟疑地回望我。

“以某种方式，”他嘟哝着，仿佛没有听懂我的话，又像是不相信自己的耳朵。

“某起无法预知的事件，或者纯粹就是一场意外，都有可能导致这样的背叛发生，”我继续说道。“或者用霍尔丁小姐的话说，他的某个不幸的革命同仁由于愚蠢或软弱出卖了他。”

“愚蠢或软弱，”他语气苦涩地重复着。

“霍尔丁小姐是个心胸宽广的人，”过了一会儿我这么评价道。而这位颇受维克多·霍尔丁敬重的男人眼睛盯着地面。我转过身走开了。他显然没有注意到我。他对我的态度虽然阴郁而粗鲁，但我对他一点也不心存芥蒂。和他交谈之后，我已经不抱什么希望了。可还没等我离开这片松木桌椅区，他又赶上了我。

“嗯，请等等！”我听到他在我身边说。“不过你是怎么想的？”

这次我连头都没回。

“我想你们俄罗斯人一定遭到了某种诅咒。”

他没有出声。等出了大门走到外面的人行道上，我才又听见他开口。

“我想和你再走一会儿。”

其实在内心里，我对这位谜一般的年轻人比对彼得·伊凡诺维奇更有好感。我也说不清自己为什么对他这么宽容体恤。

“我马上要去火车站接一位从英国来的朋友，从这儿可以抄最近的路，”对于他这意外的请求，我是这么回答的。我希望自己这样说会激将他讲出点有内容的东西。我们站在路边等有轨电车时，他阴沉地说——

“你刚才讲的那句话，我深以为然。”

“是吗？”

我们一起下了人行道。

“现在的问题在于，”他继续说道，“要彻底搞清诅咒的本质。”

“我想这并不难吧。”

“我也觉得不难，”他表示赞同，但他这种迅速的附和丝毫没有减轻我对他的捉摸不透的印象。

“诅咒是一道邪恶的魔法，”我又开始试探他。“而重点和难点在于如何破解它。”

“对，是得想办法破解。”

他再一次表示赞同，但脑子里似乎在想别的事情。我们斜穿过剧院前的空地。然后下到一条宽广的、人迹稀少的大街上，朝着一座小桥走去。他在我身边走着，许久都没吭声。

“你最近不打算离开日内瓦吗？”我问。

他久久没有回答，以致我觉得自己是否过于唐突，根本不会得到回答。但看了他一眼，我心里基本有了谱，看来我的问题结结实实地令他感到痛苦。我主要是从他紧扣并且还暗暗用力的双手推断出来的。但经过一番痛苦的犹豫，他还是向我吐露，他没有离开日内瓦的想法。他比刚才更健谈了——至少不再用三言两语就把我打发了，语气也更加和善。他告诉我，他打算去上学，还准备进行写作。他甚至把去过斯图加特的事也说了。我知道斯图加特是个革命活动中心[①]。俄国某政党（我直到现在都不知道具体是哪个政党）的执委会就位于那座城市。正是在斯图加特，他才和俄国境外的革命分子接上头，并积极参与到他们的革命活动中。

“我以前从未出过国，”他解释道，语气一点也不兴奋。接着稍稍犹豫一番，这种犹豫与刚才回答我的第一个问题“是否想待在日内瓦”时那种痛苦的举棋不定迥然不同。他出人意料地对我袒露真言——

“其实，我从他们那里接到一项任务。”

“所以你是为了执行任务才留在日内瓦的吗？”

“是的。留在这里，留在这座讨厌的……”

我推断他接受的这项任务应该和那位伟大的彼得·伊凡诺维奇有关。我对自己表现出的推断力十分满意。当然我对这一推断只能藏诸于心。此后很长一会儿，拉祖莫夫先生没再说话。直到我们快要走上桥时，他才有些突兀地开口——

① 十九世纪末，二十世纪初斯图加特是世界无产阶级活动中心，1907 年 8 月至 10 月间在此召开第一届国际社会党大会，标志着第二国际完全巩固。

“我在哪里能看到那篇妙文？”

我想了一会儿才反应过来他指的是什么。

“这里的当地报纸有部分转载，随处都能看到。我手头的那份英国报纸留给霍尔丁小姐了。我记得拿到报纸的当天就给她了。我看到那份报纸在那位可怜的母亲椅子边的桌上放了好几个星期，我还很替她担心呢。后来我再去的时候，这份报纸不见了。说实话，直到这时我才松了口气。”

他突然停下脚步。

“我相信，”我继续说，“你一定会抽时间常去看望那对母女——你一定要抽时间去看她们。”

他盯着我的样子如此怪异，令我几乎无法确切形容。我不明白他为何用这种表情打量我。他这是怎么啦？我思忖着。他脑子里又冒出什么奇怪的想法？是不是突然想起那无可救药的祖国发生的种种恶行便又开始心神不宁起来？如果是和维克多·霍尔丁之死有关，那我真心希望他把这事一直藏在心里，永远不要说出来。说实话，我自己也被这个想法吓了一跳，于是赶紧竭力挤出一个笑容和故作轻松的神态，以免他看出我内心的这个想法。

“当然，”我大声道，“这对你来说也不是什么难事。”

他从我身边走开，靠在桥的栏杆上。我望着他的背影，等了一会儿。不过我可以告诉各位，我当时并不急着见他转过身来。他待在那儿一动不动，也没有要动的意思。我慢慢地径直朝火车站走去。快下桥时我又转过头来朝他看了一眼，他依旧伏在栏杆上，身子朝栏杆外探出一大截，好像被拱桥下平滑的蓝色河水摄去了魂魄。桥下的水流很快，甚至可谓湍急，让人头晕目眩。我每次看到这湍急的河水，都会觉得自己要被它毁灭性的力量一下子带走。有些人看了脑海中会不由得联想起势不可挡的力量和勇往直前的劲头。

河水显然对拉祖莫夫先生产生了某种魔力。我留下他一个人继续伏在桥的栏杆上。他对我表现出的举止不能简单地归结为鲁莽粗野，在他的轻蔑和焦躁背后一定还有别的隐情。这个想法似乎突然揭示出隐藏的真相，但具体是什么，我也说不清楚。我想这也许和他遇见霍尔丁小姐之后的一个多星期——将近有十天——不愿再接近她是同一件事。

第三部分

I

桥下的水流又深又急。那起伏的激流似乎能在坚硬的花岗岩上冲出一条水道。可即使它流经拉祖莫夫的胸膛，也无法冲刷掉支离破碎的生活在他内心淤积的苦闷。

“这一切到底算怎么回事？”他这样想，低头看着桥下。浩浩荡荡的河水平滑清澈，只有从上面漂过的微弱水泡和细若白发、倏尔不见的泡沫条纹才能看出水流多么湍急汹涌。“那个爱管闲事的英国老头干吗要搀和进来和我作对？还有那个疯老婆子到底在演什么戏？”

他绞尽脑汁、处心积虑地想着，但脑海中刻意回避那位年轻的姑娘。“一个疯老婆子，”他在心里又重复一遍。“这就是命！这样的荒唐事，我该不该嗤之以鼻呢？不！那样我就大错特错了！我没有资格笑话任何事。一件事情看起来再荒谬，也可能会引来杀身之祸。可怎样进行防范？真是伤脑筋。人越精明反而越觉察不出事情的荒谬。”

一股怒气顿时阻塞住他的思绪，连他靠在栏杆上的身子都气得直晃；接着他又开始沉思，像是在和自我偷偷地交谈。但即使是在这私密的情况下，他也有意无意地回避某些事。

“反正这件事并不荒唐。只是无关紧要。完全无关紧要——完完全全！那个老婆子真癫狂——还有那冒失的英国老头在指手画脚地管闲事。见鬼，他是怎么卷进来的？难道我对他还不够怠慢吗？难道不是怠慢得很吗？对待这种爱管闲事的人就得这样。他会不会现在还站在我身后等着？”

拉祖莫夫感到一股微微的寒意沿着脊梁骨而下。这种感觉不是害怕。他确信这不是害怕——不是替自己害怕——但也是一种恐惧，替某个他现在还叫不出名字的人恐惧。但一想到那个爱管闲事的英国佬去火车站接人了，他心里暂时平静下来，觉得自己真傻，还以为他会白白浪费时间等自己。也没必要东张西望，看他还在不在了。

但那个英国人说了一大通关于那疯老婆子和报纸的事到底什么意思？他突然想到这个问题。不管怎样，这都算是放肆之举，也只有英国人才能做出来。这一切对他来说不过是一出戏——一出革命大戏——他可以怀着优越感居高临下地欣赏。他发出的那句感叹“说出真相难道不行吗？”到底是什么意思？

拉祖莫夫双臂交叉，用力伏在栏杆的压顶石上。“说出真相难道不行吗？对那个疯老婆子来说真相就是——”

拉祖莫夫不由得又打了个寒噤。对。说出真相应该管用！显然能管用。的确会管用。说不定她还会谢谢我呢，他一边想，一边揶揄地在心里组织着无法说出口的话。“肯定会对我感激涕零的，”他幸灾乐祸地想着。但这种情绪很快就消失了。他又不禁悲从中来，仿佛心里一下子变得空荡荡的。“我一定要小心行事，”他如梦方醒般地总结道。“没有哪件事，哪个人是无足轻重、荒唐可笑、可以小觑的，”他心力交瘁地想着。“我一定要小心谨慎。”

拉祖莫夫用手将身体从栏杆上推开，沿着桥顺原路折回，径直走向住处。这段时间以来，他在这里一直过着离群索居的生活。他本来是受斯图加特的革命党人委派去见彼得·伊凡诺维奇的，但现在他对此人没有兴趣。他也不去亲近流亡此地的革命分子，尽管他一来这里就被介绍和他们认识了。他完全置身于革命圈子之外。不过他也觉得这样做会引起惊讶和猜疑，为自己招来某种危险。

这段时间他并非一点都没外出。有好几次我在街头遇见他，但他装作没认出我。一天晚上我拜访完霍尔丁母女后在回家的路上见他正穿过黑黝黝的哲学家大道。他戴着一顶宽檐软帽，竖着大衣领子。我瞧见他径直朝霍尔丁家走去，到了门口却没有进去，而是停在亮灯的窗户对面，过了一会儿沿着边上的小路离开了。

我知道他还没去见过霍尔丁夫人。霍尔丁小姐告诉我他有些不太情愿；况且最近霍尔丁夫人的精神状态恶化了。她现在老是觉得儿子还活着，也许还在等他回来。她坐在窗前的大扶手椅上一动不动，一副渴盼的神情，即使拉下窗帘，点亮灯也依然如此。

在我看来，霍尔丁夫人这次受到的打击是致命的。当然我没有对霍尔丁小姐说出我的预感。她也觉得此时带拉祖莫夫去见她母亲毫无益处，对此我深以为然。我知道她和拉祖莫夫在巴斯蒂恩见面。有一两次我还见到他俩沿着大路慢慢地散步。一连好几个星期他们每天都见面。在霍尔丁小姐散步的那段时间里，我总是避免经过那里。可是有一天，我一不留神进入花园，见她一个人在那里走着。我停下来和她聊了两句。拉祖莫夫先生没有出现。我们的话题自然转到他身上。

“他有没有跟你说任何有关你哥哥的具体情况——包括死因？”我壮着胆子问道。

“没有，”霍尔丁小姐有些迟疑地承认。“什么具体情况也没说。”

我心里十分清楚他们的谈话一定会心照不宣地指向那位将他们带到一起的逝者。这是无可避免的。但她现在对生者也萌生了兴趣，我想这也是无可避免的。经过一番询问，我发现在霍尔丁小姐眼里，拉祖莫夫一点也不像那些通常的革命分子，他对革命套话、革命理论和革命同仁也鄙夷不屑。

我对此倒挺高兴——不过也有点不解。

“他的思想看得很远，远不局限于斗争层面，”霍尔丁小姐向我解释。“当然他也身体力行，”她又加了一句。

“那你理解他吗？”我直言不讳地问。

她又迟疑起来。“不太了解，”她喃喃地说。

我觉得他就是用这种高深莫测、胸有城府的样子才令她着迷的。

“你知道我是怎么想的吗？”她一改刚才迟疑不定、欲言又止的态度，果断说道：“我想，他这是在观察我，琢磨我，看我是不是值得信赖……”

“那你高不高兴？”

她有些神秘地沉默一会儿，接着自信有力地说——

“我深信，”她以宣告的口吻说，“这个非凡的人正在筹划一个宏伟的计划，一项伟大的事业；他为此走火入魔——备受煎熬——因没有知音而备受煎熬。”

“这么说他是在寻找帮手喽？”我边说边将头扭开。

又是一阵沉默。

“为什么不可以呢？”她终于开口了。

逝去的兄长，垂死的母亲，异国的友人，在霍尔丁小姐心中统统退居幕后。不过让我稍感安慰的是，那位彼得·伊凡诺维奇在她心中也荡然无存。可我也看到，俄国式人生这一巨大的阴影如同正在降临的夜幕，令她深陷其中，不可自拔。这一切很快就会将她吞噬。我询问了一下霍尔丁夫人的情况——那致命阴影的另一个牺牲品。

说到母亲，她那坦荡的眼神变得懊悔不安起来。妈妈的情况没有恶化，但如果我能知道她一天到晚都在想些什么就好了！说到这里，霍尔丁小姐看了一眼表，声称一刻也不能多留，匆忙和我握手后便迅速离开了。

拉祖莫夫先生那天确实没有现身。真是个捉摸不透的年轻人！

但我和霍尔丁小姐分手后不到一小时，横穿莫拉广场时，瞧见他正坐在一辆驶往南岸的有轨电车上。

“看来他是要去勃莱尔城堡，”我想。

有轨电车将拉祖莫夫先生放在距城半英里远的勃莱尔城堡大门口后，沿着绿荫夹道的马路继续前行。艳阳下，正对着马路的是一个短窄的木质码头，伸进浅浅的灰白色水中。随着水面向外延伸，水的颜色也转为湛蓝，与对面岸上绿色整饬的山坡形成颇不和谐的对照。码头的防波堤由白色石头砌成，使得左边临湖原本黑压压的街市也显得苍白。右面岸边突出的岬角伸进宽阔的水面，整个景色像一幅刚完成的石印油画，华丽而沉闷。拉祖莫夫轻蔑地转过身去，背对着这片景色，觉得它那没有内涵的优雅污浊可憎——可憎到令人压抑的程度。过去几百年的劳作耕耘却换来如此平淡的一幕。他转过身背对这片景色，发现自己正对着勃莱尔城堡的入口。

饱经风雨的黑黢黢的石头码头中间是通往城堡的主路和一道精美的铁制拱门，路两侧的栅栏和铁门均已锈迹斑斑；虽然大门下的车辙是刚留下的，但大门却好像许久没打开过。紧挨着门房有一个小侧门（门房窗户全都封了起来），用和码头一样的灰石砌成。侧门的栅栏也生了锈。门是掩着的，好像长期没关过。当拉祖莫夫试图将它推开一些，却发现门纹丝不动。

“这就是所谓民主的优点。事实上，这里显然道不拾遗，夜不闭户。”他不快地咕哝道。迈步进入城堡庭院之前，他愠怒地回头看了一眼坐在干净、宽广的大路街椅上无所事事的一位工人。这家伙将腿跷得老高，一条胳膊搭在公共座椅的低背上，像贵族老爷一样正享受一天的休憩，仿佛触目所及皆是自己的财产。

“有选举权！有被选举权！受过启蒙！”拉祖莫夫嘟哝着。“可还是个畜生。”

拉祖莫夫进入庭院后，快步走上宽阔气派的车道，竭力什么都不去想——让头脑和心情都平静下来。但走到城堡前的露台下面时，他像是被一个无形的东西干扰了一下，身子晃了晃。他的心跳也无缘无故地加快了，这让他吃了一惊。他突然停下脚步，看着露台四周的砖墙。露台正对着城堡弧度很浅的拱门，围墙上附着一些不太茂密的蔓生植物，底座边上有个窄窄的、无人打理的花坛。

“就是这儿！”他怀着敬畏想道。“就在这儿——就在此处……”

一想起是在这里和娜塔莉亚·霍尔丁第一次见的面，他就禁不住想夺路而逃。他心里这么想，身子却没动，不是因为想战胜这种有失身份的懦弱，而是明白，自己其实无处可逃。况且他也不能离开日内瓦。想都不用想，他就知道这不可能。如果那样的话，就无异于致命的招供，等同于道义上的自戕，也会为自己招来杀身之祸。他缓缓沿着露台拾阶而上，台阶两侧摆放着葬礼用的石瓮，石瓮上沾染着绿色的苔痕。

露台宽阔的地面上铺着褪色的沙砾，上面稀疏地生出几片草叶。拉祖莫夫穿过宽阔的露台，走到城堡门口，发现一楼的窗户合上了，而他正对面的大门却敞开着。他敢肯定有人已经发现他朝这边来了，因为彼得·伊凡诺维奇那魁梧的身躯已经立在门厅，似乎在迎接他的到来。他今天没戴那顶高帽。

那一身华丽的黑色礼服和没戴帽子的脑袋令这位全欧洲最伟大的女权主义者在这所S夫人——他的伊吉丽亚——租赁的豪宅里的身份显得颇为暧昧。他的神态兼具访客的拘谨和主人的随意。他面色红润，蓄着络腮胡子，戴着一副深蓝色眼镜，一见到拉祖莫夫就亲热地一把搂住他。

拉祖莫夫在心里总是不停地告诫自己要谨慎行事，这种克制几成习惯，令他竭力不让内心的反感行之于色，但同时也使他的表情看上去冷漠超然，严肃不苟，几至不合情理。那位“英勇的逃亡者”对这位刚从俄国出来的革命者表现出的严峻冷漠反倒觉得耳目一新。他用讨好而又信任的口气告诉拉祖莫夫，S夫人昨晚没睡好，现在正在休息。她经常睡不好觉。他把帽子留在楼上的平台上，下来向这位年轻朋友提议出去走走，到屋后的林荫小道上去推心置腹地畅谈一番。说完这话，这个大人物瞥了一眼身旁这张无动于衷的面容，禁不住叫道——

“年轻人，说实话，你真了不起。”

“我想你错了，彼得·伊凡诺维奇。如果我真了不起，我就不会在这里和你散步，在瑞士的一所花园里，在日内瓦州，什么镇来着——这地方属于哪个镇？……甭管哪个市镇——反正是民主的腹地。还真是名符其实的心脏地带；跟一个干豌豆粒差不多大，作用也相差无几。我和流落此间的其他俄国人没什么两样，不比他们更了不起。”

但彼得·伊凡诺维奇却坚定地表示异议——

“不！不！你非比寻常。我对那些生活在国外的俄罗斯人还是比较了解的。在我看来，你个性鲜明，别人对此也有同感。”

“他这话什么意思？”拉祖莫夫想，目光直视这个同伴。彼得·伊凡诺维奇的脸上露出严肃的沉思状。

“基洛·希多洛维奇，你以为我不知道来这儿的一路上那些令你声名远扬的事迹吗？我收到过不少信件。”

“噢，我们谈论起对方都侃侃而谈，”正凝神倾听的拉祖莫夫突然打断彼得·伊凡诺维奇。“流言蜚语，猜忌疑虑，诸如此类的事情我们都应付裕如，甚至包括恶意中伤。”

拉祖莫夫的这番发作貌似冲动，实际却小心翼翼地将涌上心头的焦虑掩藏好，不让对方窥探出来。同时他也告诫自己没必要那么担惊受怕。不过刚才这番发自真心的抗议让他放松了一些。

“天呐！”彼得·伊凡诺维奇嚷道。“你在说什么呐？你怎么会这么……？”

这位伟大的流亡者挥舞着双臂，好像冷峻的真相令他说不出话来。拉祖莫夫这下心里有了底，但他还是穷追不舍。

“我在说阴谋者的世界里催生出的有毒花草，就像黑暗地窖里长出的毒蘑菇。”

“你这样说话不负责任，”彼得·伊凡诺维奇抗议道，“就你而言——”

“不！”拉祖莫夫平静地打断彼得·伊凡诺维奇。“我也不想这么说，可我早就不抱幻想了。”

彼得·伊凡诺维奇透过他的墨镜意味深长地看了拉祖莫

夫一眼，脸上带着似有若无的笑意。

“口口声声说自己不抱幻想的人至少都还存有一个幻想，”他语气友好地说。“让我来看看你幻想什么，基洛·希多洛维奇。你想效仿斯多葛派。”

“斯多葛派！那是希腊人和罗马人摆的花架子。还是让他们自己享用吧。我们是俄罗斯人。俄罗斯人天真，真挚，也可以算得上是愤世嫉俗，但那不是矫揉造作。”

一段长时间的沉默。他们在欧椴树下慢慢地散步。彼得·伊凡诺维奇把手别在背后。拉祖莫夫觉得头顶浓荫蔽日，脚下没铺沙砾的地面湿漉漉的，有些打滑。他忐忑地自问有没有说错话。他回想刚才的谈话，感觉一直是自己在主导。那个大人物好像也在思索刚才的交谈。他稍稍清了清喉咙，拉祖莫夫立刻重新涌起一股痛苦的蔑视和恐惧。

“我很惊讶，”彼得·伊凡诺维奇轻声说，“假设你的控诉属实，那么你究竟做了什么，会引起这些恶意中伤和流言蜚语？真是不可理喻。基洛·希多洛维奇，以人们目前对你的了解，是不会引起谣言和中伤的。你现在和一项伟大的事业联系在一起。过去也曾有人投身这项伟业，勇敢尝试，还为此付出生命的代价，却都没有成功。最后你和霍尔丁总算完成了这项伟业。你是带着光环离开俄国来到我们当中的。但不可否认，基洛·希多洛维奇，你不善与人沟通。见过你的人把他们对你的印象告诉我了；有人这样写，有人那样写，但我自有主意。我要等亲眼见到你再说。你出类拔萃，这点毋庸置疑。同时你又很封闭，非常封闭。不苟言笑，眉头紧锁，坚强不屈又守口如瓶，令人们对你既充满期待又有些好奇，不知道你到底是怎么想的。有点布鲁图[①]的味道……”

“拜托不要跟我引经据典！”拉祖莫夫紧张地叫道。“在这儿扯出布鲁图干什么？太荒谬了！你的意思是，”他放低声音却语带讽刺地说，“俄国革命者都是元老院贵族，而我也是其中一员？”

彼得·伊凡诺维奇刚才比划了一些手势，现在又将手背到背后，向前走了几步，陷入沉思。

“不全是元老院贵族，”他最后咕哝道。“而你无疑是我们的一员。”

拉祖莫夫苦涩地笑笑。

“当然，我的名字又不是古根海姆，”他讥讽地说。“我不是个民主派犹太人。我有什么办法？不是人人都有这个运气。我是个无名小卒，又没有……”

这位欧陆名流极其关切地听着。他后退一步，伸出手臂，对拉祖莫夫的话表示不以为然，语气中又透着恳求。他那深沉的低音充满了悲怆。

---

① 布鲁图（前85—前42），罗马贵族，刺杀恺撒，后战败自杀。

“可是，我年轻的朋友！”他叫道，“我亲爱的基洛·希多洛维奇……”

拉祖莫夫摇了摇头。

“你客气地用父系姓氏称呼我，但从法律上我无权——怎么说呢？反正我不想认这个姓氏。我没有父亲。这样反而更好。我来告诉你怎么回事：我母亲的祖父是个农民——一个农奴。瞧，我是你们当中的一员吧。我不想让任何人认领我，但俄罗斯绝对无法弃我于不顾。绝对不行！”

拉祖莫夫用拳头击打着胸口。

“我就是俄罗斯！”

彼得·伊凡诺维奇低着头慢慢走着。拉祖莫夫跟在后面，心里在生自己的气。刚才不应该那么说话。所有的真心话都是冒失之举。可他又绝望地想，一个人不可能一句真话也不讲。彼得·伊凡诺维奇藏在墨镜后头沉思着。拉祖莫夫现在突然对他感到十分厌恶。他幻想着自己现在要是有把刀，就会毫无顾忌地朝他刺去，还会带着一种可怕的、胜利的满足感。他不能自已地在脑子里臆想着这残暴的一幕，变得有些神志不清。“人们不会想到是我干的，”他在心里反复念叨着。“不会的——我可以冲破后墙的小门逃走。门上那把锁一撞就破。屋子里好像没人知道他和我在一起。噢，对了，那顶帽子！那些女人很快就会发现他留在平台上的那顶帽子。她们会赶过来，在这片潮湿阴暗的树荫下发现他的尸体——那时我就已经跑掉了，永远也不会有人……上帝啊！我疯了吗？”他惊惧地想。

那位伟人又开口了——声音低沉得像在冥想。

“嗯，没错！毫无疑问，在某种程度上……”他提高嗓音说道。“你很骄傲……”

彼得·伊凡诺维奇的声调听起来既亲切又家常。他对拉祖莫夫宣称自己是农民的后代表示欣赏。

“非常骄傲，基洛兄弟。我的意思不是说你不该这样骄傲。我觉得你可以这样。我之所以敢冒昧地提及你的出生情况，是因为我觉得这不是什么大不了的事。你是我们当中的一员——我们的人[①]。一想起这点，我就很欣慰。”

“我也很看重这点，”拉祖莫夫平静地说。“我甚至都不否认这点对你们也很重要。”他略微停顿一会儿又继续说下去，脸色严峻而愠怒。对此他自己也心知肚明。但他希望彼得·伊凡诺维奇没有觉察出来。“我们别再谈论这个了好不好？”

“好的，不谈了——以后也不谈了，基洛·希多洛维奇，”这位革命大祭司坚决地说。“下不为例。请你一定要相信，我一点伤害你的意思都没有。你显然是个极其优秀的人——我就是这么解读你的。还极其——呃——敏感。其实我

① 原文为法语。

不知道你是这么敏感的，基洛·希多洛维奇。在俄国之外，还没人有我这么理解你。”

“你是不是一直在观察我？”拉祖莫夫问。

“不错。”

这位大人物的语气十分坦率。但当他们转过身面对面时，拉祖莫夫被他的那副墨镜弄得有些手足无措。借着这副墨镜作掩护，彼得·伊凡诺维奇向拉祖莫夫透露，这段时间他一直想物色一位既有干劲又有性格的人去执行一项任务。但他没有具体细说是什么任务。他对斯图加特革命行动委员会那几位成员的个性特征臧否一番之后，谈话陷入了一段相当长的停顿。他们沿着小径从头走到尾。拉祖莫夫同样沉默不语，时不时瞧一眼城堡的背面。这所宅子看上去不像有人居住。它的外墙肮脏斑驳，窗户关得严严实实，显得阴暗潮湿，阒无人迹。没准有些家道殷实而又郁郁寡欢、无所事事、叹息不已的鬼魂在此间出没。市井传言称S夫人在这里会见各国政要、外交使节和议会议员。这些传言为宅子蒙上另一层神秘面纱。拉祖莫夫只在S夫人坐着马车时见过她。

彼得·伊凡诺维奇这时回过神来。

“有两件事我得马上告诉你。首先，我相信群氓之中绝不会诞生出领袖，也不会涌现出扭转乾坤的行动。如果你问我，到底何为群氓——嗯——这就说来话长了。你会惊讶地发现，我归纳出的群氓的成分很多——他们应该，也必须身处社会底层。当然这可以再议。但我可以先告诉你，哪些人不是群氓。我相信在这点上我们的意见会完全一致。农民不属于，最高阶层的贵族也不属于。想想看，是不是这个道理，基洛·希多洛维奇！我相信你很善于思考。任何事物，只要不是一个民族固有的，不是滥觞于斯，生长于斯，都是——呃——垃圾！智慧用错了地方就是这种情况。那些来自外国的教义信条就是这样。垃圾！渣滓！我想请你考虑的第二件事是，身处这个时代，我们面临着一种割裂，传统与未来的割裂。弥补这道鸿沟绝不能用舶来的自由主义。如果那样做，不是愚蠢就是欺骗。这道鸿沟永远弥补不了！得把它填满！”

这位威猛的女权主义者说这番话时语声里透着阴阳怪气的调侃。他抓住拉祖莫夫的上臂轻轻摇了摇。

“明白吗，你这个谜一般的年轻人？得把它填满。”

拉祖莫夫还是一副不为所动的表情。

“你不觉得这个问题早已不在我的思考范围之内了吗？”他边说边不动声色地将彼得·伊凡诺维奇的手从自己胳膊上移开，这样两人虽然还是并排走着，但却稍稍拉开了一些距离。拉祖莫夫顺着这话又说，即使往里面填充一车一车的外来术语和理论也填平不了这道鸿沟。这事根本不需要考虑。只需牺牲众人的生命就可以——话没说完他就缄默不语。

彼得·伊凡诺维奇轻轻点了点他那毛茸茸的硕大头颅。过了片刻，他提议两人进屋看看S夫人。

“我们进去喝点茶，”他边说边步履轻快地走出阴暗的林荫道。

S夫人的那位女伴一直在留意观察他们。当那两位男士转过墙角映入眼帘，她的黑色衬裙从门厅一扫而过。等他们进了屋子，她迅速躲开，不知所踪。昏暗的日光透过蒙灰的玻璃天窗照在棋盘花纹格状地板上，在上面留下一道道印迹。他们脚步的回声隐约传了过来。那位伟大的女权主义者顺着楼梯上了楼。二楼楼道栏杆上端放着那顶因戴得过久而发亮的高帽，帽檐上翘，正对着客厅那扇双开门。客厅过去常常人影幢幢，像是招来的鬼魂，其实应该是常来此间的革命流亡者。无论是墙体裂开的涂层，还是失去光泽的镀金墙线，都让人觉得房间里除了灰尘空无一物。彼得·伊凡诺维奇用手去拧那硕大的黄铜门把手时，朝他这位年轻伙伴投去锐利的一瞥，半带审视，半带提醒。

“世上没有完美无缺的人，”他小心翼翼地说。即使是稀世珍宝的主人，在向外行人出示宝物前，也得先提醒宝物并非完美无瑕。

他的手一直放在门把上，直到拉祖莫夫快快地说声“是的”表示赞同。

“在不完美的世间，即使是完美的事物也不得不打折扣。”彼得·伊凡诺维奇继续说。“但你即将见到的这个人具有完美的女性直觉。她怀有的同情心让你无法抗拒，启迪你的心智，洞悉任何让你困惑费解的事物。一切混沌不清的东西在她面前都云消雾散——那——神奇的，对，神奇的洞察力是真正的女性之光。”

那副墨镜里透出的坚定目光令他的神情充满着坚定的信念。拉祖莫夫刹那间本能地在那扇合着的门前一躲。

“洞察力？光，”他期期艾艾地说。“你是指能猜透人的心思吗？”

彼得·伊凡诺维奇像是吃了一惊。

“我完全不是那个意思，”他淡然一笑，充满同情地反驳道。

拉祖莫夫变得有些恼羞成怒，虽然他自己也不想这样。

“这听起来玄而又玄，”他含混不清地说。

“你总不会反对有人理解你，指引你吧？”伟大的女权主义者问。拉祖莫夫一下子火了，语气激烈地低声叫道：

“你什么意思？请你明白，我是个严肃认真的人，你把我当成什么了？”

他们彼此紧盯着对方。看着彼得·伊凡诺维奇蓝色镜片里透出的深邃诚挚的眼神，拉祖莫夫冷静下来。彼得·伊凡诺维奇终于拧开门把手。

房间里传来低沉沙哑的声音。

“终于回来了。[1]”

彼得·伊凡诺维奇站在门厅里，身着黑色大衣的魁梧体格正好挡住了房间里的视线。他情绪高昂，用热忱而略带自得的声音回答道：

“是的。我回来了！”

他扭头看了一眼拉祖莫夫，后者在他身后等着。

“我给你带来一位受过考验的阴谋家——这次可是货真价实的。一位真正的阴谋家，就在那儿[2]。”

彼得·伊凡诺维奇在门厅说话的这会儿工夫，让“受过考验的阴谋家”有时间调整面部表情，以免叫人看出他生气、好奇的神情和厌恶的心理。

拉祖莫夫在记录与S夫人首次会面的情形时把这些情感如实记载了下来。我在这里转述的是他的原话，所以毋庸置疑是他的真实心声。他当初写作不是为了给别人看，而是写给自己的，所以我觉得这部手稿不像是那些从事地下工作的人一时冲动下的即兴之作。那些作品都是关乎阴谋秘史的“掺水作品”，千篇一律。而拉祖莫夫审视这部文稿，就像端详镜中的自己，心情复杂，既好奇又痛苦，既愤怒又绝望，如同一个受到威胁的人怵然心惊地望着镜中自己的脸庞，为了自我安慰，编造理由说自己可能是得了某种遗传性恶疾。

---

①② 原文为法语。

II

乍看之下，这位俄国“马志尼”①的伊吉丽亚，给人印象深刻的就是她那张浓妆艳抹的脸，像死人般面无表情。一双眼睛倒是异常明亮。在紧身衣衬托下的体型看似尊贵，实则老态毕现，优雅中透着僵硬。她用刺耳的声音招呼拉祖莫夫坐下，自己僵硬笔直地坐着，一只手搭在沙发靠背上，放大的瞳孔上那对大白眼珠愈加衬托出眼神的乌黑深邃。拉祖莫夫自从仓皇逃离圣彼得堡以来，还未曾见过如此骇人的景象。他想，这个女人就是个身着时髦装束的巫婆。一个阴森可怕的女人！他犹豫着该不该走上前去，甚至一上来还没听懂她那刺耳的声音到底在说什么。

“坐下。把椅子挪得离我近一些。就这儿——”

拉祖莫夫坐下来。两人距离很近。她搽了胭脂的颧骨，脸上的皱纹，还有鲜红嘴唇两侧的细纹无不令拉祖莫夫心悸。她对拉祖莫夫的态度倒是和蔼可亲，只是一笑起来让人不由联想起狞笑的骷髅。

“久仰大名。”

拉祖莫夫不知如何作答，只是前言不搭后语地嗫嚅了几

① 马志尼，全名朱塞佩·马志尼（Giuseppe Mazzini，1805—1872），意大利作家，政治家，意大利统一运动重要人物。

句。那种狞笑的骷髅的感觉这时不见了。

“你知不知道，人们总是抱怨你处处不合群，太过内敛。”

拉祖莫夫沉默片刻，思索该如何作答。

“你没瞧出来吗？我这个人向来只做不说，”他声音沙哑，目光朝上瞥了瞥。

彼得·伊凡诺维奇站在拉祖莫夫身边，一言不发，一派自命不凡、踌躇满志的样子。拉祖莫夫不由感到一阵轻微的恶心。这两人到底什么关系？女的像霍夫曼故事里通了电的僵尸——而男的是个满世界宣扬女权主义福音书的传道士，还是个超级革命家！涂脂抹粉的古老木乃伊，还有一双令人无法理解的眼睛、对她毕恭毕敬的高大威猛的男人……到底是何缘故？是施了魔法，还是中了邪……“肯定是为了钱，”拉祖莫夫想。“她腰缠万贯！”

房间的四壁和地板上空空如也，像个空谷仓。在顶层阁楼找到的几件旧家具还没来得及掸掸灰尘便被忙不迭地派上用场。这些家具是银行家遗孀留下的破烂货。没挂窗帘的窗户十分寒碜，勾不起人睡眠的欲望。其中两扇窗户上肮脏泛黄的白色卷帘拉下来。这一切不仅贫穷，完全称得上破烂狼狈。

沙发上又传来有些愠怒的刺耳声音——

“你在四下张望，基洛·希多洛维奇。只可惜我现在被洗劫一空，身无长物。”

话没说完，她有些不由自主地大笑起来。

“奴性十足的人一想到强盗是尊贵神圣的王公贵族——某位大公，也许就会甘认倒霉。你明白吗，拉祖莫夫先生？某位大公——而我不会！你根本不知道这些人如何巧取豪夺！是群彻头彻尾的窃贼！”

她的胸口一起一伏，左臂却依旧僵硬地搭在沙发靠背上。

“你这样是自寻烦恼，”一个深沉浑厚的嗓音说，让拉祖莫夫吃了一惊。他向彼得·伊凡诺维奇望去，觉得这话像是从他古板的眼镜而不是嘴唇里发出的，因为他的嘴唇几乎没动。

“什么意思？我在说一群贼！小偷！小偷！①”

拉祖莫夫被这突如其来的争吵弄得不知所措。吵闹声中带着哀嚎聒噪，还有点歇斯底里。

“小偷！小偷！小……②”

“世上没有什么力量可以夺走你的天赋，”彼得·伊凡诺维奇用他浓烈的男低音嚷道，但情绪并不激动，也没使用任何手势。又是一阵静默。

拉祖莫夫外表不动声色，心里却在思忖，“这是演的哪

①② 原文为法语。

出戏？”就在这时，他身后某扇门的背后传来由远及近的跌跌撞撞的走路声。那位女伴，穿着破旧的黑色衬裙和衣边磨损的上衣快步走了进来。她走到S夫人身后，双手端着一个硕大的俄式茶炊，对她来说显然太沉了。拉祖莫夫不由自主地走上前帮了她一把，反倒让她吃了一惊，差点将这冒着热气、嘶嘶作响的累赘掉到地上。经过一番手忙脚乱，她总算把茶炊放到桌子上。她一副窘迫的样子，搞得拉祖莫夫赶忙坐下。然后她又从隔壁房间用铁盘托出四只平底玻璃杯，一盏茶壶和一个糖罐。

突然从沙发上传来尖厉的呵斥声——

“点心呢？[①]你记得拿糕点了吗？”

彼得·伊凡诺维奇一言不发地走到楼道里，很快又回到房间里，手里多了个用光亮白纸包着的小包裹。他肯定是从那顶高帽里取出来的。只见他郑重其事、神情肃穆地解开扎绳，将纸在桌上摊平放在S夫人能拿到的地方。那位女伴倒完茶后，远远退到谁都看不见的角落。S夫人不时拿起一块糕点狼吞虎咽地吃起来，露出食尸鬼似的假牙。她的手像爪子一样，戴着金光闪闪的戒指。她边吃边用沙哑的声音谈论巴尔干局势。她对巴尔干的混乱局势抱有很高的期望，盼着它能掀起俄国国内的民族仇恨，民众起来群起攻之这群

① 原文为法语。

“贼——贼——贼”。

“你这是自寻烦恼，”彼得·伊凡诺维奇抬起呆滞的目光插了一句。其他时候他也不说话，只是一个劲地抽烟喝茶。一杯下肚，他将手举过肩膀挥了挥。躲在角落里的那位女伴一见这手势，赶紧冲到桌边，又给他倒了一杯。她一直躲在角落里，一双圆溜溜的眼睛像动物般警觉。

拉祖莫夫看了她一两眼。虽然S夫人和彼得·伊凡诺维奇对她视若无睹，她却吓得要命，浑身瑟瑟发抖。“这两个家伙对那个孤苦伶仃的可怜人都干了什么？”拉祖莫夫想。“他们是不是用什么鬼怪把她吓得失了魂，还是仅仅把她痛打成这样？”当她给他倒第二杯茶时，他发现她的嘴唇在哆嗦，像个受了惊吓的人有什么话要说。当然她最后什么也没说，还是退回到角落里，像是将拉祖莫夫对她施以的微笑珍藏在心。

“她也许值得栽培，”拉祖莫夫突然冒出这个念头。

他逐渐平静下来，重新开始把握自己的处境——这是自霍尔丁走进他的房间……之后又离开以来第一次有这种感觉。他也明显感觉到那位鼎鼎大名——或者说臭名昭著的S夫人对自己青睐有加。

S夫人欣喜地发现这个年轻人迥异于那些各种革命委员会里的革命分子、秘密特使、流亡的落拓教授、言行粗鲁的学生、长着基督使徒面孔的前鞋匠、衣衫褴褛的患肺痨的狂热分子、犹太青年、围着彼得·伊凡诺维奇转的普通人——包括狂热的信徒、迂腐之士、无产者等等。对S夫人来说，和这个长相不俗的年轻人聊天是件愉快的事。她也并不总是显得神秘莫测。拉祖莫夫的沉默寡言反而引得她谈兴大发，妙语连珠。所谈的内容不外乎还是巴尔干局势。她熟知当地所有的政客——土耳其的，保加利亚的，黑山的，罗马尼亚的，希腊的，亚美尼亚的，还有说不出名字的其他地方的，年轻的，年老的，健在的，已逝的。只要花钱就能策划阴谋。一旦将巴尔干半岛点着，俄国民众的情绪就会被激怒。受到抛弃的弟兄们将发出呐喊声，接着整个国家都会义愤填膺，沸腾起来。到那时组织起几个团的兵力就能在圣彼得堡发动武装革命，让那些窃贼们完蛋……

“显而易见，我只有坐在这儿听的份了，”拉祖莫夫默想着。“而这个浑身多毛、龌龊诲淫的畜生，”（拉祖莫夫先生在心底就是用这个词来形容彼得·伊凡诺维奇的，这个在社会领域鼓吹女权思潮的家伙）“至于他，虽说狡诈，终有一天也会站出来大声疾呼的。”

拉祖莫夫停止了思索。接着脑海里涌起讽刺而苦涩的回忆。“我具有唤起人们信任的天赋。”他听见自己放声大笑起来。他的笑声像一根棍子敲在沙发上这位目光炯炯、浓妆艳抹的老泼妇身上，令她打了个激灵。

“原来你也会笑！”她声音嘶哑地叫道。“不笑又能怎样呢！那些十足的骗子——干着卑鄙行骗的勾当！那帮德意志贱人——荷尔斯泰因·戈托普[①]的子孙！但现在也很难讲清他们具体是些什么人，干什么勾当。反正把叶卡捷琳娜二世[②]认作祖先的家族，你能想象出他们是什么货色！”

“你这是在自寻烦恼，”彼得·伊凡诺维奇还是一如既往地在一旁耐心沉着地劝解。和以往一样，这种劝解对他的伊吉丽亚起了一些作用。她垂下沉重苍白的眼帘，在沙发上变换一下坐姿。她这些僵硬笨拙、毫无生气的动作似乎是不由自主发出的。她阖上眼睛，但很快又睁得溜圆。彼得·伊凡诺维奇在一旁不疾不徐地啜吸着茶饮。

“现在我可以下断言！”她直截了当地对拉祖莫夫说。“那些一路上见过你的人，他们的看法是正确的。你极其内敛，从进来到现在说的话没超过二十个词。从你的表情也看不出任何想法。”

“我一直在聆听，夫人，”拉祖莫夫在谈话中第一次使用法语，有些踌躇，对自己的发音有些吃不准。可这却意想不到地给S夫人以良好的印象。她意味深长地看了一眼彼

① 全称是荷尔斯泰因·戈托普·罗曼诺夫王朝，是1613至1917年统治俄罗斯的王朝。该王朝是俄罗斯历史上第二个也是最后一个王朝，它也是俄国历史上最强盛的王朝。该王朝创始人是彼得大帝的外孙德国人荷尔斯泰因·戈托普王室的彼得·乌尔里希大公，史称彼得三世。在该王朝统治期间，俄国由东欧一个闭塞的小国成为世界范围的强国之一。

② 叶卡捷琳娜二世（1729—1796），俄罗斯帝国女皇（1762—1796在位）。

得·伊凡诺维奇的眼睛，好像要把自己对这位年轻人的赏识传递给他。她甚至朝他微微点点头。拉祖莫夫听到她低声说，“以后安排他做外联，”这话只能反映出S夫人对他的良好印象。可是这一荒唐的设想令他反感，因为这份伪职使他想起自己曾经被毁掉的梦想。而彼得·伊凡诺维奇却像聋子一样无动于衷，只顾喝茶。拉祖莫夫觉得自己有必要说点什么。

“当然，”他开始斟字酌句地说起来，好像在陈述一个经过深思熟虑的观点。“这是显而易见的。哪怕是策划一起纯粹的武装革命，也需要摸透人们的脾气秉性。”

“你真是说到我心坎上了。我们应该把人们的不满上升到精神层面。这个道理革命委员会的那些寻常之辈是不会懂的。他们也理解不了。比如，摩达底耶夫上个月来日内瓦，彼得·伊凡诺维奇带他来这儿。你认识摩达底耶夫吗？噢，对了——你听说过他。人们称他为鹰隼——一位英雄。可他的业绩连你的一半都不如。从不敢尝试——连一半都没有……”

S夫人在沙发上僵硬地动了动。

“当然我们和他谈了谈。你猜他说什么？‘这些巴尔干阴谋和我们有什么关系？我们只需将国内这帮混蛋斩尽杀绝就可以了。’斩尽杀绝是好——可用什么办法？这个白痴！我朝他尖叫，‘你一定要将这个问题上升到精神层面——难道这个道理都不懂吗？——一定要将人们的不满上升到精神层面’……”

她激动地从口袋里摸出手帕，贴到嘴唇上。

“上升到精神层面？”拉祖莫夫望着她起伏的胸口，疑惑地问道。她戴在头上的那条又黑又旧的网眼头巾长长的一角滑落到肩膀上，耷拉在她鲜红的双颊上。

“一个夯货，”她又激动起来。“想想看，一个爷们喝茶居然放了五块方糖……对了，我是说要提高到精神层面！否则的话，你怎样才能将人们的不满扩散发酵？”

“听着，年轻人。”彼得·伊凡诺维奇一本正经地说。“要扩散发酵。”

拉祖莫夫狐疑地看着他。

“有人说饥饿会让人反抗，”他对彼得·伊凡诺维奇说。

“是的，我知道。现在挨饿的人确实很多。但你无法让饥荒无处不在。我的意思倒不是想创造出绝望的氛围。那样的话也无法获得道义上的支持。我们想要的是愤怒的情绪……”

S夫人将自己放在沙发背上的胳膊拿到膝盖上。

“我不是摩达底耶夫，”拉祖莫夫说。

“当然！[①]”S夫人咕哝着。

① 原文为法语。

“可我也想把那些混蛋斩尽杀绝！我不懂政治，恕我冒昧地问一句：巴尔干——呃——阴谋，是不是要花很长时间策划？”

彼得·伊凡诺维奇起身悄悄走开，脸朝窗户。拉祖莫夫听到门合上的声音；他扭头发现那位女伴小跑着离开了房间。

“在政治上，我是个超自然主义者。”S夫人尖厉的嗓音打破沉寂。

彼得·伊凡诺维奇从窗户边走开，轻轻拍了拍拉祖莫夫的肩膀。这是在示意他离开，但同时他又用奇怪的提醒的口气对S夫人说——

“艾莲娜！”

不管他是什么意思，她似乎没有听到，像一尊木制雕像靠在沙发角落里。她那一成不变的乖戾面孔在松垮褪色的面纱的映衬下，显得残忍无情。

“要说斩尽杀绝，”她用沙哑低沉的声音对聚精会神的拉祖莫夫说，“在俄国只需对一个阶级这样。只有一个阶级。这个阶级只有一个家庭。你明白我的意思吗？只需将一个家庭斩尽杀绝。”

她那僵硬的神态煞是吓人，像一具通了电的僵尸在声色俱厉地说话，两眼闪着仇恨的杀机。这一幕将拉祖莫夫镇住了——但他也比刚进入这间阴森空荡的房间时更加镇定自若。他来了兴致。但他身边的那位女权主义者再次朝她恳求道——

“艾莲娜！”

她置若罔闻。她的语速很快，血红的双唇抖动着。“解放者一旦拿起武器，江河就会像约旦河那样劈开，堡垒会像耶利哥城墙那样坍塌。各种疾疫、征兆、奇观、战争都会帮助人们挣脱枷锁。女人们……”

“艾莲娜！”

这次她停了下来；似乎听到他的声音了。她将手放在前额上。

“怎么啦？啊，对了！那个小姑娘——那谁的妹妹……”

她指的是霍尔丁的妹妹。那位年轻姑娘和她母亲一直过着隐居的与人无涉的生活。她们是外省人——不是吗？那位母亲当年一定是个大美人——现在还风韵犹存。彼得·伊凡诺维奇第一次去她们那儿就被她的美貌深深打动……但她俩对他冷冰冰的态度却让他吃了一惊。

“他是我们民族的骄傲，”S夫人突然情绪激动地喊道。“他的话全世界都在听。”

“我不认识那两位女士，”拉祖莫夫站起身大声说。

“你什么意思，基洛·希多洛维奇？我知道她有一天和你在这里聊过，就在花园里。”

“对，是在花园里，”拉祖莫夫沉着脸说。接着他又打起精神道："她主动结识的我。"

"先走到门口，"S夫人打趣地接过话茬，"后来又跑开了！多么奇怪的举动！呃，我以前也是个外省小姑娘。确实是，拉祖莫夫。"（她又有意换上这副亲切的姿态，为表示善意还夸张地扮了个鬼脸，让拉祖莫夫一怔）"是的，这就是我的出身。来自一个平凡的外省家庭。"

"你是个奇迹，"彼得·伊凡诺维奇用他那浑厚的嗓音赞叹道。

她并没理他，却向拉祖莫夫投以骷髅般的一笑，并用专横强势的口气说：

"你一定得把那个小野丫头带到这里来。我们需要她。我们觉得你一定有这本事——拜托！"

"她可不是小野丫头，"拉祖莫夫没好气地咕哝着。

"噢，嗯——反正就那么回事。她也许是个年纪轻轻、不知天高地厚的民主分子。你知道我在想什么？我觉得她和你性格很相似。你心中闷燃着鄙夷的火焰。你愤世嫉俗，从不依靠别人。但我能洞察你的灵魂。"

她那双闪亮的眼睛透出的目光犀利而冷漠。它并没落在拉祖莫夫身上，这反而让他产生一个荒谬的错觉，以为她是在看他身后的某样东西。他在内心责骂自己变成了一个引人注目的傻子，故作镇静地问——

"那你在我的灵魂里看到什么？像不像我本人？"

S夫人那张僵硬的面孔从左转到右，以示否定。

“是不是我的某种幻象？”拉祖莫夫用缓慢的口气紧追不舍。“因为我认为能看见的灵魂就是一种幻象。一个虚幻的事物。和死人一样，活人也有幻象。”

S夫人紧张的眼神松弛下来，她现在一言不发地看着拉祖莫夫，这反而令人发窘。

“我自己也有过这样的经历，”拉祖莫夫仿佛不由自主地吞吞吐吐地说起来。“我见过一次幻象。”听到这里，S夫人那张红得不自然的嘴唇丑陋地扭曲成疑问的样子。

“是死人的吗？”

“不。是活人的。”

“你的朋友？”

“不是。”

“一个敌人？”

“我恨他。”

“啊！那就不是女的，然后呢？”

“一个女人！”拉祖莫夫重复了一遍，眼睛直勾勾地看着S夫人。“为什么非得是女人？怎么这么想？为什么我不能恨女人？”

其实恨女人这个想法是他即兴冒出来的。他恨的是S夫人。其实说恨并不确切。这更像是一种憎恶，一种见到令人作呕的木制或石膏像而产生的憎恶之情。拉祖莫夫觉得S夫人和石膏像在动作上也没什么两样，就连她那双眼睛也和牙齿一样，像是假的。这双眼睛只顾盯着他，眨也不眨，虽然明亮却毫无生气。拉祖莫夫还第一次闻到一股香水味，虽然若有若无，却令他作呕。这时彼得·伊凡诺维奇又在他肩上轻拍一下。他正准备要躬身告辞，却意外地发现一只嶙峋枯槁的手朝他伸过来，耳畔传来沙哑的法语声——

“再会！①”

他向那只骷髅似的手躬身致意，在那位大人物的陪护下离开房间。大人物让他先走，这时他们身后的沙发上传来叫声——

“你别走，皮埃尔。”

“那当然，我尊贵的朋友。②”

但他还是和拉祖莫夫一起离开房间，并从身后关上房门。楼道长得犹如一条走廊，左右两边空荡荡的，什么也没有。楼道整体呈黄白色，一块地毯都没铺。阳光透过走廊尽头的大玻璃窗照射进来，弥漫着灰尘。白色大理石栏杆上有个孤零零的斑点，在四周粗糙的白色中顽强地捍卫自己带着光泽的黑——那位伟大女权主义者的丝质高帽。

彼得·伊凡诺维奇陪着拉祖莫夫，却并不说话，一直走到楼梯口，他也没有打破沉寂。拉祖莫夫本想就这样一

①② 原文为法语。

直走出城堡，连头都不点。但突然间又打消了这个念头。他在第一级台阶上停下来，身子靠在墙上。他身下是铺着黑白相间的方格地板的大厅。厅大得出奇，像某处公共空间，一俟有人落步、发声，就引来响亮的回音。拉祖莫夫像是害怕会在这间空旷的房间里唤起巨大回声，于是压低声音说：

“我其实无意成为一名半吊子唯灵论者。”

彼得·伊凡诺维奇一脸严肃地轻轻摇头。

“我也不想把时间花在对女权主义信条的玄思默想上，”拉祖莫夫接着说。“我来这里是为了贡献我的行动——行动，尊敬的彼得·伊凡诺维奇！吸引我来到这座龌龊的自由之城的不是某位声震欧洲的大作家，而是一位比他更伟大的人物。是这位领袖的思想吸引我来的。在俄国许多年轻人虽然忍饥挨饿，却将你奉若神明。你是支撑他们在苦难中活下去的唯一指望。想想吧，彼得·伊凡诺维奇！真是这样！请你想一想！”

即使面对这样的恳求，这个伟大的人物仍然纹丝不动，一言不发，一派坚忍平静、风度十足的样子。

“当然我也不想谈论那些人。他们是畜生，”拉祖莫夫用同样低沉有力的嗓音又补充了一句。听到这句话，那位“英勇的逃亡者”从胡子丛中发出微小的抗议声。声音不大，却很威严。

“他们是——孩子。”

“不！是畜生！”拉祖莫夫粗鲁地坚持道。

“但他们身强体壮，天真单纯，”这位大人物小声地辩解着。

“就算那样，可畜生也身强体壮。”拉祖莫夫最后还是抬高了嗓音。“你无法否认，畜生也都天真无邪。争论这些名字称呼有什么用？你试试，一旦给了这些孩子权力地位，看看他们会怎样？你给他们那些东西试试……不过也不要紧。我可以告诉你，彼得·伊凡诺维奇，如今只要碰到五六个年轻人在某个寒碜的学生宿舍里聚会，你的名字一定会被小声议论。在他们心目中，你不是思想领袖，而是革命能量之核——革命行动的核心。除此之外，你以为还会有什么别的吸引我来到你身边？吸引我来到你身边的当然不是世人都了解你的那些方面，而恰恰是那些世人不了解的方面。我身不由己地被吸引——或者说受推动，对，受推动；或者可以说受强迫，受驱策——驱策，”拉祖莫夫高声念叨着，然后停下来，好像被“驱策”一词在宽敞大厅和空荡走廊之间的回声吓了一跳。

彼得·伊凡诺维奇却似乎一点也不为所动。这个年轻人自打圆场，扭捏地干笑一声。而那位伟大的革命家却一副处之泰然、安之若素又超然物外的模样。

“这个该死的家伙，”拉祖莫夫想，“他躲在自己的墨镜后头等我漏口风呢。”他心里升起一股邪恶的念头，想对这位大人物的伟大奚落一番——

“嗯，彼得·伊凡诺维奇，你要是能知道自己身上的这股吸引力，这股驱策人的力量就好了！简直势不可挡。”

他现在一点也笑不出来。这时彼得·伊凡诺维奇有意将头侧向一边，像是在问，“难道我不配吗？”这个含义丰富的动作几乎难以察觉。拉祖莫夫在内心嘲笑他，嘴上却说——

“这些天来你一直在努力地解读我，彼得·伊凡诺维奇。这很自然，对此我心知肚明，也问心无愧。也许你觉得我这个人不够开朗外向，可是和你这样的人在一起还要什么开朗外向？或许那样反而显得倨傲无礼。况且我们俄罗斯人向来喋喋不休，对此我深有体会。可是作为一个民族我们却木讷寡言。我向你保证，我以后跟你再也不说这么多话了——哈！哈！——”

拉祖莫夫依旧站在靠下的台阶上，离那位大人物更近一点了。

“这段时间你对我够屈就的了。我很清楚你是想引导我。你一定在想我这个人怎么不买账。我受鼓动，被迫或者这么说吧——受差遣——来见你，是因为一项工作。这项工作还非我莫属。你要是知道了，一定会称之为无害的谬误：这个谬误荒唐得都让你笑不出来。其实我说这些话本身就够荒唐的了。但我希望终有一天你能想起我这番话。我说得已经够多了。我站在你面前——说的都是真心话！不过还有一件事我要补充：我永远不做供人驱使的盲目工具。”

拉祖莫夫在脑子里做了各种假设来揣度对方对自己这番话的反应。但他怎么也没想到，这位大人物一把攥住了自己的手。这个动作又凶又急，把拉祖莫夫吓了一跳。这位膀大腰圆的女权主义者动作居然这么快，让人以为他想把拉祖莫夫猛地推到楼道，强行塞到某扇关上的门后。拉祖莫夫心里也这么想；他的手给对方刚才这么狠狠一攥后松开，心还在突突地跳，脸上却对这位躲在眼镜和胡子后面的难以捉摸的男子微笑着。

他当时心想（他在手稿里就是这样写的），“他如果就这样，既不说话也不离开，我也待在这里不走。这是场决斗。”时间一秒一秒过去，两人没有任何动静。

过了一会儿，这个大人物压低声音匆忙说道：“好吧，好吧，”仿佛这次见面既见不得人，又惊心动魄。“就这么定了。过几天再来这里见我们。一定要加深理解——你我之间的理解。肝胆相照。而且等时机成熟你把娜塔莉亚·霍尔丁也带来——就是霍尔丁家的那个女孩……”

“这算不算你对我下的第一道指示？”拉祖莫夫硬邦邦地问。

彼得·伊凡诺维奇被他态度的转变弄得莫名其妙。

"啊！嗯！你自然是恰当人选——合适的对象[1]。今后人人都有用武之地。每个人。"

他站在楼道里，俯视着拉祖莫夫，垂下眼睛。

"动手的时刻即将来临，"他喃喃地说。

拉祖莫夫并未抬头看他，直到听见这位伟大的女权主义者回到他那浓妆艳抹的伊吉丽亚的房间，合上门后，他才慢慢下楼走到大厅里。大厅的正门敞开着，阳光下城堡巨大的影子几乎覆满了整个露台。他缓步穿过露台，他用手往上提了提帽子，拭了拭汗津津的前额，大口呼着气，好像要把残存在身体内的城堡里的空气呼出去。他看着自己的掌心，轻轻地在大腿上蹭了蹭。

他突然萌生出一种诡异的感觉，好像另一个自我，一个具有独立思维的自我，可以清楚地看清他这个人。"真是奇怪，"他心想。过了一会儿，随着思绪的悸动，他终于想出一个词来表达自己的看法："衣冠禽兽！"这种厌恶消失了，取而代之的是明显的不安。"这是精神崩溃的表现，"他虽然累，却很清醒。"如果我没有抵抗力，道义上的抵抗力，这日复一日该怎么熬啊？"

他沿着露台下的小径走着。"道义上的抵抗力，道义上的抵抗力，"他在脑子里反复念叨着这些词。道义上的支撑

---

① 原文为法语。

力。没错，在目前的情势下不可或缺。他心中涌起一股巨大的渴望，想赶紧离开此地，回到位于城市那头自己的寓所里，扑到床上睡几个钟头，脑子里暂时什么都不去想。“我是不是终究还是个懦夫？”想到这里他猛地一惊。“咦！那是什么？”

他如梦方醒，吃了一惊，甚至身子都晃了晃，才稳住心神。

“啊！原来你背着我们跑到这里独自溜达，”他说。

S夫人的那位女伴出现在他面前。至于她是怎么过来的，他一点都不知道。她怀里紧紧搂着那只猫。

“我刚才走路时肯定魂不守舍，”拉祖莫夫在心里合计着。他用夸张的礼节向她脱帽致敬。

这个面色灰黄的女人脸上微微泛出红晕。她还是那副惊恐样，好像有人刚告诉她吓人的消息。但拉祖莫夫也注意到，她并没有退缩，看上去并非胆小如鼠之辈。“她穿得真够寒碜的，”他想。在阳光下，她那件黑色外套泛出绿色，衣服上到处是露线的补丁，布片由于年久已经变形，又黑又软，都起毛了。她的头发枯槁，没有光泽。拉祖莫夫觉得她看上去都快有六十岁了。但她的身材却显得年轻。他想，她虽不至忍饥挨饿，却像是用残羹冷炙喂大的。

拉祖莫夫朝她亲切地笑笑，正要走开，她却转过头来，用惶恐的眼神望着他。

“我知道他们在里面都对你说了些什么，”她语气坚定、单刀直入地说道。和她的外表形成鲜明对照的是，她的语调出乎意料的自信有力，这让拉祖莫夫放下心来。

“是吗！你在这里一定听过各式各样的交谈。”

她变换了一下措辞，但口气还是一如既往地肯定。

“我确知他们要对你做什么。”

“真的吗？”拉祖莫夫微微地耸了耸肩。他本打算躬身离开，突然心生一念。“是啊。那肯定的。你是他们的心腹，肯定知晓许多事。”他眼睛盯着猫，嘴里喃喃说着。

那只猫被这位女伴在怀里紧搂了一下。

“所有的一切都早就被我看穿了，”她说。

“所有的一切，”拉祖莫夫心不在焉地重复道。

“彼得·伊凡诺维奇是个暴君，”她突然冒出这么一句。

拉祖莫夫的眼睛仍旧盯着那只猫身上的灰色条纹。

“他这种性格一定具有钢铁般的意志。否则怎么能成为一名领袖？我想你可能误会了——”

“看看！”她大叫道。“你居然说我错了。可我还是要告诉你，他那个人把谁都不放在心上。”她猛地把头向上一抬。“千万不要带那位姑娘来这里。他是不是让你这么做——带那位姑娘来这儿。听我说，带她来这儿还不如在她脖子上系一块石头沉到湖里去。”

拉祖莫夫陡生一股寒意和抑郁之情，仿佛见到一块彤云遮住了太阳。

“那位姑娘？”他说。“我和她有什么关系？”

“可他们叫你带娜塔莉亚·霍尔丁来这里。难道我说错了吗？我肯定没错。我虽然没在房间里，但我知道得一清二楚。我太了解彼得·伊凡诺维奇了。他确实是个伟人。但伟人都很可怕。就是这样。不要让那位姑娘搀和进来。你要是能成功阻止她来这里，就是做了件大善事。除非你想让她和我一样——成为幻灭者！幻灭者！”

“像你一样，”拉祖莫夫重复着，眼睛盯着她的脸庞。她的神色和五官就像最可怜的乞丐见到金钱，方寸大乱。拉祖莫夫脸上虽然挂着笑容，心中却依然寒意未消：一股奇特的感觉，令他心烦不已。“对彼得·伊凡诺维奇产生幻灭感！你失去的就这些吗？”

她看上去有些害怕，但依旧用坚定的口气宣称，“彼得·伊凡诺维奇代表一切。”接着她又换上另一副口气补充道，“反正不要让那位姑娘靠近这所房子。”

“你是不是在怂恿我违抗彼得·伊凡诺维奇，原因仅仅是——仅仅是因为你自己感到幻灭？”

她眨巴了一下眼睛。

“我第一次见到你就感到了慰藉。你对我脱帽致敬。你看上去像是个值得托付的人。一点不假！”

拉祖莫夫怒气冲冲地咆哮，“这种话我过去听得多了。”闻言她瑟缩了一下。

她惊慌失措得除了眨眼都不知道该干什么好。

“你的言行举止有人情味，”她语带伤感地解释。“我一直以来都在渴求，怎么说呢，不是善意，而是礼节上的尊重。我不知道我期盼多久了。可现在你却生气……”

“不，不是生气，恰恰相反，”拉祖莫夫抗议道。“我很高兴你信任我。今后有可能的话，我会……”

“对了，今后你要是身体不适，”她态度诚恳地打断他，“或者遭遇不幸，你会发现我也不是一无是处的傻瓜。你只要说一声，我就会来到你身边。我一定会来的。我会守着你。穷困对我来说已经司空见惯——但现在的这种生活比挨饿更让人痛苦。”

说到这她激动地停下来，然后用从未有过的胆怯声音补充道：“假如你要执行什么危险任务，说不定会需要一个像我这样谦卑的帮手——我什么都不会打听，只会满心喜悦地追随你。我也能执行命令。我有这个勇气。”

拉祖莫夫全神贯注地盯着她那双透着惊恐的圆溜溜的眼睛，那张枯槁委顿的圆脸。她的嘴角不停地哆嗦。

“看来她想逃离此地，”他想。

“假如我现在告诉你，我从事的是危险工作，你会怎么办？”他慢慢地开口说道。

她将那只猫朝自己几乎裸露在外的胸口搂了搂，发出一声惊骇的尖叫。“啊！”接着小声嘀咕：“是在彼得·伊凡诺维奇手下做事吗？”

“不，不在他手下。”

他在她的眼神里察觉到敬佩之意，于是也挤出一丝笑容。

“这么说来——是单枪匹马喽？”

他举起攥着的手并竖起食指。“就像这根手指，”他说。

她的身体轻轻抖了抖。但拉祖莫夫突然想起城堡里可能有人正监视他们，于是急忙要走。她眨了眨眼，抬起脸庞伸到他跟前，好像在无声地央求他再多说几句，为她在饥肠辘辘时变态而又悲情的付出鼓励一番。

“城堡里的人能看到我们吗？”拉祖莫夫用信任的口气问她。

她对这个问题没有显出丝毫惊讶——

“不，他们看不到咱们，因为这头有马厩挡着。”但她又加了一句，表现出的机灵劲令拉祖莫夫颇为吃惊，“不过若有人一直从楼上窗户往外看，就会发现你没有出大门。”

“谁会从楼上窗户向外窥视？”拉祖莫夫问。“彼得·伊凡诺维奇吗？”

她点点头。

“他干吗要这么费神？”

“因为今天下午有人要来。”

“你知道是谁吗？”

“不止一个人。”

她垂下眼帘。拉祖莫夫好奇地看着她。

“你肯定知道。他们说的一切都逃不过你的耳朵。”

她没精打采地咕哝着——

“桌椅板凳也听到了一切。”

拉祖莫夫明白，这个孤苦伶仃的女人心中郁积着无穷的苦闷，沁入骨髓，并且像某种不易察觉的毒药一样，瓦解着她对那对令人厌恨的情侣的忠诚。他思忖，这可是天赐良机。因为在行事上，女人很少像男人那样，会出于物质考虑而被金钱买通。倒是可以把她当做同盟军。只是她不可能像勃莱尔城堡的桌椅那样听到那么多信息。不能那么指望。但即便如此……无论怎样，从她口中能套出话来。

她抬起眼睛，正好碰到拉祖莫夫专注的目光，他立刻开口说话。

“呃，呃，亲爱的……瞧瞧我，到现在还不知道你尊姓大名呢。这难道不奇怪吗？”

她的肩膀第一次动了动。

“奇怪吗？没人肯听我的姓名。没人关心这个。没人和我说话，也没人给我写信。连我父母都不知道我是不是还活着。我要名字也没什么用。我自己都快要忘记我叫什么了。”

拉祖莫夫严肃地小声说：“话虽这么说，可还是……”

她语速慢了许多，一副无所谓的样子——

“那你可以叫我特克拉。我那可怜的安德烈就是这么叫我的。我深爱着他。他一生穷困潦倒，饱受苦难，抑郁而终。这也是所有默默无闻的俄国人的共同命运。我们的生活别无他途，毫无指望，无论身在何处，除非……”

“除非什么？”

“除非把那些有头有脸的人都干掉，”说完这话，她眨巴着眼睛，噘起嘴巴。

“遵照你的要求，叫你特克拉倒不难，”拉祖莫夫说，“只是我俩这样谈话时——静静地——就只有我们两人的时候，你也得叫我基洛。”

他心想，“这个女人一定极其害怕外面的世界，否则她早就逃离现在的境地了。”他转念又想，一旦从这位大人物身边猝然离去，就会使人对她产生怀疑，以后她就不会从任何人那里得到支持和帮助，而这位女革命者又没有独立生活的能力。

她跟在拉祖莫夫后面走了几步，眨着眼睛，微微动动胳膊，将怀里的猫抱好，免得滑落下来。

“好的——只有我们两人的时候。我和我那可怜的安德烈在一起时就是这样子。可惜他当时快不行了，是被那些当权的畜生们害死的——而你完全不同。你身强体壮，并且能亲手杀死那群畜生。你的所作所为真了不起。彼得·伊凡诺维奇今后肯定会考虑你。呃——到时可别把我忘了——尤其当你要回俄国工作时，我会追随你。要是有什么东西，我都能帮你带回去——并且和你保持距离，我想你是明白的。如有必要，我还能在街角替你望风——无论下雨还是下雪——嗯，这些我都能做——望一整天都行。我还能替你誊写那些危险文件、人员名单和各种指令，以免因笔迹而暴露你。万一我要被捕，你也不必担心。我知道该怎样守口如瓶。我们女人不会轻易因为受刑而动摇。我听彼得·伊凡诺维奇说过女人的神经比较迟钝之类的话。反正我们更能忍受痛苦。真的，到时候我会咬掉舌头吐向他们。说话对我又没什么用。谁会听我说话？自打我亲手合上我那可怜的安德烈的眼睛，我就再也没有遇到有人关心我说什么。如果你第一次来这儿时不那么和善地对待我，我永远都不会开口跟你说话。我按捺不住在那位姑娘面前提起你。噢，多么甜蜜的女孩！性格又那么坚强。谁都能立刻看出来。你要是有良心，千万别带她来这里。再会！”

拉祖莫夫一把抓住她的胳膊。这一下她激动起来，挣扎了一会儿，然后静静地站着，也不朝他看。

“可是，你能告诉我，”他对着她的耳朵说，“他们——

这所房子里的人——为什么这么急于拉拢她？”

她奋力甩开他，像是被他的问题激怒了。

“你难道不知道，彼得·伊凡诺维奇注定要操纵、鼓动、影响别人吗？不这样做他就没法活。他巴不得手下的门徒多多益善。一想到有人要离开他，他就受不了。如果这人还是个女的，那就更不得了！他总说没有女人就会一事无成。这是他亲笔写的。他——”

拉祖莫夫望着她这一通发作，她却说着说着突然停了下来，转身跑到马厩后面不见了。

III

现在只剩拉祖莫夫一个人了，他朝大门走去。这一天经历了这么多谈话，他强烈地预感到，离开这里之前，一定还会碰到什么人。

果不其然，彼得·伊凡诺维奇等待的客人不久便映入眼帘，从门房小屋那边走过来：一行共三人，两男一女。这些人也很快注意到了拉祖莫夫，立刻停下来，好像在商议什么。不一会儿，那个女的走到一边，用胳膊招呼那两名男子先走。他俩立刻走下车道，横穿过大片荒芜的草坪，称之为草皮更恰当，径直走向城堡。而她自己站在路旁，等着拉祖莫夫走过来。她这时已经认出了拉祖莫夫，拉祖莫夫也一眼就认出她来。他俩是在苏黎世经人介绍认识的。当时拉祖莫夫从德累斯顿过来，中途在苏黎世短暂停留。他们在一起差不多待了三天。

她穿的衣服也和上次一模一样，还是那件绛色丝质罩衫，这令她老远就引人注目。外面是一件棕色短衬衣，腰间束着一条皮带。她的皮肤虽然呈乳黄色，却光洁无瑕；一双黑眼睛亮晶晶的。她的腰杆笔直，一头浓密的头发几近全白，松垮地扎起盘在一顶灰扑扑的黑布蒂罗林帽[①]下面，帽子的帽檐已经有些磨损。

她脸上的表情严肃而专注；严肃得令拉祖莫夫接近她时也不得不赔着笑脸。她与拉祖莫夫的握手也充满着阳刚之气。

"怎么啦！你这是要走吗？"她惊呼道。"到底怎么回事，拉祖莫夫？"

"我是要走，也没人请我留下来，"拉祖莫夫答道，回握的力度远小于她所施加的。

她将头猛地朝边上一扭，好像明白过来怎么回事。与此同时，拉祖莫夫的目光却环顾四周，去追寻那两位男子。他俩正不紧不慢地斜穿过那片草坪。其中那位小个子身穿一件单薄的灰色窄肩大衣，几乎拖到脚后跟。而他的同伴又高又大，穿着短小的紧身夹克，裤子紧绷绷地贴在腿上，直插进

① 盛行于奥地利西部蒂罗林地区的一种窄檐、装饰羽毛的帽子。

破旧的高筒靴里。

这个女人显然想让那两位男子避开拉祖莫夫。她用公事公办的语气说：

“我从苏黎世火速赶来，就是专程为了接车，带他们两个来见彼得·伊凡诺维奇。现在总算大功告成。”

“啊！是这样啊，”拉祖莫夫敷衍道，心里却怪这个女人干吗要留下来和他说话。“从苏黎世过来——对，肯定得这样。那两位，他们来自……”

她用平缓的语气打断他——

“他们从另一个方向过来。离这里也不近。甚至可以说相当遥远。”

拉祖莫夫耸耸肩。从远处看，那两名男子走到露台围墙边便倏忽不见了，就像是大地张开大嘴将他俩吞噬了一般。

“呃，他们刚从美国来。”这位身穿绛色罩衫的女人耸了耸肩才评论。“快到时候了，”她没头没脑地冒出一句，好像在自言自语。“我没告诉他们你是谁。雅科夫里奇本打算上来拥抱你。”

“是身穿长大衣，有一绺头发垂到下颏的那位吗？”

“你猜得没错。他就是雅科夫里奇。”

“你要是不专程从苏黎世赶来接站，难道他们从火车站就找不到这儿吗？这真是所谓的离开女人一事无成。看来这句话是该写进书里，说得太对了。”

拉祖莫夫清醒地意识到自己这一通冷嘲热讽的背后充满了倦怠。他也发现面前这个女人眨着亮晶晶的清醒的黑眼睛，好像听出他话里的讥讽之意。

“你怎么啦？”

“我不知道。没什么。我今天真是倒霉透顶。”

她那双乌黑的眼睛盯着他的脸庞，等着他继续往下说。过了一会儿她自顾自地说道——

“到底怎么啦？你们男人总是意气用事，注重自我。每天周而复始，是很难熬——但总会熬出头的，会迎来伟大的时代。我来这里的理由很充分。他们写信告诉彼得·伊凡诺维奇自己快要到了。但你猜猜信是从哪发的？就是从瑟堡开出的轮船上的一纸便笺。任何人都可以伪造出来。雅科夫里奇这么多年一直在美国，目前只有我一个人和他过去比较熟。我们真的很熟。于是彼得·伊凡诺维奇拍电报叫我过来。这很自然，不是吗？”

“你来是为了替他的身份做担保？”拉祖莫夫问。

“没错，是这个意思。一晃十五年过去了。像他这样的男人肯定有变化。孤零零的，像只流落异乡的乌鸦。我一想起雅科夫里奇去美国前的样子就——”

这时她低沉的嗓音变得温柔，令拉祖莫夫不由得斜睨了她一眼。她叹口气，乌黑的眼睛朝别处望去，右手的手指深深插进梳得整整齐齐的一头白发里，心不在焉地拨弄起来。

当她将手指抽出来时，把搭在头顶的帽子弄得有些歪斜，表现出一种奇怪的发问般的样子，和她嘴里吐出的怀旧般的呢喃形成鲜明对照。

“我们当时也不年轻了。但男人终归像孩子一样。”

拉祖莫夫突然明白，“他们过去肯定一起生活过。”于是大声道——

“你为什么不跟他去美国？”他问得直截了当。

她抬头看他，有点心烦意乱。

“你难道不记得十五年前的世道啦？那是个讲究行动的年代。革命发展到今天有它自身的历史。你虽然身处其中，但好像并不知道来龙去脉。雅科夫里奇当时离开是因为身负使命；而我回俄国也是为了执行任务。都是形势使然。此后也没有什么事情需要他赶过来。”

“啊！原来如此，”拉祖莫夫咕哝着，故作惊讶的样子。“没有事情需要他回来！”

“你在含沙射影说什么？”这次她反应很快，大声质问道。“呃，如果他变得有些心灰意懒怎么办……”

“他现在看上去倒真像个美国佬，下巴还留着一撮山羊胡子。一个标准的山姆大叔，”拉祖莫夫没好气地抱怨。“那么，你呢？你回俄国了？你没有变得心灰意懒。”

“不必担心。雅科夫里奇这种人根本不必怀疑。无论什么情况下，他都是合适人选。”

她说话时乌黑的、深具洞察力的目光紧盯着拉祖莫夫，话说完了也依旧盯着不放。

“对不起，”拉祖莫夫冷冷地问，“听你的意思，我倒不一定是合适的人选？”

她没有辩白，仿佛没听见他说什么；她继续望着他，态度在拉祖莫夫看来并不友善。当初他途经苏黎世，她负责照应他。在他逗留的两天里，两人朝夕相处。她带着拉祖莫夫四处溜达，见了几个人。一开始她对他无所保留地讲了许多事情，但总是避免提及自己；到了第二天中午，她变得沉默起来，但对拉祖莫夫的照顾还和以前一样周到热情，甚至亲自把他送到火车站。临开车时，她将手从车窗下伸进来，紧紧握住拉祖莫夫的手，然后一言不发地退后一步，目送火车离站。在接触的过程中，拉祖莫夫发现人们对她表示出无声的尊重，而他却对她的家庭出身、个人经历和政治生涯一无所知；他私下断定她是自己前进道路上的一个显而易见的危险。用“断定”这个词也许不是很准确，更像是一种感觉，是点滴印象的累加。并且他还发觉不能像蔑视别人那样蔑视她。拉祖莫夫没有料到这么快就和她在这里重逢。

肯定没有料到；她的表情也谈不上友好。而他却感到自己心跳加速。拉祖莫夫觉得谈话就这样草草收场也不好，于是用小心翼翼的口气问——

“会不会是因为我这个人不盲目遵循那些普遍的教

条——比如我们伟大的彼得·伊凡诺维奇的女权思想？如果是由于这个原因使我受到怀疑，我只能说，我唾弃成为某个具体思想的奴隶。”

她一直盯着他，神情并不像一个倾听者，对他字斟句酌说出的话也并不十分感兴趣。等他讲完，她的手果断伸到他腋下，轻轻将他朝大门方向推去。他感到她的动作十分坚决，于是没有反抗，而是和刚才那两个男人一样顺从地听任她摆布。

他们就这样向前走了几步。

“不，拉祖莫夫，你的思想很可能是正确的，”她说。“你也许很有用——很有价值。但你的问题在于你不喜欢我们这些人。”

她松开他。他对她的话面带寒霜地一笑置之。

“你们是不是希望我既信念坚定又和蔼可亲？”

她耸耸肩。

“你很清楚我的意思。人们总是说你不够真诚。很多人都这么看。但我理解你，打从认识你第一天快结束时就……”

拉祖莫夫打断她，镇定地说：

“我敢说你的聪明在这里不好使了。”

“他说的什么话！”她在心里愤愤不平地想。“基洛·希多洛维奇，你和别人一样，总爱抱怨，自视甚高，对鸡毛蒜皮的事情耿耿于怀。更重要的是，你没有受过专业训练。你现在需要一个女人手把手地教你。可惜我在这儿呆不了几天，明天就要赶回苏黎世，很可能带雅科夫里奇一起走。”

听到这个消息拉祖莫夫松了口气。

“我也感到遗憾，”他说。“不过我还是觉得你不理解我。”

说这话时他觉得呼吸顺畅多了；她并没有反驳，而是问，“你和彼得·伊凡诺维奇相处得怎么样？你们已经很熟了。关系怎么样？”

拉祖莫夫不知该如何回答，只是缓缓斜过头去。

她的嘴唇先是期待地张开，然后又合上，像在思考什么。

“那好吧。”

这话听起来是不想再往下继续聊了，但她又没有走开，不知道她到底在想什么。拉祖莫夫咕哝着，“其实你不该问我，你马上就会见到彼得·伊凡诺维奇本人，到时你们自然会谈及这个话题，因为他会好奇你为什么在花园里耽搁了这么久。”

“彼得·伊凡诺维奇肯定要跟我说些事情。而且不止一件。他也许会提到你——主要是问我关于你的情况。彼得·伊凡诺维奇还是信任我的。”

“问你关于我的情况？这很有可能。”

她笑了笑，表情不再那么严肃。

“那么——我该怎样对他说呢？”

“我不知道。你可以将你的所见告诉他。”

“告诉他什么？”

“怎么——跟他说我缺乏爱心……”

“噢，这话只在我俩之间才说，”她打断他，话里听不出是真心的还是带着讽刺。

“看来你准备在彼得·伊凡诺维奇跟前说我好话喽，”拉祖莫夫一本正经地调侃道。“嗯，你还可以跟他说，我会全力以赴地不辱使命，肯定马到成功。”

“你身负使命！”她立刻大叫道。

“差不多算是吧。他们让我挑起一项事端。”

她用目光审视他。

“一项使命，”她重复一遍，神情既严肃又好奇。“什么使命？”

“类似宣传鼓动工作。”

“啊！离这儿远吗？”

“不，不很远，”拉祖莫夫强忍着没有大笑起来，但心里一点也不觉得可笑。

“那就是了！”她若有所思地说。“呃，我不问你了。只要彼得·伊凡诺维奇知道我们各自在做什么就行了。反正一切最后都会揭晓。”

"你是这么想的吗？"

"年轻人，不是我想，是坚信。"

"你完全信任彼得·伊凡诺维奇吗？"

她没有回答。两人就这样无所事事地站着，谁也不说话，但又好像舍不得分开。

"他才像个男人样，"她最后喃喃地说。"看着他，你就会明白一个人的信仰是如何培养起来的。"她那靡菲斯特式①的细眉微微动了动。"说真的，在俄国，上千万人对这里的狗的生活都羡慕有加。这种话即使私下讲起来也骇人听闻，令人羞愧。所以哪怕是出于同情也要建立信仰。不能再这样下去了。绝对不能！最近这二十年我彷徨无依，既不偏左，也不偏右……你独自在那笑什么？你现在事业刚起步，头开得不错，但切记要放低身段，夹起尾巴做人。这才是正道。你现在已经学会收敛情感，这很好，一定要保持。我年轻时也这样——你也许会觉得我在教训你——呃？"

"我从未往这方面想过，"拉祖莫夫漠然抗议道。

"我敢断言你不会这么想，你们这些自视甚高的家伙才不会在乎别人怎么说呢。"

她将手指深深插进左侧头发中，这一猝然的动作反而将她头顶的蒂罗林帽弄正了。她皱了皱眉，却没有怨艾的表

① 引诱人类堕落的恶魔，歌德笔下与浮士德签订契约的魔神。

情，像一个侦探在断案的神态。拉祖莫夫心不在焉地将头扭开。

“你们男人都是一个德性，错把运气当成功劳。你们做事的出发点也是好的！我不想苛责你们。这是雄性的本能。但你们的荒谬可悲之处在于死抱着幼稚的幻想一路走到黑。我们的很多同志已经干了十五年了——我是指从未间断地尝试各种道路，既做过地下工作又公开活动过，既不偏左也不偏右！我有资格谈这个。我本人就是其中一分子，一直在折腾，从未停歇过……看看！光说不做有什么用……看看我的灰白头发！现在来了两个娃娃——我是指你和霍尔丁——你们来接班，第一次出手就给了他们重重的一击。”

一听到这位女革命家急速铿锵的语流中冒出霍尔丁这个名字，拉祖莫夫像以往一样，脑海中猛地涌起一股无力回天的感觉。但过了这许多个月，他对这种感觉已经麻木了，也不像当初那样头脑中只有懵懂的惊慌和莫名的怒火。他在内心已经用新的信仰说服了自己；思想沉浸在刻薄、阴郁的氛围中，在这种氛围的观照下，霍尔丁这件事成了一个平淡无奇的阴影，影影绰绰地显出一个人影在里面；一个极其眼熟，却不醒目的身形，只是在晦冥中悄悄地守候在那里。它已经不再那样骇人。

“他长得怎么样？”女革命家出其不意地问。

“长得怎么样？”拉祖莫夫像回声一样重复，竭力克制着不朝这个女人发火。后来他斜睨她一眼，干笑一声，自己替自己解了围。这个态度令她很不满意。

“就算像女人又能怎样？”他继续说。“你干吗要关心他的长相？无论他长得怎样，反正现在都不能受女权思想影响了。”

她皱了皱眉，鼻翼处露出三道皱褶，令她那靡菲斯特式的眉毛愈发倾斜。

“你受苦了，拉祖莫夫，”她的嗓音低沉体己。

“瞎扯什么！”拉祖莫夫正色道。“但此时我再一想，保不准他也会受女人影响，至少一个女人；就是那个你认识的S夫人。过去的人死了，长眠地下，可以不受打扰；可现在他们好像还得听凭这个疯老婆子调遣。我们革命者总会做出神奇的发现，但这些发现和我们本身并不吻合。我们没有任何自己的东西。难道彼得·伊凡诺维奇的那位女伴还不能满足你对女权主义的好奇心吗？难道她还不能帮你在脑海中烘托出霍尔丁的形象吗？”——他像个受刺激的人那样调侃说。

她蹙紧的眉头松弛开来，略带疲惫地说，“我们最好还是希望她给我们烘托出一些茶点吧。不过这还真不好说。我累了，拉祖莫夫。”

“你累了！多么坦白的话！不过那里有茶点。我刚享用过。如果你现在去追雅科夫里奇，而不是和我这样一个讨人嫌的可疑分子在这里浪费时间，你就会发现霍尔丁的魂魄——他的阴魂——还在那座宅第里盘桓。你说到累，我真的难以相信。我们革命者不应该感到累，也不允许我们累，我们也不能感到累。我以前在报纸上读过一篇耸人听闻的文章，讲的是革命党人孜孜不倦的行动。他们的劲头令世人侧目。这是我们的优良传统。”

“他在那滔滔不绝地揶揄嘲讽，”这位身穿绛色罩衫的女人说话的样子像在和一个旁观者心平气和地议论着拉祖莫夫，但她那双黑眼睛却从未从他脸上移开。“拜托，这是干什么？仅仅因为内心的某些传统观念，男人的那些小肚鸡肠的准则受到了动摇吗。你也许会觉得他是一个紧张易感类型的人，早晚会倒霉的。不过，”她短暂沉思片刻后，换了一副腔调继续说，“但我刚才了解到一些情况，令我觉得你是条汉子，基洛·希多洛维奇。没错！你确实——是条汉子。”

这一听来肯定又颇显神秘的断言让拉祖莫夫吃了一惊。他俩四目相对。拉祖莫夫将视线移开，透过锈迹斑斑的铁门栏杆看着树荫掩映下的宽广干净的马路。一辆空荡荡的有轨电车响着粗嘎的金属摩擦声沿着马路驶来。他现在恨不得拿出自己的任何东西，来换得在这辆空车上独自安静地待一会儿。他现在疲惫得难以言表，浑身每处神经都倦怠不堪。可他现在却不能主动中止这场交谈，因为每时每刻从这些革命分子不切实际、无法无天的聒噪中也许都会蹦出一些事关重大的话语来；他得留意倾听，无论是从这个女人，还是从其他人的口中。只要他保持头脑清醒，控制愤怒，就没有什么可怕的。要想完成使命，保全自身，唯一能依靠的就是坚不可摧的意志力，他提醒自己。

他渴望身处这道铁门栏杆的外面，好像自己真是深陷这所革命阴谋中枢的囚笼中的囚犯，困在这所充满愚蠢、蒙昧、匪气和罪恶的巢穴里。他默然无语，任由自己受伤的灵魂沉浸在一种无尽的远离道义和精神的疏离感里。当他听到她又重复一遍“没错！是条汉子”时，都笑不出来了。

他像个怔怔出神的囚徒，依旧瞪眼瞅着栏杆外面，心里不是在想越狱，而是在追忆对自由的模糊印象。

“你要再不快点，”他咕哝道，眼睛还是朝外望着，“就连茶的影子都见不着了。”

她听了一点也不惊讶。他也料到她会无动于衷。

“不要紧，没什么大不了的。我是指错过茶点。至于那位女士，你必须明白她对我们自有用处。明白这些吗，拉祖莫夫？”

他的脑袋应声转过来，看见这位女革命家正用手掌比划着点钱入兜的动作。

“就是这个意思。明白吗？”

拉祖莫夫缓缓低沉地应了一声“明白了”，囚徒般的目光又朝那条干净的林荫道望过去。

"总得想法子获得经费来源。现在这样做总比抢银行强，把握也更大。瞧瞧，我只是开个玩笑……他在嘟哝什么？"她压着嗓子叫道。

"我是在对彼得·伊凡诺维奇这种自我牺牲、勇于奉献的精神表达敬佩之意。那种事情一想起来就令人作呕。"

"噢，你真是个过分正经的男子汉！作呕！令他作呕！你知道事情真相吗？人心是最叵测的。彼得·伊凡诺维奇很多年前就认识她了。那时他还在闯世界，是名年轻的近卫军军官。我们女人是无从判断一个心血来潮者的想法的。你们男人在这方面有优势。你们有时无论在思想上还是行动上都容易心血来潮。我一向认为，你们一旦冲动起来，抛掉自身雄性的怯懦和拘谨，我们女人将难以和你们匹敌。只是这种情况少而又少……而最愚蠢的女人也总能派上用场。为什么？因为我们有干劲，有激情，无法抑制的激情……我想知道他在笑什么？"

"我没有笑，"拉祖莫夫闷闷不乐地抗议道。

"呃，人们怎么称呼这个来着？逢场作戏。对，没错！你们男人在一个地方爱得如痴如醉，换到另一个地方又恨之入骨，到其他地方又惦记新的东西——你们称之为激情，总有很多事情要做。对吧！但激情要持久才行。而我们女人对于爱恨以及欲念本身，一旦陷入就不可自拔，所以我们不会像你们男人那样被轻易地收买。要知道，生活中是没有太多选择的。要么堕落要么狂热。而我们有不少人，无论是否伪装，都甘愿堕落而不愿选择狂热。”

她说话的劲头十足，语调却一派理所当然的样子。拉祖莫夫的注意力按自己的轨迹游走——主要是在铁门栏杆外——但对她的话也并非充耳不闻。他把双手插入大衣兜里。

“堕落还是狂热！说的倒蛮掷地有声的。伪装还是不伪装，听得倒也铿锵有力。伪装还是……请告诉我——她一定对他心怀嫉妒，对不对？”

“谁？嫉妒什么？那位男爵夫人？艾莲娜·马克西莫芙娜？嫉妒彼得·伊凡诺维奇？老天！你这个男人脑子里总是在转这些问题吗？这种事情想都不该想。”

“为什么？一个富有的老妇人难道就不可以嫉妒吗？还是，他俩纯粹是精神同居？”

“你的脑瓜里怎么会冒出这个问题？”她很好奇。

“没什么。我就随便问问。如果你乐意的话，可以称之为雄性的轻浮心理。”

“我可不乐意，”她当即予以驳斥。“现在不是轻浮的时候。你的心思到底放在什么上面？还是在装腔作势？”

拉祖莫夫觉得这个女人对他的审视就像一只无形的手轻搭在自己肩膀上。他瞬间产生一种神秘的印象，觉得她似乎要将自己更加牢地控制住。他内心暗自用力，想让自己变得更强硬些，以抵御这外来的压力，但同时又尽量不表露出来。

“装腔作势，”他重复道，留给她一个一动不动的侧影。“可惜装得不够像，被你看穿了。”

她望着他，眉头紧锁，额头褶皱竖现，又细又黑的眉毛向上蹙起，像昆虫的触须。他用低得几乎听不见的声音又补充了一句——

“你错了！即使是装腔作势，我也不过是和大家一样。”

“谁装腔作势？”她断然问道。

“谁？每个人都这样，”他有些不耐烦地说。“你是个唯物主义者，是吧？”

“嗯！亲爱的年轻人，我这把年纪，早就不睬那一套了。”

“但你一定记得卡巴尼斯[①]那句名言：‘人不过是个有消化功能的管子。’我现在想……”

“我唾弃此人。”

“什么？唾弃卡巴尼斯？那好。但你总不能否认消化能力强确实很重要。生活的乐趣——你知道吗？——在很大程度上取决于一个健康的胃，如果消化不好，就会让人变得疑

① 卡巴尼斯，全名让·皮埃尔·乔治·卡巴尼斯（1757—1808），法国生理学家，唯物主义哲学家。

神疑鬼，产生各种黑色的幻想和死亡的念头。这些都得到了生理学家的证实。我敢肯定地对你说，自打我从俄国出来，肚子里就塞满了一堆不易消化的、令人作呕的外国食品——呸！”

“你是在说笑话，”她难以置信地低语道。他无所谓似的表示同意。

“对。是在说笑。和我这样的人说话本身意义就不大。正因为无聊，才会有人自杀。”

“恰恰相反，我认为和你交谈很有意义。”

他用眼角瞟了她一眼。她本想反唇相讥，但最终只是轻轻地耸了耸肩。

“尽说一些敷衍塞责的话！不过我想人们会原谅你身上这个缺点。”她在“你”字上加了重音。她的结论虽然宽容，但能听出其中的焦虑情绪。

拉祖莫夫注意到她的这段话中有弦外之音，这令他始料未及，毫无防备。“我没料到，”他想。“出其不意地搞我一下。”他觉得自己若可以像狗那样张口喘粗气，心头的压抑感也许会过去。“决不能让他们发现我毫无防备，”他绝望地想。于是他笑了笑，尽量装作轻描淡写的样子说——

“多谢。不过我不想要别人怜悯。”他装作惶恐的样子开玩笑地说，“你就不怕彼得·伊凡诺维奇怀疑我俩在这大门边背着他搞什么阴谋？”

“不，我不怕。亲爱的年轻人，只要你和我在一起，就不用担心会受到怀疑。”她那双黑眼睛射出诙谐的光芒。“彼得·伊凡诺维奇对我信任有加，”她严肃地继续道。“他听我的话。在某些关键问题上，我可以助他一臂之力……你听着好笑，是吗？你是不是觉得我在自吹自擂？”

“绝没有。我只是在想彼得·伊凡诺维奇在和女人有关的问题上干得真是漂亮。”

他一边说一边责怪自己不该用这种腔调说这样的话。一整天他都在说错话。太愚蠢了，简直愚不可及。这是他的弱点；他表现出的这种乖戾之气其实是违心的。他想博得这位一肚子秘闻、又在革命分子中拥有崇高威望的女人的信任。可照他这样说话根本不可能达到这个目的。干吗要给她留下这样莫名其妙的印象？不过她好像不以为忤，话里也没有怒气，像是若有所思，这有点反常。

“人们猜不透你，拉祖莫夫。你一准从娘胎出来就带着怨气。”拉祖莫夫斜觑她一眼。

“嗯！怨气？这倒讲得通，”他嘟哝着。“只是没那么早。索菲亚·安东诺芙娜，你不觉得我们来自同一个娘胎吗？”

他到底还是把这个女人的名字从嘴里吐出来（他对这个名字极其厌恶，十分不情愿亲口说出来），这个女革命家顿了顿，小声说——

“你是指——俄罗斯？”

他对她极其鄙夷，都懒得点头。而她的态度好像软化下来，一双黑眼睛异常平静，好像在脑海中搜索拉祖莫夫这个比喻所产生的各种温情联想。但很快她又皱起那靡菲斯特式的眉头。

“是的，不过这不稀奇，对吧。那儿的人们身处邪恶之中却麻木不仁，身边是些比食人女妖、食尸鬼和吸血鬼更坏的家伙们在看守。必须把这些混蛋撵走，彻底消灭。无论男女，只要具有坚定的决心和信仰，一定能完成这项任务。我总算明白这个道理。当务之急是我们内部不要为那些琐事俗事争吵。记住这点，拉祖莫夫。”

拉祖莫夫根本就不在听。他仿佛参禅入定，心中的不安、愤怒、鄙视早已被这几个钟头令他晕头晕脑的交谈给磨平了，而且好像一劳永逸地磨平了。“我成了他们所有人的拉拢对象，”他想。这个观点在他脑海里早已根深蒂固，所以他现在想起来也并不兴奋。那位女革命家也不再言语；他没有看她；边上那条马路上也没有人。他几乎忘了自己不是一个人独处。他听见她的声音再度响起，唐突而严肃，但却把长时间沉默的真实意图暴露出来。

“听我说，拉祖莫夫！”

拉祖莫夫转向她，像听见别人说错话一样扮了个鬼脸。

“请告诉我：是不是就在你们行动的那天上午你还去学

校上课了？”

这个问题像出了膛的子弹，在空中延迟了一会儿才朝拉祖莫夫射去。幸好他腾空了手，正要去握大门的栏杆。他用手紧握住栏杆，思绪一片茫然，嗓子里只能发出咕隆声，像是在抱怨。

“快点，基洛·希多洛维奇！”她催促道。“我知道你不爱吹嘘自己。我们大家都知道。你寡言少语，有点惜语如金。即使受苦也是打掉牙齿往肚里咽。你不是个狂热分子，但也许比那些狂热分子更坚强。但请你回答我，好让我们大伙对这事的来龙去脉了解得更多一些。反正我是吃惊不小……你真去上课了？”

这时拉祖莫夫总算发出声来。子弹没有击中他。看来是无意中开的火；更像是一颗信号弹，表明快要短兵相接了。下面要做的就是如何自保。她确实是个危险的敌手。不过他也做好了迎战的准备；可能还准备得过于充分，所以当他转过身面对她时，面部肌肉居然都纹丝不动。

“当然去了，”他不动声色地说，内心虽然紧张却信心满满。“上课——当然去上了。不过你干吗想起问这个？”

这下轮到她不安起来。

“我从一封信中得知的，信是彼得堡的一个年轻人写的；当然他是我们的人。据说人们看见你——看见你拿着笔记本，泰然自若，还在记笔记……”

他怔怔地上下打量她。

“那又怎么样？”

“如此沉着冷静，我只能深深服膺。这表明你的性格无比坚强。那位年轻人在信中写道，没有人能从你的表情和举止中猜到你居然在两小时前干出那种大事——伟大辉煌的事业……”

“噢，是的，是没有人能猜到，”拉祖莫夫对此严肃地表示同意，“难道你不明白吗，因为当时没有人……”

“是啊，是这样。但即便如此，你的表现也异常刚强，无异于常。后来人们又惊奇地记起……”

“这对我来说不算什么，”拉祖莫夫这样宣称，目光还是一如既往地严肃。

“那就更了不起了！”她惊呼道，接着又沉默不语，让拉祖莫夫自问是不是说了不该说的话——甚至比那更糟。

她热切地抬起头来。

“你打算留在俄国吗？你是打算……”

“不，”拉祖莫夫不紧不慢地截住她的话头。“我没有任何打算。”

“那你只是一走了之喽？”她插了一句。

他缓缓地点点头，表示同意。“只是一走了之——是的。”他渐渐松开握着铁门栏杆的手，仿佛已经确信对方射来的冷枪现在不会将他击倒。他突然一时兴起，又补充一句，“你知道吗，那天雪下得很厚。”

她像个这方面的行家里手那样赞许地轻轻点头，兴趣十足的样子，仿佛对他说的每一点都很在行。拉祖莫夫记起当初他听到的一些东西。

“我拐进旁边一条窄巷，你知道吗，”他继续漫不经心地说着，中间还停了一会儿，给人感觉这些都不值一提。接下来他想起另一条细节，于是又在她面前抖露出来，就这样一点点地带着鄙夷撩拨她的好奇心。

“我当时都想躺在那里睡上一觉。”

她对他当时居然冒出这个不合常理的想法不禁啧啧称赞，深深被震撼了。随后——

“可是那个笔记本呢！那个匪夷所思的笔记本呢，年轻人，你总不会说事先行动时就把它揣在口袋里吧！”她叫道。

拉祖莫夫心里咯噔一下。她这么问也许是有些不耐烦了。

“我回家了。径直回到住处，”他一字一顿地说。

“你太冷静了！居然敢这样做？”

“有什么不敢的？我向你保证，我当时就这么镇定！呵呵，也许比现在还镇定。”

“和你刚才一味地愤世嫉俗、牢骚满腹相比，我更喜欢你现在这个样子，拉祖莫夫。呃，那你回家时没人看到你吗？这有些说不过去啊。”

“没人看到我，”拉祖莫夫肯定地说。“门房，女房东，女仆统统都没碰到。我上楼时神不知鬼不觉。那天上午光线昏暗，楼梯黑黢黢的。我像个幽灵似的溜上楼。是我命好还是运气好？你觉得是哪个？”

“我明白了！”女革命家的眼里闪出黑色的光芒。“那么——你接下来是不是想……”

拉祖莫夫对她这个问题早已胸有成竹。

“是这样的，既然你想知道，我就不妨再多说点。我看了看表，快到上课的时候了。我就拿起笔记本，踮着脚跑下楼。你有没有听过人的脚步沿着深邃的楼梯盘旋跑下的声音？一楼有一盏煤气灯昼夜亮着，我估计就是现在也还亮着……声音渐渐消失——气灯的火苗摇曳着……”

他注意到，这位女革命家像是用眼睛，而不是耳朵，在聆听他的话，因为她那双紧盯他不放的黑眼睛里透露出的内容已经发生了变化，不再是一如既往的好奇，而变成了起伏不定的惊奇。他在内心竭力抑制自己，手放在额头上，摆出一副困惑不解的神情，像一个在梦中大声呓语的人。

“大上午的一个学生要是不去上课能去哪里呢？至于晚上干什么是另一回事。当时即使整栋房子的人都在看我，我也不在乎。况且我认为当时没有人。当然最好没有人看见或听见。哈哈！没被人看见或听见的都是幸运儿——尤其在俄国。你不羡慕我的运气吗？”

“太令人惊讶了，”她说。“如果意志坚强，运气又好，就能把手里的活干得漂亮。”

她的语气很诚恳，拉祖莫夫觉得是经过深思熟虑才说出来的，甚至有点像是在她心里给他分派任务。她垂下目光。拉祖莫夫等待着，戒心有些松弛，但长期养成的时刻提防危险的习惯令他的表情严肃而专注。那封提到他的彼得堡来信是谁写的？肯定是某位同窗——一个受革命蛊惑的白痴牺牲品，受国外反动思想控制的蠢奴才。他在脑海中搜索着，忽然想到一个身材高挑、面黄肌瘦的红鼻子家伙。一定是他。

他把整个事件在脑子里过了一遍，不禁暗暗发笑，觉得整件事就是一出乌龙。一个怀着理想主义的罪犯，受自欺欺人的观念蛊惑，晴天霹雳般将他的生活夷为平地，而和这个罪犯同类的其他傻子还在臆想着废墟上的回声。更令人想不到的是，那些忍饥挨饿的可怜虫居然还在为流亡国外的革命分子提供荒诞的细节，来满足他们的好奇心！他现在算明白了，目前的情况对自己不但不构成威胁，恰恰相反，还相当有利。对这个邪了门的运气，他只需笑纳就是，当然也不能放松警惕。

“可是，拉祖莫夫，”他又听见那个女人发自内心的声音，“你的样子不像个走运的人。”她抬起目光，又来了兴致。“做派也不像。你当时事成后就一走了之，回到住处。

有时这样做确实能行得通。我想，你们是不是事先就约好，一旦行动完毕就各奔东西。”

拉祖莫夫还是一脸严肃，说起话来字斟句酌，或者说小心谨慎。

“难道还有比这更好的做法吗？”他兴味索然地反问道，停了一会儿又补充一句，“反正当时我们没想太多以后的事。我们也从未正经地讨论过行动路线。这应该可以理解，是吧。”

对他的声明她轻轻点头称是。

“当然你是希望留在俄罗斯的，对吧？”

“就留在圣彼得堡，哪儿也不去，”拉祖莫夫强调道。“对我来说，这是唯一安全的方式。再说我也无处可去。”

“对！对！我知道。显然如此。可是那位——了不起的霍尔丁有点可惜了——你难道不知道他的打算吗？”

拉祖莫夫料到这个问题他迟早要面对。他稍稍抬起双手，又任它们无力地垂到身侧——再无其他表示。

还是这个满头白发的女阴谋家率先打破沉默。

“真是蹊跷，”她一板一眼地说。“基洛·希多洛维奇，你不觉得他事后也许会和你联系吗？”

拉祖莫夫发觉自己的嘴唇不自觉地哆嗦起来。但他明白此时必须开口，不能再给她留下任何负面的暗示。他一定要开口，此刻要是能摸清那封圣彼得堡来信的内容就好了。

“第二天我待在家里，”他略微欠了欠身，目光投向这个女人的黑眼睛，这样她就不会去看自己哆嗦的嘴唇了。“对，我就在家里，就像信上写的那样，你大概已经知道我第二天没去上课。呃？你不知道吗？嗯，我在家里——那天真是度日如年。”

她有些被他动情的语气感动了，用体贴的口吻小声说“是啊！当时一定很揪心。”

“你真是善解人意，”拉祖莫夫用平稳的语气说。“不但揪心，还很恐怖。真不是人过的日子。这还没完呢。”

“是的，我能体会。再后来你就听说他被捕了。我怎能不知道失去战友的心情？你会觉得自己苟活下去是种耻辱。这样的事我见得太多了。不过没关系，不久我们就会为他们报仇雪恨。死亡有什么了不起的？不管怎样，它比某些人生更为体面。”

拉祖莫夫感到胸口有个东西在扑扑跳动，是一种隐隐约约、令人难受的悸动。

“某些人生？”他不解地看着她，重复道。

“谄媚的、卑顺的人生。那种人生不值得活，建立在污秽邪恶之上。拉祖莫夫，人生不是为了苟活，而是要反抗，要一直无情地抗争下去。”

她平静下来，眼里闪烁的泪花很快就被激情的热量烘干。她又换上那种干练、公干的口吻继续道——

“你是了解我的，拉祖莫夫。你不是个狂热分子，但你身上蕴含着巨大的抗争力量。我一开始就感受到了——你记得吧——在苏黎世。哦！你怀着满腔仇恨，极富反抗精神。这很好。凭一时义愤不会长久，复仇本身会令人倦怠，但你和霍尔丁是受坚定的正义感和紧迫感驱使，才去干掉那个疯狂残暴的刽子手……支撑你们的是这种坚定的正义感和使命感——除此无他！我这回算是彻底想明白了。除此之外，再无别的可以支撑你们。”

拉祖莫夫微微点头，这个动作中暗含的讽刺被他一动不动的阴森面孔遮掩住了。

“我无法为亡者代言。就我自己而言，我敢向你保证，我的行动确实是出于紧迫性和那个什么感——呃——伸张正义。”

“我这番话说的还可以，”他心想。这时她那乌黑难测的眼睛还停留在他身上，这双眼睛像个幽渺的思维巢穴，里面隐藏着尽是些妄图通过暴力手段实现改变的革命思想。仿佛一切都可以改变！但在人的世界里，一切都改变不了——无论是幸福还是苦难。所谓的改变只是换汤不换药，付出的代价却是人心惟危，民不聊生——沦为傲慢自大的哲人和杀戮成性的小人所玩的一场徒劳的游戏。拉祖莫夫的脑子里飞快转动着这些想法。虽然他面前站着一个革命老手，这位受人尊敬、深受信赖、德高望重的索菲亚·安东诺芙娜。她的话在任何一个活跃的革命派别中都深具分量。她比那个伟大的彼得·伊凡诺维奇更有代表性。剥去华丽的辞藻、故弄玄虚和满口理论的伪装，她才真正体现了暴力革命精神。她也是他绕不开的敌手。能把她哄得团团转，从她嘴里套出点东西，让拉祖莫夫有种凯旋的喜悦。他不由得想起那句著名的格言，“言谈的目的是用来掩饰我们的思想。”他和索菲亚的这次交锋真是微妙而讽刺地印证了这句刻薄话，同时又狠狠地将无情的革命精神嘲弄一番。这种革命精神就是由这位白头发、黑眼睛的女人体现的。她做沉思状蹙起的竖眉像黑墨汁勾勒出的曲线。

“对。伸张正义。不要心软！”她沉思良久后总结道。话匣子一打开，她便用短小精悍的语言激动地继续说——

“你不妨听听我的故事，拉祖莫夫！……”她父亲是个手艺人，人很聪明，却不走运。他一生劳碌，却郁郁寡欢，五十岁就撒手人寰。他一辈子被雇主们压得喘不过气来。他们凶残贪婪，巴不得从他喝的水、吃的盐、呼吸的空气中挤出点油水；他们榨干他的汗水，还耗尽他儿子们的热血。没有保护，没有指引！社会对他说了什么？给我服服帖帖、老老实实地过活，如果胆敢反抗就宰了你；如果敢偷盗就把你关起来；但如果你受苦受难也没什么赏你——除了偶尔给点嗟来之食——但不会安抚你的苦难，不会尊重你的人格，也不会可怜你的悲惨生活。

他就这样辛勤劳作，忍辱负重，最后一死了之。他死在医院里。站在他不起眼的坟墓旁，她想起他饱受蹂躏的一生——她看透了这一切。她认为生活中那些朴素的欢乐即使是再卑下的人也有权享有。可她父亲那样一个和蔼可亲的人却被剥夺了这一切。这是社会犯下的罪恶，拿什么都无法救赎。

“就是这样，拉祖莫夫，”她用低沉而有感染力的声音继续说。“我站在那儿，像个孩子，身上仿佛笼罩着惨白的光。我不诅咒他一生所受的劳累和苦难，我诅咒让人白白辛劳、不加体恤的罪大恶极的社会制度。从那一刻起，我成了一名革命者。”

拉祖莫夫努力使自己不陷入危险的脆弱中，无论这种脆弱表现为鄙夷还是同情。他依旧保持面无表情的样子，而她还在继续往下说，语气中多了一丝不加掩饰的苦涩，这是他认识她以来从未察觉过的。

“我无法再去教堂。因为那里只有站在体制一边的牧师在规劝像我这样没人关心的社会渣滓逆来顺受。我找到门路后就参加了那些地下团体，当时我只有十六岁——就那么点大，拉祖莫夫！你再看看我现在的白头发。”

她说到最后几句时既不自豪也不伤悲，就连苦涩也没有了。

“你看这么多白头发。我打小就生着浓密的头发，加入地下组织时，大家都把头发剪短，认为这是剪除时弊的第一步。剪除时弊，一个多么美好的口号！我要将其昭示于监狱和宫殿的墙壁之上，将其雕刻于坚石之上，将其以烈火彰显于晴空之上，它象征着希望与恐惧——象征着末日来临……”

“你口才出众，索菲亚·安东诺芙娜，”拉祖莫夫突然打断她。“但迄今为止，你只是将它写在水上……[①]”

她被这话噎了一下，却并不生气。“谁敢说呢？也许很快它就会变成现实，写满我们辽阔的国土，”她意味深长地说。“只要那时人们可以享有高寿，我这头白发也就不算什么了。”

拉祖莫夫看着她的白发：那是动荡岁月的标志，是她不屈不挠抗争力的独特见证。这一头白发与那光洁的脸庞，明亮乌黑的眼神，挺拔结实的身材，简洁明快又老成稳重的个性，形成鲜明对照——仿佛她在革命生涯里发现的不是永葆青春，而是永葆韧性的秘密。

她的外表真不像俄国人，拉祖莫夫想。她母亲也许是犹太人或亚美尼亚人，谁知道呢。他又想，革命分子往往难以归类，一切反抗体现的都是个人主义——这个想法在他脑海里模模糊糊一闪而过。不论在什么社团中，什么环境下，革命分子总是老远就能辨认出来。可奇怪的是警察居然……

① 此处借用浪漫派诗人济慈的墓志铭，“此地长眠者，声名水上书”。

“我想我们不会很快再见面，”她说。“我明天就要出发了。”

“是回苏黎世吗？”拉祖莫夫漫不经心地问，心里却松了口气，倒不是因为害怕，而是一番斗智斗勇后的松弛。

“对，回苏黎世——也许还会去更远的地方。又是新的征程。我这一生注定羁旅漂泊。终有一天会迎来最后的旅程。不过没关系，拉祖莫夫。我们之间的这番长谈是免不了的。即使不在这里相见，我也会想办法去找你。彼得·伊凡诺维奇知道你的住处吧？对吧。我会向他问你的地址——但这样聊天最好。你瞧，过一会儿还会再来两个人；不过我宁愿在这里和你边聊边等他们，也不愿去那所城堡和……”

她朝铁门外面望了一眼，突然停下来。“他们过来了，”她匆忙说。“就这样吧，基洛·希多洛维奇，一会儿我们就该说再见了。”

IV

拉祖莫夫当时站在那里踌躇不定，不知如何是好。他扭头一扫，发现对面马路上来了两个人。看见索菲亚·安东诺芙娜注意到了自己，他们赶紧从空无一人的门房边的小门穿过来。他们紧紧盯着眼前这个陌生人，但眼神中没有怀疑，因为安东诺芙娜穿的那件绛色罩衫本身就是醒目的安全标志。其中一个人生着一张大脸盘，皮肤白皙，脸上光洁无毛，下巴肥硕，大腹便便，将大衣撑得鼓鼓的。他只朝拉祖莫夫点点头，便戾气十足地将视线移开。他的同伴是个瘦子，脸颊通红，又尖又高的鼻梁下留着一撮军人式的红胡子。此人连忙走到索菲亚·安东诺芙娜跟前，热情地握住她的手。他的声音浑厚但吐字不清，听起来瓮声瓮气的。女革命家表现得沉静而不失热忱。

“这位就是拉祖莫夫，”她声音清脆地说。

瘦子听了急切地半侧过身。“他是想拥抱我，”我们的年轻人心想，整个人往后退缩，可他的四肢发沉，不听使唤。不过他的这种顾虑有些自作多情。现在与他交往的这一代密谋者们见面时早就不像过去那样亲吻双颊；他抬起灌了铅一样的胳膊，把手放进伸过来的五指张开的大手掌里。这只瘦骨嶙峋的手掌用力握住拉祖莫夫的手，好像在说，“你我之间已无需多言。”这个男人的一双大眼睛睁得溜圆。拉祖莫夫觉得自己能看出这双悲戚的眼睛里闪出一丝笑容。

“这位就是拉祖莫夫，”索菲亚·安东诺芙娜又重复一遍，这次是向那个胖子介绍。胖子远远地站在一旁，只留下一个肥硕的侧影。

他俩谁都没有动。声音、态度、行动甚至静止，所有这一切都像是在进行一个试验，试验的结果就是制造出一种纤细的嗓音，戾气十足又颇为滑稽——

“噢，原来是拉祖莫夫。这几个月来真是久仰大名。不过说实话，我更愿意在这里见到霍尔丁，而不是拉祖莫夫先生。”

他那尖细的嗓音把“拉祖莫夫——拉祖莫夫先生”发得很重，听起来既刺耳又可笑，像马戏团里的小丑捏着嗓子开始讲一个精心准备的笑话。拉祖莫夫的第一反应是震惊，接着从心底升腾起一股怒气。

“你这话什么意思？”他厉声问道。

“啧啧！讨厌。他总爱这样。”索菲亚·安东诺芙娜显然生气了。但她嘴里嘟哝出的“内卡塔”一词被拉祖莫夫听到了。这个胖男人尖细唐突的声音像是从他裹在大衣下皮球一样浑圆的肚子里发出的。他的倔脾气，一双大脚，耷拉下来的双手，没有血色的脸颊，搭在肥胖后颈上的几细绺头发，这副尊容引得拉祖莫夫不由得多看他几眼，又恐惧又好笑。

尼基塔，绰号“内卡塔”。这个绰号起得真巧妙，居然还押头韵！拉祖莫夫听说过此人。自打他混进这伙有头有脸的暴力武装革命分子圈子，就听说过许多有关此人的事迹。这些事迹以传说、故事、叙述的形式在这个光怪陆离的圈子里不时出现。拉祖莫夫听说革命分子中就属他杀死的宪兵和警探最多。处决的任务往往都交由他执行。

在谋杀现场总有一张写有“N. N.”的纸片连同尖刀插在某个臭名昭著的警方密探的胸口。“N. N.”就是这个杀手的标志，表明谋杀是他的杰作。报纸最爱登载这类耸人听闻的谋杀案里的花絮。纸片上有时也写着“奉……委员会之令——N. N.”。这样通过故意露出神秘面纱的一角，可以撩拨本已目瞪口呆的世人的想象力。据说他无数次出入俄国，成为那些官僚、省长和不为人知的告密者们名副其实的“内卡塔”。拉祖莫夫还得知，他在从事革命活动的间隙，居住在科莫湖畔[1]，有个风姿绰约又志同道合的妻子和两个年幼的孩子。这个家伙长得狰狞无比，连狗见到他都忍不住狂吠，可他怎么能一再犯下命案却又屡次逃脱警方的罗网？

“看看现在成什么样子？成了什么样子？”尖叫声又响起来。“我这个人有话就直说。死去的那位才是主心骨，这点无可否认。要是换成他活下来才更好哩，也更有用。我可不是多愁善感之徒，怎么想怎么说……不矫揉造作。”

尖叫，尖叫，没有动作，没有激动——只有刺耳滑稽的尖叫声，反映出贪求事功的嫉妒心理——这个绰号和本名首字母同为“N”的令人胆寒的革命判官此时恼怒异常，像个在演出中被业余演员抢去风头的男高音歌手。索菲亚·安东诺芙娜无奈地耸耸肩。他那位蓄着军人式红胡子的同伴赶紧朝拉祖莫夫赶来，瓮声瓮气、满怀歉意地说：

“见鬼！在这种地方，在大马路上，居然这样大声嚷

① 位于意大利北部的一处风景名胜。

嚷。不过这下你算见识过他了。他就是容易冲动，没什么大不了的。”

“只要你不介意就好，”拉祖莫夫大声说，接着大笑起来。“别介意。”

对方脸涨得通红，脸颊火烧火燎。他看了拉祖莫夫一会儿，也放声大笑起来。拉祖莫夫这时突然收起笑脸，向前一步说道：

“闹够了吧。”他虽然两腿不住发抖，话却说得一板一眼，咄咄逼人。“我不希望这种事再重演。我不容许任何人……我很清楚你们拐弯抹角想说什么……去好好打听一番，调查一通！我藐视你们这种行径，你们不可以戏耍我。”

类似的话他以前也说过。在面对种种怀疑时，他也曾在被逼无奈之下大喊大叫过。这已形成一个恶性循环，成为他这辈子无法摆脱的宿命。但还是没有效果。他就这样一直被戏耍。不过好在人生总有尽头。

“我受够了！”他吼道，将一只手握成拳头去击打另一只手掌。

“基洛·希多洛维奇——你怎么啦？”女革命家威严地介入进来。他们现在都在看着拉祖莫夫；那个专宰密探和宪兵的杀手也转过身来，腆着肚子，仿佛胸前佩戴着一块盾牌。

“不要嚷嚷。这儿人来人往的。”一艘从蒙恩雷波斯开来的大汽艇驶入大铁门对面的码头。没人注意它发出的粗厉刺耳的汽笛声和搅动湖水的翻腾声。从汽艇上下来一小群本地的旅客。他们上岸后各自四散而去。其中一个稍稍停留了一会儿。他的打扮像个标准的早期游客，穿着灯笼裤，提着一只显眼的簇新黄色皮质玻璃箱。他察觉到这扇位于看似荒芜的城堡外的锈迹斑斑的大门边站着的四个人行迹有些可疑。他不知道自己此刻正与死亡擦肩而过。不过他是个有良好教养的人。他将视线从他们身上移开，迈着碎步沿马路走开，去等有轨电车了。

索菲亚·安东诺芙娜做了个手势，示意那两人先走，“把他交给我吧，”——不一会儿两人就走远了，那瓮声瓮气的声音越来越小，而那又尖又细、像哨子的声音也越来越小，不过还能听到“看看现在的样子”“那又有什么关系”这样的话。他们把他留给她了。在他们内部有许多事情都需要仰仗索菲亚·安东诺芙娜的丰富经验。她的那双乌黑的眼睛很快又投向拉祖莫夫，脑子里也在尽力探究他这通发作的缘由。他这样做一定有其用意。没有人天生是革命积极分子。一个普通人向革命者的转变一般都很坎坷。往往当事人先是突然开窍，然后却受到各种痛苦的怀疑，接下来是为自己正名而采取各种暴力行为并心绪不宁地等待着，最后经过一番信念的砥砺完成皈依。她曾亲眼目睹——并曾亲自引导——数十位青年男女经历这种情感危机。眼前这个年轻人像个郁郁寡欢的利己主义者，是个特例——独一无二的个案。此前她还没遇到过哪个人令她这样既困惑又着迷。

“多保重，拉祖莫夫，亲爱的朋友。如果你的神经总是绷得这么紧，迟早会疯掉的。你和所有人怄气，跟自己较劲，时刻保持警觉，没完没了地折磨自己。”

“真让人受不了！”拉祖莫夫喘着粗气说。“你得承认，他人对我什么态度，我早就不抱幻想了……这不明不白……或者说……太一目了然了。”

他做了个绝望的手势。不是因为怯懦，而是一股虚妄的冲动令他喉咙发紧，有些哽咽——想到自己不得不在这恶浊的环境下拼命挣扎，连透一口新鲜空气提神的希望都没有。

“你现在需要喝杯凉水冷静一下，”索菲亚·安东诺芙娜瞥了一眼铁门内的城堡，又瞧了一眼铁门外宁静充盈的日内瓦湖。她半开玩笑地耸耸肩，为拉祖莫夫开出了自己的药方。

“亲爱的拉祖莫夫，你总是奋力扑向那些子虚乌有的事物。这是何苦呢？是出于自责还是别的什么？反正荒唐透顶。你不能仅仅因为自己的同志殒命便自暴自弃。”

她不厌其烦地对他晓之以理。他听了没再抱怨。每个新加入者都得多多少少被人议论一番，直到被彻底理解后才会被接纳。在她的印象中，还没有哪个人从一开始就被充分信任。用不了多久，比他预想的还要早，他们就会找机会让他去执行“肃清时弊”的神圣使命，考验他的忠诚。

拉祖莫夫不动声色地听着，想道：“她也许在麻痹我，让我放松警惕。不过从另一个方面来说，他们显然都是群傻子。”他朝旁边迈了几步，双臂交叉放在胸前，身子靠在大门边的石柱上。

“可怜的霍尔丁，关于他的死还有些事情没搞清楚，”索菲亚·安东诺芙娜谈到拉祖莫夫时语速很慢，仿佛融化的铅水一滴滴地落下来；“关于这个——也许由于恐惧或无心，反正至今无人提起过，但你的做法确实不合常理——嗯，我得到一点情报……”

拉祖莫夫忍不住抬起头来，而索菲亚·安东诺芙娜轻轻地点点头。

“是这样的。你还记得我刚才提到的那封圣彼得堡来信吧？”

“信？当然。一个爱管闲事的家伙在汇报我当天的所作所为。太恶心了。我想要是警察看到这些有趣——并且纯属多余的信，会一下子茅塞顿开的。”

“噢，不会的。警察不会像你想象的那样能轻易截获我们的信件。那封信是开冻时节才从圣彼得堡送出来的，是今春涅瓦河上开出的第一艘英国汽轮运出来的。夹带这封信的是船上的一个锅炉工，当然他是我们的人。信从赫尔港辗转到我这……”

她说到这里停下来，好像对拉祖莫夫阴郁而专注的眼神显得有些吃惊，但很快又以更快的语速继续说：

“在圣彼得堡有我们一些人……不过没事。写信的人提到一件事，或许和霍尔丁被捕有关。我刚才正要和你谈这件事，被他们两个打断了。”

“又是一件事，”拉祖莫夫嘟哝着，“一件神奇的事——对我来说。”

“不要这样阴阳怪气地说话！”索菲亚·安东诺芙娜呵斥道。“没人在乎尼基塔的狂吠。他也没有恶意。听我把话说完。你也许知道一些内情。在圣彼得堡有些生活在城里的农民——其中有个人拥有马匹。他很早就进城谋生，先是当驭手，最后拥有一两辆出租马车。”

她做了个纯属多余的轻微动作，说：“请等等！”，因为拉祖莫夫本也没打算插嘴。他此时不可能不顾及自身安危去打断她的话。他的面部肌肉不由自主地收缩，脸皮微微一跳，整个神情和先前一样阴郁而专注。

“他在他这种身份的人群中颇显另类，”她继续说。“那所大房子里住的人——我的线人和其中不少人都聊过——你知道吧，那一栋是贫苦人居住的大房子……”

其实索菲亚·安东诺芙娜根本无需细细描绘这栋房子的特征，因为拉祖莫夫眼前已经清晰浮现出它的样子：一幢黑黢黢的砖石建筑，裹挟在漫天飞雪中，高高地耸立在她身后，底层小吃铺一长排窗户照出油腻的灯光，那天晚上的情景如梦魇般又侵上心头。他满怀怨怼地强打精神迎战。

“霍尔丁生前有没有和你偶尔提及过这所大房子？” 索菲亚·安东诺芙娜急切地问道。

“说过。”拉祖莫夫一边应话，一边思忖着自己是否正在落入陷阱。这帮家伙他躲都躲不掉，还得和他们扯谎，他想起来就觉得耻辱。“他跟我提过一次，”他跟了一句，故意装出回忆的样子，“就是那所房子。他以前总去找住在那里的工人。”

“的确如此。”

索菲亚·安东诺芙娜得意洋洋起来。她的线人和住在大房子里的一个工人交上了朋友，从住户之间的交谈中无意得到这个消息。他们详细描绘了霍尔丁的长相，说霍尔丁用言语抚慰他们，给他们水深火热的生活带来希望。霍尔丁来去没个准，但很频繁——她的线人这样写道——有时他还在房子里住一宿，就睡在正对着内院的马厩里。

“看看，拉祖莫夫！就在马厩里。”

拉祖莫夫在一旁默然听着，心里却既恨得咬牙切齿又忍俊不禁。

“是啊，他就睡在稻草上。那儿也许是整幢房子里最干净的地方。”

“准是这样，”这个女人对拉祖莫夫的话表示赞同。她的眉头紧锁，像是要把一双乌黑的眼睛拧到一起，样子很吓人。“在俄国，很多人吃的苦就连四条腿的牲畜都受不了。这个发现说明霍尔丁和那位农民马把式很熟。此人据说鲁莽马虎，没有家眷，成天胡吃海喝，大房子里的其他房客都不待见他。据说他以前曾给一伙打家劫舍的强盗做下手。这伙人中有一些给逮起来了，而他当时恰好没给他们驾车；于是有人怀疑是他给警方通风报信才……”

这个女人说到这里突然打住。

“你呢？你有没有听霍尔丁提过一个叫兹米安尼奇的人？”

拉祖莫夫早已料到这个名字会出现。他对这个问题早就严阵以待。“如果问起来，我就索性承认，”他心想。但他说的时候故意磨磨蹭蹭，颠三倒四。

“当然听过！”他缓缓地开口。“兹米安尼奇，这个农民有一组马匹。是的。曾经有一度。这个兹米安尼奇！没错！赶马的兹米安尼奇……我怎么会忘掉他？我和霍尔丁最后某次交谈还提到过他。”

“你是不是指，”索菲亚·安东诺芙娜极其严肃地看着他，——“是不是指就在事发前——呃？”

“什么之前？”拉祖莫夫叫道，朝这个女人逼近。她有些吃惊，但站在原地没动。“之前……噢！当然在此之前！

之后怎么可能？就在事发前几小时。”

“霍尔丁是不是对他赞赏有加？”

“赞不绝口！赶马的兹米安尼奇！灵魂自由的兹米安尼奇！”

拉祖莫夫怀着恶狠狠的快感大声说出这个名字，在此之前这个名字从未经由他的嘴里说出来。他的眼睛火辣辣地盯着她，直到她出神的表情唤醒了他。

“霍尔丁生前，”他垂下眼睛，语带克制地说，“经常突然就对某些人产生兴趣——而且依我看是——没来由地产生兴趣。”

“那就对了！”索菲亚·安东诺芙娜抚掌道。“这下我算明白过来了！我那位线人的疑心就是由这引起的……”

“哼！你的线人，”拉祖莫夫几乎毫不掩饰语调中的嘲讽了。“怀疑什么？怎么起疑心的？就因为这个兹米安尼奇？一个醉醺醺的、话都说不利索、没个准谱的……”

“这么说来，你好像对他很了解。”

拉祖莫夫抬起目光。

“我不了解他。但我了解霍尔丁。”

索菲亚·安东诺芙娜严肃地点点头。

“我明白了。你说的每个字都坐实了我读那封蹊跷来信时所起的疑心。这个兹米安尼奇有天早晨被发现吊在马棚内的钩子上——死了。”

拉祖莫夫深深为之一震。这个反应被索菲亚·安东诺芙娜瞧在眼里，于是兴奋地说——

“啊！你也看出来了。”

他看得很清楚——在一个地窖似的马棚里，借着昏暗的灯笼光，在映着灯笼辐条的阴影中，一个身穿羊皮袄、足蹬长靴的尸体靠墙吊着，一顶尖风帽的两端缠在一起向上卷到眼睛边，遮住整个面部。“这可不关我的事，”他想。“他死不死对我的境遇没有丝毫影响。他永远也不知道是谁抽了自己一顿。他不可能知道。”不过拉祖莫夫还是为这个贪杯好色之徒感到难过。

“是啊。有些人最后就落个这样的下场，”他咕哝着。“你怎么想，索菲亚·安东诺芙娜？”

那位通风报信者就是这么以为的，现在就连索菲亚·安东诺芙娜也信以为真了。她只说了一个词——“负罪自杀”。拉祖莫夫睁大眼睛看着她。索菲亚·安东诺芙娜的那位线人就凭偶然听到的一次对话，再在脑海里东拼西凑一番，就把霍尔丁和兹米安尼奇的关系大体不差地推理出来。

“现在由我来告诉你一些你还不清楚的事情吧——你的朋友已经做好事成后自救的准备。无论如何得先逃离圣彼得堡。他的计划可能也仅仅制订到这里，以后的事就看运气了。而那个家伙的马匹则是他计划的关键一环。”

“他们其实已经快接近真相了，”拉祖莫夫在心里暗暗称奇，表面上却像法官一样威严地点点头。“是啊，这是可能的，很有可能。”而女革命家对此已经深信不疑。首先霍尔丁和兹米安尼奇商谈马匹时已经让人无意中听见一些，接着“那位年轻先生”（没人知道他姓甚名谁）再也没来过让居民们起了疑心；有些人开始认为兹米安尼奇知道一些内幕。他却暴跳如雷，矢口否认；事实上自打霍尔丁失踪后他就变得魂不守舍，人也变得形销骨立；最后在和一个娘们吵架时（他正和她调情），当时大部分房客都搀和了进来，他平日里的冤家，一个健壮的小贩当着大伙的面骂他是告密者，害得“我们那位年轻的先生被流放到西伯利亚，就跟以前害得那伙年纪轻轻的小偷被抓一样”。结果引发了一场殴斗，兹米安尼奇从楼梯上被推下来。此后他借酒浇愁，一个礼拜都没精打采，没多久就上吊自杀了。

索菲亚·安东诺芙娜从这个故事中得出她的结论。她怪兹米安尼奇醉酒误事，没能在当天及时驾车帮助霍尔丁逃走，这是一个探子在小酒铺里听来的——也许就是这所大房子里的那家小吃铺。她甚至直接破口大骂起来，替霍尔丁懊悔不迭。兹米安尼奇这种人什么事都做得出来，人们说他是个不定性的老油条。假如他过去因为那些小偷和警方打过交道——尽管他本人否认，但现在看来是八九不离十——他有可能结识一些警方爪牙，并且随时为他们通风报信。一开始人们大概没把他的话当回事，但恶贯满盈的 P 先生受到应得的下场后，以前那些蛛丝马迹又被重视起来，最终导致霍尔丁难逃一劫。

“难逃一劫。”

索菲亚·安东诺芙娜摊开双手——“命中注定”。

劫数——命运！拉祖莫夫想着这些推断，不禁暗自心惊。这些推理明显对他有利。

“现在到了该将结论公诸于众的时候了。”索菲亚·安东诺芙娜又恢复了平日那种镇静自若的样子。她三天前收到那封信。但她没有立刻告诉彼得·伊凡诺维奇，因为她知道不久两人就会碰头商量一件大事，同时在场的将有另外八名行动分子。

“我在想，如果把这封信当场给大伙看，就更有说服力了。信就在我口袋里。你现在明白了吧，我在这里见到你有多高兴。”

拉祖莫夫想，“她没主动把信给我看。这不大可能。可是她把信的内容向我和盘托出了吗？”他急切地想亲眼看到那封信，但知道此时千万不能主动提这个要求。

“请告诉我，这番调查是不是你们授意的？”

“不，不，”她抗议道。“瞧，你的疑心病又犯了。这会让你变得很傻。难道你还没看出来，我们就是想调查也找不到切入点。完全一片空白！说实话，有些人提议和你接触要保持戒心也是出于这个原因。我的线人无意中结识了同住在那所贫民窟里一位机灵的制革工。在交谈间他无意中得知此事。真是无巧不成书！”

“要是一个虔诚的人，”拉祖莫夫脸上挂着苍白的笑容，“就会说这一切都是上帝的安排。”

“我那可怜的父亲也会这么说的。”索菲亚·安东诺芙娜没有笑。她垂下目光。“倒不是上帝帮过他。上帝已经好久没帮过人了。不过现在事情已经真相大白。”

“是该结束了，”拉祖莫夫面无表情，像是在沉思，“现在能否肯定，这些人口中的‘我们的那位年轻先生’就是维克多·霍尔丁？我们能肯定吗？”

“能。这点毋庸置疑。那位写信者对霍尔丁和你的长相都很熟悉，”这个女人斩钉截铁地说。

“一定是那个红鼻子家伙，”拉祖莫夫想，心里又不安起来。他去那所该死的贫民窟真的没人注意到吗？不太可能。但也不是没有可能。这种事情往往是那些骨瘦如柴的闲汉津津乐道的谈资。从这封信上看来并没涉及此事。除非她刻意隐瞒。可她干吗要隐瞒？如果他的拜访真的没被那个食不果腹的民主分子刺探到，也只会是一时，不会是一世。此人神通广大，从别人的话里就能识别出人物。一旦他得知自己去过那所房子，马上就会再写一封信——接下来的事就可想而知了！

想到这里，他的心里就直打鼓。一段时间以来，由于心头装满仇恨和鄙夷，他的脾气变得有些病态的嚣张。这样虽然使他不再轻易担惊受怕，但一想到必须要和这些革命分子打交道，厌恶之情还是油然而生。这也是一种带有迷信色彩的畏惧。现在兹米安尼奇一死，再加上这帮家伙的愚蠢推断，他的境况相对而言更安全了。他内心开始企盼自己能彻底上岸，那样他就可以信口开河地扯谎，周旋于他们当中，没人怀疑他，说话也不背他。他想听什么都可以，自己还能装出一副莫测高深的样子，就像他们犯下的罪行和愚蠢一样。他已经胜券在握了吗？还是没有？抑或永远都不可能？

“呃，索菲亚·安东诺芙娜，”他那副吞吞吐吐、主动示弱的样子现在还真不是装出来的。因为在没弄清她的话是真是假之前，他很不情愿就这样和她分手；“呃，索菲亚·安东诺芙娜，如果这一切都是真的，那么——”

“那个家伙咎由自取，”这个女人如此评价，好像在自言自语。

“什么？噢，是这样！良心自责，”拉祖莫夫咕哝着，话里透着讽刺。

“不要这么刻薄，基洛·希多洛维奇，哪怕你失去的是一位朋友。”她的语气里听不出宽容，但眼睛里好似不再有复仇的目光。“兹米安尼奇是人民的一分子。俄罗斯人性格单纯，并非死不悔改。你得明白这一点。”

“你这是在安慰我吗？”拉祖莫夫旁敲侧击地问。

“改掉你这个抱怨的习惯吧，”她突然发作。“记住，拉祖莫夫，妇女、儿童和革命分子，大家都讨厌冷嘲热讽，因为它有违我们的天性，否定一切信仰，一切奉献和一切行动。不要再抱怨了！改掉它……我也不知怎么了，反正你有时的表现让我极其厌恶……”

她将脸转开。这一通发作像电流一样，尽情地将情绪宣泄出来。接下来两人都没精打采，谁也不作声。拉祖莫夫并没被吓倒。突然她的指尖搭在他的袖子上。

“请别介意。”

“我没介意，”他平静地说。

他很得意，因为她从他脸上什么都看不出来。和她相处时的压抑感也暂时减轻平复了一些。刹那间他又自责起来，“我中了什么邪，当时干吗要去那所贫民窟。真是做了一件傻事。”

一股强烈的厌恶感又涌上心头。索菲亚·安东诺芙娜还在那里喋喋不休地说着，语气和善，明显有示好的意味。她所谈的内容还是围绕那封信，谈到线人在信里说到的各种细节，而他从未见过兹米安尼奇。他开始经常光顾那所贫民窟时，兹米安尼奇这个“悔恨的牺牲品”早在几个礼拜前就已入土了。但那里——那所贫民窟——很好地保存了革命的火种。英雄霍尔丁的精神渗透到这所黑暗悲惨的巢穴里，让这里的人们有了盼头，盼着获得救赎，摆脱水深火热的生活。

拉祖莫夫却充耳不闻地在想自己的心事。一个新的渴望折磨着他，想要不用公然撒谎就能获得安全。毕竟那种下贱的伎俩有时自己还真做不出来。

可是不行。因为他们的谈话与他的这个愿望压根不沾边，也没办法找个由头往这上面引。他现在后悔自己当初没有编个活灵活现的故事好拿到国外来用，把他去过那所贫民窟的事给圆过去。因为搞不好这件事会给他招来杀身之祸。可他离开俄国时并不知道兹米安尼奇上吊自杀了。况且谁能料到，在众多等待革命火种荡涤毁灭的贫民窟中，这个女人的“线人”偏偏找到这间？谁能料到这些？没有人！“真是个倒霉的意外”，拉祖莫夫这么想，表情却是一派高深莫测的镇静。他对索菲亚·安东诺芙娜那一通关于“人民”心理的高论点头称是。“对——肯定如此，”他虽然说得冷冰冰的，内心却紧张地恨不得用手扼住她的咽喉，逼她吐出真言。

最后，在他俩快要分手时，拉祖莫夫的紧张心情已经有些放松，这时他听到索菲亚·安东诺芙娜又拐弯抹角地说起那个令他不安的话题。这话是怎么聊起来的，他只能猜测，因为当时他没留神，但肯定来自索菲亚·安东诺芙娜的抱怨，抱怨人民既荒唐又不讲理。比如那个兹米安尼奇，平时并不敬畏神明，但临死前几周却总认为他曾被魔鬼鞭笞过一顿。

"魔鬼，"拉祖莫夫重复道，好像没听清楚。

"一个实实在在的魔鬼，化身为人。你看上去有些吃惊，基洛·希多洛维奇。就在可怜的霍尔丁被捕那天晚上的掌灯时分，一个从未出现过的陌生人露面了。他结结实实地鞭笞了兹米安尼奇一顿。当时他正烂醉如泥地躺在马厩里。那个可怜的家伙浑身上下伤痕累累。他把伤口展示给房子里其他人看过。"

"可是你，索菲亚·安东诺芙娜，你不会相信世间有什么魔鬼吧？"

"你呢？"这个女人简洁地反问道。"世间虽然没有魔鬼，但有些人比魔鬼还要坏，把好好的人间变成地狱。"她嘀咕着。

拉祖莫夫望着她。只见她一头白发却精神抖擞，两道细眉之间有深深的褶皱，乌黑的眼睛漫不经心地朝别处望去。显然她没有过多地添油加醋——最多只是在复述时说得更妥帖一些。"是个肤色黝黑的年轻人，"她进一步说道。"此前从未出现过，此后也没再出现。你为什么笑，拉祖莫夫？"

"我在笑经过这么多代的演化，魔鬼还是这么年轻，"他镇静自若地答道。"可他的长相是谁描绘的呢？那个挨揍的家伙，你不是说他当时烂醉如泥吗？"

"噢，是小吃铺的掌柜描述的。据说那人傲慢自大、皮肤黝黑，穿着学生斗篷。他冲进来要找兹米安尼奇，气急败坏地抽打他，又一言不发地扬长而去，把小吃铺的掌柜惊呆了。”

“那个掌柜也相信他是魔鬼吗？”

“这个我不知道。我只听说他在这件事上遮遮掩掩不肯多说。这些卖私酒的通常都是地痞无赖。我觉得对这件事他比谁都心知肚明。”

“那么你呢，索菲亚·安东诺芙娜，你怎么看？”拉祖莫夫饶有兴致地问。“你和你那位去过现场的线人怎么看？”

“我和他看法一致。此人就是经过伪装的警方鹰犬。除了他们，谁还能狠下心来痛揍一个毫无还手能力的人？当时的情况可能是，这些鹰犬那天倾巢出动，沿着新旧路线到处搜寻。他们或许也想逮住兹米安尼奇，从他口中套出更多情报，或验证一些事情。于是一个流里流气的探子就被派来找他，却发现兹米安尼奇酩酊大醉，一气之下抄起马厩里的叉子狠抽他的肋部，连叉子把都打折了。后来他们破了案子后，也懒得再去和这个农民计较。”

女革命家在谈话中就说了这么多。离真相差之毫厘，而思路和结论却谬以千里，不由得让人感叹人性中的谬误是多么坚不可摧，也可以看出自我欺骗可以达到何种程度。拉祖莫夫和索菲亚·安东诺芙娜握手告别后就离开那里，穿过马路，走到停靠小汽艇的码头边，靠在栏杆上。

他现在放下心来；迎来了久违的踏实感。这是自从那个晚上……那一晚以来所没有过的。通过和女革命家的交谈，他明白自己当初的处境多么危险，而现在这种危险显然已经解除了。“我应该早就料到这伙人会怀疑我，”他想。接着他的注意力被一块样子奇怪的石头吸引了。这块石头在水底清晰可见。他想能不能据此判断水的深度呢。但他很快打了个激灵，为自己在这时候居然还有如此闲情逸致感到惊讶，于是又回到刚才的思绪中来。“我应该一开始就把这个谎编得滴水不漏，”他对自己很不满意，居然这么长时间脑子都没往这方面转转。“不过好在现在情况还不错，”他想。过了一会儿又自言自语道，“这一切都要感谢魔鬼”，说着竟笑了起来。

他游移不定的思绪又转到兹米安尼奇的死上来。他对这番解释并不全然觉得可笑，而是感到一丝刺激。他想自己如果出国前就得知这家伙的自杀，肯定不知道该怎样利用这件事，使之对自己最为有利。他真该好好谢谢那个红鼻子的家伙，感谢他的耐心和奇想，“简直是个杰出的心理学家，”他在心里揶揄道。居然能想到良心自责！这是个鲜活的例子，说明这些密谋者们多么蒙昧，是一伙貌似精明、实则愚蠢、思想单一的家伙。兹米安尼奇的死不是一幕良心剧，而是爱情剧，他在心里继续调侃着。那个老东西正和一个女人调情，而那位小贩，显然是他的情敌，一把将他搡下楼梯……一个六十岁的人了，因为老相好居然受此大辱，这可不是道容易迈过的坎。看来他和彼得·伊凡诺维奇一样也是个女权主义者，但不是同一类型。借酒浇愁也不能让他释怀。这把年纪了，除了绳索好像没有别的可以医治他难以平复的创伤。更何况贫民窟内其他人的诽谤侮辱更是火上浇油。而那顿从天而降的抽打简直使他抓狂。这一切令他陷入单纯而苦涩的悲痛中。“是魔鬼吗？”拉祖莫夫叫道，好像发现了一个有趣的结论而兴奋不已。“兹米安尼奇走向绝路是陷入神秘主义。许多地地道道的俄罗斯人最后都走上了这条路！非常具有典型性！”他开始可怜起兹米安尼奇。这是一种博大单纯的怜悯，就像在空中俯瞰地上数量众多、浑然不觉的众人——如同密密麻麻爬行的蚁群，在践行着自己的命运。兹米安尼奇除了自杀也没别的路了。索菲亚·安东诺芙娜轻蔑、笃定的“警方鹰犬”论调是另一种典型的俄国式思维。拉祖莫夫觉得整件事情不是悲剧，而是一出将错就错的喜剧。魔鬼好像依次戏弄了众人，先是自己，接着是兹米安尼奇，再后来是革命分子。这是一出魔鬼的游戏……突然一个滑稽的念头打断了脑海中这通真挚的独白，“哎呀！我自己也陷进神秘主义里了。”

他的思想比先前放松多了。他转过身来，舒服地背靠栏杆，“所有事情都凑到一块了，”他继续想着。“我那显赫业绩铸就的光环将不再因为我所谓的伙伴的下场而黯然失色。由那个神秘的兹米安尼奇替我垫背真是天赐良机。再也不用撒谎了。今后我只需倾听，小心行事，尽量不表现出鄙夷不屑就行了。”

他叹了口气，又起胳膊，下巴贴到胸前，久久保持着这个姿势。然后他向前走去。现在回想起来，那天他像是下决心要去做一件大事。至于什么事，却一时想不起来。不过他也用不着刻意去回忆，因为他心里有些不安地肯定，不久事情就会自动浮现在脑海中。

他朝城里方向走了不到一百码便放慢脚步，差点趔趄一下，因为他看见正对面走来一个身影。此人身披斗篷，戴着一顶柔软的宽檐帽，穿得别具一格却又显得具体而微，像是透过观剧镜的大头一端看到的效果。要想避开这个小个子是不可能了，因为无处可躲。

“又是一个来赴这场神秘聚会的，”拉祖莫夫想。他猜的没错。但和那几位远道而来的不同，他认识此人。即便如此，他依然只想躬身打个招呼就擦肩而过。可他却不能不理会那只伸过来的细小的手。这只手的手腕毛茸茸的，指节突出，从斗篷的下摆友好地挥出来。这件破旧的西班牙式斗篷的一角向上甩到肩膀处，和暖和的气候格格不入。

“一切还好吧，拉祖莫夫先生？”这人是用德语问候的。本来拉祖莫夫对于被这样亲热地认出就很心烦，现在更觉恶心。近距离看，这个小个子像是普通身材的人压缩而成。他向拉祖莫夫脱帽致敬了一会儿，露出高高的额头。浓密的花白胡子匀称地垂在宽阔的胸前。挺拔好看的鼻子伸出在薄薄的嘴唇上；四肢虽然短小却很结实；整个外表虽显羸弱但并无老态。他的一双棕色杏仁状的眼睛大得过分，眼白上稍稍充血，看的出是伏案挑灯夜战的结果。这个小个子男人在革命圈子中不太知名，但拉祖莫夫对他却知根知底。此人是个无政府主义者，能操多国语言，没人知道他来自哪国，父母姓甚名谁。他的脾气迂阔守旧又暴戾恣睢，善于使用极具火药味的语言进行詈骂。他属于幕后强人，专写煽动性小册子，鼓吹用暴力革命伸张正义。这个朱利斯·拉斯帕拉主编一份名为《活着的话》的刊物。他是那些革命密谋分子的知己，经常写些恐吓性文章和宣言，每次密谋策划都被怀疑少不了他。拉斯帕拉居住在老城区一所晦暗逼仄的房子里。房主是个中产阶级人士，性格天真，被他巧舌如簧的人道主义言论打动，免费将房子给他住。他和两个女儿住一起，她们都比他整整高出一个头。家里还有一个六岁的小男孩，面色苍白，常年穿着蓝色棉罩衫和笨重的靴子。这个小男孩身份可疑，可能是他的某个女儿生的，也可能不是，反正外人无从知晓。朱利斯·拉斯帕拉肯定清楚这个孩子是他哪个女儿干的好事，在离家数年后像没事般带回来的；但他性格迂腐到令人吃惊的程度。他不愿意问她过多细节——连孩子父亲是谁都懒得问，因为无政府主义者视母性为天职。拉祖莫夫去过他的寓所两次，那是一个位于顶层的套间，由几个又小又黑的房间组成：窗户玻璃上满是灰尘，屋内杂乱无章，每张桌子上都剩着半杯茶。拉斯帕拉的两个女儿在屋内荡来荡去，一个个睡眼惺忪，沉默寡言，显得神秘莫测。她们不穿胸衣，身材臃肿，衣着邋遢，像用旧的玩具娃娃；而那位伟大的幕后英雄朱利斯，两腿交错坐在他三条腿的凳子上，时刻准备有人来访。听说拉祖莫夫来了，他立刻丢掉笔，转过身来露出高高的额头和浓密的花白胡子。他从凳子上下来，就像从奥林匹斯山下来的希腊真神。和他的女儿比，和家具比，和一切身高正常的来客比，他都是个侏儒。他很少离开住处，大白天步行外出更是罕见。

这天下午一定有什么要紧事，所以他才往这边赶。很明显他想对这个年轻人表现得尽量和善些，因为他的到来在日内瓦的俄国流亡者圈子里造成了不小的震动。现在他又换成俄语和拉祖莫夫交谈。除俄语外，他还可以毫不费力、地道流利地用其他四五种欧洲语言进行会话和写作（还不包括破口大骂时的语言）。他问拉祖莫夫有没有在日内瓦大学注册报名。年轻人摇摇头——

“来得及，时间有的是。但你现在就不打算为我们写点东西？”拉斯帕拉问。

他不能理解世上居然有人不愿意舞文弄墨，其实什么都可以写——社会的，经济的，历史的——都可以下笔成文。任何题材都可以用正确的精神来写，来为社会革命服务。他恰好有个朋友在伦敦和一个宣扬进步思想的评论类杂志有联系。“我们一定要进行教育，教育所有人——宣传绝对自由和革命正义的伟大思想。”

拉祖莫夫没好气地咕哝说，他连英语都不会。

“那就用俄语写。我们找人来翻译。这事不难。嗨，不用舍近求远，不还有那个霍尔丁小姐吗。我女儿经常去看她。”他意味深长地点点头。“她什么也不做，过着无所事事的生活。其实只要稍加指引，她会非常有出息。只要拿起笔写就行。你要知道自己一定能写好。好了，今天就谈这些，再见。”

他抬起手臂继续赶路。拉祖莫夫靠在矮墙上，望着他的背影，恶狠狠地啐了一口，边往外走边愤愤不平地嘟哝着——

“该死的犹太佬！”

拉祖莫夫对此人的来历毫不知情。朱利斯·拉斯帕拉也许是特兰西瓦尼亚人[①]，土耳其人，安达卢西亚人，汉萨同盟[②]内某个市镇的人，或者统统都不是。但有一点，他的故事绝不是西方式的。拉祖莫夫在文稿中发出的这句感叹一定要记下来，同时需要说明的是，这句感叹仅仅是发泄怨恨和蔑视，非常贴合拉祖莫夫当时备受煎熬的心境。他气愤之极，

---

① 今天罗马尼亚的一个地区。

② 12—13 世纪中欧的神圣罗马帝国与条顿骑士团诸城市之间形成的商业、政治联盟，以德意志北部城市为主。14 世纪晚期至 15 世纪早期达到鼎盛，后随着英、俄、尼德兰等国工商业的发展和新航线的开辟转衰，1669 年解体。

像是受到奇耻大辱一般。他像个瞎子一样踽踽独行，信步沿着码头港湾的岸边走着，穿过单调至极的花园。花园树下的椅子上同样坐着乏味的闲人。最后他的愤怒渐渐平息，发现自己来到一座又长又窄的桥中央。他放慢脚步。在他右面，防波堤小得像孩子的玩具。防波堤外绿色的草坡环绕着佩蒂湖，像画在纸版上的一幅五彩的画，平凡中透着奇妙。远处的水面波澜不惊，在阳光下像一块闪闪发亮的锡皮。

他从这片吸引游客的美景中转过头来，眼睛盯着地面慢慢走着。有一两个行人不得不走到路旁避让他，对他怔怔出神的样子投来惊讶的一瞥。不知为什么，这位以写颠覆性文字著称的报人拉斯帕拉劝他拿起笔写作这件事一直在他脑海中萦绕。写！必须得写！他！写！他突然灵光一闪，那天做出的重大决定就是写作。他下定决心义无反顾地迈出这一步，之后便把这件事忘得一干二净。他现在一心想摆脱当下的窠臼，但这样做充满风险。他忍不住又要鄙夷自己。这到底算怎么回事？是秉性反复无常还是内心软弱无能？抑或是下意识的恐惧？

“我是要退缩吗？现在千万不能退缩！绝对不能退缩！绝对不能！现在退缩比道义上的自戕更糟，简直无异于将自己钉在道德耻辱柱上。”他想。“我的良心能和普通人一样吗？”

他轻蔑地摒弃这个设想，在人行道边停下来，准备穿过马路，朝桥头对面的大路走去。他现在漫无目标，哪里有路就往哪里走。但这时几辆载人马车和负重缓行的拉货大车走过来挡住去路。他便猛地折向左边，又沿着码头走，但这次离湖远了一点。

“没准是我体质变差了，”他有些一反常态地怀疑起自己的健康；他除了小时候生过几场小病，这么多年来身体一直很好。不过这也是个隐患，仿佛表明这些年来他一直受到某种特殊的眷顾。“假如上天爱管闲事，”拉祖莫夫想到这里有点忍俊不禁，“那么现在我看见他的手指又开始玩鬼花招了，搞出一个朱利斯·拉斯帕拉挡住我的去路，就像有意在提醒我……写，他对我说。我必须写——我真的必须！我要写——绝不胆怯！肯定不能胆怯！我来此地就为这个。我要为将来写点东西。”

他被自己这一通自言自语弄得十分兴奋。但说到写作，他又想到要找个写作的场所，一个隐秘的栖身之处，自然而然又想到现在客居他乡的境况，不由得对自己不得不身处此地感到厌恶，并能感到四周的围墙传来令人厌憎的敌意。

“假如我正在写作时，”他问自己，“某个革命分子心血来潮前来造访，怎么办？”一想到这种干扰，他就战栗起来。你没法从里面锁上房门。你也没法让楼下卖烟的（他自己也算是个流亡者）告诉来人自己不在家。这些都算不上防范之策。他觉得自己在生活上必须杜绝一切可能会引起他人怀疑甚至好奇的事，小到自己应门晚一点都不行。“我真想找个去处，无论离哪里都有数里之遥。”他想。

他不知不觉又朝左拐去，发现自己再次站到一座桥上。这座桥比刚才那座要窄得多，不是笔直的，而是呈弓状，有一定的弧度，像一只短小的手臂伸向河道中的一个六边形小岛。小岛上砾石遍地，四周整整齐齐地布满石头，有一种天然整饬之美。干净的黑色砾石地面上簇拥着几株高大的白杨，还有其他一些树。树下放着几条长椅和一尊带基座的让·雅克·卢梭的青铜雕像。

一踏上小岛，拉祖莫夫就发现这里除了一个妇女经营的自家田舍小吃铺外再无旁人。这个以让·雅克·卢梭命名的弹丸之地人迹罕至，显得幼稚、可憎和空洞，有种荒凉感，而且还让人感到矫揉造作，寒酸之至。他要了一杯牛奶，站在那里一饮而尽（从早晨到现在，除了喝点茶水，他还未曾进食），正要拖着疲惫、滞重的步伐走开，一个突如其来的念头让他停了下来。这不正是他梦寐以求想要寻找的地方吗。既然在市中心的空地上他都可以孑然一身，那么在这座古怪的小岛上他更能如此。况且进出小岛只能通过那座桥，这也方便他留意外人出入。

他步履沉重地走回一条长椅，瘫坐下去。既然一定要写，那么正好可以在这里先起个头。至于写什么他早已心里有数。“今后我就是这儿的常客了，”他想，之后久久地坐在那里，一动不动，什么也不想，什么也不看，什么也不听，好像失去了知觉。这时夕阳渐渐落山，被他身后城镇的屋顶挡住，房屋的影子倒映在小岛正前方的湖面上。他从兜里掏出自来水笔，将一个小笔记本摊开在膝盖上，开始奋笔疾书，时不时还抬头看看那座连接外界的桥。不过这纯属多余，因为远处过往的行人都懒得朝这座小岛望上哪怕一眼。只有那位《社会契约论》作者①阴郁的青铜雕像静静地伫立着，俯瞰底下拉祖莫夫低垂的头。一番龙飞凤舞之后，拉祖莫夫急匆匆地收起笔，猛地用力将今天写的这几页撕下来，将笔记本塞进口袋里。他小心翼翼地在膝盖上将这几页薄薄的纸折叠好。然后他便靠在椅子上不再动弹，左手握着那几页纸。暮色更浓了。他站起身，在树下慢慢地来回踱步。

"无疑我现在安全了，"他想。他的耳朵很尖，能听到水流撞击小岛岬角发出的轻轻带着节奏的呜咽声，让他听得入了迷。虽说他的听觉极其灵敏，这声音听起来也似有若无。

"我现在从事的工作真是非同寻常，"他咕哝着。对他来说，现在耳畔传来的水声是他唯一可以无需加以防范的声音。他听起来好像也自得其乐。是啊，只有水声、风声才真

① 《社会契约论》是卢梭写于1762年的一本书，其中"主权在民"的思想是现代民主制度的基石。康拉德在此处借用此书，暗讽使拉祖莫夫深陷其中不可自拔的专制与革命的俄国是二元悖论。

正和人类的种种激情绝缘。除此之外，世上其他的声音都会玷污心灵的清静。

这就是拉祖莫夫先生的体会。心灵的清静当然是指他自己的，“心灵”一词用在这里与宗教神学的意义无关。据我了解，应该是指拉祖莫夫先生非肉体的那部分，也更容易受到世间各种苦难的蹂躏。必须承认，对于拉祖莫夫先生来说，孤独虽然苦涩，倒不完全是一种病态症候。

第四章

I

在追溯这部分内容伊始，我得再次重申，青年时代的拉祖莫夫先生在世上孑然一身，确确实实举不出任何一个人与他有涉，这是一个凡事讲究心理作用者的看法，而且失之教条刻板。我在叙述中涉及的人物，他们的荣辱观与西方世界的观念相去甚远。我对他们并不了解，又是站在人性的普遍立场上进行讲述，所以我有违常理地不愿将诸位读者可能早已猜到的内容直白地写出来。我的做法也许显得有些荒谬，但考虑到语言本身总是难以做到尽善尽美，在讲述那些一览无余的真相时唐突不当（甚至有些丢人现眼），我这样做也就情有可原了。现在我们不能不提米库林参谋。上次我们讲到拉祖莫夫先生在圣彼得堡时，他简单的一句“去哪里呢？”揭示出拉祖莫夫这起个体事件的整体性质。

“去哪里呢？”以温和提问的方式，对我们不妨称之为拉祖莫夫先生的独立宣言进行了回应。这个问题一点也不带威胁，倒像是一句无心的询问。可这个问题如果放在当时的语境下，按照字面意思实实在在去理解，一定会令拉祖莫夫先生惊骇万分。去哪里呢？回自己的住处，“革命”会像狂暴武断的宗教教义找上门来，拷问他那蛰伏脑际的本能，懵懂的思想，以及几乎完全下意识的雄心壮志；号召他做出疯狂的牺牲，号召他驯良的服从；用各种梦想和希望升华他的灵魂，使之远离阴郁和绝望。拉祖莫夫先生原本打算就此离开，这时又松开门把手，走回到米库林参谋办公室的中央，怒气冲冲地问，“你到底什么意思？”

据我所知，米库林参谋并没有回答他。他将拉祖莫夫拉到熟悉的谈话套路上来。这也是俄国人性格中的诡谲之处，即无论面对多么戏剧化的场面，他们都会依旧侧耳倾听高深莫测的私语声。他俩的交谈（包括以后的几次交谈）在这里已无需赘述。我们只需知道，拉祖莫夫先生在谈话中接受了另一种信仰的考验。米库林参谋的表达里没有官腔官调，也允许拉祖莫夫先生为自己想做逍遥派的态度做了辩护。但他没有和拉祖莫夫先生辩论。在讨论中，他说的最重的话也不过是“像你这样的人，想要置身事外是不可能了。别忘了，我看过你写的那张有趣的纸条。我能理解你的自由主义思想。我的思想中也有这方面倾向。对我来说，改良主要是方法的问题。而主张造反纯粹是一剂麻药，一种歇斯底里，千万不能让老百姓接触到。你对此完全赞同，对不对？你瞧，基洛·希多洛维奇，在某些情况下，不闻不问、内敛保守，在政治上近乎犯罪。对此古希腊人早就看得清清楚楚。”

拉祖莫夫听着淡淡一笑，单刀直入地问米库林参谋，这是否表明他准备监视自己。

面对这个挑衅的问题，这位高官并没有生气。

“不，基洛·希多洛维奇，”他严肃地回答。“我不打算监视你。”

拉祖莫夫怀疑他撒谎，于是在两人余下的短暂交谈中故意将自己装成一个满脑子自由思想的人。而这位比他年长的人却自始至终使用亲切的语言，说话既精明又简洁。拉祖莫夫最后总算明白，要想探到此人的底是不可能的。想到这里，他蓦地不安起来，心跳加快。这位高官从写字台后站起身，伸手和他告别。

“再见，拉祖莫夫先生。两位智者之间惺惺相惜，总是令人欢欣鼓舞。不是吗？毕竟，起来造反的那些先生无法垄断才智。”

“那我可不可以认为，你们不会再找我了？”拉祖莫夫的手还被握着时这样问道。米库林参谋慢慢地松开手。

“这个再说吧。拉祖莫夫先生。”他十分真挚地说。“将来的事只有上帝才知道。但是你放心，我从未想过派人监视你。你是个独立性很强的年轻人。真的。你可以像空气一样来去自由，但最后一定会回到我们当中。”

“我！我！”拉祖莫夫惊骇地大声嘟哝着表示抗议。

"为什么？"他又软弱地补充一句。

"没错！就是你，基洛·希多洛维奇，"这位警界高官用低沉严肃、信心坚定的声音说。"你一定会回到我们当中。我们民族中一些最伟大的思想者最终都选择了这条路。"

"我们民族最伟大的思想者，"拉祖莫夫诚惶诚恐地重复了一遍。

"是的，的确如此！我们最伟大的思想者……再会。"

有人将拉祖莫夫引出房间，让他从门口离开。可还没走到过道尽头，他就听见身后传来沉重的脚步声，和一个请他留步的声音。他转过头来，吃惊地发现米库林参谋本人正从后面追上来。这位高官小跑着过来，没有一点架子，有些气喘吁吁。

"请稍等一分钟。我们刚才说的话，其实也是上天的旨意。不过我可能还会再找你。你看起来很吃惊，基洛·希多洛维奇。没错，还会……万一有进一步情况出现，需要我们解决。"

"可是我什么都不知道，"拉祖莫夫结结巴巴地说。"什么事我都不可能知道。"

"谁说得准呢？事情总是奇妙地千变万化。说不定今天还没过完就会有新情况出现。你现在已经成为上帝手中的工具。你笑了，基洛·希多洛维奇；你真是个意志坚强的人[①]

① 原文为法语。

（拉祖莫夫并没意识到自己发笑了），不过我坚定地信奉上帝。这种表白信仰的话，从我这样在宦海沉浮、见惯不惊的人嘴里说出来，你听着也许觉得可笑。但你终有一天会发现……否则你遇到那些事情就无法解释。没错，我今后肯定会再见到你，但不是在这里。这里不太——嗯……到时会有人告诉你什么地方见面方便。甚至我们之间关于此事或者其他任何事都可以通过我们共同的朋友 K 亲王——如果我可以这么称呼的话——进行书面联系。我请求你，基洛·希多洛维奇——不要拒绝！我肯定 K 亲王也会同意的。拜托您务必考虑我讲的话。你是 K 亲王的朋友不假，而我也有幸早就和他……”

他朝下看自己的胡子。

“我不耽搁你了。现在世道艰难，充满了人面兽身的怪物、邪恶虚幻的梦想和荒唐愚蠢的罪行。我们肯定后会有期。尽管可能要过一些日子。希望到时上帝会赐予你一些洞见。”一走到街头，拉祖莫夫迅速拔腿就跑，也不管朝什么方向。开始他什么都没想；但不一会儿，他就意识到自己当前的处境：卑鄙、危险而又荒谬；他想，自己试图摆脱这起事件的纠缠怎么就这么难，简直毫无希望。想折返回去的念头一闪而过，用他的话说就是去向米库林参谋“坦白”算了。

回去！干什么？坦白！坦白什么？“我和他交谈时，已经最大限度地做到开诚布公，”他满腔真诚地对自己说。“我还能告诉他什么？告诉他，我帮霍尔丁去联系兹米安尼奇那个畜生？那样做就会无谓地将事情搞复杂，把我刚刚赢得的一点安全毁于一旦——愚不可及！”

可他又忍不住想，米库林参谋也许是世上唯一能理解他所作所为的人。被人这样理解，令人心驰神往。

在回去的路上，他不得不停下来好几次；他四肢的力气像是用光了，突然一动不动地站在车水马龙的街头，宛若置身沙漠之中，直到他又能够继续前行，最后终于走回住处。

拉祖莫夫一回来就病倒了。他发低烧，好像一下子到了一个很远的地方，远离纷扰的现实，甚至远离自己的住处。他没有丧失意识；只是感觉浑身乏力，像是身处某个地方，远离发生在自己身上的那些事。他缓慢地从这种状态中恢复过来，产生了一种时间近乎停顿的错觉，虽然事实上并没有过去多少天。当他回到现实，一切都发生了改变，微妙而令人讨厌的改变：没有生气的物体、人们的面孔、女房东、土里土气的女仆、楼梯、街道，甚至空气。他郑重其事地应对着这些变化。他往返于学校，上楼梯，穿过楼道，听课，记笔记，愤愤不平又冷漠孤傲地从校园的天井中穿过，牙齿咬得腮帮子直发疼。

他十分清楚地意识到，那个鲁莽的科西嘉像条幼犬似的远远地注视着他；那个面带菜色、长着弯钩状红鼻子的学生也知趣地躲在一旁，小心翼翼地不靠近他；还有其他二十来个人，平时都挺熟的，可以说说话，现在他们都是一副好奇而关切的神色，好像预料到什么事情将要发生。“这种局面不会持续太久，”拉祖莫夫不止一次这样想。有几天当别人和他突然搭话，他差点没发疯似地破口大骂。回到家里，他经常帽子斗篷都不摘就在椅子上静静地坐上数个钟头，手里握着本从图书馆借来的书；或者就坐在那儿用削鹅毛笔的小刀不停地刮着指甲。心情狂躁——就是狂躁。“这是不可能的，”他会猛地对着空荡荡的房间嘟哝。

有一点需要指出：这个房间应该让他从感官上觉得厌恶可憎、情感上无法接受，道义上不宜居住。可并非如此。一点也不（起初他身处其中是有些害怕），相反，较之以往租住的容身之所，他越发喜爱上现在这个住处，因为他从不知道家是什么样子。他现在舍不得从这里搬走。这所房子像个实实在在的诱惑，就像大冷天人们舍不得从火堆旁离开一样。

那段时间，除了去学校，他深居简出（还有什么其他地方可去呢？），每次出门他都能马上体会到自己行为在道义上牵扯的后果。霍尔丁的黑色魔力降临到他身上，像毒袍把他紧紧裹住，甩都甩不掉。还有其他同学躲不开的寒暄，这些都令他饱受折磨。“他们一定很好奇我的变化，”他焦躁地想。有一次他曾怒斥一两位很和善的同学，叫他们滚蛋，现在一想起来心里就觉得不安。还有一次他以前经常拜访的一位有家室的教授在路上碰见他时，问："怎么我们现在每个周三总见不到你，基洛·希多洛维奇？"拉祖莫夫记得自己态度粗暴、骂骂咧咧地顶了他一句。这位教授惊讶得瞠目结舌，都忘了生气。这一切真是糟糕透顶。都怪霍尔丁，总是霍尔丁——就是霍尔丁——无处不在的霍尔丁。他像个道德游魂，比所有逝者的魂魄都更令拉祖莫夫感到震慑。现在反而只有这所房间，这所他在实施完犯罪、亡命途中误打误撞闯入的房间，反而成了他的游魂不敢光顾之所。严格来说，他的游魂也不是完全没在此间出没过，而是没有这样的法力。这里是拉祖莫夫的领地，他有一种气定神闲的优越感。霍尔丁不过是个被征服的幻影——仅此而已。经常到了夜晚，那块修好的表就放在桌子上的煤油灯旁，发出微弱的滴答声。拉祖莫夫会在写作间隙抬起头来，看着那张床铺。他那专注的表情显得既期待又兴味索然。那里什么都没有。他从不指望会在那里瞧见什么。他往往看了一会儿，便轻轻地耸耸肩，又埋头伏案写作。现在他又能工作了，而且刚开始效果还不错。由于在这所房间里他可以不受霍尔丁魂灵的打扰，他变得越来越不愿意出去，最后索性闭门不出。他每天从清晨写到夜深，一直写了将近一个星期；写作时他也不看时间，眼皮实在睁不开了就往床上一倒。后来有一天下午，他无意中看了一眼表，才慢慢地放下笔。

“就是这个时间，”他想，“那个家伙趁我不在家，神不知鬼不觉地溜了进来。他像只耗子一样安静地坐在那儿——也许就在这张椅子上。”拉祖莫夫站起身来，在地上不疾不徐地来回走着，不时地看看表。“我就是这个时候回来的，发现他靠着炉子站在那儿。”他在心里自言自语。这时天黑了下来。他点亮灯。过了一会儿，他再次停下脚步，为了朝正要进屋端着托盘准备送茶和点心的女仆不满地挥挥手，示意她走开。不一会儿，表上的时间就到了他冒雪出门去干那件该死差事的时候。

“同谋，”他含混不清地嘟囔着，又来回踱起步来，眼睛始终盯着表盘，一直看着指针慢慢移到他回来的时间。

“嗯，没准，”他突然冒出一个念头，“我真是上帝钦定的工具。这当然是一种说辞。但每种说辞也许都有它的可取之处。这话听起来荒唐，但说不定一语道破天机呢？”

他沉思片刻，然后坐了下来，伸直双腿，他的眼神木然，胳膊搭在椅子两侧，像个被上帝抛弃的人——孤独无依。

到了霍尔丁离去的时刻，他又留意了一下时间，接着继续坐上半个钟头，喃喃自语道，“该工作了”。他移到桌子跟前，抓起笔又马上扔掉，因为一个令他胆战心惊的想法朝他袭来：“已经过去三个星期了，米库林那边还是没有任何动静。”

这意味着什么？难道他被遗忘了吗？也许是吧。既然这样干吗不一直被人遗忘下去呢——比如隐遁到某处？躲藏起来。可躲到哪里？怎么躲？和谁一起躲？躲到哪个洞穴里？是躲一时还是一世？

可是躲起来也有许多隐患。毕竟社会革命盯上他了。拉祖莫夫一时间感到一种莫名而绝望的恐惧，夹杂着令他厌恶的羞辱感。他今后会不会身不由己？真该死！可为什么不表现得一切如常？学习。进步。刻苦用功像什么都没发生过（当务之急是赢得银质奖章），获得荣誉，服务世上最伟大的国家，成为一名具有改良思想的公仆，也是整个人类最强大单一种族的公仆。这个种族有能力用全世界都意想不到的方式万众一心、齐心协力地实现合理有序的发展……俄罗斯民族！

决心已下，他变得镇定自若，不再彷徨。他正要伸手去拿笔时目光无意中瞥向床铺，顿时又被激怒了。他冲上前去，在脑海中狂叫："就是你，一个什么都不顾的疯子，是你把我害了！"他抓起枕头狠狠砸向地板，将毛毯扯到一边……床上什么都没有。他转过身，一时不知如何是好，整个样子像是一幅生动画面的组成部分。画面透过T将军和米库林参谋两人毗邻的目光投射到他身上，虽然意味不同，却都显得无畏、倦怠又目的明确……国家的公仆！

拉祖莫夫踉跄地冲向盥洗台，警觉地留意四周的一切，喝了点水，又用水擦擦额头。“这件事将会神不知鬼不觉地过去，”他给自己打气。“我会没事的。”但要说他会遭到彻底遗忘，那纯粹是自欺欺人。他现在已经被盯上了。不过这没什么。不能再让那个冤鬼阻碍自己……“如果有人想去爆料就让他去好了——不过要小心后果。”

他想象自己走到那个红鼻子的学生跟前，装作和他搭讪，趁其不备猛击其面门。“其实从这个家伙那里，”他想，“也什么都套不到，因为他没有自己的想法，还在做着红色民主的迷梦。哼！小子，你妄想一路打砸求得普世的幸福。让我来给你普世的幸福，你这个蠢货，喝了迷魂汤的盗尸鬼！可谁来管我的幸福？难道就因为我为自己着想，就不配获得幸福吗？……”

可拉祖莫夫转念又想，“我还年轻。一切都还有挽回的余地。”他边想边缓步穿过房间，打算到沙发上整理一下乱糟糟的思绪。还没等他走到沙发跟前，他又觉得一切都已经完了——希望、勇气，对自我的信念和对他人的信任。他的心一下子变得空荡荡的。再怎么挣扎也没有用。休息、工作、独处，和同仁坦诚交往——这一切都被剥夺了。一切都没有了。他的存在变成一片巨大冷漠的空白，像俄罗斯全境白雪覆盖下广袤平整的原野，正渐渐没入四周的暮色雾霭中。

他感到天旋地转，便坐下来，阖上眼睛，笔直地坐在沙发上，硬生生地保持这个姿势一直清醒地坐到天亮；直到女仆风风火火地端着茶炊来到外间，用拳头捶敲房门，高声叫道，“基洛·希多洛维奇，该起床用早餐了！”

拉祖莫夫睁开双眼站了起来，面色惨白，像死尸听到上帝的召唤乖乖地去接受审判。

拉祖莫夫最后还是接到传唤去见米库林参谋，我想读者诸君对此不应惊奇。信是在一个早晨来的，当时拉祖莫夫像个刚起床的病人，面色苍白，颤颤巍巍地正要去刮胡子。信封地址是那位小律师的笔迹，信封的一角还有 K 亲王手书的一行字“请将此函从速转交”。信封里有一张米库林参谋的亲笔便笺。写信人坦诚地表示尽管一切都已真相大白，但还是邀请拉祖莫夫先生在城里某处面谈一次。从地名看像是某个验光师的诊所。

拉祖莫夫读罢信，刮了胡子，穿戴整齐，又重新将信再读了一遍，闷闷不乐地嘟哝着，“验光师。”他沉思片刻，划着一根火柴，小心地将信封和信统统付诸一炬，然后坐在那里干等，什么也不做，甚至连周围有无异常情况都懒得瞧上一眼。估摸时间快到了——他出门赴约。

很难说拉祖莫夫会不会因为这份传唤的措辞不那么正式而动过爽约的念头。大概不会。反正最后他去了；并且还有些兴冲冲的，这显得有些不可思议，但只要想到米库林参谋是世上唯一能和拉祖莫夫交谈，并且视霍尔丁刺杀案为一件再寻常不过的事的人，这也就不足为怪了。而霍尔丁一旦被视作寻常人，就不再是个挥之不去、散布谬误的阴魂。拉祖莫夫心里清楚，不管这个阴魂在世间其他地方如何犯上作乱，但在验光师的诊所里，他仅仅是个因谋杀P先生而被绞死的罪犯（除此无他）；毕竟只有依靠生者赐予生活的激情和品质，亡者才能继续活在人们的记忆中。所以拉祖莫夫先生去见米库林参谋时，心情有些放松，像遭追捕的人喜出望外地见到一处庇护所。

说了这么多，就没必要再写他们这次以及此后几次晤面的详情。因为从一个西方读者的道德观念来看，他们见面的情形或许带有古老传说的邪恶特质，传说中的魔鬼引诱人类，对他们进行难以觉察的蛊惑。我不该在这里进行道德说教。我只想说一句，本故事里的“魔鬼”由于动机单一，加上内心的激情和自豪，所以用现代较为宽容的眼光看，并不像他后来被描绘得那样下作不堪。他不过是肉体凡胎之身，具有七情六欲，费尽心机却误入歧途，被各种交织在一起的卑下动机弄得头晕目眩，耍小聪明却聪明反被聪明误。得用多么精细的尺度才能测度出他的局限？

米库林参谋是位颇有权力的官员。他的官职并不卑微，也不神秘，只是不那么显眼罢了。在涉及具体事务方面，他虽然无权决策，但却能在很大程度上决定如何执行。效忠教会和皇室本身并不是罪过，逆众人之志以顺一人之志，也并不能证明某人心肠歹毒或白痴低能。作为一名官员，米库林参谋不仅头脑灵活而且忠心耿耿。在个人生活中，他至今单身，喜欢舒适，一个人住在拥有五个房间、装饰豪华的公寓里。和他亲近的人都知道，他是女子舞蹈艺术领域一位很懂行的赞助人。但普通民众只是在他身败名裂之时，才在某次国事犯审判的报道中第一次听说此人。他们浏览报纸，读到这些令人意想不到的阴谋，既震惊又困惑。在这些鲜为人知的极端残暴的政治风波中，在神秘重大的政治浑水的搅和下，米库林参谋逐渐沉沦，但他的举止不失尊严，除了镇定有力地坚称自己的无辜之外——再无其他。对早已饱受困扰的专制政体，他没有进行落井下石的揭露；而对自己爱国胸膛中装着的那些不幸的顶级机密[①]，他守口如瓶，充分展现出俄国官吏在对真理根深蒂固、近乎崇高的蔑视中所体现的坚忍精神；这种无声无息的坚忍只有少数圈内人才会懂得，而米库林这样一个骄奢淫逸之人做出的这种自我牺牲因而也不无讽刺地披上了一层伟大的光环。毕竟对他所判的重刑，在公民权层面已经将他杀死，让他实际在某种程度上已和普通犯人无异。

和神圣的民主政体相比，凶残的专制政体看似并不专门以其敌人的躯体为食。它还吞噬自己的友朋和仆役。格列高

① 原文为法语。

里·马列维耶特·米库林阁下的故事以他本人的倒台告终，这是数年之后才发生的事。但在P先生遇刺（也可以说受到处决）之时，作为总秘书处作风低调的领袖T将军的校友和终生挚友，米库林参谋在案件调查中是他的心腹和得力助手，权倾一时。大家可以想象他们在讨论拉祖莫夫先生这个案子时，那种一手遮天的派头，对俄国境内芸芸众生的鄙夷不屑，像两个奥林匹斯山上的神灵在睥睨一只虫豸。和K亲王的这层关系，可以令拉祖莫夫免于被草草收拾的命运。自从那次在秘书处的会面后，基本上无人再理会过他。米库林参谋并没忘记他（他对任何人都过目不忘），只不过无限期地将他搁置一旁。米库林参谋本性不坏，对任何人都不怀歹意。况且由于自身具有的改良倾向，他对这位青年学生印象良好，知道他是K亲王的私生子，这点显而易见。

然而造化弄人，正当拉祖莫夫先生觉得自己在生活上走投无路时，米库林参谋却由于行事稳重而被委以重任——相当于警方对欧方面的总督查。这时，也只有在这时，由于要完善对境外革命活动的监视，他再次想到了拉祖莫夫先生。对这位不同寻常的年轻人他已经有了一定的把握，在其身上看到一种特殊的用途。这个年轻人性格乖戾，心绪不宁，良心动摇，在一个虚妄的困境中挣扎……拉祖莫夫仿佛是那帮革命者送到他手中的一个工具，比那些常见的卑劣工具要锋利得多，若对他假以充分信任，他会完美地打入到那些普通告密者进不去的领域。天意啊！天意！而卷入这起秘密当中的K亲王早就认同这是天意。“事成后请务必为他谋个职位，”他曾这样急切地请求。“噢！那是一定的。这肯定是我们的事。”米库林参谋爽快地答应了。K亲王所谓的天意其实是个拙劣的障眼伎俩，米库林参谋对此心知肚明。

无论人或事都自有其特定的意识与立场。要想将他们充分掌握摸透，就必须将他们的意识和立场搞清楚。米库林参谋的神通广大之处就在于他要想利用谁，就善于一下子抓住此人的意识与立场，不管它们是虚荣、绝望、爱恨、贪婪、恃才傲物还是妄自尊大，只要能让此人为自己效力，这些对他来说都无所谓。默默无闻、无亲无故的青年学生拉祖莫夫正处于道义上无所依傍的关头，可以让他感觉到一小群位高权重的人士对他很感兴趣。K亲王就被说服亲自出马，在某个特定时刻对拉祖莫夫表现出铁汉式的柔情，令拉祖莫夫一下子猝不及防，很不适应。K亲王受到对皇帝的忠心和被压抑的父爱的双重驱使，突然拥抱了拉祖莫夫，同时也让拉祖莫夫窥探到自己内心的某种东西。

“就是这样！”拉祖莫夫在心里叫道。回想起和K亲王这次情绪激动的见面，一种略带鄙夷的柔情涌上心头，将他原本严苛无情的观点软化。这个头脑简单、俗不可耐的前近卫军官、现上议员柔软气派的灰胡须扫过拉祖莫夫的脸颊。此人无疑就是他的贵族父亲。可在拉祖莫夫看来，和那位红鼻子的学生、那个食不果腹的疯狂革命者相比，这个父亲难道不更难以捉摸、更显荒谬吗？

除了劝说，还得给点压力。一定得让拉祖莫夫觉得他犯过法，得一直让这个心理，还有“往哪儿去？”这个不容辩驳的问题紧紧缠住他。但同时也不能伤害他脆弱的感情。在这样一个紧要关头，前往日内瓦，打入外人无法接近的革命者核心圈去获取极其可靠的情报，这是个危险的使命。目前种种迹象表明，这帮革命者正在酝酿一起严重的阴谋……对于一个大国不可或缺的稳定正受到威胁……井然有序的宏大改良计划将会毁于一旦……这个国家的最高统帅们出于爱国，对此十分不安，等等这样的话。总之，米库林参谋知道该怎么说。他的这套伎俩可以通过拉祖莫夫手稿中的自我坦白、自我剖析清楚地推断出来——这个年轻人身边没有值得信赖的好友和可以求助的亲人，除了这部可怜的手稿，他也没有其他的倾诉途径。

最初的准备工作是如何避人耳目的，这里无需赘述。能找到眼科诊所这个便利条件已经充分说明了一切。米库林参谋足智多谋，这件事对他来说不是太难。而拉祖莫夫的同学，即使是那个红鼻子，也会乐于见到拉祖莫夫前往民宅去看眼科大夫。拉祖莫夫最后成功打入革命者内部，完全归功于这伙革命者自作多情地将他视作霍尔丁事件中的一个神秘共谋者。卷入这起事件本身已经很了不起——他们是单枪匹马干成的。正因如此，拉祖莫夫先生被看成一个有如神助之人，这和他的实际身份——“监视欧洲”的密探，完全是天壤之别。

而秘书处也通过一系列精心安排，故意向外放风，促成了拉祖莫夫的神话。

最后发生的这件事，终于促成了拉祖莫夫的出发。某天晚上，拉祖莫夫接待了一位不速之客，一名“有思想”的学生，在霍尔丁事件之前，经常和拉祖莫夫在私人聚会上碰面。他长得高高大大，面容沉静，没有架子，说话声音很好听。

拉祖莫夫本来懒洋洋地躺在沙发上，一听到他的声音“可以进来吗？”在前厅响起，便一骨碌跳起来。“他该不会是来捅死我的吧？”他讥讽地想，假装在自己的左眼上戴上一个绿色眼罩[①]，语气严肃地喊道：“进来。”

来人有点不好意思；希望自己不是贸然闯入。

“好几天没见到你了，我想过来瞧瞧。”他干咳几声。“眼睛好点了吗？”

“快要好了。”

“那就好。我马上就走；可是你瞧，我，其实是我们——反正我今天来的任务就是告诉你，基洛·希多洛维奇，你现

① 一种用来保护眼睛的绿色帽舌，多见于会计、编辑等用眼过度的行业。

在的安然无恙或许是假象。”

拉祖莫夫静静地坐着，一只手撑着头，这样基本上可以将另一只没戴眼罩的眼睛遮住。

“这点我也清楚。”

“你知道就好。现在好像一切都风平浪静，但那帮家伙正在准备一场大镇压。这是肯定的。不过我来不是为了告诉你这个。”他将椅子挪近一点，压低声音说。“我们担心，你马上就会被捕。”

秘书处里的一个小抄写员偷听到一个谈话，还瞥见一份报告。对这份情报不能大意。

拉祖莫夫笑了笑，而来客却焦急起来。

“啊！基洛·希多洛维奇，这可不是开玩笑。他们只是一时放过你，可是……！你最好赶紧离开这个国家，基洛·希多洛维奇，现在还来得及。”

拉祖莫夫跳将起来，过分热情地对这个建议表现得千恩万谢的样子。那人被弄得脸都红了，打消了“拉祖莫夫是不会听从底层凡夫俗子们的建议和提醒”的成见。

第二天米库林参谋听了拉祖莫夫对此事的汇报，表现得非常满意。“嗯，哈！这正是我们想要的……”他边说边看自己的胡子。

“我觉得，”拉祖莫夫说，“现在到了该我履行使命的时候了。”

“关键时刻到了，”米库林参谋语气温柔而又严肃地强调道，好像被拉祖莫夫的话震慑住了。

伪装成惊险逃亡的一切准备工作都已完成。米库林参谋不希望在出发前再见拉祖莫夫先生。这种见面有风险，再说一切都已安排就绪。

“一直以来我们无话不谈，基洛·希多洛维奇，”这位高官以俄国人的方式满怀热忱地紧握住拉祖莫夫的手，动情地说。“我们之间没有任何隔膜。请听我说，我很有幸结识你……”

他朝下瞥了一眼自己的胡子，若有所思地沉默片刻后，递给拉祖莫夫半张便笺纸。纸上简略记录着已经讨论过的各种事项，应对询问时的要点，经过协商后的行动路线的一些提示，等等这些。这是整个事件中唯一可能会连累拉祖莫夫的材料，不过正如米库林参谋所言，“纸片很容易销毁。拉祖莫夫先生现在最好谁也不见——直到出境为止，当然到那时将会……看见和听见……”

他依旧低头看着胡须；当拉祖莫夫称自己离开圣彼得堡前无论如何要见一个人，米库林参谋的表情突然闪现出一丝难以掩饰的不安。他深知这个年轻人过着勤学、孤寂、清苦的生活，这也是他适合执行这项任务的最可靠保证。他显得不以为然。鉴于使命重大，还是请亲爱的基洛·希多洛维奇考虑一下，是否应当为此斩断情愫……

拉祖莫夫轻蔑地打断这一通劝诫。他要见的不是某位红粉知己，而是个愣小伙子。他见此人自有目的。米库林参谋这下释然了，但依旧很好奇。

“啊！干吗要见他——能讲清楚点吗？”

“为了把戏演得更像一些，”拉祖莫夫为了体现自己的独立自主，故意用三言两语草草应付他。“要我做事就必须信任我。”

米库林参谋知趣地让了步，嘟哝着，“哦，那当然，那当然。你的判断……”

两人再次握手，然后便分别了。

拉祖莫夫要见的傻瓜就是那位寻欢作乐的富家子弟，众所周知的“人来疯”科西嘉。愣头愣脑，夸夸其谈，容易激动，人们一眼就能看出他是个鲁莽轻率之徒。可就是这位花花公子，听拉祖莫夫提起自己前一阵子要提供帮助的承诺，却一反平日里的嘻嘻哈哈，显得惊慌失措。

“哦，基洛·希多洛维奇，我最亲爱的朋友——我的救星——我该怎么办呢？昨晚我刚把我爸给的钱花了个精光，一个卢布都不剩。你就不能宽限到星期四吗？我会跑遍认识的所有高利贷者……当然，你不可能！不要这样看着我。我该怎么办？再去找那个老家伙没有用。我跟你说，他三天前刚给我一大把票子。我真不是人。”

他一筹莫展地搓着双手。这种事没法和老头讲真话。

“他们”去年刚授予他一枚勋章，脖子上挂的十字架。自打那时候起，他就一直咒骂各种现代思潮，恨不得见到俄国所有知识分子被成排地绞死。对这种事，他更是一个卢布都不会出。

“基洛·希多洛维奇，等一等。别瞧不起我。我有办法。对，我有——我会办成的——我要撬开他的写字台。现在只能这样了。我知道他的不义之财放在哪个抽屉里。我回家顺路就去买个凿子。到时他肯定会很郁闷，不过，你知道，这个老糊涂真的很爱我。到时他只好咽下这苦果——也拿我没办法。基洛，亲爱的，你只要再等上几个小时——等到天黑——我就会把能搞到手的钱兜底拿来！你不相信我！为什么？你倒是说说。”

“怎么说这也是偷，”拉祖莫夫冷酷地盯着他说。

“去他妈的十诫！”对方激动地嚷道。“马上就要迎来崭新的未来。”

可是这天深夜他潜入拉祖莫夫房间时，举止却一反常态，冷静异常，甚至有点庄严神圣的味道。

“办完了，”他说。

拉祖莫夫耷拉着脑袋坐在那里，两手交叉放在膝盖上，听到这熟悉的几个字不由得吃了一惊。科西嘉缓缓地将一个用线系着的棕色纸包放到油灯的光圈内。

“我没食言——能搞到的都拿来了。那个老小子会觉得天塌下来了。”拉祖莫夫在沙发上点点头，想着这个蠢货郑重其事的样子，心里不由得涌起一股恶毒的快感。

“我做出了自己的一点小小牺牲，”疯子科西嘉叹口气说道。“基洛·希多洛维奇，我要谢谢你给我这个机会。”

“你有没有付出什么代价？”

“当然有。你瞧，我那老糊涂爸爸是真爱我。他会伤心的。”

“他们跟你讲的有关崭新的未来和人民神圣意愿之类的话，你相信吗？”

“毫无保留地相信！我愿付出我的性命……只是，你瞧，我像个食槽边的猪猡。一无是处，天生如此。”

拉祖莫夫专心想着自己的心事，忘了这个人的存在，直到年轻人恳请他不要耽搁，赶紧远走高飞，才怏怏地回过神来。

“好的。呃——再会。”

“我要一直陪着你，直到亲眼见你出了圣彼得堡，”科西嘉出其不意地说道，语气镇定而坚决。“你现在不能拒绝我了。看在上帝分上，天哪，警察随时会出现。一旦他们逮住你，就会把你好好关上几年——直到你头发都白了。我爸爸的马厩里有上好的快马和一架轻便雪橇。我们赶在天亮前跑上三十里地，找一个路边车站……”

拉祖莫夫惊讶地抬头看他。他的行程早已提前定好——

是板上钉钉的事。他原打算明天出发。可现在他突然觉得这一切自己都不敢相信。他模拟过自己如何出逃，反复听取、讨论、思考、安排各种细节，可越准备就越感觉这一切都荒诞不经。仿佛真有人做过这种事似的！这就像一个弄假成真的游戏。令他惊讶的是，居然会有人对此深信不疑，如此迫不及待。"如果我现在不走，不马上走，我将永远走不了，"拉祖莫夫想到这里吓了一跳。他一言不发地站起来。着急的科西嘉在一旁给他戴上帽子，披上斗篷，不然他光着头就要走出去。他正要悄悄出门，一个刺耳的叫声喝住了他。

"基洛！"

"什么事？"他不情愿地在门厅转过头来，只见科西嘉笔直地站在那里，脸色僵硬煞白，手臂直直地伸着，食指明白无误地指向桌上光圈内那个被遗忘的棕色小包。拉祖莫夫踌躇一番，在这位同伴严肃的目光下，回过身来取走这个包，并试着朝他挤出个笑容。而这个稚气未脱的疯狂的年轻人此刻却皱着眉头。"跟做梦一样，"拉祖莫夫边想边将包裹放进口袋里，走下楼梯。"这种事还没人做过，"科西嘉挽住他的手臂，低声说着前头可能有的危险以及紧急情况下的应对之策。拉祖莫夫蜷缩着身体坐在雪橇上，嘴里还在嘟哝着，"真是荒诞。"他在心里已经将这一切看成一个梦，任其发展，而自己只是在聚精会神地观看。事情按着预想进展，出奇的顺利——驾着雪橇长途跋涉，来到一个小站的火炉旁等待。一路上他们总共没讲几句话。科西嘉阴沉着脸，也不想打破这沉寂。分别时两人拥抱了两次——此时此刻这种客套是必须要做的；之后科西嘉便从梦里消失了。

拂晓时分，拉祖莫夫静静地挤在热烘烘的车厢里，昏暗的灯光所照之处全是熟睡的旅客和被褥寝具。拉祖莫夫悄悄起身，把车窗玻璃往下拉了几寸，将那个棕色小包裹奋力掷向辽阔的茫茫雪原。“就当送给人民吧，”他望着窗外想。接着他又坐下来，将自己裹得严严实实的，坐在那里一动不动。冻得坚硬的平原像片白色沙漠，在他眼前掠过，看不见一丝有人居住的迹象。

将包裹扔出去令他清醒过来；但梦境不久又再次降临：普鲁士、萨克森、符腾堡，各种面孔，风景名胜，人声鼎沸——这一切在愤愤不已的拉祖莫夫看来仍旧是个梦。苏黎世，日内瓦——还是梦，一个紧挨着一个，将人折磨得放声尖笑，或大发雷霆，或寻死觅活——害怕最后的梦醒……

II

“也许生活就是这样，”拉祖莫夫想着，在小岛的树荫下来回踱步，一旁是卢梭的那尊青铜雕像。“一个梦，一种恐惧。”暮色渐深。从笔记本上撕下来写满字的几页纸是他的“使命”的首批成果。这可不是梦。纸上的文字透露出他信心满满，相信不久就会有真正的发现。“我将彻底被接纳，可以说一点问题都没有了。”

他还在这几页纸上记录下某些交谈留下的印象。他甚至还写下这样的话：“我渐渐摸透了那个可怕的杀手，大腹便便的屠夫尼基塔的脾性。假如今后我要是得知他的行动计划，我一定会事先发出警告。”

这些想法的徒劳像魔咒般将他压垮。即便到了这时候，他依旧无法相信自己肩负的使命的真实性。他绝望地四下张望着，好像要寻个途径将自己的生活从这种状态中救赎出来。他气愤地将这几页纸在手里压揉。“得寄出去，”他想。

他过桥回到湖的北岸。他记得这儿的一条窄街上有一家不起眼的小店，里面卖些廉价的木雕制品，四壁摆着满是尘土的硬壳纸板书，形成一个小型流通图书馆，也兼卖文具。一个板着脸、衣着破旧的老头坐在柜台后面打盹。另一个身着黑衣、一脸病容的瘦削女人应他的要求拿出信封，都懒得看他一眼。拉祖莫夫心想，和这些人打交道自己大可放心。他们对世上的一切都不再关心。他就在柜台上写信封地址。收件的是个德国人，居住在维也纳。但拉祖莫夫知道，自己的这封信，也是出国后和米库林参谋的首次联络，会被辗转送到俄国大使馆。那儿有可靠的工作人员负责用密码誊写，最后寄往目的地。由于是和外交信函一起发出，所以一路上会很安全。这个安排就是为了掩饰情报路径来源，避开那些不可靠的目光，防止泄密，阻止意外和变节的发生。一切都是为了保证拉祖莫夫的安全——万无一失。

他走出这爿店铺前往邮局。就在这时，我在一天之内第二次见到他。他的表情像个漫无目的的闲逛者，正穿过勃朗峰大街。他没认出我，我却老远就认出他来。霍尔丁小姐哥哥这位优秀的挚友长得真帅气，我心想。我注视着他走到邮筒前，又折返回来。接着他又从我身边很近的地方经过。他昂着头，举止优雅，但表情却像在梦游。这个梦驱他前行，涉足险地，他正奋力与之抗争。我的思绪又转到霍尔丁小姐和她母亲身上。他现在是霍尔丁留给这对母女对她们的儿子和哥哥仅存的念想。

我身上西方人惯有的好奇再次被激发出来。那张脸流露出骇人的表情。倘若我是个告密者，一个俄国政治流亡者，我也许能从这偶然的一瞥中捕捉到一些有价值的线索。看他这个样子，我愈发心绪不宁，甚至开始隐隐担心起娜塔莉亚·霍尔丁的安全。这种感觉无法解释，但却促使我决定晚上去看望这对母女。一个人用完晚餐后，我前往她们家。虽然数小时前我刚见过霍尔丁小姐，但霍尔丁夫人我已经好久没见了。说实话，我近来有点躲着她。

可怜的霍尔丁夫人！我得承认，她的模样吓了我一跳。她属于世上幸亏为数不多的一类人，你一见就会被吸引，因为她们会激起你的恐惧之心和怜悯之情。人们害怕和这样的人接触，对于牵挂她们的人更是如此。她们来到世间显然就是为了受苦受难，也让别人牵肠挂肚。说来也怪，我现在不想奢谈自由，因为哪怕一点较为开明自由的观点，对于我们不过是讲几句话，表表雄心，或为选举投票（就算有感觉，也不会触及我们灵魂深处的情感），但对于生活在同一片天空下，和我们几乎没有差别的另一部分人来说，却是对毅力的严峻考验，关系到泪水、悲痛和鲜血。霍尔丁夫人已经感受过她这代人所受的创伤。她有个兄弟是个狂热分子——就是被沙皇尼古拉斯枪毙的那个军官。对于霍尔丁夫人那颗容易受伤的心灵来说，消极遁世虽稍带讥讽却无法使心灵免受伤害。这次轮到自己的孩子，霍尔丁夫人再受重创，旧伤未愈，又添新痛，余生注定要受痛苦的煎熬。她这种人不知如何自我抚平创伤，过于关注自己的内心，既不怯懦，也不自私，只是冲动地直面伤口——品尝苦果。

以上这些就是我这个没有家室、羞怯内敛的孤老头子独自吃饭时的所思所想。如果有人认为这些想法是为了拐弯抹角地联想起娜塔莉亚·霍尔丁，我只能回击道，她本来就值得挂念。她有她自己的人生。她的人生刚刚开始。必须承认，我总是根据她母亲的性格特点来思考娜塔莉亚·霍尔丁的人生。用这种方式来想一个女孩子，对于我这个还没老到不知怜悯为何物的老头来说是讲得过去的。她的青春岁月就要过去；她的青春在非欧洲式专制主义的笼罩下，被粗暴地剥夺了本应享有的轻松和欢乐；她的青春在同样残忍的两派激烈的争斗中危机四伏，阴沉晦暗。

我沉溺在这些想法中不能自已，感到无能为力，甚至更糟——某种程度上又难以言说。直到临走我还在犹豫要不要去。去了有什么用？

当我拐入哲学家大道时已是深夜。我看见街角那扇窗户还亮着灯。窗帘拉了下来，但我能想象霍尔丁夫人神态如常地坐在窗帘后面的椅子上，在留心等候一个人，这种期待的心情近来已发展至近乎癫狂。

那盏亮着的灯使我像获得某种授权，可以理直气壮地敲门。这对母女尚未就寝。我在心里暗自希望她们家里没有其他来访的同胞。一位潦倒的俄国退休官员有时晚上会来串门。他沮丧忧郁地待在那里，孤独而憔悴。我猜她们母女之所以让他来得这么频繁，大概因为他是霍尔丁先生——孩子们的父亲——的老友。我打定主意，如果碰到他在那儿唠叨个没完，我停留几分钟就走。

让我吃惊的是，我还没摁铃，门就一下打开了。我迎面撞见霍尔丁小姐。她穿着外套，戴着帽子，显然正要出门。在这个时候！也许是去叫大夫？

她一见我便大声招呼，表示欢迎，这让我安心。听上去她好像正想见我。我的好奇心又起来了。她把我拉进屋，忠心耿耿的安娜，那位年迈的德国女仆，合上大门，但并没立刻走开。她依旧站在门边，像是随时准备送我出门。看来霍尔丁小姐刚才正要出去找我。

她说话时显得惊慌失措，和平时不同。她说我要是不来，她就打算径直去齐格勒夫人家摁门铃，哪怕这么晚了，齐格勒夫人又习惯……

齐格勒夫人是一位著名教授的遗孀。看在我是她已故丈夫好友的情分上，她将自己那套漂亮、宽敞的公寓的三个房间空出来让我住。她丈夫虽然已经去世，但她并没有出售这套公寓。我虽然住在她家，但却对着楼道单独有个门。我就这样住在那里至少十年了。我告诉霍尔丁小姐，我很高兴得知……

霍尔丁小姐并没脱下她那身外出装束。她面色潮红，声音坚定地问我知不知道拉祖莫夫先生住在哪里？

拉祖莫夫先生住在哪里？拉祖莫夫先生？这个时候——这么着急？我摊开手臂表示一无所知。他住哪儿我确实一点都不知道。三个小时前，我要是料到霍尔丁小姐会这么问我，我会壮着胆子在新邮政大楼前的人行道上向他索要地址，他也许会给我，但很可能不给，说不定还会粗暴地让我少管闲事。一想到他那痛苦迷惘、魂不守舍的样子，我想还有一种可能，他也许会一听我说话便猛地一惊，掉到路边的坑里去。这些我都没对霍尔丁小姐说，甚至都没提及刚刚遇见他。他给我的印象极其不好，以致我都想忘掉这件事了。

“我不知道该去哪儿打听，”我束手无策地嘟哝着。我会很乐意帮霍尔丁小姐的，不管她让我去找谁，老的少的，只要能帮上，我都会去做，因为我相信她的想法一定合情合理。“你怎么想到管我要拉祖莫夫先生的地址？”我问。

“也不完全是为了那事，”她声音低沉地说道，像是在面对一件自己不喜欢的差事。

“我是否可以这么理解，你今晚必须要和拉祖莫夫先生沟通一番？”

娜塔莉亚·霍尔丁肯定地点点头；接着看了一眼客厅的门，用法语说道——

“是因为妈妈，[①]”她迟疑了一会儿，表情依旧很严肃，不像个被想象中的困难搞得不知所措的小姑娘。她闭上嘴唇又迟疑片刻，我的好奇心被吊了起来。说起拉祖莫夫先生，为什么又提到妈妈？霍尔丁夫人并不知道她儿子的朋友已经到日内瓦了呀。

“我今晚可以见令堂大人吗？”我问。

霍尔丁小姐伸出胳膊，像要挡住我的去路。

“她现在坐卧不宁。噢，你从外表看不出来……是内心的，不过即使像我这么理解妈妈，这次也吓坏了。我再也没

---

① 原文为法语。

勇气去面对这一切了。都怪我自己；这场戏我觉得再也演不下来了；我以前从未在妈妈面前隐瞒过任何事。这种事在我们之间从未发生过。我不愿马上告诉妈妈拉祖莫夫先生来了这里。您是理解的，对吧？因为她心情不愉快。呃——在这件事上——我又不是演员。我的情绪也深深受到影响。我也有点儿……我不知道。她看出我举止异常，认为我有事瞒着她。她还发现我经常不在家，一出去就好长时间。其实我这些日子来天天和拉祖莫夫先生会面。在外面待的时间要比平时长些。天知道她在心里起了什么疑心。要知道，自从出事后，她整个人都变了……这几个星期她都异常缄默，但今晚却突然开口。她说她不想责备我；我和她一样都有自己的个性；她说不想刺探我的事情，连我的心思也不想猜；但她自己从未在孩子们面前瞒过任何事……再残酷的事也可以听。她说这些话时声音平静，那张憔悴瘦削的脸毫无表情。这太让人受不了了。”

霍尔丁小姐低声说着，语速比我平时听到的要快，声音中透着恐慌不安。前厅灯火通明，我能看到她面纱后面红通通的脸。她腰杆笔直地站着，左手轻轻搭在一张小桌子上，右手一动不动地垂在身旁。偶尔歇口气。

“太吓人了。想想！她居然会认为我正准备不告而别，离她而去。我跪在她的椅子旁，恳求她别再胡思乱想了。她摸摸我的头，还是陷入妄想不可自拔。一直以来，她觉得自己通情达理，值得孩子们向她倾诉。但事实却并非如此。她的儿子既不相信她的母爱，也不相信她能理解——现在我又打算用同样残酷不公的方式离她而去，等等这些。我什么都没法说……这是种病态的固执……她说她觉察到我身上的某种东西，某些变化……如果我的信仰召唤我离去，干吗要这样偷偷摸摸，搞得她好像是个胆小鬼，靠不住的软骨头？‘仿佛我的灵魂要背叛自己的孩子，’她尽说这样的话……实在令人难以忍受。她一直在喋喋不休地开导我……反驳她根本没有用。这是种病态。她的灵魂已经……”

我不敢遽然打破霍尔丁小姐说话间隙短暂的沉默，只是直视面纱后她那双晶莹透亮的眼睛。

“我！变了！”她用和刚才一样低沉的声音叫道。“我的信仰召唤我离去！听到这些话真让人揪心，因为我势单力薄，不知道该怎么做。你肯定理解我的处境。最后我做了件自私的事。为了消除她的疑心，我跟她提起拉祖莫夫先生。我这样做的确很自私。你知道吗，我们以前不让她知道这件事是多么正确。简直是英明。我直截了当地告诉她，可怜的维克多的朋友来这里了。话一出口我就明白之前不告诉她多么正确。本来我应该给她做点铺垫；但绝望之下就脱口而出了。妈妈一下子激动起来。他来多久了？维克多的这位朋友，他知道什么，为什么不马上来看我们？这究竟是什么意思？难道连自己儿子仅存的一点记忆都不能向做母亲的透露吗？……想想我看到她那种样子时的心情吧，面如白纸，动也不动，双手死死抓紧椅子的扶手。我对她说，这都是我的错。”

我能想象这位母亲此时正无声无息、纹丝不动地端坐在门后的椅子上，不远处她的女儿正和我交谈。门后的寂静似乎在大声呼唤一场复仇，对一个历史传统以及它在当代犯下的罪孽。这个想法只是在我的脑海中一闪而过，但我确信这段时间霍尔丁小姐为此备受煎熬。她说她一想到此情此景，就不敢面对黑夜。对此我深深理解。霍尔丁夫人终日沉溺于最可怕的想象，最残酷疯狂的怀疑。必须不惜一切代价，抓紧时间让她平静下来。所以当我听到霍尔丁小姐说“我马上把他带到这里来”时并不感到吃惊。她这么说既不荒谬也不过分。我甚至不奇怪自己说“是该这样，可到底怎么做？”

霍尔丁小姐此时能想到我，完全合乎情理，可我并不知道拉祖莫夫先生的地址。该怎么办呢？

“说不定他就住在附近，距这里只有几步之遥。”她大声说道。

我对此有些怀疑；不过如果能知道他的住址，哪怕他就是住在日内瓦城的另一端，我也会欣然前往，将他接来。我想，霍尔丁小姐知道我有求必应，所以首先想到来找我。不过她想让我真正帮的忙，却是陪她去勃莱尔城堡。

一说到勃莱尔城堡，我脑海里就浮现出黑黢黢的道路，晦暗的院落，还有这座充满妖术、阴谋和女权崇拜的巢穴荒芜诡谲的外表。我对霍尔丁小姐的提议表示反对，觉得S夫人十之八九不知道我们想要的情况，我也不认为在那里能找到拉祖莫夫先生。我回忆起他的那张脸庞，虽然只是一瞥而过，却不知为何，深信此人比那种目睹过死亡之后吓得独自一人躲起来的人更为可怕。而且我很奇怪地确信，刚才我看到他时，他肯定在往家走。

“我刚才真正在想的人是彼得·伊凡诺维奇，”霍尔丁小姐平静地说。

啊！他一定知道拉祖莫夫先生的地址。我看了看表。现在才九点二十……还来得及。

“那我去他住的旅馆碰碰运气，”我提议。“他在四海旅馆的顶层租有几个房间。”

我并没有表示要自己一个人去，原因很简单，我不相信彼得·伊凡诺维奇乐于见我。但我提议让忠诚的安娜带个字条，上面写上要问的话。

安娜还在房间另一头的门口守候着，我俩小声地商量这件事。霍尔丁小姐觉得她有必要亲自去一趟。安娜胆小迟钝，等把地址问来，时间也失去了。既然这样想就事不宜迟。因为现在根本无法确定拉祖莫夫先生就住在附近。

“如果我自己去，”霍尔丁小姐解释道，“我就顺道从旅馆直接去他家里。反正我肯定要去，因为我必须当面向拉祖莫夫先生解释清楚——不管怎样，让他心里有个准备。你都不知道我母亲现在的心情。”

她的脸色一阵红一阵白。她甚至都想到，出于对她母亲和她自己的考虑，见面时她们母女二人最好暂时先分开，留下安娜在边上伺候。安娜很讨她母亲欢心。

“她可以把针线活带进去做，”霍尔丁小姐边说边朝门口走去。走到门口时她用德语对替我们开门的女仆说，“你告诉妈妈，这位先生来过，现在我们一同去找拉祖莫夫先生。如果我离开时间一长，她保不准又不安起来。”

我们迅速出门来到街头。她深深吸了几口夜晚凉爽的空气。“我刚才甚至都没征求您的同意，”她小声说。

“我想这根本不用问，”我笑了一声。那位伟大的女权主义者见面时会怎样对我现在根本无暇顾及。我敢肯定，他一见到我就烦，很可能会板起面孔给我脸色看。但我想，他还不至于会将我彻底扫地出门。只要不那样就行。“你不挽着我吗？”我问。

她默默地那么做了，一路上我们没有说任何值得一提的话。到了旅馆，我让她先进大堂。大堂里灯火通明，人们熙来攘往。

“不如我上去找他，你在下面等我，”我建议。

“我不想一个人在这里等，”她低声说。“我也一起去。”

于是我领着她径直走向电梯。到了顶层，侍者得知我们的来意后用手指了指右面：“走廊尽头就是。”

走廊的墙壁雪白，铺着红地毯，电灯光明亮刺眼。整个走廊空旷寂静。紧闭的房门看着都差不多，上面标着数字。这种井然有序不禁使我想起根据“单独监禁原则”修建的威严气派的模范监狱。旅馆高大的屋顶下住着逆旅的游客，周围听不到一丝声音，厚厚的红地毯将我们的脚步声消得一干二净。我们急匆匆地走着，谁也没看对方，直至到了走廊尽头的最后一扇门前才交换一下眼神。我们站在门外仔细听了一会儿房间里似有若无的喁喁声。

“我想应该就是这里，”我多此一举地小声说。我看见霍尔丁小姐的嘴唇动了动，但没有出声。我重重地敲打房门，里面的各种私语声停了下来。片刻沉寂后，门猛地打开了，出来一位小个子的黑眼女人，穿着红色外套，一头近乎全白的浓密头发，马马虎虎、毫不讲究地绾在脑后，两道乌黑的细眉紧蹙。我后来饶有兴致地得知她就是大名鼎鼎——也可以说臭名昭著——的索菲亚·安东诺芙娜。但当时我被她靡菲斯特般审视的目光吸引住了，因为它们看起来和传说的不同，一点也不邪恶——或者可以说并不像魔鬼。当她发现霍尔丁小姐后，目光变得更加柔和，后者用她圆润平稳的嗓音说要见彼得·伊凡诺维奇。

“我是霍尔丁小姐，”她补充一句。

听到这话，索菲亚·安东诺芙娜的眉头完全舒展开来。但这位红衣女人依旧一声不吭，走到沙发上坐下，只是将房门敞开。

她坐在沙发上，双手搭在大腿上，用乌黑闪亮的眼睛看着我们走进房间。

霍尔丁小姐一直走到房间中央；而我恪守自己的陪客身份，合上门后站在一旁。房间面积很大，屋顶却很低，内饰乏善可陈，一个罩着陶瓷灯罩的电灯泡低低地挂在一张大桌子上（桌上铺着一幅硕大的地图），将房屋的远角笼罩在昏暗朦胧的人造光线中。我们没有看见彼得·伊凡诺维奇，拉祖莫夫先生也不在场。但在沙发上索菲亚·安东诺芙娜身边坐着一位留着山羊胡子、颧骨突出的男子。他身体前倾，两手放在膝上，神色和善地紧盯着我们。房间远处影影绰绰有个身材魁梧、面庞宽阔苍白的身影，举止扭捏，好像为自己处于如此低下的位置而不安。房间里我唯一认识的人就是小个子朱利斯·拉斯帕拉，他正专心致志地研究地图。双脚紧紧缠在椅子腿上。看到我们，他急忙从椅子上下来，朝霍尔丁小姐躬身致意，像个长着鹰钩鼻、粘着花白胡子的大男孩，滑稽可笑。他要将椅子让出来，被霍尔丁小姐婉拒了。她只进来一小会儿，找彼得·伊凡诺维奇说几句话。

他那尖利的声音在室内听起来让人很不舒服。

“说来也怪，我今天下午还想起你来着，娜塔莉亚·维克托芙娜。我见到拉祖莫夫先生了。我请他写文章，写什么都行。你可以将他写的文章翻译成英语——你不还有这位老师嘛。”

他朝我客气地点头致意。一说到拉祖莫夫这个名字，一个难以形容的声音，有点像小动物不满时发出的微弱吱吱叫声，从房间的一隅发出，那里坐着一位块头远大于自身所坐椅子的男子。我没听见霍尔丁小姐说什么。拉斯帕拉又发话了。

“到了该出来做点事情的时候了，娜塔莉亚·维克托芙娜。但我想你一定有你自己的想法。为什么不写点东西呢？既然你这么快就来找我们。我们可以好好谈谈。任何建议……”

我还是没听到霍尔丁小姐说话。拉斯帕拉的声音又响起来。

“彼得·伊凡诺维奇？他暂时在其他房间休息。我们大家都在等他。”话正说着，这个大人物走进来，穿着一身长长的黑色晨衣，显得更加高大、伟岸。晨衣下摆笔直地伸到脚边。他让人联想起僧侣或先知，某个健硕的沙漠居民——有点像亚洲人。和衣服相匹配的墨镜在昏暗的灯光下令他更显神秘莫测。

小个子拉斯帕拉坐回到椅子上继续看地图。这幅地图是整个房间唯一被灯光照得通亮的物件。即便站在门边，我也能看出代表水域的蓝色部分。这是一幅巴尔干区域图。彼得·伊凡诺维奇发出轻轻的惊呼声，一面走向霍尔丁小姐，一面努力装作没察觉到我。当然这只是非常微妙的动作，因为他还是透过墨镜瞥了我一眼。他一定认出了我灰白的头发，因为他醒目地耸耸宽阔的肩膀，接着和蔼可亲地转向霍尔丁小姐。他用厚如垫子的手掌握住霍尔丁小姐的手，另一只爪子像盖子一样合在上面。

他和霍尔丁小姐在房间中央交谈了几句，声音很小，听不清楚。这时其他人都没有动：拉斯帕拉背对着我们，跪在椅子上，手臂支在那张大地图上；墙角巨大的黑影，沙发上留着山羊胡子、目光坦诚的男子，坐在他身旁穿红外套的女人——所有这些人统统没有发出动静。我想他们应该是没来得及，因为霍尔丁小姐很快便从彼得·伊凡诺维奇的掌心中抽出自己的手，没等我准备好便来到门边。作为一名无人理会的西方人，我赶忙打开房门，尾随她而去。我看他们最后一眼时，他们全都一动不动，姿态各异：彼得·伊凡诺维奇独自一个人站着，戴着墨镜，像个魁梧的盲人教师。在他身后是矮小的拉斯帕拉借着一片明亮的灯光凝视着花花绿绿的地图。

此后过了很长一段时间，报章上谣传着一则俄国境内流产的军事阴谋时（这类消息向来语焉不详且很快就销声匿迹），我猛地回忆起当初瞥见的那一伙家伙和他们的头领。

没有进一步的细节报导，但显然境外的革命党派插手了这起事件，事先排遣密使潜入俄国，甚至还发现他们花钱雇一艘汽船满载着军火和叛乱分子侵入巴尔干地区。当我浏览报上这则言之不详的揭秘时（其实世人对此类事情并无多大兴趣），我觉得陪这位俄罗斯姑娘去的那一趟让我见识了古老稳定的欧洲幕后的乱象。在一座闻名于世的旅馆顶层上短暂而奇异的一瞥，竟发现了大人物本人；墙角坐着身材威猛的密探和宪兵杀手；雅科夫里奇这样参与恐怖活动的老手；头发和我一样银白但双目炯炯的女人；他们都处在神秘黯淡的光线下，只有桌上的俄国地图被照得通亮。那个女人我后来又见到一次。我们在等电梯时，她沿走廊匆忙赶来，眼睛紧盯着霍尔丁小姐的脸庞，并将她拉到一旁，好像要推心置腹地交流一番。但时间并不长。只说了寥寥数语。

乘电梯向下时，娜塔莉亚·霍尔丁没有说话。我们走出旅馆沿着暮色清新的码头漫步，左边是黑沉沉的水面上倒映出的点点渔火，右边是高高耸立的旅馆群。直到此时她才开口。

“那人就是索菲亚·安东诺芙娜——你知道她吗？……”

“嗯，我知道——赫赫有名的……”

“就是她。我们出来之后，彼得·伊凡诺维奇好像告诉了她我的来意。所以她才跑出来追我们。她先是自报姓名，然后说，‘你是那位被人民铭记在心的勇士的妹妹，你也许能见到更美好的时代。’我对她说，我只希望到时所有这一切都被遗忘。连我哥哥的名字都会被湮没无闻。我也不知道是什么让我说出这样的话，但你能理解吧？”

“能理解，”我说。“你盼望一个协和公正的时代。”

“对。这项事业充满太多的仇恨与复仇。不做又不行。它意味着一种牺牲——既然如此，就让牺牲更伟大些。毁灭是愤怒的事业。让专制者和杀戮者一同被遗忘吧。只有重建者的名字被人记住。”

“那么索菲亚·安东诺芙娜同意你的看法吗？”我表示怀疑。

“她什么也没说，只说‘你相信爱，这是件好事。’我想她明白我的意思。然后她又问我，是不是想立刻见到拉祖莫夫先生。我说我盼着今天晚上就能带他去见母亲。我母亲得知他来此地，心神不宁，迫不及待地想知道他能不能告诉我们一些维克多的事情。我们听说他是我哥哥唯一的朋友，也是亲密无间的伙伴。她说，‘噢！你哥哥——对。请转告拉祖莫夫先生，我已将从圣彼得堡得知的消息告诉了大家。和你哥哥被捕有关。’她补充了一句。‘他被一个来自人民内部的人出卖，那人后来上吊自杀了。拉祖莫夫先生会把这一切原原本本讲给你们听。今天下午我已经全部告诉他了。请转告拉祖莫夫先生，索菲亚·安东诺芙娜向他致意。我明天一早就要离开——去很远的地方。’”

霍尔丁小姐沉默片刻又补充道——“我当时猝不及防，听到这件事一下子惊呆了。都不知道怎么跟你说……一个来自人民内部的人！噢，我们的贫苦大众！”

她慢慢地走着，好像一下子累垮了。她的头低垂着；路边带露台和阳台的旅馆窗户里传出单调乏味的音乐，赌场低矮俗气的大门上两个红色招牌被电灯照得雪亮，显得粗鄙土气。放眼望去，码头上空空如也，街道上人迹稀少，让人觉得有一种矫饰的体面和难以言传的沉寂。

我以为她已获知了拉祖莫夫先生的地址，于是就随着她走。我们走到勃朗峰大桥上，大桥上灯光映出的远景又宽又长，几条黑影似乎消失在其中。她说——

“他住的离我们家不远。我以前也隐约觉得不会太远。他住在豆荚大街。我想那儿都是些新盖的供手艺人居住的大房子。”

她亲热信任地挽起我的胳膊，加快步伐。我们的赶路方式颇具古风，没有想过那些现代手段。一辆夜班有轨电车从后面超过我们；还有一排四轮出租马车立在花园围栏外，但我们从未想过使用这些交通工具。她的步履匆忙，而我——她不见外地挽住我。我们沿着坡势较缓的科拉特里大街前行，所有商家都已关门闭户，窗户黑洞洞的（好像这些唯利是图的商人一到天黑就逃之夭夭）。霍尔丁小姐试探地问道——

"我想赶回去看一眼母亲。反正也不算太绕路。"

我劝她打消这个念头。如果霍尔丁夫人今晚真想见到拉祖莫夫，那么现在空手而归很不明智。当务之急是尽快找到这位年轻人，领他过来安抚情绪激动的霍尔丁夫人。她听从了我的建议。我们斜穿过剧院广场，广场上铺着厚厚的方砖，在灯光下泛着蓝灰色，中央孤零零地立着一尊骑士塑像。豆荚大街位于贫民区，靠近市郊，新盖好的高大房屋与一块块在建的地皮交相杂陈。在一个巷子拐角处，一间刷得粉白的店铺亮着昏黄的灯光。灯光从门口展成扇形，汇入夜色中。从外头远远就可以看见店铺的内墙四周摆放着寒碜的货架。柜台刷成棕色。就是这所房子。房子四周是一圈涂着柏油的木板围栏。我们沿着围栏黑长条的影子走进这所带尖角的房子。房子正面逼仄苍白，有五扇高高的独立窗户。窗户里没有一丝亮光，被伸出来的斜坡屋顶浓浓的黑影遮住。

"我们得到店里打听一下，"霍尔丁小姐对我说。

一个面色灰黄，蓄着稀疏胡子，穿着一件白色衣领微微泛黄，领带破旧的男人放下报纸，双肘习惯性地撑在空荡荡的柜台面上。他回答说，我们问的这个人确实是他的"房客"[①]，住在三楼，但这会儿出去了。

---

① 原文为法语。

“这会儿出去了，”我瞥一眼霍尔丁小姐重复道。“你是不是指他不久就会回来？”

那人态度十分和蔼，长着一双讨人喜欢的眼睛和柔软的嘴唇。据他说，拉祖莫夫先生整个白天都不在，傍晚时分才回来。奇怪的是，他待了半小时左右又下楼去了。拉祖莫夫先生把钥匙留给他，只说要出去透透气。

店主边说边从空荡的柜台后朝我们笑笑，两只手抱着头。透透气。可从这话中无法判断他到底多久才回来。快到夜深了。

过了片刻，他那双善解人意的目光投向大门，跟了句——

“瞧，暴风雨马上就会把他赶进来。”

“要来暴风雨啊？”我问。

“嗯，对！”

这时远处传来低沉的轰隆隆的雷声，好像在印证他讲的话。

我瞟了一眼霍尔丁小姐，发现她很不情愿就此离去，于是我对店主说，假如拉祖莫夫先生半小时之内回来，请转告他在楼下等我们。我们过会儿再来看一眼。

店主没有吭声，只是微微地点点头。霍尔丁小姐对我的安排表示默许。我们缓缓沿着马路朝城外走去。沿途是素朴的乡间小舍，外面围着园圃，借着煤气灯灯光可见园圃上方悬垂着粗大的树枝和大片的叶子。这些乡间小舍今后注定要遭拆除。河面结冰的艾云河被下游低坝拦腰截住，发出震耳的呜咽声。一股寒嗖嗖的风带着水气朝我们迎面吹来。这片空旷的地界上只有两排灯光勾勒出一条街道的轮廓，但看不到任何具体的房屋。艾云河对岸彤云密布，一束孤零零的昏暗灯光好像倦怠的人眼注视着我们。我们就这样一直走到勃朗峰大桥。我说——

“我们最好还是回去吧……”

店里那病怏怏的男人正在仔细读着他污渍斑斑的报纸，铺开占据了大半个柜台。我朝店里看了一眼，他抬起头来咂着嘴，摇了摇头。我没多停留，而是立刻返回霍尔丁小姐身边。这回我们匆匆离开此地。霍尔丁小姐说她明天一早就派安娜送一张便条过来。我佩服她的这种缄默，沉默或许也是我表示关切的最好途径。

我们回去走的先是半乡间风格的土路，渐渐变成城里的通衢大道，宽阔而荒凉。一路上遇到的行人没超过四个。也许是我同伴的焦虑之情感染了我，道路好像看不到尽头。最后我们总算拐进哲学家大道，更显宽广、空旷、静寂——孤独而体面地熟睡着。在大街上远远就能望见那两扇窗户醒目地亮着灯光。我能想象霍尔丁太太坐在扶手椅上，在撕心裂肺的痛苦中守夜，像是中了某个专横的咒语：一个专制和革命的牺牲品，真是残酷而荒谬的一幕。

III

“你进来待一会儿吗？”娜塔莉亚·霍尔丁问。

我因为时间太晚而犹豫不决。“你知道吗，妈妈非常喜欢你，”她央求道。

“那我就进来稍待片刻，看看你母亲怎么样。”

她像是在自言自语，“我不知道她是否相信我没找到拉祖莫夫先生。她一直固执地认为我有事瞒着她。或许你能说服她……”

“你母亲也不一定相信我的话，”我说。

“不相信你！为什么？你有什么好向她隐瞒的？你既不是俄国人也不是密谋者。”

我深深感到自己作为欧洲人与她们之间的隔膜，但我并没有表露出来，而是决心将自己这个起不到多大作用的旁观者扮演到底。这时远处罗讷河谷隆隆的雷声正在靠近这座熟睡中具有平凡朴素的美德和包容好客的品质的城市，我们正对着黑乎乎的门洞穿过马路，霍尔丁小姐摁响公寓的门铃。门应声而开，好像那位年老的女仆一直守候在前厅等待我们回来。她看到我们仿佛如释重负，边合上门边说那位先生在这里。

霍尔丁小姐和我都没有反应过来。霍尔丁小姐转过身来没好气地问，“谁呀？”

“拉祖莫夫先生，”女仆解释道。

因为我们离开前，她听到不少我们的谈话，知道年轻的女主人和我是出去找拉祖莫夫先生。所以当这位年轻人出现在门口自报姓名时，她立刻请他进来。

“真是谁也没料到，”霍尔丁小姐一双严肃的灰眼睛盯着我，嘴里喃喃地说。而我一想起四个小时前才见到这个年轻人脸上的表情，一副饱受失眠困扰的模样，我就既好奇又忐忑。

“你先问过我母亲了吗？”霍尔丁小姐问女仆。

“没有。我只是通报拉祖莫夫先生来了，”女仆答道，很不解我们犯难的神色。

“不过没关系，”我低声说，“反正令堂已经有准备了。”

“是倒是，不过拉祖莫夫先生不知道……”

我想她是怕拉祖莫夫说起话来不注意方式方法。当霍尔丁小姐问拉祖莫夫先生和她母亲在一起多久了，女仆告诉我们，那位先生进客厅至多不过一刻钟。

她等了片刻，然后走开了，看上去有点害怕。霍尔丁小姐默默地看着我。

“现在看来，”我说，“你正好可以原原本本地得知你哥哥的这位挚友要对你母亲说些什么。当然之后……”

“嗯，”娜塔莉亚·霍尔丁慢慢地说。“我只是在想，既然他来的时候我不在场，现在到底该不该去打断他们的交谈。”

我们谁也没再说话，但我认为我们都竖着耳朵在听。客厅的门紧闭着，没有任何声音传出来。霍尔丁小姐的表情既痛苦又踌躇；她本想进去看看，但又克制住了自己。这时她听见门里传来脚步声。接着门开了，拉祖莫夫径直走到前厅。一整天的劳累加上内心的思想斗争使他看上去变化很大，虽然仅仅数小时前在邮政大楼跟前和我擦肩而过，但我都认不出这张脸了。当时他看上去虽令人惊愕但却和现在并不一样，不像现在面如死灰，目光晦暗。一双眼睛倒更显清醒，但朝我看时明显有种凶相。

我之所以这么说，是因为它们刚开始朝我看时没有显出丝毫认知甚至感知的表情。我仅仅是出现在他视线中的一个物体。我不知道他刚才是否听见门铃声，或料到出来会见到谁。我想，要不是霍尔丁小姐朝他走了一两步，他会直接离开。即使霍尔丁小姐朝他伸出手，他也没有理会。

“原来是你，娜塔莉亚·维克托芙娜……你也许很惊讶……这么晚了。不过，你瞧，我想起我们在花园里的交谈。我想你希望我能——不要耽搁……所以我就来了。没别的意思。就是想告诉你……”

他费力地说着。看他这样，我不禁想起掌柜说他要出去“透透气”。如果真是要去透气，那么显然很遗憾，他没能实现这个愿望。他低垂着眼睛，耷拉着脑袋，一副欲言又止的样子。

“想告诉你我今天才得知的消息——今天才……”

透过他从客厅出来没合上的门，我朝里面看了一眼。里面只点着一盏带灯罩的灯——霍尔丁夫人的眼睛受不了煤气灯和电灯刺目的光。客厅面积不小，由于挂着厚厚的窗帘，和灯火通明的前厅相比要显得晦暗；我看见地板上霍尔丁夫人静止的身影，身体微微前倾，一只苍白的手搭在椅臂上。

她没有动，面朝前方窗户的脸上已经看不到如何期盼的神情。窗帘放了下来；窗外只有飘着一片雷雨云的夜空，整个城市显得客气而疏远，包容中透着冷漠甚至轻蔑——这座体面的城市接纳来自国外的流亡者，对它来说一切忧伤与希望都是那么微不足道。霍尔丁夫人白首低垂。

我萌生出一个想法，真正专制的剧目并非在广阔的政治舞台上演，而注定是作为旁观者的我这次得以瞥见的幕后景象，看到了比公开表演更为深刻的东西。我确信，眼前这位母亲打从心底不愿献出自己的儿子。比起拉结[①]的悲痛欲绝，她那可怕的平静有过之而无不及，更加沉痛，难以释怀。她那苍白佝偻的侧影深陷在若隐若现的高背椅中，仿佛

① 《圣经·马太福音》中提到“拉结哭她儿女，因为他们都不在了”，此处引喻为失去爱子的霍尔丁夫人。

大腿上偎依着爱子的头颅。

我瞧见这幕后的景象。而霍尔丁小姐从拉祖莫夫先生身边走过去，关上了大门。她的动作有些迟疑，我一度认为她会先进客厅探视母亲，但她只是焦虑地朝里面望了一眼。或许要是霍尔丁夫人动动身子……不过没有。她那纹丝不动、没有血色的脸庞表现出面对苦难的可怕态度，心如死灰，无可救药。

此时拉祖莫夫先生的眼睛一直盯着地板。一想到不得不把刚才讲过的故事再复述一遍，他就觉得受不了。他本以为这对母女在一起，这样就可以将此事永远地了结——永远了结。“幸亏我不相信有什么来世，”他讥讽地想。

来这里之前，他先将机密信件寄了出去，然后独自一人待在住处写他的秘密日记。他明白这种诡异的自我放纵中隐含的危险性。他暗自提醒自己，但却按捺不住。写作能令他平静——是他向生活妥协的手段。他坐在那里，借着孤零零的烛光，龙飞凤舞地写起来，直到他突然想起索菲亚·安东诺芙娜关于霍尔丁被捕的解释，觉得自己正好可以拿这话去搪塞那对母女。她们肯定通过其他渠道已经得知此事，而自己总是这样躲躲闪闪，不仅会让霍尔丁母女感到奇怪，也会令其他人生疑。想到这里，他看不到任何推诿的理由，恨不得马上去办。他看看表，还不算太晚。

和霍尔丁夫人在一起的一刻钟，就像是这位他不认识的女人在进行复仇：那苍白的脸庞，微弱而清晰的嗓音；还有她的头，一开始那么热切地转过来对着他，听了一会儿又垂下来一动不动——客厅里的灯光昏暗静谧，他虽然一再压低声音，但回声依旧震耳——这一切波澜诡谲，令他发疹。霍尔丁夫人的悲伤中像是隐藏着一种倔强，一种他无法理解的东西。他也说不清具体是什么，反正是他不愿看到的。是敌意吗？不过这已经无所谓了。无论什么事都不会再波及到他；在革命党人眼中，他的过去光明正大。霍尔丁的幻象已被他踩在身后，被动无力地躺在白雪覆盖的人行道上。幻象的母亲伤心过度，面色惨白，像个鬼魂。他的惊讶中含着悲悯。当然这种同情也没什么用，对这位做母亲的无足轻重。他无法摆脱这个沉默无语、白发苍苍的女人形成的强烈印象。但他又不知不觉变得铁石心肠起来。所有这一切都是后果。好吧，可原因何在？“我自己是躺在玫瑰花床上吗？”他远远地坐在一边，看着这悲伤的背影，在内心大声问自己。要说的已经全部告诉她了，可她却自始至终一言不发。他说话时、她甚至将头扭开。他说完后，足足有五分多钟的沉默。这是什么意思？虽然他不了解这个女人的脾气，但却清楚地感觉到自己的愤怒。凝视着霍尔丁的母亲，他不禁把对霍尔丁的旧怨又翻出来。不知道这算不算一种嫉妒心？在所有来人世间走一遭的人里面，唯独只有他被剥夺了这项特权。而另外那个人现在却安心地长眠地下，并继续存在于年迈、忧伤的母亲的慈爱之中，存在于那些故作热爱人类者的思想中。无法将他除掉。“反而我是把自己真正给毁了，”拉祖莫夫心想。“是他诱使我犯下的罪，而我却躲不开他。”

想到这里，他不禁惶然，赶紧起身大步流星地迈出这间昏暗阒寂的房间。那位老妇依旧默默地坐在椅子上，那位母亲！他走时头也不回，是公然的逃避。但一打开房门，他就发现自己的退路被切断了。妹妹又出现了。他对妹妹从未忘怀，只是不希望此时见到她——或许永远也不想再见她。她就像当初她哥哥的幻象一样，出乎意料地现身前厅。拉祖莫夫猛地一惊，好像发现自己陷入了一个精心设计的圈套。他想挤出笑容，却办不到，只得垂下眼睛。“我是不是要将那个愚蠢的故事再说一遍？”他问自己，感到心头一沉。这段时间他说话就没利索过，但他现在没有心思分析自己为何这般心虚。他只想拿起帽子，废话少说，赶紧溜之大吉。但霍尔丁小姐一把抢在他前头把大门关上，让他吃惊不小。他在她身后半转过身，眼也不抬，一副身不由己的样子，像狂风中舞动的一片羽毛。霍尔丁小姐关上门后又回到原处，而拉祖莫夫半侧的身子也转了回来，所以他俩相互的位置又恢复到刚才的样子。

“嗯，嗯，”霍尔丁小姐匆忙说道。“基洛·希多洛维奇，你能马上赶过来，我太感激了——现在这个样子……只是我希望我……妈妈告诉你了吗？”

“我倒想看看她能不能告诉我一些不知道的东西，”他显然是在自言自语，但声音却清晰可闻。“可我对此一直就很清楚，”他提高音量，绝望地补充道。

他低下头。他对娜塔莉亚·霍尔丁的赫然出现反应强烈，感觉见到她自己就可以松口气了。最近霍尔丁小姐一直萦绕在他心头。自从上次在勃莱尔别墅花园里她突然现身，向他伸出手，嘴里还念叨着他哥哥的名字，他备受煎熬……前厅靠近大门的墙上挂着一排挂钩，正对面的墙边靠着一张小黑桌和一把椅子。墙纸上除了隐约可见的图案几近全白。高高的天花板下吊着的电灯将四四方方、盒子似的房间照得通亮，就连四个空无一物的角落也几乎看不到阴影——一个上演阴晦剧情的诡谲舞台。

“你是指什么？”霍尔丁小姐问。“你以前就一直清楚什么？”

他抬起脸庞，面色苍白，神色中充溢着难以言说的苦痛。他看人的目光呆滞失神，又有股执拗劲，让和他交谈的人吃惊。现在他的这副神态渐渐消失，仿佛正回过神来，重新体察到霍尔丁小姐的相貌、身材、目光、嗓音结合得如此完美，让她出落为超凡脱俗的尤物。他就这样久久地看着她，令她微微红了脸。

“你说你早就知道什么？”她又含混地问了一遍。

这次他终于挤出笑容。

“其实，要不是有一两句寒暄，我都怀疑你母亲是否意识到我这个人的存在。你明白我的意思吧？”

娜塔莉亚·霍尔丁点点头；她的双手在身旁微微动了动。

“我知道。不过难道这不是撕心裂肺的痛苦吗？到现在她没有流一滴泪——一滴泪啊。”

“没流一滴泪！你呢，娜塔莉亚·维克托芙娜？你能哭出来吗？”

“我哭出来了。我年纪还轻，基洛·希多洛维奇，依然相信未来。但我一看到母亲这样失魂落魄，就什么都忘了。我扪心自问，作为他的妹妹，我是该引以为豪呢——还是仅仅逆来顺受？很多人过来看我们。还有完全不相识的陌生人写信请求登门拜访，聊表敬意。我们总不能一天到晚闭门锁户。你知道，彼得·伊凡诺维奇亲自……噢，对了，虽然大部分是同情，但也有人公开对哥哥的死幸灾乐祸。这阵热闹过后，家里只剩我和我可怜的母亲两个人时，我感觉这一切似乎有点变味，这项事业并不值得我母亲为此做出这么大的牺牲。但我一听说你到了日内瓦，基洛·希多洛维奇，我就觉得你是唯一能帮助我的人……”

“是帮助安抚一位痛失爱子的母亲吗？一定是！”他打断霍尔丁小姐的话，后者睁着明亮的眼睛毫无戒心地望着他。“但这有个是否合适的问题。这点你想到了吗？”

他说话时有些气喘吁吁，与他试图做出的暗含嘲讽的恶毒动机形成鲜明对照。

“不行吗！”娜塔莉亚·霍尔丁激动地小声说。“谁会比你更合适？”

他听了这话，气得差点抽搐过去，不过好歹控制住了自己。

“啊，你还没见到我这个人，仅仅听说我在日内瓦，就断定我能帮你？瞧瞧，这是我能激起信任的又一明证……”

须臾间，他的语气就变了，变得更加尖刻、冷漠。

“人是可怜的生物，娜塔莉亚·维克托芙娜。对于情感他们无法用先天的直觉去感悟。若要去安慰一位经历丧子之痛的母亲，那他自己应该尽过一些孝道才对。假若你对我的身世知道的一清二楚，就会发现我没有这方面的经验。你现在想打交道的这个人，用诗人的话说，是个‘没有被任何爱温暖过的胸膛，’……我不是说你的想法不可理喻，”他又低声补充道。

“我相信，你不是个铁石心肠的人，”霍尔丁小姐柔声说道。

“是的，没有石头那么硬，”他继续用内省的嗓音说着，仿佛从未被温暖过的胸膛里真压着一块石头一样重的心。“确实没有那么硬。可你为什么那么相信我——啊！不过这是题外话。这种事以前从未有人求过我。没人在乎我的温情。现在你出现了。你！现在！不，娜塔莉亚·维克托芙娜。太晚了。你来得太晚了。你从我这里肯定一无所获。”

虽然他站着没动，她却朝后退得离他远一点，好像瞧见他表情的变化，这种变化给他的话平添一层只有他俩才能意会的隐秘情感。作为缄口不语的旁观者，我察觉出他俩从第一次四目相视时起，就已经意识到两人共同背负着一道魔咒。这时只要其中任何一个人朝我看上一眼，我都会一声不吭地走出去，留他们单独在一起。但谁也没看我；我待在那里，生怕自己言行失检，毕竟我与他们的境遇堪称霄壤之别。他们的视野和情感被俄国问题的灰暗视界蒙蔽——灵魂深陷囹圄。

霍尔丁小姐虽然深陷内忧外患，但说话的嗓音仍不失坦诚无畏。

“这话是什么意思呢？”她像是在自言自语。

“意思是就我们俄国人的人生而言，你还沉溺于无谓的空想，而我已经选择站在真理与现实这边了。”

“真理与现实是残酷的，”她喃喃地说。

“还很丑陋。不要忘了——丑陋。看看你现在身处的异国，再看看你的祖国，你会喜欢哪一个？”

“可是人不能只看当下。”她的语调热忱而坚定。

“瞎眼的人有时反而做得最好。可惜我生来目光明亮。你要是知道我亲眼目睹过的那些奇行怪事，就会明白我这话的意思。那些令人惊讶、出人意表的幢幢鬼影！……不过讲这些有什么用呢？”

“恰恰相反，我倒是喜欢和你聊这些，”她诚挚而平静地反驳道。她哥哥的这位朋友性格虽然阴郁，她却不以为忤，反而觉得他的尖刻、郁怒是义愤填膺的表现。她视他非同凡人，或者有些一厢情愿地不愿将他归为与自己设想不合的那类人。“没错，特别爱和你聊天，”她恳切地说。“在所有俄罗斯人中，和你最……”她的嘴唇短暂地浮现出一丝淡淡的笑容。“我和我可怜的母亲有些相似。我也无法忘却逝去的亲人。别忘了，他是我们生活的全部。我并不想滥用你对我们的同情，不过你必须知道，我们确实在你身上能见到我哥哥高洁灵魂的影子。”

霍尔丁小姐说话时我一直望着拉祖莫夫；他脸上的肌肉没有丝毫抽动。但当时即便如此，我也依然没有怀疑他毫不在乎。我以为他在出神冥想。过了一会儿，他的身子轻轻动了动。

“你是要走吗，基洛·希多洛维奇？”她问。

“我！走？去哪儿？噢，不过我得先告诉你……”他压低声音，表现出明显反感的样子，好像下面这席话令他作呕，会要了他的命。“那个故事，你知道吗——今天下午我刚听说这个故事……”

“我已经知道了，”霍尔丁小姐悲伤地说。

“你知道了！你在圣彼得堡也有线人？”

“没有。是索菲亚·安东诺芙娜告诉我的。我刚见过她。她托我向你问好。她明天就启程出发。”

他终于垂下怔怔出神的目光；而她也低下头；在刺目的灯光下，在空荡荡的四壁之中，他俩就这样面对面站着。两人好像从辽阔混乱的东方边界被带了出来，无情地暴露在我的西方目光的审视下。我就这样看着他们，除此之外也无其他事可做。他俩已经彻底忘却我的存在，弄得我也不敢妄加动作。我暗自思忖，一位是亡者的妹妹，一位是亡者的挚友，他们最终肯定会结合到一起。思想、希望、抱负、对自由事业的追求、统统由对维克多·霍尔丁这位独裁专制的道德牺牲品的共同热爱表现出来，——这一切命中注定将他们结合到一起。她的懵懂无知和他所宣称的举目无亲的奇特身世，对他们的结合最后肯定也会起作用。其实我觉得他俩早已心心相印，现在看来，他们在未曾谋面之前就早已各自想着对方。她从亲爱的兄长寄来的那封信里第一次得知这个名字。在信里，这个名字得到郑重的褒奖，激发了她的想象；对他来说，能见到这个超凡脱尘的女孩子本身就已经足够，唯一奇怪的是，面对她明白无误表现出的倾心，他却显得阴郁冷漠。好在他还年轻，无论多么执着拘泥于他的革命理念，都不可能对她视而不见。拘谨矜持已经过去，他现在开始用自己的方式出击。我不可能不知道他这次深夜来访的含义，其实他要讲的事没那么急迫。我想到这背后的真正原因：他终于明白自己多么需要她——而她也同样被深深感动。这是我第二次见到他俩在一起。我也明白，下次他俩再见面时，我将不会在场，也许被记住，也许被遗忘。我将从这两位年轻人中退出。

片刻之间我就发现了这点。与此同时娜塔莉亚·维克托芙娜·霍尔丁正简要地向拉祖莫夫讲述刚才和我横穿日内瓦城漫步的情景。她一边说一边抬手摘下面纱，这个动作不经意展现出她丧服下娉婷诱人的青春身姿。帽檐在她脸上清晰地投下阴影。她的一双灰眼睛放射出迷人的光芒。她说起话来迅速果断，毫无忸怩之态，声音平稳优美，却无女性的娇柔之气。当她借用母亲的心情来解释自己的行为时，脸上浮现出一阵痛苦的神情，原本毫无心机的天真姣好的面容也扭曲了。我注意到霍尔丁小姐在说话时，拉祖莫夫先生双目下垂，样子不像在聆听别人说话，倒像是在欣赏一支乐曲。因此即使她说完了，他也依旧没动，仿佛还沉浸在绕梁的余音中。过了一会儿他才缓过神来，咕哝道——

“对，对。她一滴泪也没流。她好像没在听我说话。我本打算将事情全都告诉她，她看上去却像身处另一个世界中。”

霍尔丁小姐听了不禁又悲从中来。她的嗓音发颤。“你都不知道情况有多糟。她居然到现在还指望能再见到维克多！”面纱从她的指尖滑落，她痛苦地紧扣双手。“总有一天，他们母子见面，这一切才算了结，”她哭出声来。

拉祖莫夫猛地抬起头，若有所思地久久凝视着她。

“嗯。没准真是那样，”他的语调听起来怪怪的，一派就事论事的口吻。“我想知道……”说到这里他打住了。

“最后就是这个结局。她的心思已经不在这里，灵魂亦将随之而去。”

霍尔丁小姐两手分开，垂到身旁。

“你真这么想吗？”他语气深沉地问。霍尔丁小姐双唇轻启，欲言又止。眼前这个年轻人总是那么出乎意料，难以捉摸，但他性格中有种东西一开始就吸引了她。“不会的。从逝者的幻象中既不会获得真相，也不会获得慰藉。”他意味深长地停顿片刻又补充道。“我或许应该向她透露一些真相；譬如说，你哥哥曾打算挽救他的生命——想过逃跑。这点千真万确。但我没告诉你母亲。”

“你居然没有！为什么？”

“我也不知道。当时我脑子里在想其他一些事情，”他回答。而在我看来，他像是在自我反省，仿佛在数自己的心跳。但他的眼神一刻也没离开过这位姑娘。“你当时不在场，”他继续说。“我本决心再也不见你了。”

听了这话她惊得目瞪口呆。

“你……怎么可能？”

“你也许要问……不过我是出于小心才没告诉她的。或许我还是应该告诉她。你哥哥在入狱前的最后一次谈话中提到你们母女……”

“最后一次谈话是和你，”霍尔丁小姐深沉而动情地说。“总有一天，你一定要……”

“没错，是和我交谈的。他说你有一双诚挚的眼睛。我也不知道自己为何总忘不掉这个词。它说明你心中没有欺诈，没有诡计，没有虚妄，没有疑心——你的内心澄澈透明，没有一点渣滓。就算你遇见了，也不会想到世间还有撒谎作假这种事。这样的性格会让你注定沦为牺牲品……啊！一个魔鬼般的谶言！”

说到最后，他狂放得难以自抑，整个人都近似失控，如同一个身在高处者正在天旋地转中挣扎，一个踉跄栽倒在悬崖边。霍尔丁小姐用手捂住胸口，黑面纱掉到地上，落在他俩之间的地板上。看到她手捂胸口，他平静下来，目不转睛地盯着这只手，一直看到它缓缓垂下，这才抬起目光瞧她的脸庞。没容她开口，他又说起来。

“不知道？你自己居然不知道？那好。”他奇迹般地用意志力恢复了平静。“你刚刚和索菲亚·安东诺芙娜谈过？”

“是的。索菲亚·安东诺芙娜告诉我……”霍尔丁小姐停顿了一下，一双大眼睛泛起疑惑。

“哼。她倒是个可敬的敌手，”他旁若无人地咕哝。

“可她提到你时态度却很友好，”霍尔丁小姐等了一会儿才说。

“你真这么看吗？不过她确实是那伙人中最聪明的一个。现在形势对他们也有利，可以策划各种……啊！这伙阴谋分子，”他语带轻蔑地慢慢说着。“他们将很快把你攥在掌心！你知道吗，娜塔莉亚·维克托芙娜，我这人无法克服的最大弱点就是迷信上帝无所不在，无所不能。我总是克制不了自己……当然也可以被替换成淳朴先辈在我们心中幻化成的魔鬼。但魔鬼已经做得太过分了——魔鬼是谎言之父——是我们民族的庇护神——我们的家神，我们走到哪里都背负着它，哪怕出了国。它的手伸得太长了。我这个人好像并不太单纯……是这样！我本该知道……不过我现在明白过来了，”他语气沉痛又悲伤地讲了一通，大大出乎我的意料。

“此人已经有点癫狂了，”我恐惧地想。

接下来他给我留下的印象非常特别，无法用普通的言语形容，就好像他在屋外用匕首捅了自己一刀，然后进屋展示给我们看——他还用刀在伤口剜转，看看到底是什么效果。就是那种印象，我用语言只能写到这个份上。但我怜悯的是霍尔丁小姐，她付出如此深沉的爱，却备受折磨。我对她深表关切。她的神态和表情显露出内心的同情与困惑在斗争着，几乎快接近恐惧的边缘。

“到底怎么回事，基洛·希多洛维奇？”她的喊声中带着柔情。而他却像失去知觉，只是呆呆地盯着她，要是换在一个满心喜悦的恋人身上倒可以说成是意乱情迷。

“你为什么要这样看着我，基洛·希多洛维奇？我对你开诚布公。这次我需要清楚地认清自己内心的……”她说到这里停顿片刻，像是给哥哥的这位挚友提供机会最后说上几句，以不负自己对他的这番崇高的信任。而他此时的沉默不语显得异乎寻常，像是在做一个重大决断。

最后霍尔丁小姐又动情地说——

“我一直焦急地等待你。可现在你被感动，好心好意来看我们，却吓我一跳。你说话闪烁其辞，好像有什么事瞒着我们。”

“告诉我，娜塔莉亚·维克托芙娜，”最后总算听到他又开口了，声音奇怪而沙哑，“你刚才在那里都见到谁了？”

她吃了一惊，仿佛对他的话颇为失望。

“在哪儿？你是指在彼得·伊凡诺维奇的住处吗？我见到拉斯帕拉先生，还有另外三个人。”

“啊！是先头部队——一个巨大阴谋的微茫希望，”他自言自语道。“他们负责采集火种进行引爆，爆炸将彻底改变上千万人的生活。而这样做的目的仅仅是为了让彼得·伊凡诺维奇成为一国之君。”

“你是在奚落我，”她说。“我们的亲人曾经告诉过我，人终归要脱离小我去做一些大事——为了某种思想。”

“我们的亲人，”他慢慢地重复着，竭力想摆出一副不为所动的神色，却力不从心。他死气沉沉地站在她面前，眼睛失神，仿佛身体遭受重创。“啊！你哥哥……但从你嘴里，你的嗓音里，听起来……在你心中，一切都那么神圣……我希望自己能理解你心底最深处的所思所感。”

“可为什么要这样，基洛·希多洛维奇？”她叫道，不敢相信这样的话会从这张怪异的、毫无生气的嘴里说出来。

“不要害怕。我不是想出卖你。这么说，你刚才是去那里了？……那个索菲亚·安东诺芙娜，她跟你说什么了？”

“其实她几乎什么都没说。她以为你什么都告诉我了。她当时时间很紧，只顾得上说几句话。”霍尔丁小姐的声音变得低沉，沉默了片刻。“好像是那个人夺去了他的性命，”她悲伤地说。

“请告诉我，娜塔莉亚·维克托芙娜，”他停顿片刻问道，“你相信悔恨吗？”

“你怎么会问这个问题！”

“你对悔恨怎么理解？”他口齿不清地嘟哝。“我的意思不是说你……我想问的是，你觉得悔恨有用吗？”

她迟疑不决，好像没太明白是什么意思，接着她的脸上放出光彩。

“相信，”她坚定地说。

“那他就得到宽恕了。况且，那个兹米安尼奇是个畜生，一个醉醺醺的畜生。”

娜塔莉亚·霍尔丁不由得打个寒颤。

“但他是人民的一员，”拉祖莫夫继续说，“他们，那帮革命者们向他讲述了一个充满崇高希望的故事。呃，人民是非原谅不可的……你也不要尽信从那里听来的东西，”他有些心怀鬼胎、吞吞吐吐地跟了一句。

“你一定向我隐瞒了什么，”她大声叫道。

“娜塔莉亚·维克托芙娜，你认为复仇义不容辞吗？”

“听着，基洛·希多洛维奇。我相信未来会宽恕我们所有人。革命分子和反动分子，牺牲者和行刑者，告密者和被告密者，当日光划破黑暗的夜空，所有人都将获得怜悯。获得怜悯和原谅；如果不这样，就不会有团结，不会有爱。”

“我听见了。这么说，你不会复仇？永远不会？一点都不会？”他那没有血色的嘴唇浮现出一丝苦涩的笑容。“你自己就象征着仁慈的未来。奇怪的是，现在倒也不感到轻松……不！可是假如真正背叛你哥哥的人——不是兹米安尼奇，他不过是个小角色，一个身不由己、无足轻重的角色——假如出卖你哥哥的人是个年轻人，受过良好教育，从事脑力劳动，有思想，或许你哥哥对他还有点信任，不过仍然——假如……可故事就是这样。”

“你原来知道故事的真相！可为什么——”

“我是亲耳听到的。故事里面有楼梯，甚至幻象，不过对于一个做大事的人来说，这些都不算什么——思想才重要。我想知道，在这个故事里谁才是最大的牺牲品？”

“在这个故事里！”霍尔丁小姐重复道。她几乎呆若木鸡。

“你知道我为什么来找你吗？因为天下之大，我却无人可投。你明白我的意思吗？无人可投。你能想象内心孤独无依的滋味吗，无——人——可——投？”

她受空想家哥哥来信中那两行话的误导，再加上对自己孤独岁月的恐惧，她居然没有发觉真相已经在他嘴边打转，几近呼之欲出。她只隐隐感觉到他的苦难。冲动之下，她几乎要向他伸出手去，这时他又说话了。

“我第一次见你时，仅仅过了一个钟头就知道结局会是什么样子。那天在该死的别墅花园里，你第一次出现在我面前，你的音容笑貌对我构成了一种强烈的诱惑；与之相比，对悔恨、复仇、坦白、愤怒、仇恨、害怕的种种恐惧之情统统不算什么了。”

她一时间被弄得莫名其妙；接着好像一下洞悉了事情的关键所在，绝望地说：

“那个故事，基洛·希多洛维奇，说出那个故事！”

“该说的都已经说了！”他向前动了动，而她却将手放在他肩膀上，试图奋力将他推开；可惜她已经没有力气了，他在原地没动，四肢却抖个不停。“那个故事就在这里结束——就在此时此地。”他用一根手指狠狠地戳向自己的胸膛，做出一个自戕的姿势，整个人便彻底定格住了。

我冲上前去，抓住一把椅子，及时将霍尔丁小姐扶稳坐下。她瘫坐下来，倚住我的胳膊半转过身，头靠椅背朝后仰，不去看我们两人。拉祖莫夫看着她，脸上毫无表情，平静得吓人。我对眼前这一幕简直不敢相信，愤怒、惊讶、厌恶，五味杂陈，竟致一时语塞。过了一会儿，我转过身，强忍怒火，低声说——

“真是禽兽不如。你还赖在这里干什么？不要让她再见到你。滚开！……”他没有动。“难道你自己还不知道，你在这儿多么让人受不了吗？——连我都受不了。你要是还有点羞耻心……”

他那双阴郁的眼睛缓缓转过来朝向我。“这个老头怎么来了？”他嘟哝着，吃了一惊。

霍尔丁小姐突然从椅子上跳起来，跌跌撞撞地走了几步，差点没摔倒。我一时忘了愤怒，也忘了他还在场，赶紧跑去搀住她。我扶着她的胳膊，带她进了客厅。在客厅远离灯光的角落里，霍尔丁夫人的侧影，她的双手，她的整个身形像一幅灰暗的油画那样静止了。霍尔丁小姐驻足不前，凄楚地用手指着母亲。母亲哀恸地一动不动，仿佛在凝视伏在大腿上爱子的头颅。

这个姿势具有非凡的表现力，痛彻骨髓地反映出人类的苦难，让人觉得它揭示出的不仅仅是政治体制的残酷。我帮霍尔丁小姐在沙发上坐好，然后转过身准备把门关上。这时我的目光聚焦在门框处。透过前厅雪白刺目的灯光，我看见拉祖莫夫还在那里，像生了根一样，站在空荡荡的椅子前，这个他吐露骇人真相的地点。我不禁感到好奇，促使他说出真相的神秘力量居然没有毁灭他的生命，摧毁他的肉体。他毫发无损。我望着他宽阔的肩膀，黝黑的头颅，令人惊诧地保持不动的四肢。在他脚边，霍尔丁小姐掉到地上的面纱在无情的白色灯光下显得格外乌黑。他怔怔地看着这件面纱，紧接着弯下腰抓起，用双手将它紧紧贴在脸上，整个动作凶猛敏捷得令人难以置信。或许是由于极度惊讶，我感到像有什么东西模糊了双眼，还没看到他移动，整个人就不见了。

随着大门砰的一声合上，我的视力又重新恢复，我凝视着空空的前厅里这把空荡荡的椅子，一想到刚才发生在眼前的这一幕，震惊得差点站立不稳。我抓住娜塔莉亚·霍尔丁的肩膀。

“那个卑劣的混蛋拿走了你的面纱！”我大声嚷道，像是发现了什么可怕的事物，声音恐惧得失去音色。“他……”

话没说完我就打住了。我往后退，低头看着霍尔丁小姐，没有说话，但暗自怵然惊心。她的双手如同失去知觉般地搭在大腿上，掌心朝上。她缓缓抬起灰色的双眼，眼睛里光芒明灭，仿佛她灵魂的火焰被黑暗污浊的深渊中飘来的毒气吹拂摇曳，在这深渊中无论压迫还是反抗，都裹着一层悲观怀疑的外衣，令美德也会溃烂为罪恶。

"哀莫大于此了……"她微弱倦怠的声音呢喃着，令我心惊。"再没有什么比……我觉得自己的心正在结冰。"

IV

拉祖莫夫沿着湿漉漉、亮闪闪的人行道径直往住处走。一场滂沱大雨将他浇了个湿透；豆荚大街两侧的店铺关门闭户，远处的灯火暗淡地投射在默默伫立的房屋沿街的一面；时不时一道微弱的闪电过后，会传来催人入睡的雷声。但雷雨的主要力量还是积蓄在远处的罗讷山谷里，好像不屑攻击这片体面庄严但恹无生气的民主自由之地。在这座古板严肃的城市里，沉闷乏味的旅馆冷漠周到地招待着各国来客和形形色色的国际阴谋家。

小店老板正要关门，拉祖莫夫走了进来，一言不发地伸手向他要钥匙。老板从货架上拿钥匙时，本想和拉祖莫夫打趣几句，问问他在雷雨中透气的滋味如何，但看见他房客的表情便止住了，只是没话找话地说到——

"你浑身都湿透了。"

"是啊，可我现在被洗净了，"拉祖莫夫嘟哝着，从头到脚都在滴水，穿过里间的门，朝通向自己房间的楼梯走去。

进屋后他没有换衣服，而是先点亮蜡烛，摘下表和表链，将它们放到桌子上，然后马上坐下开始写起来。他的文稿锁在抽屉里。只见他用力拽开抽屉，取出文稿后也不将抽屉推回去。

这个行事怪异而古板的年轻人，无论是阅读、思考、生活还是写作，总是执拗地用同一种方式与另一种深奥的知识搏斗。我在讲述上述拉祖莫夫先生的故事时，已经借用了他文稿中的部分片段。这些内容并无助于揭示他的心理（在这些片段的最后一条中他再次提到了银质奖章），但在此后一页半的篇幅内，他却对自己这样一个茕茕孑立者所完全不谙的人类感情生活抒发了一番。他的措辞新颖而神秘，因此显得有些语无伦次。下面就是他怀着惊奇和敬畏，用支离破碎的语言对心目中的读者直抒胸臆，诉说她崇高的人格力量（这是他的原话）如何最终战胜他的幻想。她这伟大的人格力量当中蛰伏着她哥哥教诲的种子。

“……这世上最诚挚的目光——你哥哥行将就义时这样说起你。当你站在我面前，伸出手来，我马上想起他的声音，直视你的双眼——这就够了。我知道有件事情已经发生了，但我当时并不知道该怎么……可是娜塔莉亚·维克托芙娜，不要被蒙骗，我坚信心中没有别的，只有对你们兄妹无穷无尽的愤怒和怨艾。我想起来，他指望能在你身上寄托自己的灵魂，让它获得新生。他，这个人剥夺了我勤奋努力、目标明确的生活，可是我也有指导自己人生的思想；请记住，在我们当中，勤劳克己的人总比胸怀信念走上街头进行杀戮的人要活得更艰难。不过这已经无所谓了。我觉得自己现在爱恨参半。虽然我躲着不见你，却无法将你从脑海中赶走。我甚至都想对你的亡兄说，'你是不是用这个方法来折磨我？'这点是我后来才悟出来的——其实就在今天，就在几个小时前。我不知道究竟是什么力量将我的人格分裂，硬生生地将那个秘密放到我嘴边？你难道是受你亡兄委派，来揭开这起罪孽，通过让我坦白，重回真理和平静。你啊！你和你亡兄毁灭我的方式都一模一样：都在我身上强加信任。差别只在于，当初我对他恨之入骨，如今对你却顶礼膜拜。不过我再重复一遍，不要被蒙骗。我这个人已经怙恶不悛。我诱骗那个无知的傻瓜去偷他父亲的钱财，内心还暗自窃喜。他虽说是个傻子，但不是窃贼，是我将他变成窃贼的。但这非做不可。我必须要对自己背叛的价值观，坚定地抱以蔑视和仇恨。我现在像个社会民主分子，内心受各种邪恶妄念煎熬——虚无，雄心，戒备，卑下的欲望，嫉妒，邪恶的复仇冲动。我的人身安全，寒窗苦读，憧憬希冀，全都被偷走了。听着——下面才是我真正的自白，别的都不算。为了拯救我，你诚挚的目光诱使我将思想深处最黑暗的部分暴露出来。从你看我的眼神中，我能看到你的内心洁白无瑕，未被任何邪恶腐蚀。维克多·霍尔丁偷走了我生活的真义，除此之外我在世间一无所有。他自诩可以通过你在世间继续活着，而我从此却再也无处安放我的头颅。她终有一天会成家，他曾这样说你——你的目光如此诚挚。你知道我是怎么想的吗？我在想，我要偷走他妹妹的心。那天早晨我们第一次在花园见面，你说话时态度坦荡，对我深信不疑。我当时就想，'啊，他终于将她交到我的手里。'当时你若能窥见我的内心，一定会恐惧厌恶地尖声大叫。"

"也许没人会信世上居然会有如此卑鄙的图谋。不过可以肯定，那天早晨我们分手时，我确确实实对你心怀叵测。你介绍我认识的那个老头非要陪我一起走。我不认识他。他一个劲地在那儿喋喋不休地谈论你，说你如何孤单，如何无助。他说的每个字似乎都在怂恿我去获取你的欢心，犯下那不可饶恕的罪孽。我甚至都在想，这个英国老头是不是魔鬼变的？娜塔莉亚·维克托芙娜，我中邪了！我每天都上这花园来偷窥你，望着你的身影，脑子里筹划着恶毒的阴谋。但我知道，这做起来也困难重重。可令我没想到的是，索菲亚·安东诺芙娜这时突然出现——在此之前我都快把她给忘了——带来圣彼得堡的那个故事……这件事一下子成了我求之不得的护身符，从此我成了一名通过信任的革命分子。"

"兹米安尼奇上吊自杀仿佛促使我在罪恶的道路上越走

越远。谬误的力量真是势不可挡。这些革命分子注定无法摆脱愚蠢和幻象——他们本身就是谎言的奴隶。娜塔莉亚·维克托芙娜，我对这谬误欣然笑纳，乐在其中——一度深陷其中不可自拔。谁能抵挡这天赐良机的诱惑！更何况奖品还是你本人。我当时独自一人坐在房间里，想到接下来的生活就浑身战栗，像一个教徒被诱惑去做亵渎神灵之事。我的脑海中浮现出各种画面，只不过它们都没有活气罢了。我还害怕你母亲。我从不知道自己的母亲是什么样子，我也从未品尝过爱的滋味。这个字眼本身仿佛蕴含着某种意味……不过我倒不怕你——请原谅我这么说。我确实不怕你。你就是真理的化身。你不会怀疑我。至于你母亲，正如你所担心的，她已经欲哭无泪，心如死灰。还有谁会去相信那些不利于我的话呢？假如没有发生兹米安尼奇自责上吊这件事，会是什么结果？我在心里思忖，'那我就赌一把，来个彻底了断。'我进了你们家门，浑身直发抖；可我和你母亲说话时，她基本没在听，好像忘了我这个人的存在。我坐在那里看着她。你和我之间再也没有任何障碍了。你毫无防备——过不了多久，你在世上将孑然一身……我在心里这样想着你。毫无防备。你这几天一直在和我交谈——敞开心扉。我还清楚地记得你诚挚灰色的双眼上方睫毛投下的阴影。还有你那光洁的额头！你的额头像雕像般低垂——平静无瑕。一道光仿佛从你眉宇间射出来，照到我身上，照进我的心房，将我从罪恶的渊薮中拯救出来，免于万劫不复。它挽救了我的同时，也挽救了你自己。请原谅我的放肆。但你的目光中像是有样东西在告诉我，你……你的光！你的真理！我一定要告诉你，我到底还是爱上你了。要说出这话，必须先坦白认罪。坦白，离开——死去。”

“你突然站在我面前！在人世间，我必须向你坦白，再无旁人！你深深地吸引了我——让我免受愤怒与仇恨的蒙蔽——你心中闪耀的真理之光也促使我说出真相。现在我终于说出来了。我在这里写作，内心陷入痛苦的渊薮；但现在终于可以透透气了！我在和你说话时，那个老家伙不知道又从哪里冒出来，像个失落的魔鬼，朝我大喊大叫。我难受极了，不过倒并不绝望。我现在只剩下一件事还没做。做完这件事——如果他们让我做的话——我将选择离去，隐姓埋名，了此残生。我在供出维克多·霍尔丁的同时，也卑鄙地背叛了我自己。卑鄙至极！你一定要相信我现在的话，你不能不信。是你让我深深明白这个道理。毕竟是他们握有主动权，而不是我！——他们手握无形的力量。注定如此。娜塔莉亚·维克托芙娜，不要被蒙骗。我没有转变思想。我是那种奴颜婢膝的人吗？不！我是独立的——因此我的命运注定万劫不复。”

写完这些，他停下笔，合上本子，将它裹进那条黑色面纱里。他翻箱倒柜，找到一些包装纸和细绳，将它包好，在上面写上哲学家大道霍尔丁小姐收。写完后他把笔掷向远处的角落里。

一切完成之后，他坐在那里，面前放着那块表。他本可以马上出发，但时辰未到。要等到午夜十二点才行。选择这个时间，没别的原因，就是想证明过去那个夜晚的言行注定了今天的结局。而娜塔莉亚·霍尔丁突然征服他的原因也在于此。“你没法心安理得地踏过一个幻影，”他听见自己这样喃喃说道。“是他拯救了我，”他突然冒出这个想法。“是他，那个被我出卖的人。”霍尔丁小姐的形象这时栩栩如生地站在他身旁，用无情的目光注视着他。此时这个形象已经不再令他心烦意乱。他对生活已经做出了断。就算她本人现在真的在场，他也会安之若素。他现在都开始鄙视起自己来。“单纯，勇气，自持，这些素质我都没有，所以我既成不了无赖，也做不了英雄。可对于我们这些生活在俄国的人，谁会去关心无赖和英雄的差别呢？……”

他像一个被过去操纵的木偶，午夜十二点的钟声刚一敲响，他就立刻跳起来，迅速冲下楼去，命运仿佛洞悉他此行毅然决然，早早就将大门打开。事实上，当他下到一楼，正碰上几位晚归的居民——两男一女——回家，是他们替他把门打开的。他从他们中间穿过，溜到大街上，一阵狂风迎面朝他吹来。那三个人被他吓了一跳。借着一道闪电的光亮，他们见他急速走远。其中一个男子大叫起来，要去追他，但那个女的认出他来。“没事，是住在三楼的那个俄国小伙子。”一声炸雷之后，四周又复归黑暗，这雷声像是示警的枪声，催促他赶紧逃离那谎言的囹圄。

他先前肯定有所耳闻，现在又不知不觉地回想起来，当天晚上在朱利斯·拉斯帕拉的住处，革命分子有个聚会。不管怎样，他径直朝拉斯帕拉家走去。那扇朝街的大门当然紧闭着，他毫不惊讶地发现自己摁响了门铃。此时风雨大作，地势陡峭的马路上水流如注。借着闪电的光亮，可以看见他被暴雨裹挟，像是披着一件夜光衣。他此刻异常镇定，在雷声的间隙侧耳谛听门铃在屋内的微弱叮当声。

他进门时遇到点麻烦。一位客人自告奋勇下楼开门看看动静，可他不认识拉祖莫夫。拉祖莫夫只好耐着性子向他解释，让他这样一位登门造访者进来不会有危险。他有事要和楼上的人说。

“有要事吗？”

“重不重要得看是谁听。”

“紧急吗？”

“刻不容缓。”

正在这时拉斯帕拉的一个女儿也下楼来。她手里提着一盏小小的油灯，穿着一件又脏又皱的罩衫，这件衣服像变戏法似的出现在她身上。她整个人像是从沙发底下找出来的旧玩具娃娃，戴着脏兮兮的棕色假发。她一眼就认出了拉祖莫夫。

“你好，先生。当然你可以进来。”

借着她手中油灯的光亮，拉祖莫夫从黑乎乎的楼下爬了两段楼梯来到二楼。拉斯帕拉的女儿将油灯放在楼道的托物架上，打开一扇房门走了进去，那位客人狐疑地跟了进来，拉祖莫夫最后一个进去。他进屋后关上房门，站到一旁，背靠着墙。

这是一个由三个小房间构成的套间，里面点着煤油灯，低低的天花板被油烟熏得发黑。三个房间里人头攒动，到处都是高谈阔论声。全满的，半满的，空空的茶杯摆得到处都是，连地板上都有。拉斯帕拉的另外一个女儿蓬头垢面、神态慵懒地坐在一个硕大的茶炊后面。在过道里，他看到一个大肚子在那挺着，他认出此人。拉斯帕拉坐在几尺开外的高凳上，见到他赶忙下来。

拉祖莫夫这位午夜来客的出现在房间里引起不小的骚动。拉斯帕拉本人对那天晚上情景的描写十分简略。他走过来招呼拉祖莫夫，但拉祖莫夫却置若罔闻（看到拉祖莫夫浑身湿漉漉地突然造访这一意外之举，他故意装作没当回事），又旧话重提让他写篇文章。拉祖莫夫显得心不在焉，“该写的我都写完了，”他最后淡淡一笑说道。拉斯帕拉变得局促起来。

屋内所有人的注意力都集中在这位新来乍到者身上，只见他身上滴着水，面色惨白地靠墙站着。拉祖莫夫轻轻将拉斯帕拉推到一边，好像要故意让大伙从头到脚看个真切。此时嘈杂的说话声已经完全消失，就连最远处的角落也安静下来。拉祖莫夫正对面的过道里挤满了男男女女，大家都伸长脖子想看看接下来到底要发生什么惊人的事情。

这时人群中传来一个尖细傲慢的声音，宣称道：

“我认识这个狂妄至极的家伙。”

“什么家伙？”拉祖莫夫抬起头问道，迎向所有盯着他的目光扫视过去。惊讶的死寂持续了片刻。“如果是说我的话……”

说到这里他停下来，心里在想该怎么进行坦白。刹那间他觉得一切都必须从他生命中决定命运的那一晚说起。

“我来这儿，”他嗓音清晰地说，“是想说说一个名叫兹米安尼奇的人。索菲亚·安东诺芙娜告诉我，她准备将一封圣彼得堡的来信公诸于众……”

“索菲亚·安东诺芙娜今天傍晚已经走了，”拉斯帕拉说。“不过你说的没错。我们都听说……”

“很好，”拉祖莫夫有些不耐烦地打断他，他现在心跳得厉害。他对自己的嗓音拿捏得有些过了头，说起话来虽然清晰有力，却像在念稿子，甚至带着一丝讽刺——

“出于对那人公平起见，我在此郑重宣布，农民兹米安尼奇是冤枉的。那封信对这位人民的一员——俄罗斯光明的灵魂构成诽谤。兹米安尼奇与霍尔丁被捕一事毫无干系。”

拉祖莫夫说到霍尔丁的名字时狠狠顿了顿，等着听众微弱的悲叹声渐渐平息。

“维克多·维克托维奇·霍尔丁，”他接着说道，“其所作所为虽然崇高却有失谨慎。事成后，他去投奔一位学生。他对这个学生的政治立场和观点一无所知，只是凭着自己宽广的胸襟，一厢情愿地认为他会给予自己庇护。如此轻信他人实属不智。但我现在不想对霍尔丁的做法评头论足。我想谈谈那位学生的感受。他原本过着默默无闻、与人无涉的生活，不承想却遭此阴谋胁迫。你们想听听那位学生是怎么做的吗？这个故事颇为曲折，说来话长。反正他最后找到T将军本人那里，亲口对他说，‘我将杀害P大臣的凶手锁在我的房间里，他名叫维克多·霍尔丁，和我一样是个学生。’”

顿时房间里响起刺耳的嘈杂议论声，拉祖莫夫不得不抬高声调。

“请注意——此人有自己正当的人生理想。但我来这里不是替他辩护的。”

“但你必须讲清楚你是怎么知道这一切的，”人群中传来一个严厉的声音。

“一个卑鄙的胆小鬼！”这句简单的呐喊声在房间里愤怒地回荡。“说出他的名字！”其他人大声叫道。

“你们鼓噪什么？”拉祖莫夫轻蔑地说。见他抬起手，众人又陷入沉寂。“难道你们还没听明白，那个学生就是我吗？”

拉斯帕拉忙不迭地从他身旁走开，爬回自己的高凳上。拉祖莫夫见到第一波人潮向自己涌来，以为会被他们撕成碎片。可他们还没碰到他就退回去了，除了喧嚣什么也没发生。真是令人迷惑不解。他的头现在疼得厉害。在喧嚣聒噪声中，他几次听到彼得·伊凡诺维奇的名字，“审判”，有人在绝望地嘶叫，“可这是主动坦白啊。”混乱中一位比他还小的年轻人满目怒火地挤到他跟前。

“我得请你，”他彬彬有礼的措辞下暗含着怨毒的口吻，“先待在这儿别动，叫你干什么你再干什么。”

拉祖莫夫耸耸肩。“我是自愿来的。”

“就算是吧。不过没叫你走，你就得老老实实呆在这里。”另外一个人呵斥道。

这人举手示意，大声叫道，“路易莎！路易莎！请来一下”；片刻间只见拉斯帕拉的一个女儿（之前她们一直在茶炊后面盯着拉祖莫夫看）拖着罩衫肮脏的荷叶边下摆走了过来。她拖过一把椅子，倚住房门，两腿交叉坐在上面。这名年轻男子对她千恩万谢，自己又返回到低声激烈讨论的人群当中。拉祖莫夫走了一会儿神。

一个尖细的嗓音嘶叫道，“坦不坦白，他都是警方的探子。”

那个名叫尼基塔的革命者挤到拉祖莫夫跟前。他面对着拉祖莫夫，一张大脸盘泛着青色，肚子圆滚滚的，脖子又短又粗，两只手硕大无比。拉祖莫夫看着眼前这位赫赫有名的宪兵杀手，内心极其厌恶。

“你是什么人？”他声音极低地问道，然后合上双眼，后脑勺靠在墙上。

“你现在最好还是离开这里，”拉祖莫夫听到一个温厚悲凉的声音对他说。他睁开双眼，发现说话者是个上了年纪的老者，一头浓密的白发给他精明睿智的脸庞镶上了一道银色的光环。“我们会把你的坦白告诉彼得·伊凡诺维奇——你将听候他的指示……”

然后他转向站在一旁绰号“杀手”的尼基塔，小声恳求道——

“我们还能做什么？他讲了这番真心话后，已经不构成危险了。”

尼基塔嘟哝着，“放走他之前，最好稳当点。交给我吧。我最善于和这类正人君子打交道。”

他向边上的两三个男子使了个眼色，他们心领神会地点点头。接着，他粗暴地对拉祖莫夫说，“听到没有？我们不想让你待在这儿。还不快滚？”

那个负责把门的拉斯帕拉的女儿站起身来，漠然地将挡在门前的椅子挪开。她睡眼惺忪地看了一眼拉祖莫夫。拉祖莫夫猛地一惊，环视过整个房间，慢慢从她身边走过，突然又像想起什么。

“我恳请你们注意，”他说话时已经走到楼道，“我会守口如瓶的。在我来到你们中的这些天里，只有今天我才终于放下心来，也只有今天，我终于不受谎言与悔恨的折磨——终于真真正正成为独立的人，不受任何人支配。”

说完他朝楼梯走去，但身后传来摔上房门的一声巨响。他扭头发现尼基塔带着三个人跟了出来。“他们到底还是要杀我，”他想。

还没等他转过身正对他们，这伙人已经朝他袭来。他被匆忙粗暴地逼到墙边。“我倒要看看到底会怎样？”他刚想到这里，尼基塔就狞笑着迎面冲他叫道，“我们这就让你变得彻底无害，你稍等一会儿。”

拉祖莫夫没有挣扎。那三个人把他架到墙上，尼基塔在一旁站好，从容地抡起胳膊。拉祖莫夫本想看看他手上是否握着一把刀，却发现他赤手空拳朝他袭来，鬓角后面重重地挨了一击。与此同时，他听到一声沉闷的爆鸣，好像有人在墙的那面开了一枪。这一拳不由得让拉祖莫夫怒火中烧。整个楼道回荡着四个人扭打在一起发出的哀嚎声。墙上传来砰砰的击打声，还有剧烈的撞门声。在拉斯帕拉家里，众人全都在屏息静听。最后四个人一起轰然倒地，震动得好像整座房子都在摇晃。拉祖莫夫彻底被制服，给这几位袭击者压在身下喘不过气来。他看见凶神恶煞的尼基塔蹲在他脑袋旁，另外几个人或跪在他胸口，扼住他的咽喉，或伏在他的腿上，将他死死压住。

“把他的脸转过去，”这个大腹便便的恐怖分子扯着他的尖嗓子幸灾乐祸地发号施令。

拉祖莫夫现在动弹不得。他已经精疲力竭，只好眼睁睁地看着这只野兽张开有力的大手，带着羞辱朝他另一只耳朵重重拍下。拉祖莫夫感觉这一掌将他的头劈成两半，转瞬间，摁住他的几个人变得鸦雀无声——像影子一样只见其形不闻其声。在死寂中，他们粗暴地将他拖起来，悄无声息地冲下楼梯，打开大门，掷到大街上。

他向前扑倒在地，在地上无助地滚了几圈，顺着坡度低矮的路面和奔涌的雨水水流一起被冲到下面。最后他在马路行车道地势最低处停住，仰面躺着，一道巨型闪电照在他脸上——这道清晰无声的闪电让他两眼发黑。他爬起来，用胳膊挡住眼睛，好让视力恢复。周围一丝声音也听不到。他沿着长长的、空旷的马路开始蹒跚地朝前走去。闪电无声的火光围绕着他挥舞、跳跃，暴雨倾盆落下，奔流不息，势不可挡——可却像氤氲雾气般寂寞无声。在这诡异的静谧中，连他的脚步落在人行道上也听不到声音。寂静的风吹着他一直朝前走。他好像一个迷路的人被无声的风暴刮到幽冥之地。

天晓得这一晚他不声不响的脚步走过哪些地方，反正没有停下，一直在走。至少在某处，我们后来得知有人给他领过路。第二天一早，首班驶往南岸的有轨电车司机看到一名没戴帽子、浑身湿透的男子在车道上踽踽独行。他拼命向该男子摇铃示意，可他却不管不顾地低着头踉跄走着，正好一步跨到车前被撞倒在地。

等人们将他扶起来，拉祖莫夫双腿被轧断，身体一侧被压伤，但意识还在。他仿佛误打误撞地闯入一个到处都是哑巴的世界，人们全都不声不响地走来走去，将他抬到人行道上，朝他打手势扮怪相，表示惊诧、恐惧和同情。一个红脸膛、留唇髭的人俯身靠近他，双唇动个不停，眼珠子滚来滚去。拉祖莫夫竭力想搞清楚这幕哑剧葫芦里卖的是什么药。而对于站在身旁的围观者来说，这个陌生人虽然鼻青脸肿，神情却像在恬静思考。过了一会儿，他朝围观的人群畏惧地看了一眼。他们全都瞪大眼睛瞧他。拉祖莫夫费力地想起几个法语单词。

“我聋了，[①]”他虚弱地吐出这句话后便晕过去了。

“原来他是聋子，”人们惊呼相告。“怪不得他没听见电车声。”

大伙七手八脚地将他抬到那辆有轨电车上。车子正要发

① 原文为法语。

动，一名穿破旧黑外套的女子从远处一所私家院落的铁门里跑出来，朝这边奔来。只见她吃力地爬上电车后部的出入口，这样就不会被丢在后面。

“我是他亲戚，”她用蹩脚的法语说。“这个小伙子是俄国人，我是他亲戚。”听她说得这么恳切，人们纷纷给她让道。她神色镇定地坐下来，将他的头枕在自己大腿上；她那双惊恐黯淡的眼睛故意不去望他那张濒死的面庞。车子行到城市的另一头，在马路的拐角处，一副担架已经停在那里准备就绪。她随着担架走进医院大门。人们由着她跟进去，目送他被抬到病床上。拉祖莫夫这位新冒出来的亲戚一滴泪也没流，但医护人员却怎么也无法说动她走开。看门人发现她在对面人行道上踯躅良久，不肯离去。突然间她好像记起什么事情，飞奔而去。

这位所有财政官员的刻骨仇恨者，S夫人的忠实奴婢，此时已经下定决心离开，不再侍奉彼得·伊凡诺维奇的伊吉丽亚。她终于找到一件顺遂自己心愿的事去做了。

但在数小时前，那个雷电交加的夜晚，朱利斯·拉斯帕拉的房子里乱成一团。那个恐怖的尼基塔从楼道里返回屋内，在众人面前抬高他的尖嗓子，狞笑地说——

“拉祖莫夫！拉祖莫夫先生！了不起的拉祖莫夫！他今后再也做不成密探去刺探任何人了。他将闭嘴，因为他这辈子再也听不见任何东西——什么也听不到了。我把他两边耳膜都打破了。噢，做这个我最拿手！哈！哈！哈！我最拿手！”

V

在她母亲举行葬礼的两周后，我最后一次见到娜塔莉亚·霍尔丁。

在那段阴晦无语的日子里，位于哲学家大道的这所公寓概不会客，只对我例外。我相信我对她们多多少少有些用处，至少我清楚此事的曲折离奇之处。霍尔丁小姐侍奉她母亲咽下最后一口气。如果说霍尔丁夫人之死与拉祖莫夫的来访有何关系（我个人倾向于它大大加速了她的死亡），大概是因为苦命的维克多·霍尔丁虽然一时头脑发热轻信了拉祖莫夫，但他母亲却并不信任他。拉祖莫夫对霍尔丁夫人说了什么现在已无从得知——反正我是不知道——但在我看来，在她默默得知自己爱子之死确定无疑后，她就已经变得心如死灰。她不相信拉祖莫夫，或许她不再相信任何人，所以也无话可说——哪怕是对自己的女儿。我怀疑霍尔丁夫人临终前母女二人相对无言之时，是霍尔丁小姐一生中最刻骨铭心的时刻。坦白说，我对这位肝肠寸断的倔老太太临终前对自己女儿无言的不信任颇有微词。

等一切料理完事后，我选择了回避。霍尔丁小姐身边围着的全是她的同胞，参加葬礼的人很多，我也去了，但结束后就借故躲开她。后来我收到她送来的一封短笺，对我的克己无私表示谢意。“不日我将重返俄国，想必换成您也会如此。我去意已决，望行前一叙。”

无疑这封短笺是经过再三斟酌后向我表达谢意的。我没敢耽搁，如约而至。哲学家大道的这所公寓一片萧索，有种将要人去楼空之感，在我眼里显得荒芜空荡。

我们站着简单问候对方的身体状况，谈论当地的几位俄国侨民。然后娜塔莉亚·霍尔丁让我坐到沙发上，开始坦率地谈起自己将来的打算和工作。她说的一切正是我所期盼的。她要为此付出毕生的时间。我们今生将不复相见。不复相见！

在内心深处，我为自己对霍尔丁小姐潜移默化的影响深感自豪。经历了这么多或明或暗的事情，霍尔丁小姐看上去成熟了许多。她双臂交叉，从房间一头走到另一头，慢条斯理地说着话，眉头舒展，侧影坚毅。她向我展现出一个全新的自我。我惊喜地发现她的言谈举止多了几分严肃稳重，镇定和独立完美地结合起来。在周遭混沌的深渊中，她天性中坚强的一面浮现了出来。

“我们现在谈谈那件事吧，”一阵沉默后，她在我面前停下说道。“您最近去医院探听过吗？”

“我去过。”听我这样说，她全神贯注地盯着我，“大夫说他能活下来。但我想特克拉……”

“特克拉有几天没来找我了，”霍尔丁小姐急忙解释。“由于我从未提出要和她去医院看望他，她觉得我没心没肝，对我失望至极。”

霍尔丁小姐说到这里微微一笑。

“是啊。只要医院的人同意，她一有空就去陪他，一陪就是很长时间，”我说。“她说绝不会对他弃之不顾——只要她还活着。他需要人照顾——毕竟成了一个瘸子，耳朵又聋了，已经是废人了。”

“耳朵聋了？这个我倒不知道，”娜塔莉亚·霍尔丁喃喃地说。

“他确实聋了。事情很蹊跷。我听说他头部没有明显外伤。医院的人也说，即使特克拉照顾他，他也不大可能活太久。”

霍尔丁小姐摇了摇头。

“只要有旅人在路边摔倒，我们的特克拉就永远不会闲着。她像个撒玛利亚人，视锄强扶弱为自己的天职。那些革命分子并不理解她。想想看，这样一个忠心耿耿的人居然被打发将文件缝在衣服里跑腿送信或笔录口述这类的活。”

“这世上看人走眼的事情太多了。”

话一出口，我就后悔自己说错话了。娜塔莉亚·霍尔丁直视着我，轻轻地点头称是。她对我的话不以为意，转过身来又继续在屋内走来走去。在我的西方目光里，她似乎和我渐行渐远，遥不可及，但她的身形却没有因距离的变远而有所缩微。我沉默不语，感到这时候无论说什么都是多余。她却又说起来，声音近得令我一怔。

“事故发生后，特克拉看见他被人扶起来。这个好心肠的人从未跟我说过具体怎么回事。她只是证实他俩之间有种默契——某种约定——一旦他陷入不幸、困顿或痛苦中，他就会去投奔她。”

“投奔她？”我说。“不过有她照顾，也算他走运。他需要这个好心肠的撒玛利亚人为他奉献。”

实际情况是这样的：那天清晨五点，特克拉无意朝窗外瞥了一眼，却瞧见拉祖莫夫站在勃莱尔城堡庭院露台的底层，光着头一动不动，任凭雨水淋着。她冲他尖叫，喊他的名字，问怎么回事。他却连头都不抬。等她穿戴整齐冲下楼时，他已经不见了。于是她开始去找。当她冲到大街上，正好碰到那辆肇事的有轨电车，看见人们正在扶起拉祖莫夫。这些都是一天下午特克拉在医院门口碰见我时亲口说的。她说的时候未予任何置评。而我也不想花时间去琢磨这件怪事的内情。

“是啊，娜塔莉亚·维克托芙娜，等他出院，拄着拐杖，什么也听不见，肯定需要人伺候。但我不认为那天晚上他像个逃亡的疯子，闯入勃莱尔城堡时是为了向好心的特克拉求助。”

“不是，”娜塔莉亚在我面前停下来说道，“也许不是。”她坐下来，用手支着头，一副若有所思的样子。接下来是几分钟的沉默。这时我又想起拉祖莫夫那番暴烈的坦白——而霍尔丁小姐当时整个人都快不行了，说出那句“哀莫大于此……”的话来。要不是惊叹于她的坚强和平静，现在回想起那一幕我还是有点不寒而栗。世上从此再也没有娜塔莉亚·霍尔丁了，因为她已将自己彻底置之度外。这是典型的俄国式自我压制的又一业绩。

突然她像做出重大决定似的站起身来，将我的思绪拽回到现实中。她走向写字台，这张桌子上已经没有任何她日常使用的小物件了——一件已死的家具；但写字台里仍然盛放着一件鲜活的东西，她从抽屉深处拿出一个扁平的小包裹交给我。

“这是一本书，”她没头没脑地说了一句。“是用我的面纱包着寄给我的。我现在什么都不跟你说，但我决定把它送给你。我有权这样做。它是送给我的，是我的东西。你可以保存，也可以看后销毁。你在读的时候请记住，我是毫无防备。而他……”

“毫无防备！”我望着她，惊呼地重复道。

“你在书里会读到这个字眼，”她小声说。“它道出的是实情！我当时是毫无防备——不过你还是自己读吧。”她的脸庞微微发红，接着变成煞白。“对那人公平起见，我想让你记住我确实毫无防备。噢，我毫无防备，毫无防备！”

我有些踉跄地站起来。

“这次分别时你说的话，我字字记在心里。”

她将手伸向我。

“真想不到马上就要和您说再见了。”

我紧紧握住她的手，她也用力回握一下，然后我们的手便松开了。

“我明天就启程。我现在总算可以做到眼明是非，手不受掣。至于别的——我们这些人，又有谁会听不到人民受钳扼发出的苦难的呐喊声呢？这呐喊声也许对这个世界来说无关紧要。”

“这个世界越来越意识到你们所发出的不合拍的声音，”我说。“这是人间正道。”

“是啊。”她点头赞成，犹豫了一会儿又说，“说实话，我一直认为总有一天世间一切纷争不合终将沉寂。想想曙光初现时的情景吧。到那时暴风雨般的殴打詈骂将停止，一切复归平静。萎靡的人们最后团结起来，在争斗结束时到底良心未泯，虽然迎来了胜利，却觉得伤悲；为了将一种思想树立起来消灭了太多与之不同的思想和赖以支撑的信念。他们在世间感到孤单，抱团取暖。是啊，一定会有这样的艰难时刻。但最终心灵的苦痛将被爱所融化。”

当她睿智的谈吐以爱这个词作结，这个既甜蜜又苦涩，有时还残忍的词，我向娜塔莉亚·霍尔丁最后道别。我不敢想象今后将无缘再见到这个女孩子诚挚的眼睛——她将自己献身于一个坚强的信念，相信友爱和谐会像一朵天国之花在人间绽放，这朵花扎根于人世间的土壤，由鲜血浸泡，受斗争撕扯，被泪水浇灌。

诸位读者需要注意的是，直到此时，我对拉祖莫夫在革命分子聚会上的坦白还一无所知。娜塔莉亚·霍尔丁也许猜到了他“还有一件事”没做是指什么，但我这西方的目光却没有觉察到。

特克拉，这位S夫人的前侍伴，经常去医院照看拉祖莫夫。我们在医院门口遇到过几次。但每次她都不是很健谈。说到拉祖莫夫先生，她总是三言两语匆匆带过，说他正在缓慢地康复，但这辈子注定成为废人。而我本人从未接近过他：在那个可怕的夜晚之后，我就再也没见过他，当时我作为一个被众人忽视、带着戒心的旁观者与霍尔丁小姐一起目睹了拉祖莫夫先生上演的那一幕。到了出院的日子，他的“亲戚”——我是听说的——将他接走了，不知所踪。

直到两年之后，我才弄清事情的完整经过。当然这不是我刻意探访出来的；而是碰巧从一位颇受信任的女革命党人那里得知的。她是来日内瓦居住一段时间。我们在一位尊贵的、有自由主义倾向的俄国绅士的府邸相遇。

这位俄国绅士和彼得·伊凡诺维奇是两类迥然不同的名

人。他头发乌黑，慈眉善目，身材伟岸，温文尔雅，行事不声不响而又备极周全。他趁周围无人时走近我，身后跟着一位身穿深红长衣、头发斑白、一脸警觉的女士。

“我们的索菲亚·安东诺芙娜希望能结识你，”他小心翼翼地对我说。“你们两位谈吧，恕我失陪。”

“我本无意冒昧打扰，”这位灰白头发的女士开门见山地说，“可是有人让我给您捎个口信。”

原来是娜塔莉亚·霍尔丁托她向我致以问候。索菲亚·安东诺芙娜不久前秘密潜入俄国，见到了霍尔丁小姐。她在“心脏地带”的一个城市定居，整日奔走于人满为患的监狱和丧失亲人的惨恻家庭中间，满怀同情地为他们排忧解难。她从事这些善行时不遗余力，索菲亚·安东诺芙娜言之凿凿地对我说。

“她尽职尽责，无所畏惧，永不疲惫，”这位女革命家有些动情地这样概括霍尔丁小姐。

对我来说，只要是涉及到霍尔丁小姐的谈话，我永远都不会觉得兴味索然。我们走到一个无人打扰的角落里，避开众人单独聊起来。在谈论霍尔丁小姐时，索菲亚·安东诺芙娜突然说道——

“我想你应该记得曾经见过我吧？有天晚上娜塔莉亚来找彼得·伊凡诺维奇，问一个叫拉祖莫夫的年轻人的住址……”

“我记得很清楚，”我说。当索菲亚·安东诺芙娜得知霍尔丁小姐将那位年轻人的日记交由我保存，毫不掩饰地表现出想要一睹为快的浓厚兴趣。

我主动提出给她看，她立刻自告奋勇地提出第二天专程来拜访我。

她如饥似渴地读了一个多钟头，交还我时轻轻地叹了口气。她在俄国活动时也见到了拉祖莫夫。他居住在“南部”，而不是“心脏地带”。据她的描绘，拉祖莫夫住在一座小城郊区的小木屋里。小木屋有两个房间，四周是高高的木栅栏围成的院子。院子里种满了荨麻。他成了一个瘸子，疾病缠身，身体日渐虚弱。而特克拉，那个撒玛利亚人满怀喜悦、不知疲倦地无私照料他。看来这回的任务不会再令她产生幻灭感了。

她居然去看望拉祖莫夫先生，我毫不掩饰地表示惊讶。我甚至不明白她这样做动机何在。她却告诉我，还不止她一个人去看过他。

“我们当中有些人只要路过，总去看他。他很聪明，有自己的思想，还很健谈。”

这时我才首次得知拉祖莫夫在拉斯帕拉家的那番坦白。索菲亚·安东诺芙娜详细地向我讲述了当时事情的经过。这一切都是拉祖莫夫原原本本亲口对她说的。

接着她用那双黑色晶莹的眼睛紧紧盯着我，说道——

“每个人一生中都会有作恶的时候。先是错误的暗示进入大脑，然后就有了恐惧心——既害怕自己又害怕别人加害自己。要不就是萌生出虚妄的勇气——怎么说呢，大概就是这个意思吧；但是到底能有几人敢于将自己置于万劫不复的境地（这是他日记中的原话）而不是昧着良心苟且偷生？到底能有几人？请注意——他坦白时其实已经脱离险境了。当时他确信自己高枕无忧，而且——更有甚者——那位可敬的姑娘已经对他心生爱意，但就在这时，他幡然醒悟，发现自己当初恶毒的抱怨，卑劣的行径，由于害怕和自大犯下的罪孽，将会令自己的余生蒙羞。他能有这样的认识，着实气概非凡。”

我默认了她的结论。谁会想到去质疑这种原谅和同情背后的隐情呢？可是后来我才发现革命分子对拉祖莫夫这位背叛者释放的善意有内疚的成分。索菲亚·安东诺芙娜有些忸怩不安地继续说道——

“嗯，你知道吗，拉祖莫夫其实是暴行的牺牲品。我们没人下令将他打成残废，也没做出决定如何处置他。毕竟他是主动坦白的。那个追到楼道故意将他耳鼓膜打破的尼基塔，当时好像是被愤怒冲昏了头脑——呃，事实上他才是最卑劣的混蛋——他本人就是个叛徒，叛徒——奸细！拉祖莫夫告诉我，他凭某种直觉判断尼基塔不是个好东西……”

“我见过那个畜生，”我说。“可我没想到你们居然被他欺骗那么久却没有察觉！”

她打断我。

“好了！好了！不要再说了。我第一次见到他时，也吓了一跳。可他们让我闭嘴。大家总是互相说，‘噢，不能只看他的长相。’他当时逮着机会便大开杀戒。没有人怀疑过他。他杀人不眨眼——真的！在两边都杀。这个恶魔……”

接着索菲亚·安东诺芙娜克制住气得直哆嗦的嘴唇，告诉我一件诡谲的事情。就在拉祖莫夫从日内瓦消失后没多久，米库林参谋在德国境内旅行时，在一节火车车厢内巧遇彼得·伊凡诺维奇。当时车厢内没有旁人，两人一直聊到半夜。米库林这个警察头子向那位头号革命分子暗示尼基塔这个宪兵杀手的真实身份。看起来米库林想要借刀杀人，除掉他自己手下这个非同一般的密探。他也许对他厌倦了，或者对他心生畏惧。还值得一提的是，恶人尼基塔是米库林的前任留给他的。

对于这个故事，我依旧无言以示。作为一名旁观者，我只能默默地目睹这些俄国的事情在我那西方目光下展现出的东方式逻辑。但我还是忍不住问了一个问题——

“请告诉我，索菲亚·安东诺芙娜，S夫人最后把财产留给彼得·伊凡诺维奇了吗？”

“一个子儿都没有。”这位女革命家耸耸肩厌恶地说。“她死时没有留下遗嘱。从圣彼得堡跑来一堆侄子侄女，像一群贪婪的兀鹫，为了财产互相争得不可开交。一群讨厌鬼——全是可鄙的宫廷小丑。呸！”

“现在没有什么彼得·伊凡诺维奇的消息了，”我停了一会儿又说道。

“彼得·伊凡诺维奇，”索菲亚·安东诺芙娜严肃地说，“和一个农村姑娘结为连理。”

这真让我吃惊不小。

“什么！是在里维埃拉吗？”

“瞎说！当然不在。”

索菲亚·安东诺芙娜的声音略带讥诮。

“这么说来，他现在在俄国生活喽？这可是要冒不小的风险——对吧？”我嚷道。“冒这么大风险就是为了一个农村姑娘。你不觉得这有些不对头吗？”

索菲亚·安东诺芙娜高深莫测地沉默片刻，然后才说，“他就是爱慕她。”

“是吗？那好，我真希望她毫不犹豫地揍他一顿。”

索菲亚·安东诺芙娜起身告辞，仿佛没听出我话里对这位伟人的大不敬。可当我送她走到门口时，她却转过身来，语气坚定地说——

“彼得·伊凡诺维奇是位卓尔不凡之人。”

图书在版编目(CIP)数据

在西方目光下 / (英) 康拉德(Conrad, J.)著;赵挺译. —上海:上海译文出版社,2014. 4 (2024.2重印)
(译文经典)
书名原文:Under Western Eyes
ISBN 978-7-5327-6413-6

Ⅰ.①在… Ⅱ.①康… ②赵… Ⅲ.①长篇小说—英国—现代 Ⅳ.①I561.45

中国版本图书馆 CIP 数据核字(2014)第 029469 号

Joseph Conrad
Under Western Eyes

在西方目光下
〔英〕约瑟夫·康拉德/著 赵 挺/译
策划编辑/黄昱宁 责任编辑/杨懿晶 装帧设计/张志全工作室

上海译文出版社有限公司出版、发行
网址:www. yiwen. com. cn
201101 上海市闵行区号景路159弄B座
山东临沂新华印刷物流集团有限责任公司印刷

开本 787×1092 1/32 印张 14. 25 插页 5 字数 215,000
2014 年 4 月第 1 版 2024 年 2 月第 3 次印刷
印数:8,001—10,000 册

ISBN 978-7-5327-6413-6/I·3833
定价:78. 00 元